CHAMPS DE BATAILLE

T. E. KINSEY

Traduit de l'anglais
par Karine Forestier

City
Poche

Publié pour la première fois aux États-Unis par Thomas & Mercer,
une marque d'Amazon Publishing sous le titre *Rotten to the core*.
Couverture : Thomas & Mercer
Cette édition a été rendue possible par un contrat de licence d'Amazon Publishing, www.apub.com.
ISBN : 978-2-8246-2769-4
Code Hachette : 30 5712 9

Collection dirigée par Christian English & Frédéric Thibaud.
Catalogue et manuscrits : city-editions.com

Dépôt légal : Octobre 2024

1

La haie que nous longions en direction du village bruissait d'oiseaux de toutes formes et de toutes teintes, par ce lundi après-midi ensoleillé. Tous méprisant royalement la chatte tigrée qui rôdait, pleine d'espoir, sur la route devant nous. Elle agitait la queue chaque fois qu'un petit oiseau s'envolait au-dessus de sa tête, et s'accroupit même quand un merle atterrit nonchalamment sur la route pour venir picorer au pied de la haie.

Devant la chatte qui se préparait à bondir, j'aurais juré voir le merle lever les yeux au ciel avant de s'envoler d'un nouveau coup d'ailes paresseux. Je songeai que c'était sans doute le même oiseau qui nous avait rendu visite au jardin peu avant. Il nous connaissait et ne doutait pas que nous partagions sa piètre opinion de cet inepte prédateur. La chatte, pendant ce temps, avait repris ses battements de queue et ses déambulations, comme qui, non, non, n'était même pas intéressé par les oiseaux, figurez-vous.

—Est-ce le chat du docteur ? s'enquit lady Hardcastle lorsque l'animal sauta par un trou dans la haie.

Où elle disparut, non sans nous jeter un regard désapprobateur, à croire qu'elle nous tenait pour responsables de sa chasse ratée.

—Cela y ressemble en tout cas, répondis-je. Elle a un dessin en forme de papillon sur les épaules.

—Ah, je l'ai toujours vu comme un symbole de l'infini.

—Ah bon ? Vraiment ? Eh bien, pour moi, c'est un papillon.

—La poétesse qui sommeille en vous.

—Plutôt la Galloise en moi. Saviez-vous qu'en gallois, « papillon » se dit *glöyn byw*, ce qui, littéralement, se traduit par « braise vivante » ? Comment voudriez-vous que je ne sois pas poétique, avec des ancêtres qui pensaient de la sorte ?

Ayant atteint le bout du sentier, nous traversâmes la route jusqu'à la place herbeuse du village. Quelques jeunes hommes, devant un groupe de gamins ébahis, s'affairaient à démonter l'estrade qui avait été montée à la hâte près du club de cricket pour le spectacle du village la veille.

Bien que l'heure du repas soit passée, les tables devant le Dog and Duck étaient encore occupées par de nombreux garçons de ferme qui profitaient des derniers jours de tranquillité avant que les récoltes ne débutent vraiment, emportant avec elles tout leur temps libre.

Notre chemin nous conduisit devant les tables où mon amie Daisy, l'infatigable serveuse du pub, nous adressa un salut chaleureux de la main.

—B'jour, Flo. Bonjour, lady Hardcastle. Je peux pas m'arrêter, c'est la folie ici. Vous passez ce soir ?

—Possible, lui répondis-je. Je pense que nous avons prévu un dîner calme à la maison, mais nous pourrions nous laisser convaincre de ressortir.

—J'vous dis peut-être à plus tard, alors. Bye-bye en attendant.

Sur quoi, elle se hâta de regagner le bar avec son plateau de verres et d'assiettes vides.

Nous poursuivîmes vers le petit défilé de boutiques et franchîmes la porte ouverte de l'épicerie, où Mme Pantry, la propriétaire, assise sur un tabouret derrière son comptoir, sirotait une tasse de thé. Elle leva les yeux en entendant nos pas sur le plancher. Malgré la chaleur accablante, elle était à son habitude enveloppée dans son gros châle de laine et les cheveux étroitement serrés dans une épaisse étole de coton.

—Bonjour, madame Pantry, lança lady Hardcastle d'un ton guilleret. Comment allez-vous, par cette jolie journée ?

—Fait chaud, répondit l'épicière.

—Il fait en effet un peu chaud, n'est-ce pas ? Cela affecte-t-il votre marchandise ?

Mme Pantry était une bonne femme grincheuse dont la piètre opinion de la noblesse entrait en conflit perpétuel avec son désir de tirer profit de quiconque pénétrait dans sa boutique. Les rares fois où lady Hardcastle m'avait accompagnée ici, je n'avais jamais réussi à déterminer si elle s'échinait à conquérir la bougonne ou si elle s'amusait juste à la taquiner.

Quoi qu'il en soit, Hilda Pantry resta insensible à la taquinerie, si taquinerie il y avait bien, et répondit tout de go :

—Le beurre va pas tarder à tourner et les barres chocolatées, elles vont pas résister un jour de plus, se lamenta-t-elle en désignant la boîte en bois derrière elle, remplie de barres de chocolat au lait Fry's. Je peux vous les faire à un penny les deux.

Je n'achetais jamais de chocolat, mais j'aurais été surprise que ces barres valent plus d'un demi-penny l'unité, même lorsqu'elles ne collaient pas à leur emballage.

—Pas aujourd'hui, merci, répondit ma maîtresse. Je me demandais si vous aviez mes produits chimiques.

Avec un soupir, Mme Pantry se leva de son tabouret et se pencha pour fouiller sous le comptoir. Elle en émergea quelques secondes plus tard pour y poser non sans une certaine brutalité une bouteille de la valeur d'une pinte et une fiole. Les deux étaient en verre bleu et la plus grande portait le nom de son fabricant sous le col.

—Absolument formidable, s'extasia lady Hardcastle. Merci, merci beaucoup.

Mme Pantry n'avait pas lâché les deux bouteilles.

—Y vous les faut pour quoi ? demanda-t-elle.

—Les effets spéciaux d'un projet de film animé.

—Je peux pas être tenue responsable si vous mettez le feu à vot' maison. Vous les prenez à vos risques et périls.

—Il n'y aura pas de feu, madame Pantry, ne craignez rien.

—Vous allez les faire fumer comment, alors ?

Lady Hardcastle sourit et répondit :

—Procédé chimique.

L'épicière lâcha un « pfff » sonore, mais emballa les bouteilles dans du papier kraft avant d'encaisser l'argent et de reverrouiller sa caisse. De nouveau sur le trottoir au soleil, je me tournai vers ma patronne :

—C'est vrai, comment allez-vous fabriquer de la fumée ?

—Avec du permanganate de potassium, m'expliqua-t-elle, et du peroxyde d'hydrogène. Vous les mélangez et hop ! C'est certes un peu salissant, mais cela ne mettra pas le feu à la maison. La « fumée » obtenue est fort impressionnante, cela dit.

—Je vois. Veillez à revêtir votre salopette, je vous prie.

—Je ressemblerai à un ingénieur du rail, minuscule servante, ne vous tracassez point.

—Vous avez tout intérêt. Je n'ose même pas imaginer ce que vous entendez par « un peu salissant », cependant je suis prête à parier que ce sera atroce à faire partir sur une robe d'été.

Sa réplique, sans nul doute fort spirituelle, mourut sur ses lèvres lorsque nous fûmes accostées par une jeune femme qui s'avançait vers nous sur le trottoir.

—Vous vivez par ici ? nous demanda-t-elle avec une intensité dans la voix qui aurait aisément pu passer pour de l'agressivité.

—Absolument, ma chère, lui confirma lady Hardcastle. En quoi pouvons-nous vous aider ?

La jeune femme était d'une beauté frappante. Des boucles auburn encadraient un visage délicat aux yeux verts. Elle avait une petite tache de vin au niveau de la tempe gauche, qu'elle avait cherché à masquer sous le rebord de son chapeau. Elle était presque aussi grande que ma patronne et je lui donnais environ vingt-cinq ans. Ses vêtements étaient propres et bien tenus, quoique passés de mode de quelques années. Elle cramponnait un sac en tapisserie comme si elle craignait que nous essayions de le lui voler.

—Louent-ils encore des chambres à l'auberge ? s'enquit-elle sans autre forme de préambule.

—Au Dog and Duck ? Oui, Joe a quelques chambres à louer. Et la nourriture est… eh bien, au moins elle est roborative. Si vous…

—Merci, la coupa la jeune femme.

Sur quoi, elle tourna les talons et se dirigea vers le pub.

—Par ma foi, que pensez-vous de cela ? me demanda ma maîtresse une fois que la demoiselle fut hors de portée de voix.

—Brusque et efficace.

—En effet, assurément. Je me demande qui elle est. Et d'où elle vient. Ou ce qu'elle fait dans notre bon vieux village de Littleton Cotterell.

—À en juger par son accent, elle n'est pas de par ici, pourtant je dirais qu'elle est tout de même du sud-ouest de l'Angleterre. Quoique dépourvue de fortune, elle est fière : ses vêtements ne sont pas neufs, mais bien tenus et elle veille manifestement à son apparence. Je n'arrive pas à déterminer si ses façons directes relèvent de l'ignorance et de l'impolitesse ou s'il s'agit d'une manière de contourner une forme de timidité maladive. Mais nous aurons toutes nos réponses demain au déjeuner.

—Qu'est-ce qui vous fait penser cela ?

—Elle va au Dog and Duck. Daisy saura tout avant d'entrer dans sa chambre avec son chocolat chaud du soir.

Lady Hardcastle s'esclaffa.

—Je le pense aussi, oui.

Nous dînâmes tôt ce soir-là. Après les perturbations causées par notre enquête à l'usine d'aéroplanes les semaines précédentes et l'excitation liée au spectacle du village le dimanche, ma maîtresse avait décidé qu'un peu de tranquillité serait la bienvenue.

Nous étions sous le pommier, à profiter de notre nouveau mobilier de jardin et de la température étonnamment douce. Lady Hardcastle poussa un soupir d'aise.

—C'est la belle vie, hein Flo ? lança-t-elle en piquant un morceau de maquereau à la pointe de sa fourchette. Dîner dans un jardin de campagne anglais, sous les derniers rayons du soleil d'été. Je ne pense pas qu'il existe rien de mieux.

—Le sud de la France a ses charmes. Le Bengale aussi. J'adorais la façon dont les sons changeaient à l'heure où la nature prenait ses quartiers du soir et où les créatures de la nuit entamaient leur service.

—Exact, exact. Toutefois, j'aime encore mieux être chez moi, au calme. Nous devrions nous poser un peu. Je n'ai rien contre un poil d'exaltation, comme tout un chacun, mais c'est d'autant plus appréciable quand cela vient en contraste avec des périodes de routine et de banalité, ne trouvez-vous pas ?

—Si, en effet, admis-je. Je suis tout à fait en faveur de quelques jours de banale routine. Quelques semaines, même, si c'est possible.

—Formidable. Qu'allez-vous en faire ?

—Oh, il y a toujours de la couture qui m'attend, je pourrais vivre un million d'années que je ne comprendrais toujours pas comment une femme intelligente et capable telle que vous peut causer autant de dégâts à ses vêtements. Miss Jones veut récurer la cuisine à fond, alors je lui donnerai peut-être un coup de main aussi. Il me faut aussi faire les comptes de la cuisine, la pauvre fait de son mieux, mais ses talents en arithmétique l'abandonnent parfois. Et puis…

—Non, ma chère, non, ce programme ne convient pas du tout. Je vous suggère quelques semaines de repos, et vous essayez de trouver tous les moyens de les remplir avec des corvées.

—L'ouvrage d'une dame de compagnie est sans fin... pontifiai-je.

—Eh bien, je le déclare clos pour le moment. Ou du moins en suspens.

—Mais...

—Oubliez le reprisage, me coupa-t-elle en agitant sa fourchette dans ma direction. Si mes robes ne sont plus portables, j'en achèterai de nouvelles. Edna peut prêter main-forte à Miss Jones pour ce qui est du nettoyage en profondeur de la cuisine. Et à moins – ou jusqu'à ce – que nous ne nous voyions convoquées devant un tribunal pour dettes et non-paiement de nos factures quotidiennes, l'arithmétique défaillante de Miss Jones devra suffire. Alors, mademoiselle Florence Armstrong, qu'allez-vous faire de cette période de loisir inattendue ?

Je secouai la tête en souriant.

—Je n'en ai aucune idée. J'ai mes exercices et ma lecture...

—Mais eux, vous les pratiquez tout le temps. Une activité nouvelle, exaltante.

Je réfléchis quelques instants.

—Je me demandais si je n'allais pas m'essayer à l'écriture, finis-je par répondre. Vous avez tenté de m'enseigner la peinture, à jouer du piano, chaque fois l'échec fut cuisant, alors je me suis dit que je pourrais m'essayer à une autre activité créatrice.

—Formidable. J'ai hâte de vous lire.

—Oh, n'allez pas vous mettre de telles idées en tête. Si j'écris, ce sera pour mon propre amusement.

—Dans ce cas, j'ai hâte de vous voir amusée. Et ce soir, qu'allons-nous faire ?

—Une virée au pub pendant que le temps est encore au beau ? J'ai laissé entendre à Daisy que nous repasserions peut-être.

—Une promenade au crépuscule et un verre sur la place avec nos amis du village. Excellente perspective. Je vais chercher mon chapeau.

—Et moi débarrasser la table, ainsi nous pourrons nous mettre en chemin dès que vous serez prête.

Vu la douceur de la soirée, même une fois le soleil couché, nous nous attendions à ce que les tables du Dog and Duck soient encore dehors et occupées, cependant nous ne nous attendions pas du tout à la vision qui nous accueillit sitôt que nous traversâmes la place. Les tables étaient bondées et de nombreux buveurs restaient debout, certains appuyés aux tables occupées par leurs camarades, et un gai luron était même assis sur sa bicyclette.

—Au temps pour notre idée de nous asseoir dehors, commenta ma maîtresse.

—Nous pourrions toujours boire debout, suggérai-je. Et peut-être qu'un ou deux de ces gentils jeunes hommes auront la grâce d'offrir leur siège à deux dames debout avec leur verre à la main.

—Peut-être en effet, convint-elle. J'aime à penser que les jeunes hommes du village sont effectivement gracieux et charmants. Entrons commander nos boissons afin de mettre nos hypothèses à l'épreuve. Et Daisy saura peut-être nous expliquer pourquoi ils sont aussi débordés.

Je m'étais attendue à trouver à l'intérieur du bar presque autant de monde que sur les bancs dehors, au lieu de quoi la salle était déserte. Bizarrement, la dizaine d'hommes assis autour des tables tout au fond, près de la piste de quilles, avaient l'endroit pour eux seuls.

—Voilà qui est fort curieux, fit remarquer lady Hardcastle.

—En effet, l'on aurait pu penser qu'un ou deux des buveurs debout dehors auraient préféré venir s'installer dedans, acquiesçai-je. C'est très agréable, à l'extérieur, toutefois une bonne petite chaise bat sans aucun doute le confort d'une bicyclette en guise de dossier.

Daisy était derrière le bar.

—Y z'ont tous peur du groupe, là-bas, nous dit-elle en désignant d'un geste de la tête les douze hommes à l'autre bout de la salle.

Lady Hardcastle arqua un sourcil.

—Peur ?

—Bon, c'est peut-être pas le bon mot. Disons qu'y se méfient. Les gens soignent leurs manières, quand ceux-là sont ici. Et eux, y z'aiment pas bien avoir des clients dans les parages quand ils tiennent leurs réunions.

—Dans ce cas, pourquoi organiser leurs réunions au pub ? s'étonna ma patronne. Si c'est tellement secret, pourquoi ne pas se réunir dans une cuisine sous le couvert de la nuit, vêtus de capes et après avoir répondu à un mot de passe connu d'eux seuls ?

—C'est la tradition, comme qui dirait, répondit Daisy avec un haussement d'épaules. Y tiennent toujours leurs réunions au pub, et personne ose leur dire de faire autrement.

—Qui sont-ils ? demandai-je.

—Les Weryers de la Pommeraie, nous annonça Daisy avec solennité.

Lady Hardcastle s'esclaffa.

—Les quoi du quoi ? fit-elle en s'efforçant de ne pas rire.

Daisy jeta un coup d'œil vers le groupe pour s'assurer qu'ils n'avaient pas entendu.

—Les Weryers de la Pommeraie, répéta-t-elle tout bas. C'est la vieille langue pour dire les Sentinelles du verger.

—Ce sont eux qui organisent toutes les levées de fonds caritatives, précisai-je. Ils sont assez connus. Sir Hector les a mentionnés. L'inspecteur Sunderland aussi. D'habitude, ils se font appeler les Gardiens du Cidre, je crois qu'ils trouvent l'appellation un peu plus conviviale.

—Ah, c'est donc eux ? fit lady Hardcastle. Comment se peut-il que j'ignorais leur titre de Vérifieurs de la Pommade ?

—Probablement parce que vous avez consacré un tel effort mental à trouver une variation « amusante » de leur nom que vous en avez oublié comment ils s'appellent en réalité.

—Oui, cela me ressemble tout à fait, convint-elle avec un sourire espiègle. Mais si l'on laisse de côté la question de savoir pourquoi le verger aurait besoin de gardiens, il reste à s'interroger sur ce nom des plus originaux. Vous ne pouvez m'en vouloir de trouver cela amusant.

—Tout ce que j'sais, M'dame, reprit Daisy, c'est qu'y z'ont toujours été appelés comme ça. Ça remonte à des centaines d'années, qu'on dit.

—Et quand ils ne s'occupent pas de bonnes œuvres, que font donc ces… Weryers ?

—Des tas d'occupations en rapport avec le cidre. Ils supervisent la cueillette des pommes et la fabrication du cidre. Y font ça depuis des générations. C'est un très grand honneur de servir en tant que Weryer et y prennent ça très au sérieux. Tout comme les habitants du village, tous autant qu'y sont.

—Alors je m'en veux d'avoir ri. J'adore ces traditions de village. Nous devrions peut-être commander deux cidres, histoire de nous fondre dans le tableau.

—Ça vient, annonça Daisy, qui prit deux chopes sur l'étagère au-dessus du bar.

—Et servez-vous un verre aussi, ma chère.

—C'est bien aimable. Je prendrai la même chose.

Daisy remplit donc trois pintes du cidre local, qu'elle déposa sur le bar. Un vacher entra, qui jeta un coup d'œil nerveux aux Weryers assemblés avant de commander discrètement huit autres verres du breuvage local pour ses camarades et lui-même. Lady Hardcastle, pendant ce temps, surveillait la porte du fumoir.

—Si le bar public est interdit pour la soirée, dit-elle lorsque le jeune homme fut ressorti, et que les tables dehors sont toutes prises, j'imagine que c'est trop espérer que de trouver de la place pour une paire de vieilles dames fatiguées dans le fumoir ?

—Parlez pour vous, répliquai-je. Je suis dans la fleur de l'âge, moi.

—Très bien. Y a-t-il de la place là-bas pour une dame fatiguée d'un certain âge et une jeunette bouillonnante de vigueur quoique minuscule ?

—Voilà qui est mieux.

Daisy éclata de rire.

—Pas ce soir, j'en ai peur : Joe a reçu une livraison. Il a pas pu stocker ça dans la salle de bar à cause de la réunion, du coup il a dû tout empiler au fumoir. Donc pas de place là-bas pour des dames, vieilles ou jeunes.

—Une livraison de quoi ? voulut savoir ma patronne.

—Tout sera révélé en temps et en heure, éluda Daisy avec un clin d'œil. Mais j'crois bien que ça va vous plaire.

—Vous êtes affreusement cachotière, ma chère Daisy. Cela dit, à chaque jour suffit sa peine, etc. Je suis une femme patiente.

Je ricanai.

Pendant ce bref échange, j'avais jeté un coup d'œil aux douze hommes attablés à l'autre bout du bar. J'en reconnaissais quelques-uns. Le Vieux Joe Arnold, propriétaire du pub, était assis à côté de Septimus Holman, notre boulanger. Deux hommes de dos pourraient bien être Bob Slocomb, le laitier local, et Lawrence Weakley, le primeur du village, mais je n'en étais pas certaine. Le visage de la plupart des autres m'était familier, comme celui de quidams que j'aurais croisés ici et là au fil des années, sans toutefois être en mesure de leur donner un nom.

Au départ, ils ne nous avaient pas prêté attention, mais aux coups d'œil de plus en plus fréquents dans notre direction, il devenait clair que notre temps passé de ce côté-ci du bar était écoulé.

—Je pense que nous devrions emporter nos boissons à l'extérieur, suggérai-je. Je ne crois pas que nous soyons les bienvenues ici.

—Oh, sornettes et billevesées. Ils peuvent bien nous supporter quelques minutes, répliqua lady Hardcastle.

—Vous étiez la première à exprimer votre amour des traditions du village. Or l'une d'elles veut que les…

—Les Gazouilleurs du Pont-au-Change, me coupa-t-elle.

Je poussai un soupir.

—Ne commencez pas. Vous avez entendu Daisy répéter « Weryers » à deux reprises. Vous l'avez dit vous-même. Et n'essayez même pas de me faire croire que vous êtes incapable de mémoriser le mot « Pommeraie », maintenant qu'on vous a expliqué que cela signifiait « verger ».

Ma patronne souriait de toutes ses dents.

—L'une des traditions du village, repris-je, veut que les Weryers de la Pommeraie aient la jouissance exclusive de la salle de bar lors de leurs réunions.

Elle avait ouvert la bouche pour répondre, quand un homme d'âge moyen franchit bruyamment la porte et vint poser tout aussi bruyamment son verre vide sur le bar.

—Une autre pinte, ici, si tu veux bien, Daisy chérie, dit-il. Enfin, si les Weryers l'autorisent, ajouta-t-il d'une voix sonore.

Un ou deux membres du groupe levèrent les yeux. Tout sourire, il inclina sa casquette à l'attention de lady Hardcastle et moi.

—B'soir, Mesdames. Désolé d'vous interrompre, mais j'ai grand soif.

Nous lui sourîmes toutes les deux aussi et inclinâmes la tête en guise de salutation synchronisée.

—Ça arrive tout de suite, monsieur Swanton, annonça Daisy en lui prenant son verre. Comment va ?

—J'peux pas m'plaindre.

—J'vous écouterais même pas si vous l'faisiez. Comment va vot' Mercy ?

—Pas trop mal. Ses hanches lui jouent encore des tours, mais ça va pas l'arrêter.

—Contente de l'entendre.

Daisy encaissa son argent et, sur un ultime salut ironique à l'assemblée des Weryers, il ressortit aussi bruyamment qu'il était entré.

—Dois-je en déduire que M. Swanton n'a aucune affection pour nos amis les Gardiens du Cidre ? fit lady Hardcastle.

—M. Swanton ? Non, il les aime pas du tout, confirma Daisy.

—Pourquoi cela ? m'enquis-je. Je l'ai toujours trouvé plutôt affable, comme bonhomme.

—Moi aussi, renchérit ma patronne. Il appartient à l'un des comités de village de Gertie, même si, ma vie en fût-elle menacée, je ne saurais me rappeler lequel.

—C't'un type tout ce qu'y a de correct, confirma Daisy, seulement les Weryers l'ont refusé, et depuis il leur garde un chien de sa chienne.

—Refusé ?

—Y a quelques années, quand le vieux Billy Baker est décédé… vous vous souvenez de Billy Baker ?

—C'était avant notre arrivée, je pense, lui dis-je.

—Bon, ben il est décédé. Du coup, une place s'est libérée chez les Weryers et Pat Swandon a cru qu'elle était pour lui. Il la visait depuis des années.

—Et ils ont dit non, conclut lady Hardcastle.

—Voilà. Sans jamais lui donner la moindre explication, d'ailleurs. Il suffit que trois membres s'opposent et une fois qu'ils ont dit non, c'est fini. Il leur en veut depuis.

—Comment en sais-tu autant à leur sujet ? demandai-je à mon amie.

—Sans doute à cause de moi, répondit une voix derrière nous.

Nous nous tournâmes pour découvrir Cissy Slocomb, un sourire adorablement malicieux aux lèvres.

Cissy était la fille du laitier, ce dont son physique témoignait avec éclat. En des temps anciens, elle aurait été décrite comme « une gueuse plantureuse », d'autant qu'elle avait le caractère joyeux et le sens de l'humour grivois qui allait avec. Je m'étais toujours excellemment bien entendue avec elle. Je la connaissais plutôt pas mal et avais passé nombre de soirées tapageuses au pub en sa compagnie, avec Daisy, la cuisinière de lady Hardcastle, Blodwen Jones, et le reste de leur groupe peu recommandable.

—Bonjour, Ciss, la saluai-je. Et toi, comment les connais-tu ?

—Not' père est l'un d'eux, vise donc.

Profitant de ce qu'aucun des Weryers ne regarde dans notre direction, je pus les examiner plus amplement. En effet, l'homme que j'avais supposé être Bob Slocomb se tourna légèrement pour s'adresser à son voisin et j'eus la confirmation qu'il s'agissait bien du laitier.

—Effectivement. Mais tout de même… tout cela est censé être secret, non ?

—Censé, oui. Mais tu connais not' père, il pourrait pas garder un secret même si sa vie en dépendait.

—Je croyais que les laitiers étaient censés être discrets, intervint ma patronne. Car enfin, ils assistent à toutes les allées et venues du petit matin.

—Ben si not' père assiste à des allées et venues au petit matin, vous pouvez être sûre que tout le village sera au courant d'ici au déjeuner.

Nous éclatâmes de rire.

Lady Hardcastle observait la sérieuse assemblée tout en sirotant son verre.

—Que trouvent-ils donc à discuter toute une soirée, je me le demande ? dit-elle.

—Des histoires de Weryers, répondit sagement Cissy.

—Les œuvres de charité ? m'enquis-je.

—De nos jours, oui. Not' père dit qu'avant ils avaient des… comment il a appelé ça… des « rites mystiques », voilà. Dans l'ancien temps, ils pratiquaient des cérémonies et tout ça, pour « assurer une récolte de pommes abondante », mais maintenant, comme tu dis, ils s'occupent surtout de lever des fonds pour la charité. Et ils se saoulent, bien sûr. Enfin, ils se saoulent surtout. Oh, et à Noël, ils produisent un peu de cidre chaud aussi. Ils adorent le cidre chaud.

Ce fut mon tour de m'esclaffer.

—Qui n'aime pas cela ?

—J'adore le cidre chaud, pour ma part, convint lady Hardcastle. Du moins, je suis sûre que j'adorerais si j'en avais déjà goûté. Attention, attention, Mesdames, tenez-vous bien. L'un d'eux s'approche.

Un bel homme, cheveu grisonnant et œil rieur, avait quitté la table des Weryers et s'avançait vers le bar.

—Pourrions-nous te commander une autre tournée, Daisy, s'il te plaît ? demanda-t-il avec un sourire chaleureux.

—Bien sûr, monsieur Cridland. Allez donc vous rasseoir, je vous apporte ça.

—Au moins laisse-moi t'aider, proposa-t-il, toujours souriant. Tu vas passer ta soirée à faire des va-et-vient autrement.

—Vous tracassez pas pour ça, m'sieur C. J'suis payée pour les va-et-vient.

—Tes parents doivent être fiers de toi. Comment vont-ils, d'ailleurs ? Je ne les ai pas vus depuis un moment.

—On peut pas se plaindre, répondit Daisy. Enfin, si, eux y peuvent, et ils se plaignent, mais sans raison.

M. Cridland rit, puis il parut remarquer enfin le reste d'entre nous.

—Veuillez m'excuser, Mesdames, voyez comme je suis malpoli. Cissy, je la connais. Et lady Hardcastle, si je ne m'abuse ? Nous n'avons pas été présentés, mais je vous connais de réputation, évidemment. Claud Cridland. Je dirige une ferme, sur la route de Woodworthy. Quelques terres arables et un verger. Rien de grandiose.

—Enchantée, répondit ma maîtresse. Et si vous avez entendu parler de moi, vous aurez sans doute aussi eu vent de Mlle Armstrong.

—Absolument. Sauveuse de la fête du village de Littleton Cotterell. Nous avons passé une journée merveilleuse hier, merci.

—Tout le plaisir était pour moi, répondis-je.

—Bon, je ferais mieux de retourner à la réunion, à présent. Ce fut un ravissement de vous rencontrer toutes.

Sur ce, il s'en retourna à la table à l'autre bout de la salle.

—Il m'a l'air charmant, commentai-je.

—Un type adorable, acquiesça Cissy. Malgré qu'il soit pas très bon juge du caractère des gens, s'il estime que Daisy peut rendre quiconque fier.

—Eh ! Suffit, hein ! Je suis un modèle de fille, d'accord ?

—Absolument, ma chère, confirma lady Hardcastle. Et ne laissez personne dire le contraire.

Cissy leva les yeux au ciel.

—Ah, je sais ce que je voulais te demander, Daisy, repris-je. Vous avez une nouvelle pensionnaire ?

—Ben, il se trouve que oui. Comment tu es au courant ?

—Nous l'avons rencontrée sur la place, cet après-midi. Elle nous a demandé si nous connaissions un endroit où l'on proposait des chambres et nous l'avons envoyée ici.

—Merci beaucoup, alors. Le Vieux Joe est toujours content de gagner quelques sous en plus. On n'a pas grand monde à coucher.

—Qu'avez-vous appris sur elle ? voulut savoir lady Hardcastle.

—Pas grand-chose. J'ai essayé, vous me connaissez, mais elle est guère causante. J'ai vu son nom grâce au livre des clients, Mlle Grace Chamberlain, mais hormis son dégoût pour le boudin au petit déjeuner, j'ai pas réussi à lui soutirer un mot.

—Est-elle dans les parages ? Nous pourrions peut-être nous présenter.

—J'l'ai pas vue depuis que je lui ai monté une tarte y a une heure. Elle doit être dans sa chambre, je dirais.

—Quel dommage, j'avais espéré qu'elle soit dehors sur la pelouse. Il serait bien trop intrusif d'aller frapper à sa porte pour lui demander de nous raconter sa vie. Une autre fois.

—Si j'apprends quelque chose, j'vous dirai, promit Daisy.

—Vous êtes un chou.

Pendant cet échange, j'avais gardé à l'œil les Weryers et remarqué que nous recevions de plus en plus de regards ouvertement hostiles de leur part. Je m'apprêtais à le faire remarquer à lady Hardcastle mais fus prise de vitesse. Sur un geste autoritaire de la main à l'intention de ses compagnons, M. Cridland se leva de la table et revint vers nous.

L'air un peu troublé, mais résolu néanmoins.

—Mes excuses de vous interrompre à nouveau, Mesdames, commença-t-il, mais… voyez-vous… en fait, mes camarades Weryers et moi-même vous serions reconnaissants si vous vouliez bien nous laisser l'usage exclusif de la salle. Je suis navré de devoir vous le demander, ajouta-t-il d'un air contrit, mais… eh bien… enfin, vous voyez…

—Bien sûr, monsieur Cridland, lui répondit aimablement ma patronne. Accordez-nous un instant pour faire nos adieux, et nous vous débarrassons le plancher.

—Merci, Madame. Je vous en prie, ne tardez pas trop.

Elle fronça les sourcils mais n'ajouta rien. L'homme tourna les talons et nous laissa.

—L'ordre de repli a été donné, Mesdames. Nous ferions mieux de filer. S'il n'y a pas de place dehors, Flo, que diriez-vous de rentrer à la maison faire une partie de cartes ?

Sur ce, nous fîmes nos adieux et allâmes passer les tables en revue dehors. Comme elles étaient toujours bondées, nous rentrâmes.

Ainsi qu'à mon habitude, j'étais debout de bonne heure le lendemain matin, et occupée à la cuisine lorsqu'Edna et Miss Jones arrivèrent ensemble. Étonnamment agitées.

—Avez-vous entendu la nouvelle ? me demanda Edna.

—Terrible nouvelle, ajouta Miss Jones.

—Cela ne fait qu'une heure que je suis levée, je le crains, répondis-je. Vous êtes les deux premières porteuses de nouvelles que je croise depuis hier soir. Qu'est-il arrivé ?

—Il y a eu un meurtre, m'informa Miss Jones.

—Au couteau, précisa Edna.

—Grands dieux ! Qui ? Où ?

—Claud Cridland, répondit Miss Jones. L'agent Hancock a dit que quelqu'un avait découvert son corps dans le verger à cidre, très tôt ce matin. Poignardé, qu'il était.

—Une pomme dans la bouche, renchérit Edna avec une jubilation tout sauf délicate.

En parlant de bouche, la mienne en resta à béer et je jurai discrètement en gallois. Edna me jeta un regard perplexe, mais dut deviner à mon expression que ce que j'avais dit, en tout cas, exprimait mon choc.

—C'est horrible, me repris-je. Nous l'avons justement rencontré hier soir. Le connaissiez-vous ?

—Y possédait le verger de pommiers qui fournit le moulin à cidre. Un type charmant, tiens. Jamais un mot méchant pour personne. Et généreux, avec ça… y fait beaucoup pour les œuvres de charité du coin.

—Mais il ne vivait pas au village, si ?

—Non, le verger est de l'autre côté du village. Il venait jamais beaucoup par ici. L'en avait pas l'occasion.

—Sauf pour les réunions des Weryers, nuança Miss Jones. Il devait être au Dog and Duck hier soir.

—Oui, confirmai-je, les Weryers de la Pommeraie, c'est là que nous avons été présentés. Ils avaient réservé la salle du bar et, comme les tables à l'extérieur étaient toutes occupées, nous avons décidé de ne pas rester, finalement. Cridland m'a paru très plaisant, en effet. Et bel homme aussi.

—Oh, pour ça oui, acquiesça Edna. Il a brisé quelques cœurs à son époque, permettez-moi de vous dire.

—Le pauvre homme. Quelqu'un sait-il ce qu'il a pu faire pour finir poignardé ?

—L'agent Hancock avait rien de plus à en dire, déplora Miss Jones. Il était pressé de retourner au poste et j'ai pas osé m'attarder.

—Retourner d'où ?

—Vous connaissez l'agent Hancock, fit Edna. Y pouvait pas détenir une nouvelle pareille et pas en faire profiter tout le village. Il est pire qu'une vieille bonne femme, çui-là, des fois. Y revenait de chez l'épicier pour l'annoncer à Weakley. Pasqu'y fait partie des Weryers, Larry Weakley.

—Oui, nous l'avons vu à la réunion aussi. Bon, je ne doute pas que nous en apprenions plus avec le temps. Lady Hardcastle va certainement tenter d'en découvrir le maximum.

Un bâillement attira justement notre attention vers la susmentionnée qui se tenait là, en chemise de nuit.

—Sur quoi vais-je tenter d'en découvrir le maximum ? croassa-t-elle.

—L’un des Weryers a été poignardé dans le verger de pommes la nuit dernière, l’informai-je. Quelqu’un l’a trouvé et est allé le rapporter à l’agent Hancock ce matin.

—Bonté divine, quelle horreur ! Lequel ?

—Claud Cridland.

—Oh ! Il m’avait bien plu.

—Il nous a pourtant demandé de mettre les bouts.

—Certes, mais il culpabilisait. Réaction assez charmante. Cependant, vous avez raison, je vais assurément tâcher d’en apprendre autant que possible. Je ne supporte pas un mystère non résolu, pire encore s’il s’agit d’un homicide.

—Oooh ! s’exclama Edna, l’air impatiente. Vous allez enquêter ?

Lady Hardcastle sourit.

—Je pense qu’il vaut mieux rester en dehors de cela. La police apprécie moins les interférences des amateurs que les romans policiers ne voudraient nous le faire croire.

—Y seraient perdus sans vous, M’dame. Vous en avez résolu une quantité, des meurtres, depuis que vous avez emménagé ici.

—Oui, vous n’avez pas tort. Il n’empêche, je pense qu’il vaut mieux ne pas y fourrer le nez à moins que l’on nous demande spécifiquement notre aide. J’ai promis à Armstrong une période d’indolence, après tout.

—Quelques semaines de banale routine, la citai-je.

—Exactement. Alors nous resterons tranquilles tant qu’on ne nous aura pas appelées en renfort. Avons-nous du café ?

—Je viens de mettre l'eau à bouillir, répondis-je. Allez vous mettre à l'aise au salon d'été, je vous l'apporte d'ici quelques minutes.

À cet instant, la cloche de l'entrée sonna.

—Ah, tout compte fait, pourriez-vous vous occuper du café, Miss Jones ? Je vais aller ouvrir.

J'ouvris la porte et me trouvai face au visage rougi du sergent Dobson, tunique légèrement de guingois comme s'il s'était empressé de venir à nous.

—B'jour, mamzelle Armstrong, dit-il en touchant du doigt le bord de son casque de police, sa salutation habituelle. Vot' maîtresse est à la maison ?

—Absolument, oui, sergent. Vous ne voulez pas entrer ?

—Merci, Mademoiselle.

Je le conduisis au salon d'été, où lady Hardcastle lisait le journal à la table. Elle leva les yeux lorsque nous entrâmes.

—Bonjour, Sergent, lança-t-elle en refermant le journal, avant de sourire de le voir tout embarrassé. Vous allez devoir excuser ma tenue, je crains de n'avoir pas l'énergie de courir à l'étage me changer, et je crois comprendre à votre propre apparence que vous êtes probablement bien trop pressé pour attendre que j'apaise ma vanité. Que pouvons-nous faire pour vous ?

—Désolé de m'imposer comme ça, M'dame, commença-t-il, toujours un peu hésitant quant à l'endroit où il seyait de poser les yeux, mais j'me demandais…

—Si nous pourrions venir fourrer nos nez dans l'affaire du meurtre de M. Cridland ?

Il opina du chef, soulagé.

—Pour être honnête, Sergent, je croyais que vous ne le demanderiez jamais, sourit-elle. Venez, venez vous mettre à l'aise pendant que je vais m'habiller. Le café arrive, apparemment, mais je suis sûre que nous pouvons vous préparer un thé, si vous préférez.

Sur ce, elle se hâta de quitter le salon d'été et galopa à l'étage, avant que le sergent Dobson n'ait le temps de réagir. Avec un haussement d'épaules à l'intention du policier médusé, je la suivis.

2

Le verger de pommes se trouvait à peu près à un *mile* et demi de chez nous, de l'autre côté du village, et le sergent Dobson était venu sur sa bicyclette fournie par la police. Ce qui, j'y songeai à retardement, expliquait son apparence quelque peu échevelée, mais signifiait aussi que nous ne pourrions pas l'emmener dans la Rolls. De toute façon, je ne parvenais pas à l'imaginer ravi, perché sur le coffre à bagages de l'auto deux places, même sans sa bicyclette. C'était donc mieux ainsi.

—Nous vous retrouvons sur place, sergent, lui indiqua lady Hardcastle en engageant l'auto dans l'allée.

D'un coup d'œil par-dessus mon épaule tandis que nous prenions de la vitesse, je vis le pauvre vieux sergent qui terminait tout juste d'attacher le bas de son pantalon avec un morceau de ficelle pour éviter que le tissu n'aille se coincer dans la chaîne. Il n'était pas encore monté sur sa fidèle bicyclette que nous prîmes un virage qui me le cacha définitivement.

Au village, c'était déjà le branle-bas de combat – les gens se lèvent tôt, à la campagne – et je rendais les saluts chaleureux de la main sur notre passage. Rapide, le passage. Lady Hardcastle était d'avis que si une auto était capable de rouler vite, il fallait toujours la conduire aussi vite que possible. Mieux que cela, elle croyait qu'il fallait uniquement la conduire vite. En moins de cinq minutes, nous avions parcouru le *mile* et demi et nous étions garées au bout de l'allée piétonne qui menait au verger. Un panonceau indiquait le chemin, et nous débarquâmes pour terminer notre trajet à pied.

L'allée traversait un bois tellement épais que je me pris à craindre que nous n'ayons emprunté le mauvais chemin.

—Je ne suis pas dendrologue, mais même moi, je vois bien que ces arbres ne sont pas des pommiers, fis-je remarquer à ma patronne.

—Non, en effet, ma chère. La plupart sont des ormes ou des aulnes, et j'ai reconnu au moins un charme. N'est-il pas magnifique ? L'on dirait une vieille femme au visage taillé à la serpe. Je vous parie qu'il en a, des histoires à raconter, et des sagesses à transmettre.

—Mais pas de pommes, persistai-je.

—Non. Seulement de petites grappes de graines à l'automne. Des samares. Elles volent comme des graines de sycomores, savez-vous.

—Aucun intérêt pour faire du cidre, néanmoins. Sommes-nous sur le bon chemin ?

—Bien sûr que oui.

—Comment en êtes-vous aussi certaine ?

—Eh bien, mon premier indice a été le panonceau qui indiquait cette direction et ce sentier, avec le mot « Verger » inscrit dessus, mais maintenant, il y a aussi… ceci !

D'un geste, elle désignait une vaste clairière, où se dressaient des rangées de pommiers chargés de fruits.

Malgré l'ordonnancement de la plantation, selon un motif quadrillé, il se dégageait du verger une atmosphère quasi magique. Entouré sur ses quatre côtés de bois denses, il aurait aisément pu tenir lieu d'ancien site sacré. Un temple à la déesse Iduun, par exemple – la gardienne des pommes de l'immortalité, dans la mythologie nordique.

—C'est beau ! m'extasiai-je.

—Tout à fait captivant, acquiesça lady Hardcastle. Quoiqu'un peu malcommode pour la commercialisation des fruits. Je veux dire, comment apportent-ils les pommes à la cidrerie ?

—En charrettes à bras, par la route, répondit une voix d'homme derrière nous. Et on charge les brouettes ici. La cidrerie n'est pas bien loin sur la route.

Nous retournant, nous découvrîmes un homme d'une cinquantaine d'années, habillé pour un travail manuel. Ses manches de chemise étaient remontées sur des avant-bras bronzés et musculeux, et sa casquette de toile était repoussée en arrière de son crâne.

—Lady Hardcastle, c'est bien cela ? reprit-il. Le sergent Dobson m'a dit qu'il allait vous envoyer. Cependant, je dois vous avertir que la vue n'est pas plaisante.

—C'est bien moi, répondit ma patronne, et voici Florence Armstrong. Enchanté, monsieur… ?

—Mattick. Abel Mattick, maître cidrier.

—Enchantée, monsieur Mattick. Vous travaillez donc à la cidrerie ?

—Enchanté, et oui. Claud dirigeait sa ferme et s'occupait du verger. Moi, je m'occupe du pressoir.

—Vous étiez amis ? Vous devez être dévasté. Je vous présente mes sincères condoléances.

—Nous étions amis, oui…

Il marqua une pause, le regard perdu au loin. Je crus voir une expression dans ses yeux qui semblait plus intense que le chagrin – de la peur, peut-être ? – mais elle avait disparu avant que je ne puisse en être certaine. Il secoua la tête, comme s'il se rappelait soudain où il était.

—Le sergent a dit que vous souhaiteriez le voir. Claud, je veux dire. Je vous confesse que j'en ai douté, lorsqu'il me l'a annoncé. Je n'imaginais guère deux dames… enfin, vous voyez…

—Je crains que si, nous le souhaitions bel et bien, confirma lady Hardcastle. Nous aimerions aider à découvrir qui est responsable du meurtre de votre ami, or c'est une première étape indispensable.

M. Mattick désigna l'autre côté du verger.

—Par là. Troisième rangée. Si vous n'y voyez pas d'inconvénient, je préfère ne pas me joindre à vous.

—Je comprends tout à fait. Merci.

Et nous prîmes la direction indiquée.

Trois rangées plus loin, nous tombâmes sur le corps de M. Cridland, adossé contre l'un de ses pommiers, un fruit dans la bouche. Vision grotesque s'il en était, humiliation délibérée. Comme si priver l'homme de sa vie d'un coup de couteau en plein cœur n'avait pas suffi, que le tueur avait aussi choisi de lui voler sa dignité. En y regardant d'un peu plus près, je remarquai une ecchymose au niveau de la mâchoire de M. Cridland, à l'endroit où le tueur avait forcé la fermeture de la bouche afin de lui faire mordre dans la pomme.

Même dans la mort, il restait reconnaissable, le même bel homme enjoué avec qui nous avions parlé la veille au soir. Il n'était plus vêtu de son élégant costume de tweed, mais d'une chemise blanche et d'un pantalon de coton sombre. Sa chemise était ouverte au col et du sang avait séché autour d'un trou net et circulaire dans le tissu, exactement au niveau du cœur.

Malgré la précipitation avec laquelle nous avions quitté la maison, lady Hardcastle avait eu la présence d'esprit d'emporter son carnet de croquis et ses crayons en sortant. Après avoir minutieusement inspecté la zone autour du corps, elle sortit son matériel à dessin de sa sacoche en toile et entreprit de reproduire la scène. Sachant qu'il lui faudrait un moment, j'entrepris ma petite exploration de mon côté.

Le sol était desséché et durci par le soleil d'été, ce qui laissait peu de chance de trouver les indices traditionnels promis au détective, à savoir les empreintes de pas incriminantes. Il y avait toutefois des traînées dans la poussière, comme si le corps de M. Cridland avait été tiré. Je suivis les traces de mon mieux, tout en comptant distraitement les arbres à mesure que j'avançais dans la rangée.

Sept… huit… neuf.

La piste semblait s'arrêter au bout de la rangée, où la terre compacte laissait place à une herbe jaunie, et une autre rapide recherche révéla qu'une parcelle de cette herbe avait bien pu être piétinée lors d'une bagarre. Je m'agenouillai : un rapide examen me révéla quelques gouttes de sang séché.

La pelouse était par ailleurs bien entretenue, dénuée de mauvaises herbes ou d'autres piétinements, et elle courait sur tout le long du verger – sans doute sur une centaine de mètres en tout – pour former une sorte de frontière naturelle entre la partie boisée sauvage et les rangées militaires de pommiers. Ne voyant pas grand-chose d'autre de remarquable, je retournai lentement vers mon employeuse et ses dessins.

Au son de voix masculines en provenance de l'autre côté du verger, je changeai de chemin pour aller à la rencontre des personnes auxquelles appartenaient ces voix, quand je compris qu'il s'agissait de l'inspecteur Sunderland et du médecin de la police, le docteur Gosling, plantés là, l'air perdus, dans une clairière quasi circulaire au milieu des rangées d'arbres soigneusement alignées.

—Bonjour, mademoiselle Armstrong, lança l'inspecteur Sunderland en s'approchant. Nous avons dépassé Dobson en chemin, qui nous a dit que nous vous trouverions ici.

—Vous ne lui avez donc pas proposé de le prendre ?

—On n'avait nulle part où caser la bicyclette, expliqua le docteur Gosling. Un peu d'exercice lui fera un bien énorme, à n'en pas douter. Bonjour, mademoiselle Armstrong.

—Bonjour à vous deux, répondis-je. Je vous avoue ma surprise de vous voir, vous voilà bien loin de votre champ d'action. Oh, mais d'ailleurs, les inspecteurs ont-ils un « champ d'action » ? Quoi qu'il en soit, vous êtes bien loin de chez vous.

—Je ne sais pas refuser un appel à l'aide de Littleton Cotterell. L'agent Hancock a téléphoné à Bridewell très tôt ce matin, sur les instructions du sergent Dobson. Apparemment, il ne fait toujours pas confiance à la PJ de Bristol, et nous sommes les premiers qu'il appelle, désormais, chaque fois que quelque chose lui tombe dessus.

—En tout cas, je suis ravie de vous voir. Et vous aussi, docteur Gosling. Comment se porte Mlle Caudle ?

—Dinah va bien, merci. Elle vous envoie ses salutations et demande quand nous aurons le plaisir de vous revoir à dîner.

Lady Hardcastle connaissait le docteur Gosling depuis ses années universitaires et elle aimait clamer à qui voulait bien l'entendre que c'était elle qui l'avait présenté à sa fiancée, la journaliste du *Bristol News*, Dinah Caudle. Nous dînions avec eux à Bristol aussi souvent que possible.

—Je vais devoir le demander à Madame, j'en ai bien peur, je ne suis pas autorisée à prendre des rendez-vous pour le dîner.

—Ah ! Très drôle. Et où est donc « Madame » ?

—Avec le cadavre, par ici, lui indiquai-je. Suivez-moi.

—Formidable, dit Gosling, cela fait un moment que nous errons dans les parages. La découverte de cette clairière nous a procuré une sacrée surprise.

—En effet, c'est une utilisation de l'espace assez peu optimale, concédai-je. M. Mattick ne vous a donc pas montré le chemin ?

—Mattick ? répéta l'inspecteur.

—Taille moyenne, chemise blanche, pas de col, cheveux bruns. Il dirige le pressoir.

—Nous n'avons pas vu âme qui vive, ma vieille, répondit le docteur Gosling.

—Bizarre. Enfin, peu importe, puisque je vous ai trouvés.

Je les précédai entre les arbres, jusqu'à l'endroit où se tenait encore lady Hardcastle, occupée à dessiner le cadavre et la zone qui l'entourait.

—Bonjour, Messieurs, dit-elle avec un petit geste du crayon. (Un autre était serré entre ses dents.) Je n'en ai plus pour longtemps. Je termine juste.

—Je ne cesse de dire que je veux demander un appareil photo, fit l'inspecteur, mais je suis persuadé que je ne tarderais pas à le casser, même si je pensais à l'emporter sur une scène de crime. Mon épouse prend les plus merveilleux instantanés, alors que pour ma part, je gâche des longueurs et des longueurs de film à prendre sans le vouloir des photos du ciel ou à couper la tête des gens sur les portraits. Mes clichés ne serviraient jamais à prouver quoi que ce soit, contrairement aux croquis de lady Hardcastle, qui se sont toujours avérés extrêmement utiles.

Elle hocha la tête à cet éloge, sans cesser de dessiner ni proférer le moindre commentaire. Pendant ce temps, le docteur Gosling observait le corps de loin.

—Il a été poignardé, constata-t-il soudain, très sérieux.

—Vous voyez, Mademoiselle ? dit l'inspecteur en sortant un carnet et un crayon de la poche de sa veste. Voilà pourquoi j'ai besoin qu'un médecin légiste patenté m'accompagne lors de tels déplacements.

—Pour vous fournir des informations indispensables, conclus-je. Cridland n'a pas été attaqué ici, cependant.

—Non, j'ai remarqué les traînées.

Je tendis le doigt vers le bout de la rangée et l'herbe au-delà.

—Il y a eu une escarmouche par là-bas, entre le bois et le verger, à environ vingt mètres sur la droite. J'ai vu une tache de sang dans l'herbe, d'où je déduis qu'il a dû se débattre, prendre le coup de couteau à la poitrine et être ensuite traîné par le tueur jusqu'ici, où son corps a été mis en scène.

—Avec une pomme dans la bouche, fit l'inspecteur, qui réfléchissait à haute voix tout en prenant des notes dans son carnet. Je me demande si c'est important ou si cela n'est qu'une volonté d'humiliation.

—C'était un porc, cet homme ? s'enquit le docteur Gosling en se penchant pour examiner le corps.

—Nous n'en savons pas encore beaucoup sur lui, répondis-je. Il se trouve que nous lui avons parlé brièvement hier soir, mais sans rien apprendre de plus qu'il était charmant et aimable. Il dirigeait la ferme voisine et tenait le verger. Il était aussi Weryer de la Pommeraie, mais hormis ce détail et la haute opinion qu'avait de lui notre femme de ménage, nous n'avons pas d'autres informations.

—Varieur de quoi ? fit le docteur Gosling.

—Weryer. Une organisation caritative locale, l'informa l'inspecteur. Vous les connaissez sans doute sous la dénomination de « Gardiens du Cidre ». Il était donc estimé ?

—Mattick semblait l'apprécier.

—Mattick… celui que nous n'avons pas rencontré à notre arrivée.

—Lui-même : le maître cidrier. Il était là lorsque nous sommes arrivées, en revanche. Je me demande où il est passé. Il avait l'air très secoué par le meurtre de son ami. J'espère que tout va bien.

—Je suis sûr que oui, dit l'inspecteur Sunderland. Ça a dû lui faire un choc, ce qui est bien normal. Je ne serais pas surpris d'apprendre qu'il est rentré chez lui se préparer un bon thé bien chaud et bien sucré, et s'asseoir un moment. Nous irons le retrouver plus tard.

—En tout cas, il nous a accueillies à notre arrivée et nous a dit que Cridland et lui étaient amis. Et la femme de ménage de lady Hardcastle est assurément de l'avis que Cridland était un bon gars.

—Je doute que votre Edna Gibson ait utilisé l'expression « bon gars », commenta l'inspecteur avec un sourire.

—Je paraphrase peut-être, oui, toutefois il ne s'agissait pas juste d'une concession à l'adage qui veut qu'on « ne dise pas de mal des morts ». Elle semblait sincèrement l'apprécier.

—Merci. Comment en est-elle venue à parler de lui, au départ ?

—C'est elle qui nous a apporté la nouvelle du meurtre, répondis-je. Miss Jones et elle avaient croisé l'agent Hancock en chemin et apparemment, il n'avait pas résisté à l'envie de leur apprendre.

—C'est un jeune officier prometteur, celui-là, mais il est aussi bavard qu'une vieille commère.

—Edna a dit peu ou prou la même chose.

L'inspecteur sourit.

—Bon, nous avons donc un brave homme poignardé à mort… aux petites heures du jour ? ajouta-t-il, avec un regard vers le docteur Gosling pour confirmation.

—Je dirais que oui, à en juger sur son apparence et l'état des taches de sang. Je pourrai sans doute vous donner une meilleure estimation une fois que je l'aurai examiné plus avant, l'informa le docteur.

—Donc nous avons un mort par arme blanche placé dans une posture humiliante, sous l'un de ses propres pommiers, résuma Sunderland. Ce n'est pas le genre de choses que ferait un simple voleur. Ni un agresseur n'ayant pas prémédité son geste. Il y a un sens à tout cela, j'en suis certain.

Sur ce, l'inspecteur Sunderland et moi laissâmes le médecin à son examen du corps, et lady Hardcastle à ses croquis. Je l'accompagnai dans l'allée principale afin de lui montrer la scène de la bagarre pendant que nous attendions que les deux autres en aient terminé de leur ouvrage. Il était d'accord avec moi sur le fait que nous avions là le site le plus probable du meurtre, et prit des notes tout en tétant pensivement sa pipe éteinte.

Lorsque nous revînmes, lady Hardcastle avait fini et remballait son cahier de croquis et ses crayons dans sa sacoche. Le docteur Gosling avait achevé ses observations préliminaires et pris quelques notes dans son propre carnet.

—Je confirme la cause du décès, annonça-t-il. De toute évidence, elle résulte d'une blessure par arme blanche à la poitrine, toutefois je ne pourrai évaluer précisément les dommages causés qu'après ouverture du pauvre gars. J'en profiterai pour chercher sur le corps des preuves de bagarre, cependant la version de Flo me paraît la plus sensée.

—Quelle est donc votre version, ma chère ? s'enquit ma patronne.

Je lui répétai rapidement ce que j'avais trouvé à l'autre bout de la rangée d'arbres.

—Des traces qui montreraient qu'il a tenté de fuir ? demanda-t-elle.

—Rien d'évident, car le sol est trop dur pour garder des marques très précises.

—Il connaissait donc peut-être son agresseur, en conclut-elle. Une conversation au cours de laquelle les choses auraient mal tourné.

—C'est possible, opina l'inspecteur Sunderland. Mais encore une fois, c'était un costaud. Et je n'ai jamais rencontré de fermier qui fuie une bagarre, qu'il soit malingre ou robuste. S'il s'est battu avec quelqu'un, il l'aura affronté jusqu'au bout.

—Peut-être, oui. Il n'en demeure pas moins que sa visite dans le verger au beau milieu de la nuit est étrange.

—N'oubliez pas que le jour se lève à 5 heures, lui rappelai-je. Il était peut-être sorti passer les lieux en revue avant la grosse chaleur de la journée.

—Possible, convint-elle. Ou bien il a été appelé dehors. Ou attiré d'une manière ou d'une autre.

Avant que nous puissions continuer nos spéculations, une nouvelle voix nous interrompit, pour appeler nos noms, cette fois.

—Par ici, Sergent, cria l'inspecteur.

Un instant plus tard, nous étions rejoints par le sergent Dobson, encore plus rouge que lorsque nous l'avions vu à la maison.

—Vous l'avez trouvé, donc ? fit-il entre deux souffles.

—Oui, merci, lui confirma ma maîtresse.

—Quand Mattick l'a-t-il découvert ? voulut savoir l'inspecteur.

—Selon le rapport du jeune Hancock, il a appelé au poste vers 7 heures ce matin, siffla le sergent.

—Il a téléphoné ?

—Exact, M'sieur. Il a un téléphone au pressoir, il a appelé de là.

—Je vois. Et le pressoir est… ?

—À environ dix minutes de marche par ici, lui indiqua le sergent.

—Nous allons donc lui accorder quelques minutes pour le choc, plus dix minutes pour rejoindre le téléphone : il a donc dû trouver le corps pas plus tard qu'à 6 h 45, sans doute même un peu avant. C'est un verger de belle taille, il a donc pu s'écouler un certain temps avant qu'il tombe sur Cridland, ce qui signifie qu'il serait arrivé vers… disons 6 heures ? C'est assez étrange, ne pensez-vous pas ? Que faisait un cidrier dans le verger à 6 heures du matin, je me le demande bien.

—C'est potentiellement suspect, acquiesça lady Hardcastle. Toutefois, cela laisse à peu près une heure de jour pour que Cridland ait rencontré son tueur, même si nous partions du principe que cela ne s'est pas passé de nuit. Et Mattick a un intérêt évident dans l'état des pommes, donc il a toutes les raisons de se trouver ici : son travail dépend d'elles, après tout. Je ne serais pas du tout étonnée d'apprendre qu'il venait souvent ici. J'imagine qu'il y a un moment idéal pour la récolte des fruits, tout comme il en va du raisin pour le vin. Vous souvenez-vous de ce vignoble dans la Loire, Flo ? Quel était le nom du vigneron ?

—Georges Rousseau.

—Ah oui, ce cher M. Rousseau. Sa cave produisait l'un des meilleurs pouilly-fumé qu'il m'ait été donné de goûter, et il s'occupait de ses vignes comme de ses propres enfants. L'on peut imaginer qu'un homme digne du titre de « maître cidrier » se montre tout aussi méticuleux.

—Vous avez probablement raison, dit l'inspecteur. Je lui parlerai le moment venu. À nous, Sergent : avez-vous organisé l'enlèvement du malheureux M. Cridland ?

—Absolument, M'sieur, répondit fièrement le sergent Dobson. Le jeune Hancock doit arriver sous peu avec le charriot du docteur Fitzsimmons. Nous emporterons le corps au cabinet médical, d'où vous pourrez le faire emmener.

—Bien vu. Bon, je pense que c'est tout ce que nous pouvons faire pour le moment. Le docteur Gosling et moi vous verrons au commissariat plus tard.

—Aimeriez-vous passer à la maison ? proposa ma maîtresse. Nous sommes venues à toute vitesse sans prendre le petit déjeuner, je suis sûre qu'il en est allé de même pour vous.

—Vous lisez dans mes pensées, ma vieille, confirma le docteur Gosling. J'ai toujours supposé que votre cuisinière préparait des petits déjeuners du tonnerre.

—Eh bien, c'est absolument vrai. À tout de suite alors.

Sur le trajet de retour à la maison, lady Hardcastle ne put résister à l'envie de faire la course avec l'inspecteur. Nous regagnâmes tous ensemble les véhicules d'un pas tranquille, mais dès que le portail fut en vue, elle accéléra le pas et je sus que seul un dernier vestige de dignité et de respect de soi l'empêchait de se mettre à courir sur les vingt derniers mètres.

L'inspecteur Sunderland était un conducteur tout aussi imprudent et rapide qu'elle, cependant nous avions l'avantage d'un démarreur électrique, grâce à son ami lord Riddlethorpe, ainsi que de la puissance supérieure du moteur de la Rolls-Royce. Nous nous élancions déjà sur le chemin que l'inspecteur en était encore à tourner sa manivelle.

Nous prîmes un virage juste à l'extérieur du village à une vitesse alarmante, mais je ravalai mon « tsst-tsst » désapprobateur à la vue d'une grande jeune femme à pied le long du sentier qui menait au village. Elle ressemblait à Mlle Chamberlain, la mystérieuse nouvelle pensionnaire du Dog and Duck, seulement nous la dépassâmes à une telle vitesse que je ne pus m'en assurer.

—Est-ce… commençai-je.

—Grace Chamberlain ? termina lady Hardcastle. Cela y ressemble. Je me demande où elle va.

—Elle retourne au village, répondis-je. Ce qui m'intéresse plus, pour ma part, c'est d'où elle vient.

—Oui, absolument. Cependant, ce pourrait être n'importe où.

Nous arrivâmes à la maison bien avant le véhicule de police et le sourire ravi de ma patronne compensait largement la terreur que j'avais ressentie lorsque nous avions tourné au coin de l'église, presque sur deux roues, ainsi que la gêne occasionnée par la frayeur que nous avions causée au cheval du laitier, patientant devant l'épicerie.

—Bravo à moi, fit-elle en sautant au bas de l'auto pour rajuster sa robe. Je savais que nous pouvions les battre.

—Je n'en ai jamais douté, acquiesçai-je. Dommage qu'il ait fallu pour cela traumatiser le laitier, néanmoins. Bob Slocomb est l'un des Weryers et nous allons avoir besoin de leur parler à tous avant la fin de nos investigations. Il eût été préférable de ne pas nous les mettre à dos avant même de commencer.

—Oh, ne soyez pas aussi chicaneuse. Il n'y aura pas de problème. D'ailleurs, il n'aura peut-être même pas compris que c'était nous.

—Vous.

—Moi, si vous préférez. Mais bref, il n'y a pas de mal.

Le temps que l'inspecteur Sunderland se gare derrière la Rolls, j'avais déjà ouvert le portail et je me dirigeais vers la porte.

—Pardon pour le retard, commença l'inspecteur. Nous avons eu une altercation avec le laitier. Comme quoi nous étions la deuxième fichue auto à passer en trombe et à effrayer son cheval.

—Pauvre bête, commenta ma patronne. Les moteurs des automobiles doivent être une invention bien effrayante pour un cheval. Dieu sait qu'ils sont déjà bien assez agités et nerveux sans cela.

—Il n'avait pas vu le premier véhicule, mais je lui ai assuré que nous aurions deux mots avec son conducteur si nous le rattrapions.

—Bien évidemment, oui. Nous ne pouvons pas laisser des voyous en automobiles débouler à la campagne et effrayer les chevaux.

Je précédai le petit groupe jusqu'au salon d'été, puis allai demander à Miss Jones si elle voulait bien nous préparer un petit déjeuner pour quatre.

Je lui prêtai main-forte afin d'accélérer le processus et, quand je retournai enfin au salon d'été, ils s'affairaient autour du tristement célèbre « tableau du crime » de lady Hardcastle, un tableau d'école posé sur un chevalet, que nous utilisions pour consigner les résultats de nos enquêtes. En temps normal, il était rangé au grenier, je fus donc surprise de le voir déjà installé près de la fenêtre. Ma patronne surprit mon regard étonné.

—Simeon me l'a descendu, ma chère, m'expliqua-t-elle. J'ai pensé que nous pourrions ainsi lancer l'affaire.

—Oh, c'est donc nous qui nous en chargeons ? N'est-ce pas votre affaire, Inspecteur ?

—Officiellement, si, me répondit-il. Mais nous savons tous que je serai bien incapable de vous empêcher d'intervenir, donc autant reconnaître votre implication dès le départ.

—Vous êtes un homme bon et patient, lui dis-je. Alors, qu'avons-nous jusqu'à présent ?

—La victime est Claud Cridland, un fermier qui vivait près de Woodworthy, commença lady Hardcastle, tout en punaisant l'un de ses dessins au tableau.

—Je vais aller inspecter sa maison le moment venu afin d'en savoir plus, précisa le policier.

—Le corps a été retrouvé par Abel Mattick, poursuivit-elle, ajoutant un autre croquis, plus hâtivement tracé. Maître cidrier. Ami du défunt. Tous deux étaient membres des Weryers de la Pommeraie, et tous deux étaient au Dog and Duck la veille du meurtre, avec dix autres messieurs.

—Nous allons devoir leur parler à tous aussi. Il se peut qu'ils en sachent plus que sa propre famille sur l'existence d'éventuels ennemis. Si tant est qu'il ait de la famille.

—Savons-nous autre chose sur les Weryers ? m'enquis-je. Hormis les soirées qu'ils passent à boire et leurs œuvres caritatives ?

—Pas vraiment, convint l'inspecteur. Je suis tombé sur eux il y a quelques années, lorsqu'ils levaient quelques fonds afin d'aider des familles en ville, après qu'un accident sur les quais avait fait sept morts et laissé une dizaine d'hommes incapables de travailler. Des confréries telles que la leur, en ville, dans le Somerset, dans le Gloucestershire se sont alliées pour offrir de l'argent, de la nourriture, des vêtements ou des jouets aux enfants. C'était fort touchant. L'on pourrait les croire très attachés à leur clocher, pourtant ils ont su se regrouper lorsque le besoin s'en est fait sentir. J'ai beaucoup d'estime pour les Weryers. Ou les Gardiens du Cidre, comme on les appelle de nos jours.

—Est-ce un groupe local ? voulut savoir lady Hardcastle. Ou sont-ils une branche d'une organisation plus vaste ?

—Non, il n'y a qu'eux, pour ce que j'en sais. Vous savez, je déteste imaginer l'un d'eux comme un suspect, toutefois cela reste un point de départ plausible.

—J'en ai bien peur, oui. La plupart des gens se font tuer par une personne de leur connaissance, après tout. Or ils connaissaient tous Claud Cridland.

—Exact, acquiesça-t-il. Cependant, comme un infime pourcentage est tué par un parfait étranger, gardons l'esprit ouvert.

La conversation fut brièvement interrompue par l'arrivée d'Edna chargée d'un plateau de délices.

—Vous connaissiez Claud Cridland, Edna, lui dis-je alors qu'elle le déposait sur la table. Était-il marié ?

—Veuf. Sa femme est morte en couches il y a environ quinze ans. En perdant le bébé en plus. Pauvre gars. Y z'étaient mariés que depuis un an ou deux. Un mariage tardif, voyez ? M'enfin, je crois pas qu'il s'en soit jamais remis.

—Quel âge avait-il donc ?

—Il a fait une grosse fête pour ses cinquante ans l'été dernier. Feu son épouse, Annie, qu'elle s'appelait, une dame charmante, elle avait quelques années de moins, mais pas beaucoup.

—Il n'a eu personne dans sa vie depuis ? demanda l'inspecteur.

—Une bonne amie, vous voulez dire ? Pas que je sache, non. Pourtant, il manquait pas de propositions.

—Savez-vous s'il avait encore de la famille ? intervint ma patronne.

—J'en ai aucune idée, malheureusement, M'dame. Je le connaissais, de quoi se dire bonjour-bonsoir, voyez, mais il était pas du genre à s'arrêter pour bavasser.

—Merci, Edna, vous nous avez grandement aidés.

—Oui, renchérit l'inspecteur, vous m'avez épargné pas mal de crapahutage.

—Avec plaisir. Y aura aut'chose, M'dame ?

—Non, ce que nous avons là est formidable, merci. Et remerciez Miss Jones de notre part aussi.

Edna nous laissa et je fis passer les assiettes. Pendant que tout le monde se servait en œufs, bacon, saucisses et pain poêlé, j'allai examiner le tableau du crime encore chichement peuplé.

—Quelles sont nos prochaines pistes, alors, Inspecteur ? demandai-je enfin.

—Je pense que Gosling et moi devrions retourner en ville, répondit-il, se tournant vers le docteur. Je pense que vous souhaitez avancer sur le post-mortem, non ?

—Je vis pour cela, mon vieux. Les semaines écoulées ont été bien calmes, en matière de meurtres.

—C'en est alarmant, n'est-ce pas ? acquiesça l'inspecteur. Pendant ce temps, je vais ouvrir un dossier et m'occuper de toute la paperasse afférente. Vous deux, Mesdames, pourriez… eh bien, faire ce dont vous avez l'habitude, au bout du compte. Je ne doute pas que vous avez mis au point vos méthodes, à force. Vous êtes bien placées pour plonger dans les détails de la vie de village. En tout cas, sentez-vous libres d'y plonger. Les gens vous font confiance.

—C'est que je suis une femme de grande confiance, confirma lady Hardcastle.

—Exact, confirmai-je. Je me porte garante pour elle.

L'inspecteur sourit.

—Dans ce cas, essayez d'en apprendre le plus possible sur les Weryers. Je suis tout particulièrement intéressé par ce qui s'est passé lors de cette réunion.

—Considérez que c'est chose faite, mon cher, l'assura ma maîtresse. De votre côté, pourriez-vous faire quelque chose pour moi, s'il vous plaît ?

—Si c'est en mon pouvoir, bien sûr.

—Il y a une inconnue au village, qui se fait appeler Grace Chamberlain.

—Qui « se fait appeler » ? Vous pensez que cela pourrait ne pas être son vrai nom ?

—Oh, je n'ai aucune opinion sur le sujet, ni dans un sens ni dans l'autre, cependant j'ai perdu le compte des fausses identités que Flo et moi avons utilisées au fil des années, alors je ne prends jamais rien pour argent comptant. Si vous pouviez vous renseigner auprès de vos homologues, disons… du Devon, des Cornouailles et du Gloucestershire, vous seriez un chou. Histoire de voir s'ils ont entendu parler d'elle ? Elle doit avoir dans les… combien diriez-vous, chère Flo ? Vingt-cinq ans ?

—J'aurais dit exactement cela.

—Grande, environ un mètre soixante-dix, cheveux roux, yeux verts. Avec une tache de vin au niveau de la tempe gauche. Elle est bien mise, mais pas, dirions-nous, bien riche. Son accent… je ne suis pas assez familière des nuances locales pour être sûre. Je sais déterminer précisément de quel district de Londres vient quelqu'un, en revanche les intonations du Sud-Ouest m'échappent. En tout cas, elle est assurément de quelque part entre les Cornouailles et Gloucester.

L'inspecteur s'esclaffa.

—Eh bien, voilà qui élimine une belle tranche du pays, au moins. Pourquoi cette curiosité ?

—Elle est juste un peu… Comment décririez-vous cela, Flo ?

—Il y a une bizarrerie chez elle, assurément, acquiesçai-je. Elle s'est montrée abrupte et quelque peu mal aimable, d'une façon qui ne caractérise généralement pas les voyageurs. Quelqu'un qui prend la peine de visiter un endroit est plus enclin à la curiosité et à l'amabilité. Elle s'est contentée de s'enquérir de logements disponibles, puis elle a tourné les talons et elle est partie.

—Oui, très inhabituel, confirma ma patronne. Et le plus troublant, la concernant, c'est que nous ne voyons absolument pas pourquoi diable elle viendrait loger à Littleton Cotterell.

—J'ai des amis à Exeter et Truro, et il ne se trouve pas un gars à Gloucester qui ne me doive une faveur, déclara l'inspecteur Sunderland avec un sourire. Je vais poser discrètement quelques questions. Mais ne vous attendez pas à du trop croustillant : « pas aussi bavarde que lady Hardcastle », ce n'est guère du niveau à attirer l'attention de la police. Pourriez-vous me passer les saucisses ?

3

L'inspecteur Sunderland s'en retourna à Bristol peu après le petit déjeuner, en nous laissant le docteur Gosling.

—Si vous pouviez me montrer la direction du cabinet du docteur Fitzsimmons, dit ce dernier en revenant au salon d'été reprendre un café, je vous débarrasse le plancher. J'attendrai les gars de la morgue là-bas et je profiterai de la camionnette pour me faire conduire en ville. À moins que vous ne souhaitiez m'accompagner chez le docteur Fitzsimmons ?

—J'aime toujours discuter avec ce bon docteur, répondit lady Hardcastle. Je suis sûre qu'il n'y verra pas d'inconvénient.

Une demi-heure plus tard, nous étions en chemin et traversions bientôt la place jusqu'à la maison du docteur. Nous fûmes accueillis à la porte par sa gouvernante.

—Bonjour, madame Newton, la salua ma patronne. Vous avez l'air en forme. Le docteur Fitzsimmons est-il chez lui ?

—Est-ce qu'il vous attend ? s'enquit la gouvernante tout de noir vêtue.

—Non, mais il doit effectuer un travail pour le médecin de la police, répondit-elle en désignant le docteur Gosling. Je pense donc qu'il sera ravi de nous voir tout de même.

—C'est donc vous qui avez envoyé un cadavre ce matin très tôt ? C'est un cabinet médical, ici, vous savez, pas une morgue. Vous devriez…

—Merci, madame Newton, intervint le docteur Fitzsimmons depuis le couloir derrière elle. Je vais prendre le relais.

Bougonne, Mme Newton retourna à son ouvrage, non sans grommeler dans sa barbe.

—Aucun respect, je vous assure. C'est un médecin, pas un entrepreneur de pompes funèbres. On devrait pas avoir le droit…

Le docteur Fitzsimmons nous adressa un sourire contrit.

—Veuillez entrer.

—Nous ne vous interrompons pas en plein travail ?

—Non, non, je vous en prie, ne vous souciez pas de cela. Je n'attends pas de patients avant cet après-midi. Je serai au contraire ravi d'avoir de la compagnie, pour être honnête. Entrez donc.

Nous pénétrâmes dans le vestibule de la spacieuse demeure victorienne qui tenait lieu de foyer au docteur Fitzsimmons. L'intérieur était lambrissé de bois sombre et tapissé de photographies et autres peintures.

—Je ne pense pas que vous vous soyez jamais rencontrés, Messieurs, je me trompe ? s'enquit ma patronne.

—Oh, mais si. Bien sûr que nous nous connaissons, la détrompa le docteur Fitzsimmons. Depuis cette affaire au cours du festival d'image animée de lady Farley-Stroud en 1909.

—Nous sommes de vieux amis, confirma le docteur Gosling. Nous avions plus d'une fois comparé nos notes, à cette occasion.

Lady Hardcastle parut légèrement décontenancée de se voir rappeler, une fois de plus, que les gens continuaient d'exister en dehors de sa présence.

—Ah oui, vraiment ? Vous avez fait cela ? Formidable, formidable.

—J'ai suivi votre carrière avec grand intérêt, mon cher, reprit le docteur Fitzsimmons. Je me suis souvent demandé si j'aurais apprécié la vie d'un médecin de la police.

—Oh, cela n'a rien d'aussi glamour qu'on peut se l'imaginer, répondit Gosling. La plupart du temps, cela consiste simplement à certifier la mort et à s'accorder avec l'opinion de l'agent de police pour dire que l'infortunée victime a bel et bien succombé aux effets néfastes d'un coup de tisonnier en pleine tête.

—Ah, mais l'on tombe parfois sur quelque chose de plus intéressant. J'espère ne pas vous paraître présomptueux, mais je n'ai pu résister à l'envie de jeter un coup d'œil à la blessure au torse de M. Cridland. Elle est des plus inhabituelles et je me demande si un expert serait en mesure de satisfaire la curiosité d'un vieil homme en m'apprenant ce qui a bien pu la causer.

—Je serai ravi de m'y efforcer, l'assura le docteur Gosling. Voulez-vous bien me montrer cela ?

—Il n'est rien que je veuille plus, mon cher. Rien de plus. Aimeriez-vous voir aussi, Madame ? Et mademoiselle Armstrong ? Je sais que ces choses vous intéressent particulièrement, vous aussi.

—Je m'intéresse à tout ce qui pourrait nous aider à trouver le tueur, répondit ma maîtresse. Nous vous suivons.

Le docteur nous emmena, par une porte tout au fond d'une confortable salle d'examen, dans une pièce carrelée de blanc située à l'arrière de la maison et qui tenait lieu de bloc opératoire.

—Eh bien, si je m'attendais… fit Gosling.

—Oh, je ne pratique que les procédures mineures, précisa le docteur Fitzsimmons. Ongles incarnés, ce genre de choses, voyez ? Toutefois, j'avoue éprouver un enthousiaste juvénile envers les toutes dernières technologies médicales.

M. Cridland avait été soigneusement étendu sur la table d'opération moderne en acier. Sa chemise était ouverte sur une petite perforation très nette. J'avais beau avoir vu ma part de vies interrompues de manière prématurée, je continuais de m'étonner et de m'effrayer en constatant que la vie pouvait s'éteindre par suite d'une blessure aussi mineure en apparence.

—Vous voyez, ici ? pointa le docteur Fitzsimmons. La plaie est parfaitement circulaire, sans aucune trace de déchirure. L'arme était donc très acérée, mais dotée d'une lame ronde.

—J'ai vu un stylet italien d'ornement doté d'une lame cylindrique, fis-je remarquer. Toutefois, les versions employées pour travailler en ont plutôt de carrées ou de triangulaires.

Ma connaissance des armes blanches décontenançait souvent les gens, et le docteur Fitzsimmons, apparemment, ne faisait pas exception.

—Ah… eh bien… oui, bredouilla-t-il. Notez cependant ce petit hématome, là, sur un côté de la plaie.

—Il pourrait avoir simplement été provoqué par la garde de la poignée du couteau, suggéra le docteur Gosling.

—Les stylets sont connus pour leur symétrie, ajoutai-je. Les quillons, c'est-à-dire les gardes de l'arme, auraient laissé des hématomes des deux côtés.

—Là, vous voyez ? Mlle Armstrong a tout à fait mis le doigt dessus. L'on imaginerait, de plus, que les contre-gardes de la dague… les… comment les avez-vous appelées ?

—Les quillons.

—Les quillons, oui. L'on imaginerait qu'ils laisseraient leurs marques près de la plaie. Or cette ecchymose est petite et décalée de plus d'un pouce.

Le docteur Gosling y regarda de plus près.

—Je n'aimerais rien de plus que de vous épater avec mes connaissances médicolégales, docteur Fitzsimmons, admit-il, cependant je dois avouer que pour le coup, je suis complètement perplexe.

Nos ruminations furent interrompues par l'arrivée à la porte de la salle de Mme Newton.

—Deux… « messieurs » à la porte, commença-t-elle. La porte de devant, je précise. Et qui affirment être les gars de la morgue de Bristol. Je les ai envoyés à l'arrière.

—Merci, madame Newton, répondit le docteur Fitzsimmons.

La gouvernante s'en alla.

—Eh bien, mon vieux, il est tout à vous désormais. J'ai hâte de connaître les résultats de l'examen post-mortem.

Sur ce, lady Hardcastle et moi leur fîmes nos adieux et regagnâmes nos pénates.

Je m'étais attendue à ce que nous passions notre après-midi à pister les Weryers pour leur poser des questions pertinentes sur leurs relations avec feu M. Cridland, au lieu de quoi je fus abandonnée par lady Hardcastle, obligée de m'occuper seule pendant qu'elle s'enfermait dans son bureau.

Elle en émergea peu avant 14 heures avec une liasse d'enveloppes prêtes à être glissées à la boîte aux lettres.

—Tenez, annonça-t-elle non sans une note de triomphe. Tout fini !

—Ah ah, je me demandais ce que vous fabriquiez.

—Partant du présupposé que nous risquions d'être jusqu'à nos élégants genoux dans une enquête pour meurtre, j'en ai conclu que je n'aurai plus un moment pour moi. Or je ne peux laisser mes correspondants sans correspondance.

—Bonté divine, non, acquiesçai-je. Comment diable survivraient-ils sans vos perles de sagesse pour les guider ?

—Tout à fait.

—Bien sûr, vous n'avez jamais connu ce problème par le passé.

—Lequel ?

—Celui d'entretenir votre correspondance tout en enquêtant sur des meurtres.

—Ah. Je crains que vous ne m'ayez débusquée. J'ignore totalement par quel bout prendre l'affaire de M. Cridland. Nous ne savons quasiment rien sur lui et guère plus sur ses associés. Tout ce que nous savons, c'est qu'ils se sont tous réunis au Dog and Duck et qu'il a ensuite été poignardé à l'aide d'un crayon plus tard au cours de la même nuit.

—Un crayon ?

—Pointu, cylindrique… Oui, ce pourrait tout aussi aisément être un crayon qu'autre chose.

—Cridland était peut-être un vampire.

—Et le tueur n'avait pas de pieu à lui enfoncer dans le cœur, alors il a sorti un crayon de sa poche…

—Ou de derrière son oreille, car c'était peut-être un charpentier, ajoutai-je.

—J'aime votre façon de penser, jeune Florence.

—Merci. Nous aurions un moyen d'en apprendre plus sur les Weryers, cependant.

—En discutant avec les gens ? Oui, je sais, mais c'est toujours redoutable, au début, non ? Nouveau travail, nouveau projet, nouvelle affaire, nouveau… eh bien, tout ce qui est nouveau. Les débuts sont toujours ce qu'il y a de plus difficile, ne trouvez-vous pas ?

—Si, si. Cela vous aiderait-il si je prenais la décision à votre place ? Allons parler avec M. Mattick !

Elle réfléchit un instant.

—Non, répondit-elle enfin. Je pense qu'il vaut mieux commencer par Mlle Chamberlain.

—Pourquoi ? Elle n'est certainement pas l'un des suspects.

—Non, mais cela nous servirait d'échauffement. Et vraiment, je ne supporterai pas davantage de rester dans le flou à son sujet. Allons au Dog and Duck et voyons si nous pouvons l'attraper là-bas.

Je m'esclaffai.

—Bravo. Je savais que si j'essayais de me saisir des rênes, vous alliez ruer et les reprendre aussitôt. Mais si elle est encore dans sa chambre ?

—Il faut bien qu'elle descende à un moment donné. Adoptons la perspective optimiste et espérons qu'elle sera installée au fumoir avec un livre de développement personnel, à profiter de l'ambiance conviviale d'un petit pub de village anglais.

—Pub, optimisme, ambiance conviviale. C'est noté. Faut-il poster ces lettres ?

Elle me les tendit avec optimisme.

—Absolument.

—Il y a une boîte sur la place du village, devant le bureau de poste.

Sur ce, je m'en retournai à mes tâches, la laissant rire tout bas dans le couloir. Quelques minutes plus tard, j'entendis la porte d'entrée se refermer : elle était partie à la boîte aux lettres.

À notre arrivée au pub, nous découvrîmes les tables extérieures bien occupées, mais pas aussi bondées que la veille au soir. À l'intérieur, tout le reste était revenu à la normale : bruits des conversations et des rires dans la salle publique, et partie de quilles en cours.

Daisy badinait avec un jeune homme à l'air timide qui s'éclipsa en nous voyant arriver.

—Vous lui avez fait peur, nous accusa-t-elle.

—Il est trop jeune pour toi, de toute façon, répliquai-je.

—C'était pas pour le garder, je pensais jouer un peu avec lui, puis je l'aurais jeté. Parce qu'en revanche, son père…

Je pouffai.

—Ah ? Et qui est son père ?

—Sid Palmer, m'informa-t-elle avec un large sourire.

—Sidney Palmer, des Équipements agricoles Palmer ? intervint lady Hardcastle, tout sourire elle aussi. Je vois en quoi il peut vous attirer. Seulement, il est marié et heureux en ménage, ma chère.

—Oh, je sais, mais un chien regarde bien un évêque, fit Daisy. Et il est si beau…

—C'est vrai qu'il dégage quelque chose. Et c'est un homme charmant, en plus. Je l'ai rencontré lors d'une soirée chez Gertie. Il est délicieusement doué pour les rimes grivoises.

—Vous voyez ? Quand j'vous dis qu'on s'entendrait à la perfection.

—J'en suis certaine, ma chère, oui. Revenons à un sujet plus pragmatique, cependant. Votre cliente est-elle dans la maison ?

—Oui, M'dame. Elle est au fumoir.

—Il est rouvert, alors ?

—Oui. Joe a sorti son bazar ce matin.

—Est-elle seule ?

—Maintenant, oui. Mme Grove était là-bas avec une copine, mais elles sont parties y a une demi-heure. La plupart des clients aiment pas le fumoir.

—Ah non ? Je le trouve charmant. Mais ce sont d'excellentes nouvelles pour nous. Flo ?

—Battons le fer tant qu'il est chaud, répondis-je. Nous prendrons deux cidres, s'il te plaît, Dais. Et sers-toi quelque chose aussi. Nous irons vider nos godets là-bas et en profiterons pour nous présenter à Mlle…

—Caldicott, m'interrompit lady Hardcastle.

—Vous savez que vous n'êtes pas drôle ? Nous nous présenterons à Mlle…

—Cummerbund.

—À Mlle Chamberlain, afin de voir si nous pouvons en apprendre un peu plus sur elle.

Ma patronne adressa un clin d'œil à Daisy.

—Elle était beaucoup plus amusante dans sa jeunesse, vous savez, lui confia-t-elle.

Feignant l'agacement, je payai les boissons.

Mlle Chamberlain était, exactement comme annoncé par Daisy, seule au fumoir. La salle, assez petite, pouvait confortablement accueillir au moins une douzaine de personnes assises à ses quatre tables, mais semblait étrangement déserte, avec une seule occupante recroquevillée sur un banc que l'on aurait cru sorti de l'église, dans un coin. La porte était ouverte à l'air du soir et nous entendions les bavardages guillerets des buveurs de la place, toutefois la jeune femme ne semblait pas leur prêter la moindre attention. Il y avait un verre à moitié plein d'eau devant elle, à côté d'un carnet ouvert avec un crayon posé dessus. Elle lisait un livre bien corné et ne leva pas les yeux lorsque nous entrâmes.

—Bonsoir, lança joyeusement lady Hardcastle. Verriez-vous un inconvénient à ce que nous nous joignions à vous ?

La jeune femme finit par lever les yeux de son livre.

—Ce n'est pas la place qui manque, lâcha-t-elle en désignant les sièges vides d'un lent balayage de la main. Installez-vous.

Ma patronne traversa la salle et tira l'une des deux chaises face au banc de la jeune femme, puis posa son verre sur la table. Elle me fit signe de l'imiter et nous nous installâmes, souriant à la femme désormais médusée en face de nous.

—Bonsoir, ma chère. Je suis Emily, lady Hardcastle, et voici Florence Armstrong. Nous nous sommes rencontrées hier, lorsque vous êtes arrivée au village.

Notre interlocutrice parut quelque peu décontenancée par cette approche pour le moins directe. Il y avait trois tables libres dans le fumoir et elle s'était manifestement imaginé que nous nous assiérions à l'une d'elles, plutôt qu'à celle qu'elle occupait. Malgré un agacement manifeste, sa politesse l'emporta.

—Grace Chamberlain.

—Enchantée, ma chère. Êtes-vous venue de loin pour vous joindre à la population de Littleton ?

—D'assez loin, oui.

—Vous devez être appelée par une affaire importante, pour avoir entrepris un tel voyage.

—Assez importante, oui. Du moins à mes yeux.

—L'on peut supposer que vous êtes venue en train jusqu'à Chipping Bevington ?

—En effet.

—Je trouve les voyages bien fatigants. Un long trajet en train m'épuise, alors même que je suis assise tout du long.

—Le mien n'a duré que quelques heures.

—Chipping Bevington est une petite ville charmante, cela dit, n'est-ce pas ?

—Je n'en ai pas vu grand-chose. Un homme stationnait avec une charrette devant la gare et il a proposé de me conduire ici pour un prix raisonnable. Je ne me suis donc pas attardée.

—Ah, bien sûr. Nous y allons souvent faire quelques courses. Les boutiques du village sont merveilleuses, toutefois il est des choses que l'on n'y trouve pas toujours. Il y a une charmante librairie à Chipping, par exemple.

—Je n'en doute pas.

—Comment avez-vous entendu parler de Littleton Cotterell ? C'est un peu hors des sentiers battus.

—Par ma mère.

—Était-elle d'ici ?

—Pas loin.

J'admirais la ténacité de lady Hardcastle, toutefois la conversation s'apparentait à une séance de tirage de vers du nez. Je baissai discrètement les yeux sur le carnet. Il était à l'envers, mais lisible tout de même et la page d'ouverture portait une liste divisée en deux colonnes. Une liste d'initiales, assorties d'une brève note : « CS* – avo, Chip B ; CC – verg ; AM – cidre ; MP – tonn, rte Glos ; GU – pub, WoodW ; AR ? – ferme, PigH ; LL – banque »…

Soudain, à ma propre surprise, la main de Mlle Chamberlain apparut dans mon champ de vision, qui retira le crayon et referma délicatement le carnet. Je levai les yeux, mais son attention était focalisée sur lady Hardcastle qui continuait à babiller aimablement sur les qualités indéniables du village et de ses environs.

—… et vous devriez vraiment prendre le temps d'assister à un match de l'équipe de cricket locale. Ils sont assez bons, n'est-ce pas, Armstrong ?

—Très talentueux, confirmai-je.

Mlle Chamberlain opina du chef.

—Je garderai l'idée à l'esprit, dit-elle sur un ton suggérant que, même s'il venait à geler en enfer un jour, assister à un match de cricket de l'équipe de Littleton Cotterell resterait tout en bas de sa liste d'activités possibles.

Je décidai de nous exfiltrer de cette conversation à sens unique.

—Oh, lâchai-je, comme qui se rappellerait tout à trac de quelque chose. Daisy n'a pas dit qu'elle voulait nous questionner sur nos projets pour la Fête des récoltes ?

Lady Hardcastle me contempla, perplexe un bref instant, mais elle aussi se rendait bien compte de la folie qu'il y avait à tenter de tirer quoi que ce soit de Mlle Chamberlain.

—Exact, ma chère, c'est ce qu'elle a dit, répondit-elle au bout d'une infime hésitation. C'était un plaisir de faire votre connaissance, mademoiselle Chamberlain. J'espère que nous aurons l'occasion de nous revoir. Nous vivons au bout du chemin, ajouta-t-elle en sortant une carte de visite de son sac. N'hésitez pas à nous rendre visite, si vous ressentez le besoin de compagnie.

Mlle Chamberlain prit la carte.

—Merci. Bonne soirée.

Nous retournâmes dans la salle du bar public.

—Déjà de retour ? fit Daisy.

—Vous ne plaisantiez pas en la décrivant comme peu avenante, déclara ma patronne. Il se peut toutefois que nous en ayons appris un peu plus sur l'endroit d'où elle vient.

—Grâce à vos jacasseries sur le voyage ? devinai-je.

—Exactement. Nous allons jeter un coup d'œil à notre *Bradshaw's* en rentrant à la maison : le guide des itinéraires de trains pourrait nous aider à réduire un peu le périmètre. Et si besoin, nous irons faire un tour à Chipping afin d'échanger quelques mots avec le gentil M…

—Roberts, terminai-je. Le chef de gare, c'est le Vieux Roberts et celui qui tient le guichet, c'est le Jeune Roberts.

—Quelle mémoire vous avez ! Oui, les Roberts. L'un des deux n'aura pas manqué de remarquer par quel train la séduisante jeune dame au sac en tapisserie est arrivée.

—Forcément, acquiesçai-je. En revanche, hormis une éventuelle découverte de l'endroit d'où elle vient, et l'information vitale fournie par Daisy concernant son aversion pour le boudin noir…

—Même ça, c'est de la supposition, j'vous fais remarquer, intervint Daisy. Je sais juste qu'elle en a pas voulu au petit déjeuner. Si ça se trouve, elle adore manger son petit boudin au dîner.

—Tu pourrais lui en proposer, histoire de confirmer, suggérai-je.

—Si tu penses que ça pourrait aider…

Je lui fis la grimace.

—En quoi veux-tu que ça nous aide, Nunuche ? N'empêche que, hormis ces deux informations, nous ne savons rien de plus, hélas.

—C'est pas mal, de conserver un peu de mystère, nota Daisy. On a jamais assez de mystère dans nos vies.

—Méfiez-vous des souhaits que vous émettez, lui fit remarquer lady Hardcastle. Je déplore pour ma part que Flo et moi n'en ayons que trop dans nos vies, du mystère.

—Ah, mais c'est votre fonds de commerce. J'vois bien la tête que fait not' Flo quand elle est sur une affaire.

—J'ai une tête spéciale ? m'étonnai-je.

—Absolument, ma chère, confirma ma patronne. Vous la faites maintenant, tiens. Que diriez-vous que nous laissions Mlle Spratt à ses affaires d'importance et que nous ramenions votre tête à la maison, où nous pourrons nous lancer dans quelques folles spéculations quant à la nature de Grace ? Ou du moins sur sa ville d'origine. Et puis, une partie de cartes.

Nous saluâmes la compagnie et nous en retournâmes donc à la maison.

Sitôt la porte franchie, lady Hardcastle se rua au petit salon et alluma les lampes, avant de descendre de la bibliothèque notre exemplaire à peine usé du *Bradshaw's Guide* et de s'installer dans un fauteuil. Je me posai brièvement dans l'autre et me hâtai de consigner ce que j'avais vu dans le carnet de Grace, avant qu'elle ne le referme. La chose faite, je me relevai.

—Souhaitez-vous une tasse de thé pendant que vous consultez ces horaires ? m'enquis-je.

—Plutôt un cacao, répondit-elle. Avec un soupçon de brandy.

Quand je revins peu après, elle était toujours en train de tourner les pages du guide des chemins de fer, tout en prenant des notes dans son carnet de poche. Elle me murmura un « merci » lorsque je posai son chocolat chaud sur la tablette, mais elle resta plongée dans sa tâche.

Veillant à ne pas l'interrompre ni à la distraire, je m'approchai de la bibliothèque, dont je tirai un vieux dictionnaire tout abîmé. Je l'emportai avec moi sur le fauteuil, l'ouvris et entamai mes propres recherches.

—Je ne trouve pas d'entrée pour « *weryer* », commentai-je. Ils passent directement de « *wert* » à « *weskit* ». Vous pensez qu'ils l'ont inventé ?

Ma maîtresse reposa son carnet et le guide des chemins de fer, remonta ses lunettes sur son crâne.

—Je présume que cela vient du vieil anglais, dit-elle. « *Siðþan he under segne sinc ealgode, wælreaf werede.* » « Celui qui, sous sa bannière, protégea le trésor, défendit le butin des morts. » Je vous cite *Beowulf.*

—C'est un ordre très ancien, donc, que ces Weryers de la Pommeraie.

—Soit cela, soit ils ont été fondés il y a quelques années par un adepte du vieil anglais qui connaissait deux-trois mots obsolètes. Nous ne le saurons peut-être jamais.

—C'est assurément une autre possibilité. Qu'avez-vous trouvé ?

—Eh bien, voyons, commença-t-elle, rouvrant son carnet. Nous avons rencontré Mlle Chamberlain hier, peu après 2 heures de l'après-midi. Remontons le temps et laissons-lui quelques minutes pour descendre de la charrette et remonter la rue, puis disons trois quarts d'heure pour arriver ici depuis Chipping. Ensuite, il faut encore ajouter quelques minutes pour débarquer d'un train et quitter la gare, c'est pourquoi je travaille autour de l'idée qu'elle est arrivée en gare de Chipping Bevington environ une heure avant que nous la croisions. Ce qui situe l'événement entre 13 heures et 13 h 30. Le seul train à arriver à Chipping dans cette fenêtre est celui de 13 h 13 en provenance de Plymouth. Elle a dit avoir passé « quelques heures » dans le train, ce qui donne à penser qu'elle a dû embarquer quelque part vers Exeter. Évidemment, elle a aussi pu passer deux heures dans un cabriolet pour arriver à la gare d'Exeter St David, ce qui fait que nous ne connaîtrons jamais son point de départ précis, cependant je parierais une somme considérable sur la possibilité que notre Mlle Camembert soit partie de quelque part dans le Devon.

—Et qu'est-ce que cela nous indique ?

—Rien du tout, néanmoins je ressens une certaine fierté à avoir réussi à le déterminer.

—Vous avez bien raison.

—Merci. Qu'avez-vous vu dans son carnet avant qu'elle ne repère votre manœuvre et ne vous le referme sous le nez ?

—Une liste d'initiales avec des notes rattachées à chacune. En toute autre circonstance, j'aurais pu y voir des notes sur le livre qu'elle lisait, voire une liste de courses un peu cryptique, toutefois une entrée disait : « CC – verg », ce qui m'incite à une certaine circonspection.

—Claud Cridland dans le verger, hum ? Quoi d'autre ?

Je lui récitai brièvement la liste des autres entrées que j'avais pu repérer, et elle en prit note sur le tableau du crime, que j'avais traîné depuis le salon d'été.

—AM pourrait être Abel Mattick, de la cidrerie, je présume, dit-elle en compulsant la liste. Aucun des autres ne me vient spontanément, même si je pense que le tonnelier sur la route de Gloucester s'appelle Peppard. Il pourrait donc aisément être le « MP – tonn, rte Glos », ne pensez-vous pas ?

—Si fait. D'autant qu'il se prénomme Moses.

—Ah oui, bien sûr, je m'en souviens à présent. Mais pourquoi a-t-elle une liste avec le nom de ces hommes ? Et qui sont les autres ?

—Maintenant que vous le mentionnez, je me demande si je n'ai pas vu Peppard à la réunion des Weryers. Se pourrait-il que ce soit une liste des membres de cette noble confrérie ?

—Cela se pourrait. Cependant, cela ne nous explique pas le pourquoi.

—Il serait utile d'en savoir un peu plus sur les Weryers, repris-je.

—En effet. Je vous parie qu'Hector les connaît. Je vais lui téléphoner dès demain matin. Mais en attendant, accordons à nos esprits le temps de digérer toutes ces informations par eux-mêmes, pendant que nous tournons notre attention sur tout autre chose. N'avez-vous pas parlé d'une partie de cartes ?

—Non, c'était vous.

—Ah, formidable. Ainsi je me sens moins coupable de décliner l'offre. Car en vérité, j'ai plutôt envie d'une partie de go. Vous rappelez-vous ces vieux bons-hommes, dans le parc à Shanghai ?

—Vous aviez tenté de les persuader de vous apprendre, mais ils n'ont fait que vous rire au nez.

—Tout à fait, oui. Je suis tout ce qu'il y a de plus cocasse.

—Très bien, mais vous ne gagnerez pas. Vous ne gagnez jamais.

—Le but n'est pas la victoire, mademoiselle Petite-Maligne. Le but, c'est le délicieux contact des pierres et les jolis motifs du plateau.

—Si vous l'installez, je vais nous refaire un cacao.

Je ramassai les tasses vides et me dirigeai vers la cuisine.

—Mettez donc un peu plus de brandy, cette fois, ma chère, me cria-t-elle. Nous ne sommes pas rationnées, vous savez.

4

Lady Hardcastle téléphona à la Grange le lendemain matin après le petit déjeuner et nous fûmes cordialement invitées pour les onze heures. Ce nouvel emploi du temps ne me laissant guère de temps pour vaquer à mes propres corvées, je passai une heure en cuisine à aider Miss Jones.

Edna et elle étaient très curieuses des événements de la veille, toutefois je n'avais pas grand-chose à leur raconter. Edna en savait un peu sur les Weryers et me confirma que c'était bien Lawrence Weakley que j'avais vu de dos, lors de leur réunion au pub. Je pris note mentalement de transmettre l'information à ma maîtresse. Laquelle apparut à la porte de la cuisine, justement comme je rangeais les dernières casseroles, pour me signaler qu'il était l'heure que nous partions.

—Gertie m'assure qu'elle sera excessivement heureuse de nous voir, me confia-t-elle tandis que nous nous apprêtions pour le trajet.

—Elle est toujours heureuse de nous voir, répondis-je. Nous sommes exquises.

—Certes. Elle a de la compagnie, c'est vrai, Clarissa et Adam y sont toujours avec le bébé Louisa, toutefois les joies de la grand-maternité semblent commencer à se faner et elle se retrouve à appeler de ses vœux la compagnie d'adultes qui ne soient pas couverts de vomi.

—Dans ce cas, nous devons faire tout notre possible pour la divertir et l'amuser. La questionner sur les leveurs de fonds locaux pourrait bien s'avérer exactement la distraction dont elle a besoin.

—Cela se pourrait bien, acquiesça ma patronne. Avez-vous vu mon chapeau ?

—Oui, il est enchanteur.

—Fort amusant. Où est-il ?

—Votre chapeau ?

—Oui.

—Celui que vous portez, ou bien un autre ?

Elle leva la main à sa tête.

—Très bien. Dans ce cas, je suis prête. Et vous ?

—Je suis toujours prête, Madame.

Nous décidâmes de faire les deux *miles* jusqu'à la Grange en auto. La journée était encore une fois magnifique, cependant j'arguai – avec succès pour une fois – que nous abattrions plus de tâches dans l'après-midi si nous y allions en auto. Non contentes de nous épargner la demi-heure que le trajet retour nous prendrait, nous serions aussi moins lasses. Marcher en pleine chaleur, quelle que soit la distance, nous mettrait en sueur.

La Grange ne laissait jamais de m'impressionner autant que de me déconcerter, avec son fatras de styles architecturaux. La façade palladienne, les cheminées d'époque Tudor s'élevant du grand hall, l'aile victorienne avec sa tour néogothique… le tout se combinait pour former le foyer joyeusement farfelu d'un couple joyeusement farfelu.

Nous découvrîmes la porte d'entrée ouverte à notre approche et fûmes accueillies non par Jenkins, le majordome, mais par « les fifilles » – les turbulentes épagneules bretonnes de sir Hector.

Au son de nos chaussures d'été légères sur le gravier, elles bondirent à notre rencontre.

—Bonjour, Mesdames, les salua lady Hardcastle, ravie. Quel plaisir de vous voir toutes !

Elle se pencha pour caresser les oreilles de deux d'entre elles tandis que je tapotai l'autre afin qu'elle ne se sente pas délaissée.

—Je n'ai jamais réussi à mémoriser précisément laquelle est qui, admis-je. Je sais qu'il y a Clotty, Lacky et Troppo, mais de là à savoir quel prénom attribuer à quelle chienne…

—Gertie me l'a dit une fois. Clotho, c'est celle avec la tache blanche sur le dos. Lachésis, celle aux pattes mouchetées. Et Atropos… eh bien, c'est l'autre.

À mesure qu'elle citait les trois Moires de la mythologie grecque, elle gratifiait chacune de leurs homonymes d'une autre gratouille derrière l'oreille. Les chiennes, à force de remuer la queue, se bousculaient comme des fofolles, dans leur enthousiasme à profiter des attentions ainsi prodiguées, mais lorsque nous nous redressâmes pour reprendre notre chemin jusqu'à la porte d'entrée, elles se hâtèrent de former une garde d'honneur afin de nous montrer la voie, non sans regarder de temps en temps par-dessus leur épaule pour vérifier que nous suivions.

Elles nous guidèrent ainsi par la porte ouverte, à travers le grand vestibule, par le couloir jusqu'à la salle de bal, puis *via* les portes-fenêtres sur la terrasse. Le tout, sans l'intervention d'aucun humain. Ainsi sir Hector et lady Farley-Stroud furent-ils sincèrement surpris de nous découvrir soudain parmi eux, sans avoir été annoncées par leur majordome.

—Oh ! s'exclama lady Farley-Stroud. Bonjour, mes chères. D'où diable êtes-vous arrivées ?

—Les chiennes nous ont conduites ici, répondit lady Hardcastle tandis que nous nous asseyions. J'espère que cela ne vous dérange pas.

—Ah ! tonna sir Hector. Eh bien, mettez-vous donc à l'aise, allez. Elles ont pris l'habitude de faire ça, ces derniers temps, mes fifilles. Personne n'arrive à comprendre d'où ça leur vient, mais comme ça a l'air de leur faire plaisir, nous n'avons pas le cœur d'essayer de les en empêcher. Le postier a été à moitié mort de peur à cause d'elles, l'autre jour, remarquez, et je m'inquiète que notre pauvre Jenkins ne soit un peu vexé.

Un toussotement poli retentit près des portes-fenêtres.

—Ah, vous voilà, Jenkins, reprit sir Hector. Je disais justement que les fifilles vous piquaient vot' boulot.

—Elles ont en effet l'air très empressées, monsieur, convint Jenkins. Mes excuses de ne pas vous avoir accueillies comme il sied, Madame, mademoiselle Armstrong. Puis-je vous servir quelque chose ?

—Tout va très bien, Jenkins, merci, lui assura ma patronne avec un sourire. J'espère cependant que sir Hector n'a pas vu juste. Je détesterais que notre amusement de nous voir introduire par les chiennes ne vous cause le moindre inconfort.

Jenkins s'esclaffa.

—Pas du tout, Madame. Il me reste toujours bien de l'ouvrage et je suis content de bénéficier de leur aide.

Les trois épagneules, cependant, avaient trouvé un carré de soleil sur les dalles et prenaient leurs aises, avec la satisfaction du devoir accompli.

—Si vous pouviez dire à Mme Brown que nous sommes prêts pour l'en-cas, Jenkins, intervint lady Farley-Stroud, nous ne serons que quatre, tout compte fait. Clarissa, Adam et Louisa sont partis à la ville pour la journée.

—Très bien, Madame, répondit le majordome, avant de disparaître dans la maison.

—Ils sont allés au jardin zoologique, vous savez, expliqua lady Farley-Stroud.

—Quelle bonne idée ! fit ma maîtresse. Nous ne l'avons jamais visité, mais Louisa va adorer, assurément.

—Oui, j'en suis sûre aussi. Nous y emmenions Clarissa lorsqu'elle était petite, expliqua lady Farley-Stroud avec un sourire heureux à ces souvenirs. Mais quel plaisir inattendu que de vous voir toutes les deux. J'espérais bien que vous passeriez, que je puisse vous remercier comme il se doit pour votre aide, vous, les sauveuses de notre fête du village.

—Il n'y a qu'une sauveuse, chère Gertie, nuança ma patronne. Je n'ai fait qu'enfiler une tenue à paillettes et jouer du piano. C'est notre Flo qui s'est chargée du sauvetage.

J'ai beau aimer, comme tout un chacun, voir mes efforts appréciés, je ne souhaitais pas que cette démonstration d'adoration générale, si bien intentionnée soit-elle manifestement, s'étire sur toute la matinée. Je tentai donc de donner un autre tour à la conversation.

—C'est exact, concédai-je. Je suis une merveille sous-évaluée. Je ne sais pas ce que vous feriez sans moi.

Sir Hector partit de son habituel rire sonore.

—C'est bien l'esprit, ma fille, lança-t-il. Dites-lui donc.

Je lui adressai un sourire.

—Faites mine de vous déprécier autant que vous voulez avec votre ironie, jeune Florence, reprit lady Farley-Stroud, il n'empêche que vous avez bel et bien sauvé la journée et que nous vous sommes immensément redevables. Merci.

Au temps pour le nouveau tour que prenait la conversation. Sans me départir de mon sourire, je répondis :

—Merci. Cependant, n'importe qui aurait fait la même chose.

—Et aurait tout cochonné, ma chère. Il nous faut plus de gens comme vous, pour contribuer à l'animation de notre merveilleux village.

Lady Hardcastle pouffa.

—Pas de bonnes actions, ma chère, dit-elle. Pas de bonnes actions.

—Quoi ? fit lady Farley-Stroud. Je crois ne pas vous avoir bien entendue, ma chère.

—Rien, ma chère, c'est juste une blague entre Flo et moi.

Depuis que nous étions rentrées à la maison le dimanche soir, lady Hardcastle me taquinait : je ne tarderais pas à me faire embaucher dans tous les comités de village possibles et imaginables. Je commençais à craindre qu'elle n'ait été un peu trop proche de la vérité.

—Ah, très bien, répondit lady Farley-Stroud, du moment que je ne rate rien de drôle. Je me rends compte que je rate plein de choses, ces derniers temps. Mais bref, nous avons besoin de personnes telles que vous, Florence. Avez-vous jamais envisagé de vous inscrire dans l'un de nos nombreux comités de village ?

—Je ne me sens pas à la hauteur de quelque chose d'aussi important. Je suis plus une agissante qu'une organisatrice, voyez-vous, je n'ai pas la moindre idée de la façon dont fonctionnent les comités.

—Sornettes. Pourquoi ne vous intégrerions-nous pas tout doucettement ? Le comité de la Fête des récoltes aurait bien besoin de vos talents, en particulier cette année. En plus du service à l'église, nous organisons généralement des événements séparés dans la salle du village, mais à cause de l'incendie, nous ne pourrons pas l'utiliser cette année. Nous avons besoin de quelqu'un doté de votre sorte de réflexion non conventionnelle pour réfléchir aux manières dont le village peut célébrer les récoltes sans cela.

—Je vais y songer, promis-je. Peut-être pourrais-je devenir une sorte de conseillère non votante ? Ainsi, personne ne risquerait de se trouver vexé et l'on pourrait passer outre mes idées si elles ne plaisent pas.

Lady Farley-Stroud éclata de rire.

—Cela ne vous ressemble pas de vous défiler.

—Je ne me défile pas, je détesterais juste créer des antagonismes durables. Je pense sincèrement que ma place est plus celle de consultante.

—Comme vous souhaitez, ma chère. Loin de moi l'envie de vous forcer la main. En revanche, je vais vous harceler jusqu'à ce que vous me proposiez une solution à ce dilemme de la Fête des récoltes.

—Je croyais que cette manifestation avait lieu fin septembre, intervint ma patronne.

—C'est fluctuant, expliqua lady Farley-Stroud. Un peu comme Pâques. Traditionnellement, Harvest Home[1] tombe le dimanche le plus proche de Harvest Moon[2].

---

1 Harvest Home, aussi appelé Ingathering, est célébrée depuis l'Antiquité. Il en survit des manifestations aujourd'hui dans quelques régions rurales. On y célèbre le dernier jour des récoltes, fin septembre (toutes les notes sont de la traductrice).

2 Harvest Moon est la pleine lune la plus proche de l'équinoxe d'automne (vers le 23 septembre).

—C'est-à-dire, mon petit *chou-fleur**[1] ? s'enquit sir Hector avec un sourire malicieux et un clin d'œil à mon attention.

Lady Farley-Stroud parut momentanément déstabilisée – de toute évidence, elle ne s'était pas attendue à des questions techniques et, selon moi, sir Hector était tout à fait au courant qu'elle n'avait pas la moindre idée de ce dont elle parlait – et j'accourus à son secours.

—C'est la pleine lune la plus proche de l'équinoxe d'automne, n'est-ce pas ? Qui peut donc tomber quelque part entre la mi-septembre et la mi-octobre.

Lady Hardcastle avait déjà sorti son almanach de poche de son cabas. Ne me demandez pas pourquoi elle se promenait avec un almanach, mais voilà, et c'était justement le genre d'occasions où cette petite excentricité s'avérait utile.

—La lune est pleine le 8 septembre et le 8 octobre, annonça-t-elle. Et l'équinoxe tombe le… 24 septembre cette année. Ce qui signifie… qu'Harvest Moon sera celle d'octobre et Harvest Home, le dimanche 8 octobre.

—Ainsi le voudrait la tradition, nuança lady Farley-Stroud, qui était rapidement remontée en selle. Seulement, nous fêtons les récoltes quand les récoltes sont finies. Si elles sont en avance, nous les fêtons en avance, et avec cet été particulièrement chaud, ce sera le cas. Plusieurs de nos fermiers prévoient de commencer cette semaine et personne n'attendra au-delà de la fin de la prochaine. Ce qui nous laisse environ une quinzaine de jours, trois semaines tout au plus, pour mettre en place notre projet. Le vicaire annoncera le service de Harvest Thanksgiving d'un jour à l'autre.

---

1 Les termes en italique suivis d'un astérisque sont en français dans le texte.

—Qu'organisez-vous en général dans la salle du village ? m'enquis-je, prise au jeu malgré moi. Juste le dîner de fête ?

—Si seulement. À une époque, c'est à la Grange que nous l'organisions, vous savez. Hélas, c'est devenu trop dispendieux pour nous, et puis c'était aussi bien trop bruyant, alors nous avons transformé l'événement en fête de village, financé grâce à des dons et autres inscriptions, avec ce dîner à la salle communale notamment. À présent, je crains que ça n'ait pris trop d'ampleur pour que nous ne puissions l'organiser ici, ne serait-ce que le temps d'une année. Ou plutôt non, je ne suis pas assez précise : nous pourrions peut-être y arriver, à la rigueur, seulement il y a d'autres éléments à prendre en considération. Les enfants du village ont besoin d'un endroit où fabriquer leurs poupées en pommes de maïs, et il nous faut aussi un endroit où stocker les décorations pour la procession. Vous avez déjà vu la procession, n'est-ce pas ?

—Jamais, non, répondis-je. Il semble que nous ayons toujours été absentes ce jour-là.

—Eh bien, nous stockons les bannières des magasins et ce genre de choses dans la salle communale, que nous utilisons aussi comme poste de commandement, en quelque sorte, où les gens peuvent enfiler leur costume, appliquer les touches finales, etc.

—Les enfants ne pourraient-ils pas fabriquer leurs poupées en pomme de maïs dans les salles de classe ? suggérai-je. Et le pavillon du cricket fournirait un bel espace de stockage. La saison sportive se termine bientôt.

—Je crois même qu'ils ont déjà joué leur dernier match.

—Eh bien, voilà. Tout ce qu'il nous manque, en somme, c'est d'organiser le souper des récoltes. Pourquoi ne pas en faire un rassemblement de plein air, sur la place du village ? Assiettes en carton, couvertures de pique-nique. Si ce beau temps tient, ce serait merveilleux.

—Comment avons-nous fait pour rater le souper l'an dernier ? s'interrogea lady Hardcastle. L'ayant manqué l'année précédente, je me rappelle très bien que nous étions particulièrement pressées d'y faire une apparition.

—Vous étiez assurément invitées, confirma notre hôtesse, mais quelque engagement important vous a encore retenues. Vous étiez à Londres, je crois bien.

—Ah oui, nous étions… Mais nous n'allons pas vous accabler avec les détails de ce à quoi nous étions occupées. Sachez juste que c'était grandement moins charmant qu'un souper de récoltes.

Lady Farley-Stroud sourit. Elle nous connaissait désormais depuis assez longtemps pour se douter du genre d'activités qui avait bien pu nous retenir à Londres et nous empêcher d'assister au souper des récoltes de Littleton Cotterell. Ce qui ne signifiait pas qu'elle ait la moindre idée des détails, cela dit. En l'occurrence, ils impliquaient l'épouse d'un diplomate étranger, un acteur de théâtre londonien et une caméra. Le chantage n'est pas une jolie chose, mais parfois, c'est un moyen formidable pour mettre la main sur des documents d'ambassade confidentiels sans avoir à en passer par le cambriolage, procédé bien plus fatigant.

—Vos suggestions sont sensées, me dit lady Farley-Stroud, et nous les avons déjà envisagées. Mon seul souci, c'est que le pique-nique sur la place risque de se terminer en bringue de type bacchanale incontrôlable.

—Si c'est ça, je m'inscris, lança sir Hector, qui arrivait avec un plateau de boissons qu'il posa sur la table. J'adore les bringues de type bacchanale. Un petit souper bien propret, jusqu'à ce que le cidre coule à flots !

Lady Farley-Stroud lui adressa un regard de reproche.

—Vous comprenez pourquoi il nous faut une meilleure idée, dit-elle alors que Jenkins et Dewi, le valet de pied, entraient avec les plateaux.

Pendant que nous mangions, lady Hardcastle manœuvra lentement mais sûrement pour amener la conversation vers la véritable raison de notre visite.

—Avez-vous su, pour M. Cridland ?

—Le cidrier de Woodworthy ? dit sir Hector. Terrible affaire. C'était l'un de nos fermiers, vous savez.

—Ah oui, vraiment ? Vos propriétés sont si nombreuses que je m'y perds.

—On possédait tout, avant, se lamenta-t-il, mélancolique. Les terres venaient avec la maison. Plusieurs centaines d'hectares, figurez-vous, de Severn à Chipping Bevington. On a dû en vendre la plupart au fil des ans, hélas. Entre les dettes, les dépenses, les devoirs etc., voyez ? M'enfin, on a encore une parcelle ou deux ici et là, et le verger à cidre ainsi que le pressoir sont tous les deux sur les terres des Farley-Stroud.

—J'ignorais que vous étiez des magnats du cidre.

Sir Hector partit de son gros rire désormais familier et les chiennes levèrent des yeux affolés.

—Loin de là, nuança-t-il. On se contente de toucher le loyer, modeste, toute la gloire en revient à Abel Mattick.

—C'est une grosse affaire, alors, le cidre ?

—Par chez nous, oui. La plupart des fermiers de la région produisent quelques gallons de cidre brut à l'automne pour leur consommation personnelle et celle de leur entourage, donc on pourrait croire que ça ne brasse pas trop d'argent. Plutôt un divertissement, voyez ? Sauf que le jeune Mattick alimente toutes les tavernes et les auberges à des *miles* à la ronde. Son cidre est très renommé.

—Si la plupart des fermiers produisent leur propre cidre, pourquoi faut-il que ce soit Mattick qui presse les pommes de Cridland ? s'étonna lady Hardcastle. Pourquoi Cridland ne le faisait-il pas lui-même ?

—C't'une question de quantité, ma chère, l'informa notre hôte. Les fermiers qui font leur propre cidre n'en pressent pas plus qu'un tonneau, qu'ils consomment ensuite à leur guise. Mattick en produit des centaines de gallons. Ça l'occupe une bonne partie de l'année. Or l'activité principale de Cridland, c'était sa ferme laitière.

—Par ma foi… fit-elle. Je présume que c'est lucratif ?

—On dit que Mattick gagne fort bien sa vie.

—Je n'en avais aucune idée. Et donc, être propriétaire du matériau brut, les pommes en l'occurrence, met un bonhomme dans une position de force ? Cridland détenait pas mal de pouvoir dans leur relation.

—J'imagine que oui. C'est comme pour le vin, voyez ? Le cidre dépend des pommes de la même façon que le vin dépend du raisin. La qualité des pommes fait la qualité du cidre. Je ne doute pas que Mattick ait de la magie dans les doigts, quelles que soient les pommes, cependant il a bâti sa réputation grâce à celles du verger de Cridland. Donc vous avez raison, ma chère : celui qui contrôle les pommes contrôle le cidre.

—Et de fait, vous êtes conscient, cher Hector, que cela fait de vous un suspect.

—Comment est-ce possible ?

—Eh bien, si votre fermier est mort, ces pommes vous appartiennent.

Nouvel aboiement de rire.

—Ben faut croire que oui, pas vrai ?

—Il n'a pas ce qu'il faut pour assassiner un homme et lui voler ses pommes, intervint lady Farley-Stroud.

—Et que faut-il ? demandai-je.

—Beaucoup plus que n'a ce vieux fou, c'est une certitude.

—Mon petit *chou-fleur** a raison, comme toujours, convint-il. J'suis un nullard complet.

—Nous vous éliminerons donc de notre liste de suspects, annonça lady Hardcastle à sir Hector, avant de lui jeter un regard plein de menace. Pour l'instant.

Il pouffa.

J'avais d'autres questions, pour ma part.

—Est-ce semblable au vin par d'autres façons ? Est-ce que le cidre se bonifie avec l'âge, par exemple ?

—Pas tellement. Il peut se garder six ou sept mois, mais il ne vieillit pas comme un bon cépage.

—Vous avez dit que la cidrerie occupait Mattick une bonne partie de l'année. J'en déduis donc qu'ils ne se contentent pas d'en produire un lot, de le vendre et puis de rester à attendre la récolte suivante.

—Non, il réussit à étaler la production. Les pommes peuvent se garder un bon moment, si elles sont correctement conservées, voyez ? Mattick s'y connaît et il parvient à produire plusieurs tournées par an. Qui ont un caractère différent, en fonction de l'âge des pommes.

Lady Hardcastle farfouilla dans son cabas, en quête de son carnet et son crayon.

—Que savez-vous des Weryers de la Pommeraie ? s'enquit-elle.

L'arrivée de Jenkins avec du thé et du café frais donna à sir Hector le temps de réfléchir à sa réponse. Une fois les premières théière et cafetière remplacées par les nouvelles et le majordome retourné à ses autres devoirs, le maître de céans prit une gorgée de son thé et répondit :

—J'en ai été Grand Protecteur, un temps, au tournant du siècle. Je ne suis pas autorisé à révéler tous les secrets de l'ordre, car enfin, des serments ont été prêtés, toutefois je peux vous faire la version courte. Le Grand Protecteur se voit confier les documents de l'ordre, voyez ? Ainsi je sais, par exemple, qu'il a été fondé sous sa forme actuelle en 1721, sous le règne de comment s'appelle-t-il… George Ier. Mais il est bien plus ancien que cela. On en trouve des mentions dans les registres paroissiaux jusqu'au règne d'Édouard Ier, à l'époque où Chipping Bevington a reçu sa charte et est devenue une ville. Pour ce qui est des rites… eh bien, je ne suis pas autorisé de vous parler des rites, cependant ils sont anciens, du temps des Anglo-Saxons. Ce que je puis vous révéler, en revanche, c'est qu'il s'agit de protéger le verger et d'assurer une récolte abondante.

—Disons plutôt de se saouler et de chanter des chansons, nuança lady Farley-Stroud.

Sir Hector pouffa.

—Oui, ça compte pour beaucoup, admit-il. Je ne peux le nier. Néanmoins, depuis qu'ils sont connus sous le nom des Gardiens du Cidre, ils se consacrent surtout aux bonnes œuvres.

—Il y a des rites ? m'étonnai-je. Comme des rituels païens ?

—Je pense que ce serait un poil exagéré de le formuler ainsi, mais oui, il y a des rites.

—C'est proprement fascinant, commenta ma patronne. Et vous en étiez Grand Protecteur ? Cela correspond-il au chef de cet ordre ?

—Oui, c'est cela. Il y a toujours douze Weryers. Le Grand Protecteur de la Pommeraie en est à la tête. Puis vous avez les quatre Conservateurs de la Tonnelle et enfin les sept Commissaires du Verger. Toujours douze en tout.

—Pourquoi avez-vous abandonné votre charge ?

Sir Hector devint sérieux, attitude fort peu fréquente chez lui.

—Disons juste qu'il y a eu… certaines choses au sein de l'ordre me mettaient mal à l'aise. Il y a… bon, je ne vais pas tourner autour du pot : il y a un côté plus sombre aux Weryers. Ils ont eu beau s'orienter vers des œuvres philanthropiques et se faire appeler les Gardiens du Cidre, histoire de faire un poil plus sympathiques, il n'empêche qu'en son cœur, l'ancien ordre des Weryers de la Pommeraie est très axé sur le pouvoir.

—Le pouvoir et… l'influence ? voulut préciser lady Hardcastle.

—Je savais que vous comprendriez.

—Et la corruption aussi ? ajoutai-je.

—Et je savais que vous mettriez le doigt dessus, acquiesça-t-il avec un nouveau gloussement. Notre Armstrong non plus, elle tourne pas autour du pot. Eh bien, oui, c'est ça. On met la pression ou on graisse des pattes, et les Weryers s'en sortent bien mieux dans la vie qu'ils ne le feraient autrement. Pas du tout mon genre de truc, voyez ? Je supporte pas du tout ces sottises. Un gars réussit ou échoue en fonction de ses propres mérites, pas parce que ses copains ont fait de sombres menaces ou versé des pots-de-vin.

Oui, enfin, une bouche nourrie depuis la naissance avec une cuillère en argent aide aussi énormément, m'abstins-je de remarquer. Au lieu de quoi, je conclus :

—C'est donc une position très enviable que celle de Weryer ?

—Extrêmement. J'ai peut-être un peu exagéré le côté camouflé, quoi qu'il en soit, ça n'était pas pour moi.

—L'on pourrait imaginer qu'ils restent un peu plus discrets, si c'est là le genre de choses qu'ils font, nota ma patronne.

—Fut un temps où l'adhésion était un secret jalousement gardé, à l'époque où l'ordre détenait un véritable pouvoir, mais ils ne se cachent plus désormais. Plus depuis des années.

—Sauriez-vous par hasard qui sont les Weryers actuels ?

—Bien sûr, ma chère, mais pourquoi cela vous intéresse-t-il autant ? Sont-ils impliqués dans la mort de Cridland ?

—Nous n'en savons rien à ce stade, répondit-elle. Nous savons qu'il était membre des Weryers et nous avons pensé : pourquoi ne pas commencer par là ?

—Alors… voyons… le Grand Protecteur à l'heure actuelle est un type de Chipping, un certain Cornelius Starks. Un avocat. Un peu terne pour mon goût, mais un gars constant.

—C'est donc lui la plus grosses des huiles, commenta ma maîtresse, qui notait tous les détails dans son carnet. Qui d'autre ?

Pendant la demi-heure qui suivit, tout en sirotant un café et en dégustant les délicieux gâteaux de Mme Brown, sir Hector nous énuméra et évalua les onze autres Weryers de la Pommeraie. Nous quittâmes la Grange peu avant l'heure du déjeuner et reprîmes le chemin de la maison.

En contournant la place du village, nous aperçûmes Cissy Slocomb, qui arrivait dans l'autre sens à bicyclette. Elle nous héla.

—Je suis contente de tomber sur vous. J'suis allée à votre domicile, mais Blodwen m'a dit que vous étiez sorties.

—C'était exact, ma chère, répondit lady Hardcastle en coupant le moteur. Mais nous voilà. Que pouvons-nous faire pour vous ?

—J'voulais vous questionner sur le vieux Cridland.

—Pourquoi nous questionner, nous ? m'étonnai-je.

—Tout l'monde sait bien que vous faites une de vos enquêtes.

—Ah bon, tout le monde sait cela ?

—Bien sûr. Moi, j'le sais parce que Blodwen me l'a dit. Et tout le reste des gens, d'ici à Nempnett Thrubnell, y savent, parce qu'Edna Gibson l'a dit… ben elle l'a dit à tous ceux qu'elle a vus, en fait. Vous la connaissez.

—Le district est déjà pleinement au courant de nos agissements, ma chère, vous le savez bien, me confirma lady Hardcastle avec un sourire.

—Oui, mais on sait quand il faut fermer not' bouche, précisa Cissy, très sérieuse. Comme quand vous étiez à Londres l'an dernier. Personne a pipé mot.

—Vous voyez ? Nous sommes entre amis.

—Je n'en ai jamais douté. Alors, que sais-tu sur Claud Cridland ?

—J'en sais pas beaucoup plus sur lui que vous, mais… (Elle regarda furtivement autour de nous et reprit, à voix plus basse :) Je sais par contre que j'ai vu Moses Peppard partir sur sa bicyclette juste avant l'aube, mardi matin.

—L'un des Weryers, précisai-je.

—Le maître tonnelier, renchérit lady Hardcastle. Et Premier Conservateur de la Machin-chose.

—De la Tonnelle, fis-je.

—C'est ça, confirma Cissy. Il est passé devant la laiterie pendant qu'on chargeait le fourgon de not' papa. Il a détourné le visage, ça oui, comme s'il voulait pas être reconnu. Mais c't'un gars costaud, alors pas difficile de savoir qui c'était, même dans la pénombre et avec le visage tourné de l'aut' côté.

—As-tu deviné où il se rendait ? m'enquis-je.

—Il venait de la route principale, c'est tout ce que je peux dire avec certitude.

—La tonnellerie se trouve sur la route principale, fit remarquer ma patronne.

—Oui, confirma Cissy. Il vit dans un cottage à côté de son atelier.

—Et cette route, où mène-t-elle ? Celle qui passe devant la laiterie, je veux dire.

—Au verger.

—Ah, mais oui, c'est bien cela. Je me rappelle maintenant où vous êtes situés. C'est très instructif, qu'en dites-vous, Flo ? L'un des Weryers qui se dirige vers le verger au matin du meurtre ?

—Exact, acquiesçai-je. Bien qu'il ait aussi pu tourner et aller à Littleton. Ou bien partir sur Woodworthy.

—Cependant, il serait assurément plus simple de monter par la route de Gloucester et par Chipping Bevington, pour aller à Woodworthy depuis la tonnellerie, argua lady Hardcastle.

—Ben non, reprit Cissy, néanmoins quelque peu déconfite que nous jetions de l'eau froide sur son ragot. Pas à bicyclette. Y a une sacrée côte, par la route principale. Et on se l'évite en passant par le verger.

—Hmm, mais il a quand même pu passer devant le verger à l'heure, ou approximativement, du meurtre de Cridland. Ou du moins assister à quelque chose. Nous devrions en informer l'inspecteur Sunderland.

Je hochai la tête.

—Que savez-vous de plus, ma chère ? poursuivit ma patronne.

—Sur quoi ?

—Sur M. Cridland, sur les Weryers. Qui parmi eux, par exemple, aurait pu lui en vouloir ?

—J'ai jamais rencontré personne qui l'appréciait pas. Il était toujours gentil et généreux. Depuis la mort de son Annie, il se consacrait à corps perdu à aider les aut'. C'était vraiment un brave homme.

—Pas d'indiscrétion secrète ? Des vices cachés ?

—Il était honnête comme on en fait plus. Vous saviez toujours à quoi vous en tenir avec Claud, et il supportait pas la malhonnêteté de la part de qui que ce soit. Il va nous manquer.

—Il ne supportait pas la malhonnêteté ? répétai-je. Comment le sais-tu ? Y a-t-il eu des frictions à ce sujet ?

—Oh, jamais rien de bien méchant, répondit-elle avec un sourire. Par exemple, y a eu la fois où il a surpris Noel Gregory en train de tricher aux dominos. Il s'est contenté d'en faire une grosse blague et tout le monde a fini copains, mais n'empêche qu'il l'a pas laissé passer.

—Ah, fit lady Hardcastle. Mais si l'un d'eux fomentait quelque chose de vraiment pas net et qu'il l'avait pris en flagrant délit, le coupable savait donc qu'il ne se tairait pas. Son honnêteté serait devenue une menace pour le gredin et un potentiel danger pour Cridland.

—Je vois c'que vous voulez dire, mais hormis un peu de triche pas bien méchante aux dominos, ils sont tous aussi honnêtes qu'il l'était.

—Tu nourris quand même des soupçons vis-à-vis de Moses Peppard, notai-je.

—Ben… commença-t-elle lentement. Enfin, quand même, admettez que c'était bizarre de le voir passer à bicyclette devant la laiterie à c't'heure-là. C'est pas comme si les tonneliers faisaient le genre d'heures qu'on fait, nous. Ou les fermiers, qui sont debout avant nous certains jours.

—Nous allons fouiller plus avant, ma chère, lui promit lady Hardcastle. Merci. Vous avez rendu notre trajet tout à fait profitable. Et je ne doute pas que l'inspecteur Sunderland sera heureux de cette information aussi.

—C't'un plaisir, M'dame. Mais j'vais vous laisser y aller. À plus tard, Flo.

Sur ce, elle s'éloigna sur sa bicyclette.

5

Sitôt à la maison, lady Hardcastle se dirigea au salon et à son fidèle tableau du crime. J'allai nous chercher un broc de cordial et deux verres à la cuisine, puis revins m'installer confortablement dans un fauteuil pendant qu'elle passait ses notes en revue.

—Alors, nous avons le Grand Protecteur, Cornelius Starks, commença-t-elle en écrivant ses nom et rang au tableau. Je ferai les croquis plus tard, une fois que nous aurons rencontré toutes ces personnes. Avocat de Chipping, et assurément sur la liste de Mlle Chamberlain.

Elle relia la nouvelle entrée à ma liste, qu'elle avait recopiée la veille au soir. Puis elle compulsa de nouveau son carnet.

—Nous avons ensuite Moses Peppard.

—Le maître tonnelier, précisai-je. Et Premier Conservateur de la Tonnelle. Lui aussi sur la liste de Mlle Chamberlain.

—Et qui a été vu sur la route de la laiterie avant l'aube, le jour du meurtre. Hector l'a qualifié de « bourru », ce qui à mon sens signifie qu'il n'est pas trop à son goût.

Il préfère les bonshommes un peu plus amusants et faciles à vivre.

—Je n'ai pas eu l'impression qu'il était méchant, pourtant.

—Moi non plus, jusqu'à ce que l'on ait l'information de Cissy. Nous allons mettre un point d'interrogation à côté de son nom. Qui est le suivant ? Griffith Uzzle, Deuxième Conservateur.

—Et propriétaire du Mock of Pommey à Woodworthy, ajoutai-je.

Elle relia son nom à « GU » dans la liste de Mlle Chamberlain.

—Nous n'allons jamais à Woodworthy, fis-je remarquer.

—Nous y remédierons à la première occasion, surtout si la taverne locale est connue sous le nom de Mock of Pommey.

Je me levai pour aller chercher le dictionnaire.

—« Mock »… « Mock »… Ah, nous y voilà : « Autre terme pour fromage à cidre ». Pas merveilleusement éclairant… Un moment… Fromage… « Lait caillé solidifié »… Non… « Fruit de la grande mauve »… Aucune idée de ce que cela peut bien signifier… Ah, c'est ça : « Morceaux de pulpe de pomme (pomace ou parfois pommey) versés en tas avant d'être écrasés dans un pressoir pour en tirer du cidre. »

—Typiquement Sud-Ouest. Nous sommes sans aucun doute en pays cidrier, n'est-ce pas ? commenta ma patronne. Le suivant ? (Elle compulsa ses notes.) Le Troisième Conservateur est notre maître cidrier, Abel Mattick, lui aussi dans notre liste d'initiales. Et le Quatrième Conservateur était feu Claud Cridland.

—Propriétaire d'une ferme laitière et surveillant d'immenses vergers de pommiers, détaillai-je.

Ma maîtresse examina le tableau et crayonna un homme tiré par une vache et armé d'un bâton.

—Nous avons donc là les cinq chefs, conclus-je. À qui aurait profité la mort de Cridland ?

—Eh bien, Starks est un avocat de campagne, je ne l'imagine donc pas sans ouvrage. Et au premier coup d'œil, je ne vois pas en quoi tuer un fermier pourrait lui bénéficier. Au contraire, cela lui supprime un client potentiel.

—Pensez-vous qu'il y ait de la concurrence au sein de la hiérarchie des Weryers ?

—Cridland aurait pu viser son poste de Grand Protecteur, vous voulez dire ? Possible, cependant, d'après ce qu'a dit Hector, c'est Moses Peppard, le Premier Conservateur, qui est le suivant en lice pour devenir chef.

—Et puis, Cridland était le plus bas placé des hauts placés, il ne représentait donc pas une menace pour les autres. Animosité personnelle ?

—Cela me semble plus probable, acquiesça-t-elle. Nous en saurons plus une fois que nous aurons commencé à nous entretenir avec eux.

—Nous connaissons déjà la moitié des autres, nous devrions peut-être attaquer par eux.

—Oui, approuva-t-elle en retournant à sa liste. Le primeur du village, Lawrence Weakley, le Vieux Joe du Dog and Duck et ce cher Septimus Holman, notre fidèle boulanger.

—Et Bob Slocomb, le laitier, ajoutai-je.

—Oui, même si je ne l'ai jamais rencontré.

—Vous n'êtes jamais levée au passage du laitier.

—Je suis de l'avis très arrêté que les seules occasions où l'on doit être debout à la même heure que le laitier, c'est lorsque l'on rentre chez soi aux petites heures du jour, après une nuit de débauche dehors. Or les nuits dehors sont peu fréquentes, ces temps-ci, que ce soit pour m'adonner à la débauche ou à quoi que ce soit d'autre.

—Rappelez-moi les trois derniers ?

—Leopold Lehane, directeur de banque à la retraite. Noel Gregory, clerc de comptable sur le marché au bétail de Chipping Bevington. Et Archie Rogers, cultivateur et premier ténor à la Chorale masculine de Littleton Cotterell.

—Nous en avions une à Aberdare. Et une fanfare. Les mineurs chantaient et les gars des usines de fer jouaient des cuivres.

—Oh, quelle merveille ! J'ai chanté dans une chorale à Girton, mais elle était gangrenée par trop de manœuvres politiques et de médisances pour mon goût. Nous devrions nous renseigner sur cette chorale locale, j'aimerais beaucoup les entendre.

—Moi aussi, cela me ferait comme un petit rappel de la maison, répondis-je en observant la liste. Ce sont donc là tous nos candidats ?

—Pas tous, non. Que faites-vous de cette Grace Chamberlain ? fit-elle en tapotant le dessin qu'elle avait punaisé sur un côté du tableau. Où se case-t-elle là-dedans ?

—Cela ne peut pas être elle.

—Pourquoi donc ? C'est bien une mystérieuse inconnue, après tout.

—Le mystérieux inconnu sert toujours à brouiller les pistes. Vous devriez lire davantage.

—Vous avez probablement raison. Et puis, il reste encore toutes les autres personnes partout ailleurs, bien sûr.

—Nous ne prêtons jamais attention aux autres personnes partout ailleurs avant d'avoir éliminé tous les proches de la victime, lui rappelai-je. Et en pratique, cela signifie que nous ne prêtons jamais attention aux autres personnes partout ailleurs, puisque pratiquement toutes les victimes de meurtre sont tuées par quelqu'un qui leur est lié.

—Avisée vous êtes quant aux us et coutumes des meurtriers, minuscule servante. Dans ce cas, nous allons continuer de tâcher d'en apprendre plus sur les Weryers de la Pommeraie.

—Je plussoie, Madame.

—Et sur Grace Chamberlain.

Avec un soupir, je remplis à nouveau nos verres de cordial.

Plus tard ce jour-là, nous étions assises au jardin, où lady Hardcastle s'éventait en se plaignant de la chaleur, quand Edna apparut par la porte de derrière, précédant deux visiteurs.

—L'inspecteur Sunderland et le docteur Gosling pour vous voir, M'dame, annonça-t-elle.

—Quelle formidable surprise ! s'exclama ma patronne. Venez donc vous asseoir, Messieurs.

Edna se retira et les deux hommes approchèrent deux chaises de la table.

—Vous excuserez, j'espère, mon apparence négligée, mais cette chaleur, c'est plus que je n'en puis supporter, je le crains.

—Vous êtes aussi radieuse qu'à votre habitude, ma vieille, lui assura le docteur Gosling.

—Vous êtes trop aimable. Très mauvais menteur, mais très aimable.

Il inclina la tête.

—Alors, reprit-elle, qu'est-ce qui nous vaut votre fort bienvenue visite ? Avez-vous des nouvelles ?

—Pas des nouvelles au sens propre… commença l'inspecteur Sunderland.

—J'ai la cause de la mort, l'interrompit le docteur Gosling.

—Qui est… ? m'enquis-je.

—Exsanguination des suites d'une perforation du ventricule gauche, causée par un objet long, fin, pointu et métallique.

—Ne le savions-nous pas déjà ? fit remarquer lady Hardcastle.

—Nous le supposions, mais je suis désormais en mesure de le confirmer.

—D'autres indices quant à la nature de ladite arme ? demandai-je.

—Très acérée, très lisse et probablement très brillante.

Ma maîtresse fronça les sourcils.

—Brillante ? répéta-t-elle. Comment diable… ?

—Sa chemise, au niveau de l'hématome que nous lui avons trouvée à la poitrine, sentait le vernis à métal, expliqua la docteur, tout sourire.

—Il aurait pu s'en renverser dessus à un autre moment.

—Il aurait pu, c'est vrai. Cependant, la chemise était par ailleurs propre et il ne présentait pas de traces de vernis à métal ailleurs. Je me serais attendu à des traces sur ses mains, s'il avait été occupé à polir son argenterie au milieu de la nuit. L'arme, quelle qu'elle ait été, était cylindrique et d'à peu près la largeur d'un doigt d'homme.

Il leva son doigt, pour le cas où nous ne serions pas en mesure de nous le figurer.

—Est-ce que l'une de ces informations pointe vers un suspect en particulier ? L'un des Weryers, peut-être ?

—J'aime garder l'esprit ouvert à toute possibilité, comme vous le savez, répondit l'inspecteur au bout d'un moment, cependant je ne suis pas enclin à soupçonner l'un des Weryers pour l'instant. Ils sont trop… je ne voudrais pas dire « nobles », c'est un mot emphatique à l'excès, toutefois c'est un groupe de vieilles ganaches qui boivent du cidre et paient des vêtements aux enfants des orphelinats.

—Flo ne cesse de répéter que ce genre de propos peut nous revenir en pleine face, cher inspecteur, lui fit remarquer lady Hardcastle. L'inspecteur de police élimine systématiquement un suspect d'emblée, pendant qu'il s'élance tel un lièvre aux trousses des harengs saur, dit-elle.

—J'ai en effet dit quelque chose de similaire, la métaphore en moins, précisai-je. Les lièvres aiment-ils le hareng fumé ?

—Ils adorent, à l'instar des inspecteurs de police, répondit-elle. Nous avons ouï-dire d'une source fiable, cependant, que Moses Peppard a été vu à bicyclette sur la route de la laiterie, le matin du meurtre. Cela en fait au moins un dont nous devrions nous méfier un tantinet.

L'inspecteur prit note.

—C'est intéressant, convint-il, mais il pouvait aller n'importe où.

—Je suis d'accord, je transmets néanmoins l'information. À une époque, les Weryers étaient beaucoup moins nobles que vous tendez à le supposer, par ailleurs.

—Ah oui, vraiment ?

—Hector Farley-Stroud a jadis été leur brave chef, mais comme il n'était guère amateur de corruption et de lutte de pouvoirs, il les a quittés. Il se pourrait qu'ils ne soient toujours pas aussi vertueux aujourd'hui qu'ils voudraient nous le faire croire.

—À peu près personne n'est aussi vertueux qu'il voudrait nous le faire croire, lui fit remarquer l'inspecteur. Toutefois, je vais quand même me renseigner.

Il prit note de nouveau.

—Outre les Weryers de tout poil, la seule autre personne qui se détache est Mlle Chamberlain.

—C'est effectivement celle avec qui je souhaite le plus vivement m'entretenir, acquiesça-t-il. C'est la raison de notre venue au village. Ou du moins, c'est la raison de ma venue. Le docteur Gosling m'a juste emboîté le pas.

—J'apprécie votre compagnie, mon vieux, dit le docteur.

—Elle a une liste des Weryers dans son carnet, intervins-je. Ou plutôt de leurs initiales.

—Voilà qui est intéressant aussi, releva l'inspecteur. Je me demande pourquoi.

—Peut-être qu'elle écrit un article sur eux, suggéra le docteur Gosling. Dinah prend des notes sur toutes sortes de choses dans son petit cahier.

—Possible, convint l'inspecteur. Tout est possible, à ce stade.

—Au fait, nous pensons qu'elle est venue ici en train depuis Exeter, ajouta ma patronne.

—Comment avez-vous tiré cette conclusion ? s'étonna l'inspecteur.

—Par un interrogatoire et la puissance de la déduction logique, répondit-elle avec un sourire. J'ai une explication alambiquée pour l'expliquer, mais je parierais une belle somme qu'elle nous est venue du Devon. Avez-vous passé vos coups de fil à vos contacts ?

—Un seulement. Et par chance, il se trouve que j'ai téléphoné à mon ami d'Exeter hier après-midi, qui a promis de me tenir au courant s'il découvrait quoi que ce soit.

—Mais vous la soupçonnez malgré le fait que vous n'ayez aucun biscuit sur elle. Voilà un homme selon mon cœur.

—Je n'ai pas dit que je la soupçonnais, j'ai dit que je souhaitais lui parler. Un homme a été assassiné aux petites heures du jour, hier matin, or rien dans sa vie, ni dans le monde qui l'entourait n'avait changé jusqu'au drame, à l'exception d'une chose : la seule différence dans sa vie paisible et ordinaire, c'est l'arrivée dans notre paisible petit village d'une inconnue n'ayant aucune raison apparente de s'y trouver.

—Elle est peut-être venue pour la Fête des récoltes, tenta le docteur Gosling. Ou pour visiter la charmante église romane. Oh, oh, je sais : elle est peut-être une touriste du meurtre.

—Une quoi, très cher ? voulut savoir lady Hardcastle.

—Vous savez, ces gens qui se rendent sur les scènes des tragédies. Vous ne pouvez nier que vous en avez eu plus que votre lot, par ici.

—Largement moins que ce que nous prédisait l'inspecteur la première fois que nous l'avons rencontré.

Mais le docteur Gosling s'emballait pour son idée.

—Vous rendez-vous compte, vieille branche, que la plupart des gens vivent toute leur vie sans assister au moindre meurtre ? Vous aviez à peine emménagé depuis quelques jours que vous aviez droit à votre premier. Et depuis, il y a eu ce type au marché aux bestiaux…

—Sans vouloir être tatillonne, il est mort à Chipping Bevington.

—Si vous insistez. Cependant, vous viviez ici et vous êtes venue jusqu'à la grande ville pour me voir à son sujet, quand je travaillais encore au BRI. Ensuite, il y a eu tout ce vilain pataquès pendant le Festival de l'image animée…

—Vilain pataquès, comme vous dites, oui.

—En effet. Donc vous voyez ce qui pourrait attirer ici les adeptes des scènes morbides ? Et je ne parle même pas des meurtres de Riddlethorpe, Bristol ou Weston-super-Mare dans lesquels vous vous êtes impliquées. Au fond, c'est peut-être vous, la raison de sa présence ici. C'est peut-être vous, l'attraction touristique.

—Sornettes et billevesées, « vieille branche ». Personne ne traverserait la rue pour me voir, alors je ne parle même pas de faire tout le voyage depuis le fin fond du Devonshire.

Ma patronne avait répondu sur un ton léger, presque dédaigneux, pourtant je décelais, à la lueur dans ses yeux qu'elle était flattée, en réalité.

—Cependant, j'ai besoin d'en savoir plus sur cette femme, poursuivit-elle. En dépit des doutes de Flo, je continue de penser qu'elle manigance quelque chose et j'aimerais beaucoup découvrir quoi.

—Vous êtes la bienvenue si vous souhaitez m'accompagner, proposa l'inspecteur. Vous êtes une interrogatrice fort habile.

—C'est bien aimable, Inspecteur, toutefois je crains bien que mes talents, quels qu'ils soient, n'aient aucun effet sur Mlle Chamberlain. Si j'insistais, je pense au contraire qu'elle continuerait à jouer les idiotes. Je préfère vous la laisser.

—Comme il vous plaira, mais mon offre tient toujours. Sur qui parieriez-vous votre argent, ajouta-t-il à mon intention, si ce n'est sur la mystérieuse étrangère ?

—Je suis une fille de la vieille école, répondis-je. Je miserais plutôt sur une connaissance de Cridland. L'un des Weryers, selon moi. D'après tout ce que nous en avons entendu, sa vie personnelle était calme et sans incident.

—Je vais assurément enquêter sur les déplacements des Weryers.

—Nous pouvons vous en fournir une liste des membres.

—C'est bien aimable, mais j'en sais déjà pas mal sur eux.

—Ah, et nous qui nous trouvions terriblement malignes d'avoir déterminé qui ils étaient, dis-je. Nous avons interrogé sir Hector Farley-Stroud ce matin. Et pris des notes sur le tableau du crime, etc.

—Si seulement vous aviez attendu, sourit-il, j'aurais pu vous fournir toutes les informations nécessaires. C'est une petite bande bien inoffensive, pour ce que j'en sais.

—Pour ce que vous en savez ? répéta ma patronne.

—L'on ne sait jamais tout et je ne veux surtout pas orienter mon enquête en éliminant un groupe entier de suspects, au seul motif que j'ai un petit faible pour eux. Il se peut fort bien que l'un d'eux soit, comme le dit souvent Mlle Armstrong, « un sale type ».

—L'un d'eux en est assurément un, renchéris-je. Rappelez-vous bien mes paroles.

Une fois l'inspecteur Sunderland et le docteur Gosling partis vaquer à leurs occupations, lady Hardcastle suggéra que nous poursuivions nos investigations sur les Weryers par une virée à la tonnellerie sur la route de Gloucester.

—Il pouvait tout à fait aller n'importe où, expliqua-t-elle, néanmoins je persiste à penser que nous ne perdrons pas notre temps en allant causer d'abord au tonnelier cycliste. Je vais aller me changer avant, cela dit, car je suis complètement défraîchie.

Nous nous mîmes en route peu après et arrivâmes bientôt aux abords d'un grand panneau peint annonçant : « *Tonnellerie Peppard – fabrication et réparation de barriques et tonneaux* »

Lady Hardcastle se gara dans la cour et coupa le moteur. Les seuls sons qui restèrent alors étaient les chants des oiseaux, le tic-tac du moteur en train de refroidir et le claquement satisfaisant d'un marteau sur le fer, en provenance de l'atelier.

Nous approchâmes des immenses portes du hangar et regardâmes à l'intérieur.

—Monsieur Peppard ? appela ma maîtresse.

Les bruits de ferraille cessèrent. Des carreaux opaques, au plafond, laissaient entrer une lumière douce et blanche qui illuminait la salle bourdonnante d'activités d'un maître artisan. Il y avait là des planches à tonneaux appuyées contre un mur, avec des anneaux d'acier à côté. Des outils propres et bien entretenus suspendus aux murs : couteaux à dessiner, herminettes, ciseaux à bois, rabots et des dizaines d'autres instruments que je ne savais pas identifier. Du bois brut était entreposé dans des conteneurs tout au fond de la salle, ainsi que d'autres bandes d'acier incurvées, prêtes à être coupées à la bonne taille et rivetées.

Au milieu de l'atelier se trouvait un bel homme bien bâti, la quarantaine. S'il semblait entièrement fait de muscles, une grande gentillesse émanait pourtant de ses yeux et une belle chaleur de son sourire espiègle, qualités qui atténuaient la potentielle brutalité de sa carrure. Occupé à travailler devant une haute enclume, de la forme d'un maillet de polo posé à l'envers, il façonnait un anneau. Il posa un marteau d'une taille impressionnante et s'essuya les mains sur un linge accroché à la ceinture de son tablier de cuir.

—Bonjour, Mesdames. Que puis-je pour vous ? Une barrique à eau pour le jardin, peut-être ? La réparation du mini-fût décoratif où vous conservez votre xérès ?

—Ça alors, quelle formidable idée ! Nous devrions peut-être remplacer la carafe à brandy par un petit fût de chêne. Avec un robinet en cuivre dans le bouchon. Mais non, hélas, non, monsieur Peppard. Je suis lady Hardcastle et voici Mlle Armstrong.

Il plissa les paupières pour mieux nous regarder. Un myope.

—Eh bien, oui, oui, je vous reconnais à présent. Je ne vous voyais pas bien. Je devrais porter mes lunettes, mais je ne les ai pas depuis longtemps et je crois que je n'arrive pas à m'y faire. Quel plaisir de vous voir presque, Mesdames.

—Merci, répondîmes-nous de concert.

—Alors, que puis-je faire pour les plus célèbres habitantes de Littleton Cotterell, si ce n'est un tonneau à eau ou un fût de cognac miniature ?

—Je n'éliminerais pas la possibilité que vous ayez à nous fournir les deux, à un moment donné, répondit ma patronne. Pour l'instant, nous aimerions juste échanger quelques mots avec vous, si vous le permettez.

—Quelques mots, vous dites ? Oh ça, j'en ai à revendre. Aimeriez-vous une tasse de thé pour aller avec ?

D'après la description de sir Hector – « un type bourru » –, je m'étais attendue à quelqu'un de considérablement moins charmant que ce tonnelier qui mouvait gracieusement son imposante carcasse à travers son atelier pour aller nous mettre une bouilloire sur une plaque chauffante près de son fourneau.

—C'est un peu étouffant, là-dedans, avec le fourneau allumé, admit-il en versant quelques cuillerées de thé dans une grande théière. J'ai une table et des chaises dans la cour, si vous préférez.

—Ce serait avec plaisir, merci, répondit lady Hardcastle. Du moment que nous ne vous empêchons pas de travailler.

—Pas du tout. Un bon tonneau dure des années, si on le traite bien. Une demi-heure de plus ne fera pas grande différence pour celui-là. Mettez-vous à l'aise, j'apporte le thé dans un instant.

Dehors, à l'ombre d'une marquise de fortune, nous trouvâmes quatre chaises et une table, le tout fabriqué à partir de vieux fûts. Nous nous assîmes tranquillement et attendîmes, moi contente de prendre le soleil et ma patronne l'air de plus en plus épuisée.

Le thé arriva, que nous sirotâmes avec plaisir.

—Alors, dites-moi quels mots vous vouliez entendre de ma part ? s'enquit M. Peppard. Au sujet de feu M. Cridland, j'imagine ?

—Vous imaginez bien, confirma ma maîtresse.

—Quelle horreur ! Un brave gars. Il aurait fait un très mauvais chef pour les Weryers, mais c'était un type gentil et aimable.

—Chef ? répéta lady Hardcastle.

—Starks va bientôt se retirer de son poste de Grand Protecteur, il faudra donc en nommer un nouveau. Lui et moi étions sur les rangs.

—Ah, je vois.

—Pourquoi aurait-il été aussi mauvais ? intervins-je.

—Trop influençable. Il était incapable de prendre une décision et de s'y tenir, voyez ? Son opinion, sur quelque sujet que ce soit, c'était l'opinion de la dernière personne à qui il avait causé. Il changeait d'avis trois fois par jour, comme vous changez de vêtements, vous les rupins.

—Par une journée comme aujourd'hui, j'ai même l'impression que je devrais en changer plus souvent, nuança lady Hardcastle, mais je vois où vous voulez en venir. Était-ce là votre seule objection à sa candidature ?

—Vous voulez savoir si je l'ai tué ? Non, je ne l'ai pas tué. Comme je vous l'ai dit, son seul problème, c'était qu'il n'était pas à la hauteur du poste de Grand Protecteur. Les gens n'auraient pas tardé à s'en rendre compte.

Plus il parlait, moins je comprenais ce que sir Hector avait voulu dire par « type bourru ». Peut-être que Peppard était un homme qui ne mâchait pas ses mots ? Je songeai qu'il apprécierait peut-être qu'on lui parle à l'identique en retour.

—Vous avez été vu à bicyclette en direction du verger le matin où il a été tué, dis-je. Où alliez-vous ?

—Je pensais bien qu'on m'avait peut-être vu quand je suis passé devant la laiterie, répondit-il avec un sourire. Je n'allais pas au verger, j'étais en route pour voir une bonne amie.

—À 5 heures du matin ? s'étonna ma patronne.

—Il n'y a pas d'heure pour l'amour, Madame.

—C'est donc d'amour qu'il s'agit ?

Il rit.

—Non, de désir charnel, pur et simple. Son mari quitte la maison vers 5 heures à cette période de l'année et ne rentre pas avant le déjeuner. Si j'y arrive peu après qu'il est parti, on peut s'amuser et moi, je suis de retour au travail à une heure convenable pour avoir une journée productive.

—Qui est la chanceuse ? s'enquit-elle.

—Ce n'est pas à moi de le révéler. Je me fiche de ce que les gens peuvent penser de moi, en revanche c'est à elle de décider qui peut être au courant de ses activités.

—Voici une réaction étonnamment honorable, commenta lady Hardcastle avec un hochement de tête.

—Qui d'autre aurait pu vouloir le tuer ? demandai-je.

—Honnêtement, je serais bien en peine de vous répondre. Je ne vois personne qui pouvait lui en vouloir. C'était un homme tout ce qu'il y a de correct.

—Nous ne cessons de l'entendre, oui, fit ma maîtresse.

N'ayant guère d'autres questions à lui poser, nous changeâmes de sujet ; lady Hardcastle lui demanda notamment combien coûteraient un fût à eau et un tonnelet à cognac. Elle fut agréablement surprise par le prix annoncé et, lorsque nous remontâmes dans la

Rolls, elle lui réitéra sa promesse de lui envoyer une commande dans le courant de la semaine.

Je trouvai lady Hardcastle d'humeur pensive quand nous reprîmes la route de Gloucester.

—À quoi pensez-vous ? lui demandai-je donc.

—Je pense que cet aveu d'une liaison avec l'épouse d'un fermier pourrait être un excellent coup de bluff. Confesser une telle chose, c'est si choquant que nous sommes censées y croire. Qui diable irait avouer ce genre de chose et risquer un scandale ? Mais imaginez que cela ne soit qu'un moyen de nous détourner d'un scandale encore plus énorme ? Pendant que nous sommes occupées à glousser en songeant à ses galipettes avec l'épouse du fermier, nous ne cherchons pas à savoir s'il a poignardé Claud Cridland à mort dans le verger. Nous devons en apprendre beaucoup plus sur notre charmant tonnelier local avant que je n'accepte pleinement son histoire de cabrioles matinales illicites.

—Nous pouvons le faire. Nous sommes de talentueuses dénicheuses de détails scandaleux, regardez combien de ministres de gouvernements étrangers nous avons réussi à faire chanter au fil des années. Nous saurons assurément pister la maîtresse d'un tonnelier.

—J'ai toute confiance en nous, confirma-t-elle.

Alors que nous approchions de l'embranchement pour Littleton Cotterell, je remarquai une grande femme qui marchait d'un bon pas sur la route. Elle venait dans notre direction.

—Est-ce Grace Chamberlain ? demandai-je.

—En tout cas, elle lui ressemble fort.

Lady Hardcastle actionna le klaxon et agita la main, mais la jeune femme ne répondit pas.

—Je me demande où elle va, dis-je.

—Peut-être parler au tonnelier, elle aussi.

—Il était sur sa liste.

—En effet. Nous devons essayer de reparler avec elle, mais cela attendra un autre jour. D'ici là, j'ai grand besoin au minimum d'un bon bain.

6

Le jeudi matin, je laissai lady Hardcastle à quelque travail urgent dans son atelier de l'orangerie, et partis pour une promenade au village. Il y avait eu un embrouillamini dans notre commande de viande et Miss Jones avait proposé de passer chez Spratt en rentrant chez elle afin de régler l'affaire, toutefois j'avais bien envie d'une promenade, qui m'offrirait l'occasion de réfléchir. Je m'étais donc proposée pour m'en charger.

Je fus surprise de voir le charpentier du village, Charley Hill, encore au travail avec ses deux ouvriers sur le site de notre estrade de fortune. Nous avions vu ses gars la démonter plus tôt dans la semaine, mais apparemment ils bricolaient encore… une chose ou une autre. Ayant du temps à profusion devant moi, je décidai de me renseigner.

M. Hill me vit approcher.

—Bien le bonjour, mademoiselle Armstrong, lança-t-il avec un sourire. On est venue nous donner un coup de main ?

—Bonjour à vous, monsieur Hill. Je suis toujours partante pour prêter main-forte, cependant je ne suis guère douée pour le travail du bois.

—Peu de dames le sont, commenta-t-il sagement. C't'une affaire d'hommes, la menuiserie.

—C'est ce que l'on dit. Mais que faites-vous donc ? Votre merveilleuse estrade est déjà démontée, n'est-ce pas ?

—Elle l'est, oui, miss, mais lady Farley-Stroud nous a mis au travail sur votre nouvelle merveilleuse idée. Vous en manquez pas, dites donc.

—Mon idée ?

Il fronça les sourcils.

—Le banquet de la Fête des récoltes, dit-il. Vous savez.

C'était mon tour d'être perplexe, cependant je décidai de jouer le jeu.

—Ah oui. Bien sûr. Cette idée-là. Je suis contente qu'elle lui ait plu. Eh bien, je vais vous laisser continuer.

—Tout à fait, Mademoiselle. On sait où vous trouver si on se trouve coincés.

—Bien sûr, répondis-je avec une assurance que je n'avais pas. Quand vous voulez.

Sur ce, je me tournai vers le petit alignement de magasins.

Fred Spratt était attelé à la rude besogne de trancher des côtelettes dans un morceau d'agneau, tandis que sa femme, Eunice, bavardait joyeusement à côté de lui. La porte de la boucherie étant ouverte à cause de la chaleur, il n'y avait pas de clochette pour les alerter de ma présence, néanmoins le son de mes bottines d'été sur le sol parsemé de sciure suffit à leur faire lever les yeux.

—Bonjour, mademoiselle Armstrong.

—Bonjour, monsieur Spratt, répondis-je. Madame Spratt.

—Bonjour, mon petit.

Eunice était notoirement connue pour être celle qui tenait les comptes et encaissait les paiements, cependant j'aurais été prête à parier que sa raison principale pour se rendre au travail chaque matin, c'était de passer plus de temps auprès de son époux.

—Avant que vous disiez quelque chose, enchaîna le boucher, j'sais ce qui vous amène et j'ai tout ça là. (De sous le comptoir, il sortit un petit paquet emballé de papier paraffiné.) Je voulais ajouter un mot à la commande pour expliquer que les saucisses arriveraient plus tard, mais le gars l'a emportée avant que j'en aie eu le temps.

Je pris le paquet avec un sourire reconnaissant et ouvris la bouche pour le remercier.

—Je lui ai dit qu'il aurait dû me laisser m'en occuper, intervint Eunice avant que je puisse parler. Il a une tête comme une passoire, ces jours-ci. « Occupe-toi de couper et de désosser, que je lui dis, et laisse-moi la paperasse. » Mais vous croyez qu'il écoute ? Vous le croyez, nom d'une pipe ? Bon, je crois pas qu'il m'entend, la moitié du temps. Not' Daisy dit qu'il va bien, mais moi, je crois qu'il d'vient sourd.

En fait, Daisy était persuadée que son père feignait d'être sourd plus de la moitié du temps, histoire d'éviter les conflits et les invitations malvenues à s'acquitter des corvées ménagères. Le clin d'œil qu'il m'adressa à l'instant semblait confirmer que Daisy était au moins en partie dans le vrai.

—Ah ah, parvins-je à glisser, le temps qu'Eunice reprenne son souffle, voilà qui explique tout. Je me doutais que c'était une histoire de ce genre.

—Je m'attendais à voir la jeune Blodwen Jones venir le réclamer, reprit le boucher, mais on l'a pas vue depuis un moment.

—Sa m'man est pas bien, répondit Eunice. Je te l'ai dit l'aut' jour. Cette pauvre femme, ce qu'elle souffre. Blodwen rentre directement à la maison après le travail pour s'en occuper. Elle a pas le temps de réparer tes erreurs.

La mère de Miss Jones était, en effet, en petite forme et lady Hardcastle avait proposé à Blodwen de prendre du temps de congé pour veiller sur elle, mais la jeune femme avait décliné. C'était juste un rhume d'été, apparemment, et si elle demeurait à ses côtés en permanence, sa mère allait en profiter pour lui faire faire toutes ses corvées.

—Je peux vous offrir quelques-unes de ces côtelettes d'agneau pour me faire pardonner ? me proposa M. Spratt comme s'il n'avait pas entendu.

—Oh non, je ne peux pas accepter, répondis-je. Deux jours de retard sur une livre de saucisses ne méritent pas pareille compensation. Je vous en achèterais bien quatre, cependant, elles seront parfaites pour le déjeuner.

M. Spratt m'enveloppa les côtelettes pendant qu'Eunice encaissait mon argent.

—J'ai entendu dire que vous vous intéressiez à la mort de Claud Cridland, dit-elle en me tendant ma monnaie. Horrible affaire, dites. Ils ont pas de chance, décidément, ces Weryers.

—Ah bon ? Pourquoi, qu'est-il arrivé ?

—Faites pas attention, intervint M. Spratt. Tout ça, c'était y a vingt ans, ça a rien à voir avec Cridland.

—J'ai jamais dit ça, s'insurgea Eunice, qui ne semblait pas remarquer qu'il n'avait eu aucun problème à l'entendre cette fois. Je constatais juste que l'infortune semble les poursuivre, voilà tout.

—Vous ne pouvez pas me laisser là-dessus sans précision, insistai-je. Quelle infortune ?

—Y a environ vingt ans, un des Weryers en a assassiné un autre, me raconta le boucher. Personne a jamais su pourquoi, mais on l'a attrapé. Jugé et pendu, qu'il a été.

—Ça oui. Et…

—Et rien, mon amour. Tout ça, c'est du passé et tout le monde veut que ça le reste.

Eunice maugréa quelque chose et retourna à son livre de comptes.

—Où est-ce arrivé ? demandai-je. Et que s'est-il passé exactement ? Quelqu'un d'autre a-t-il été impliqué ?

M. Spratt sourit.

—Vous êtes aussi terrible que not' Daisy, avec vos questions, dit-il gentiment.

Et j'en avais une foultitude : comment c'était arrivé, comment ils avaient pincé le meurtrier, ce qui s'était passé au tribunal, les deux hommes avaient-ils une famille, si oui, que leur était-il arrivé par la suite ? Des tas de questions me venaient à l'esprit, cependant l'expression de M. Spratt m'indiquait qu'elles n'étaient pas les bienvenues, qu'aucune réponse ne me serait donnée de bonne grâce.

J'en déduisis que le moment était bien choisi pour m'éclipser.

—Merci pour les saucisses et l'agneau, lançai-je. Bonne journée à tous les deux !

Et je me remis en route pour la maison.

Une fois rentrée, j'entreposai la viande au cellier et annonçai à Miss Jones que tout était réglé.

—Oh, merci. Je savais qu'il y avait forcément une explication toute simple. Fred Spratt volerait jamais personne. Mais j'avais pas trouvé le temps d'y passer.

—Eh bien, c'est fait maintenant, nous avons de belles côtelettes d'agneau pour le déjeuner de demain et vous pouvez rentrer directement chez votre maman au lieu de vous soucier de saucisses.

—Formidable. Par contre, j'ai guère besoin de me dépêcher de rentrer à la maison, elle se porte bien.

—Elle est remise ?

—Oh, c'était pas grand-chose en fait. Juste qu'elle aime bien faire tout un pataquès quand elle se sent pas trop bien, c'est tout.

—J'en connais une autre du même genre, commentai-je avec un clin d'œil.

Elle s'esclaffa.

—Je viens de lui préparer son petit déjeuner. Je ne savais pas combien de temps vous mettriez, alors j'ai prévu double ration, pour le cas où vous auriez faim en rentrant. Edna vient de le lui apporter.

—Merveilleux. Je n'avais pas faim de bon matin, mais maintenant, je suis affamée.

Je passai donc au salon d'été munie d'une cafetière fumante et retrouvai lady Hardcastle, dans sa salopette d'ingénieur dégoûtante, affalée dans un fauteuil et une posture tout sauf digne d'une dame.

—Très élégante, commentai-je.

—Au diable l'élégance, répondit-elle en attrapant un toast. Il fait beaucoup trop chaud pour être élégante. J'ai toujours bien aimé cette salopette…

—À mon grand désarroi.

—Rabat-joie. Toutefois, elle grimpe encore dans mon estime par ces chaleurs. L'on pourrait penser qu'un pantalon restreigne les mouvements, alors qu'en fait, cela permet une position assise plus confortable et puis, c'est bien plus ample qu'on peut l'imaginer. Il y a toute la place qu'il faut pour que l'air frais circule. Oh, sans parler de la libération tellement bienvenue de l'étreinte cruelle du corset. Je vais peut-être me renseigner sur la possibilité de me faire tailler une salopette dans un tissu plus joli. Et je lancerai une mode parmi les jeunes dames du monde, lorsque je paraderai en ville dans ma tenue à la fois pratique et raffinée.

—Cela se tente.

—En cet instant précis, toutefois, il fait encore trop chaud pour être aussi couverte, même dans des habits de travail amples et libérée du redouté corset. Pensez-vous que je puisse me montrer dans ces pantalons courts que portaient les coureurs aux Jeux olympiques l'autre année ? Et une sorte de chemisier à manches courtes ?

—Nous pourrions toujours prétendre que nous nous entraînons pour le marathon de Stockholm de l'année prochaine, mais... je doute que quiconque nous croie.

—Et pourquoi donc, grand Dieu ?

—Vous n'avez pas du tout la silhouette idoine pour courir un marathon, répondis-je en me servant une tasse de café. Et puis, de toute façon, c'est un événement réservé aux hommes. (Je pris un œuf à la poêle ainsi que deux tranches de bacon sur le plat de service et les déposai sur mon pain toasté.) Et même s'il ne l'était pas, il n'existe pas de vêtements confortables pour les dames. Vous souvenez-vous des photos de ces archères ? Elles étaient toutes sur leur trente-et-un, en belles robes et chapeaux, comme pour aller prendre le thé chez une tantine restée vieille fille.

—Est-ce pour cela que vous n'étiez pas dans l'équipe de tir à l'arc britannique ?

—Exact. Impossible de trouver un chapeau adapté. Et même les dames qui devaient bouger un peu plus portaient de lourdes culottes bouffantes et des corsages à manches longues.

—Pff. Rien de tout cela n'est juste. Allons, si je ne peux pas m'habiller en coureur de marathon, je vais devoir me contenter de quelque chose de flottant lorsque nous sortirons plus tard.

—Parce que nous sortons plus tard ?

—Oui. J'étais à l'orangerie, en train de confectionner un chapeau melon pour un blaireau – il est avocat, dans ma nouvelle histoire, voyez-vous. Mais bref, l'idée m'est soudain revenue que j'avais rencontré Cornelius Starks, Grand Chambellan des Vérifieurs et avocat de sa paroisse, lors de quelque cérémonie officielle il y a un an ou deux en ville. J'avais tout à fait oublié l'événement en question ainsi que sa personne, jusqu'à ce que je ne me mette à réfléchir à ce cher petit Brock à qui j'ai attribué le premier rôle d'avocat dans mon nouveau film animé, et là, j'ai eu comme un flash, soudain : le souvenir d'un homme maussade avec une mèche de cheveux grise, agrippé à un verre de xérès et m'expliquant que nous étions voisins.

—Starks.

—Lui-même.

—Vous devriez tenir un journal des gens que vous rencontrez lors de ces choses. Vous ne vous rappelez jamais personne.

—Pour la plupart, je n'ai absolument aucun désir de me les rappeler. Honnêtement, Flo, vous mourriez d'ennui si vous deviez supporter ne serait-ce qu'une minute de leur compagnie. Cependant, quand il arrive que j'aie besoin de me souvenir de quelqu'un, cela finit par me revenir, comme avec Starks. J'ai donc remis à plus tard mon ouvrage de chapellerie de mousseline et me voici venue téléphoner à son bureau. Il a eu la grâce de prétendre qu'il se souvenait de moi, mieux encore, qu'il serait ravi de nous voir toutes les deux.

—Pourquoi ne le serait-il pas ? Nous sommes exquises.

—Oui, vous ne cessez de le répéter, seulement l'on ne sait jamais comment réagiront les gens.

—Êtes-vous, l'un ou l'autre, convenus d'un horaire particulier ?

—Non, nous pouvons passer à l'heure qui nous sied, il sera à son bureau de Chipping toute la journée. Vous seriez un véritable amour si vous me faisiez couler un bain lorsque nous aurons terminé ici. Je pourrai ainsi ôter ma salopette débraillée quoique ô combien confortable, et enfiler quelque chose de moins adapté à la température mais plus à la compagnie.

—Je vais vous trouver quelque chose de bouffant, promis-je. Ou au moins de flottant.

—Bien vu. Comment s'est passée votre virée au village ? Des ragots récents ?

—En l'occurrence, oui. Je suis passée chez le boucher…

—A-t-il réglé cette histoire de commande de saucisses ?

—C'était la raison de ma visite. Cela ne vous ressemble pas de prêter attention à ce genre de sujets domestiques.

—Je garde toujours un œil sur tout, ma chère. J'en fais rarement mention, puisque vous gérez tout de façon aussi adéquate, mais j'ai un intérêt particulier pour les saucisses.

—Je suis flattée. Merci. Mais bref. Fred m'a demandé si nous enquêtions sur le meurtre de Cridland et là, Eunice…

—J'aime beaucoup Eunice. Quel personnage !

—En effet. Bref. D'un échange quelque peu embarrassant entre eux deux, il est ressorti que Cridland n'est pas le premier Weryer à avoir été assassiné.

—Embarrassant en quoi ?

—Fred ne voulait pas en parler et Eunice… eh bien, manifestement, Eunice en avait très envie. Il n'est guère de sujet dont Eunice ne veuille parler une fois que vous la lancez, cela dit. C'est arrivé il y a vingt ans, apparemment, et je n'ai pas réussi à leur en tirer plus que cela.

—Très intéressant. Je me demande pourquoi nous ne le savions pas déjà.

—À en juger par la réaction de Fred quand Eunice a mis le sujet sur la table, je dirais que c'était le genre « dont on ne parle pas ».

—Hmm. Eh bien, cela pourrait n'avoir rien à voir avec l'affaire qui nous intéresse, cependant nous devons en apprendre plus si nous le pouvons. Voulez-vous me passer le bacon ?

Le bureau dont Cornelius Starks avait donné l'adresse à lady Hardcastle se trouvait sur la grand-rue de Chipping Bevington, à quelques portes de l'Empire du bric-à-brac de Pomphrey et nous nous y rendîmes en auto peu après le petit déjeuner.

C'était le tour de lady Hardcastle de conduire. Elle arriva en ville à une vitesse excessive, faisant sursauter de surcroît un vieux monsieur en actionnant le klaxon avant de piler dans un petit tas de fumier devant le pub le Bengal Tiger.

—Combien de pubs y a-t-il dans ce petit bourg ? m'enquis-je en descendant sur le trottoir.

Elle compta sur ses doigts.

—Je dirais huit. Il est vrai que les jours de marché, il y a foule, je ne pense pas qu'ils manquent de clients.

—J'imagine que non. Il n'empêche que cela me paraît beaucoup.

—Oui, absolument. Un pour chaque jour de la semaine, avec un bonus pour les dimanches, afin de prendre un remontant avant les vêpres, où ils peuvent se repentir des péchés d'ivresse et de débauche.

High Street, la grand-rue, était bondée en raison des magasins qui la bordaient. Une femme nous croisa, affairée, avec ses deux enfants. Lady Hardcastle lui adressa une joyeuse salutation, mais la femme était trop occupée par ses enfants et sa liste de courses pour y répondre. Elle s'arrêta, quelque pas plus loin dans la rue, et se retourna vers nous.

—Je vous demande pardon, dit-elle avec un sourire éreinté. C'est un jour sans. Bonjour à vous aussi.

Et elle repartit aussitôt.

—La vie moderne est frénétique, ne pensez-vous pas ? me dit ma patronne.

—Elle semble évoluer à un rythme certain, acquiesçai-je. Imaginez ce que cela doit être dans la grande ville, de nos jours.

—Je pense parfois que nous devrions tous ralentir et prendre le temps d'apprécier ce qui nous entoure.

Je trouvais une certaine ironie à entendre pareil sentiment exprimé par quelqu'un qui conduisait systématiquement son automobile comme si elle fuyait un incendie, mais je décidai de n'en rien dire. Par une aussi belle journée, personne ne gagnerait à entamer une dispute.

—C'est par là, non ? demandai-je à la place.

Nous passâmes devant chez Pomphrey et j'eus plaisir à remarquer que l'élan fumant le narguilé et coiffé d'un casque colonial décorait toujours sa vitrine, tout en étant quelque peu déçue que personne ne l'aime assez pour l'acheter.

Lady Hardcastle remarqua mon regard.

—Non, lança-t-elle sans s'arrêter.

Nous arrivâmes devant une porte bleu foncé, à côté de laquelle une plaque de laiton proclamait qu'il s'agissait des bureaux de « *MM. Starks, Lemmings et Wetmore – Avocats et Commissaires à l'assermentation* ». Ne me demandez par pourquoi, j'y ajoutai *in petto* « et petits paris placés », ce que je ne saurais expliquer.

Lady Hardcastle poussa la porte et entra.

En la suivant à l'intérieur, je crus – j'en fus certaine, en fait – apercevoir Grace Chamberlain de l'autre côté de la rue, mais quand je retournai la tête, elle avait disparu.

L'accueil exigu du bureau était occupé par un jeune clerc empâté aux manches de chemise tachées d'encre. Sa table de travail était tournée vers la porte et il se hâta maladroitement de se lever sitôt qu'il vit lady Hardcastle.

—Bonjour, Madame, dit-il avec une petite révérence. Comment puis-je vous aider ?

Elle lui tendit sa carte de visite.

—Lady Hardcastle, répondit-elle avec un sourire. Et voici mon associée, Mlle Armstrong. J'ai téléphoné à M. Starks ce matin et il a eu l'amabilité de m'inviter à passer.

—Merci, Madame, répondit le clerc. Si vous vouliez bien attendre ici, je vais lui annoncer que vous êtes arrivée.

Il indiquait deux chaises destinées aux visiteurs près de la fenêtre et nous nous y assîmes, pour contempler l'animation de la grand-rue tandis qu'il disparaissait par une porte de l'autre côté de la petite pièce.

Un instant plus tard, un homme anguleux, en chemise à haut col dans le style moderne, veste sombre et pantalon gris, en sortit derrière le secrétaire. À la mèche grise dans sa chevelure par ailleurs quasi noire, je devinai qu'il s'agissait là de l'homme que le blaireau à chapeau melon de lady Hardcastle lui avait fait revenir à l'esprit.

—Lady Hardcastle, dit-il en tendant la main. Cornelius Starks, pour vous servir.

J'avais vu juste.

—Enchantée, répondit ma maîtresse. Vous ne connaissez pas mon associée, Mlle Armstrong.

—Je n'ai en effet pas ce plaisir, répondit-il en m'offrant sa main osseuse. Enchanté.

Sa poigne était étonnamment ferme.

—Enchantée, répondis-je.

—J'ai cru comprendre, Mesdames, que vous… quel est le terme… ? « Prêtiez main-forte à la police dans ses enquêtes. » Peut-être n'est-ce pas la bonne expression, cela vous donne des airs de sales types. Par ma foi, vous n'êtes pas des sales types, n'est-ce pas ?

Et il gloussa, jugeant manifestement son trait d'esprit fort drôle.

Nous nous contentâmes de sourire poliment.

—Je me doutais un peu que vous souhaiteriez vous entretenir avec moi de l'affaire, continua-t-il sans se laisser troubler. Vu que Cridland était un Gardien du Cidre. J'ai raison ?

—Tout à fait, confirma ma patronne.

—Du moment que je peux aider l'inspecteur Sunderland. Je l'ai croisé quelques fois au fil des années.

—Vous avez des pratiques criminelles ?

—Ma manière de pratiquer est assurément criminelle, fit-il avec un nouveau gloussement. Non, plus sérieusement, je m'occupe surtout de testaments et un peu de transport. Quelques contrats d'affaires ici ou là. Il faut bien gagner sa croûte, pas vrai ? Mais Sunderland, je l'ai rencontré à des soirées de charité. Il est très actif dans le milieu caritatif de Bristol, notre Ollie.

—Je n'en avais pas la moindre idée. Il ne s'épanche pas sur le sujet.

—Un homme modeste, commenta Starks. Un homme modeste.

—Il semblerait, oui.

—Eh bien, Mesdames, je serai heureux de répondre à vos questions, seulement je suis enfermé ici depuis 8 heures du matin et je m'apprêtais à sortir déjeuner. Aimeriez-vous vous joindre à moi ? Fut un temps où les gars mariés ne pouvaient pas déjeuner avec une dame sans causer un scandale, mais les temps changent, pas vrai ? Maintenant qu'on a des dames qui aident la police dans ses enquêtes, hein ?

Nouveau gloussement content de soi.

—Nous serions ravies de vous accompagner pendant votre pause déjeuner, répondit ma maîtresse. Où avez-vous vos habitudes ?

—Il y a un salon de thé un peu plus haut dans la rue. Ils servent une merveilleuse soupe *mulligatawny.* Pas vrai, White ?

Le clerc leva les yeux de son travail.

—Je vous demande pardon, Monsieur ?

—Chez Bixby's, le salon de thé. Leur *mulligatawny.*

—La meilleure de tout l'Ouest, monsieur.

—Et voilà, Mesdames. Qu'en pensez-vous ?

—Que cela a l'air formidable. Armstrong ?

—Parfait.

En vérité, je voyais bien peu de choses qui m'auraient fait moins saliver que l'interprétation à l'anglaise du Sud-Ouest d'une exquise soupe indienne. Cependant, comme M. Starks constituait une source d'information potentiellement précieuses, il ne servait à rien de l'offenser en faisant la fine bouche face à son repas préféré.

—Alors allons-y. Je n'ai pas de rendez-vous à mon agenda, White, ce devrait donc être calme jusqu'à mon retour.

—Certainement, Monsieur. À quelle heure ?

—Quand j'aurai terminé, mon garçon. Quand j'aurai terminé.

Et nous ressortîmes dans le chaud soleil.

Le salon de thé était très fréquenté, mais on parvint à y trouver une table pour l'habitué qu'était M. Starks et ses invitées. Je regardai le menu sur la table et envisageai un instant de goûter leur tourte au jambon, toutefois je tenais à garder notre hôte dans nos petits papiers, je n'objectai donc pas lorsqu'il commanda trois soupes *mulligatawny*.

—Je suppose que vous voulez tout savoir sur les Gardiens du Cidre, commença-t-il dès que la serveuse se fut éloignée.

—Qu'est-ce qui vous fait penser cela ? s'enquit lady Hardcastle.

—Tout le monde est curieux des Gardiens du Cidre. Ou plutôt non, ce n'est pas exact. Tout le monde est curieux des Weryers. Nous sommes à la fois célèbres et enveloppés de mystère, ajouta-t-il d'un ton de conteur d'histoires. Connus et à la fois cachés du plus grand nombre. Certaines rumeurs prétendent que nous pratiquons d'obscurs rites païens au cœur de la nuit… et pourtant, nous organisons d'insolites événements lors de fêtes et autres kermesses afin de lever des fonds pour des œuvres de charité. Nous sommes une énigme. Un paradoxe.

—Voilà que vous nous taquinez, monsieur Starks.

—Un peu, concéda-t-il avec un sourire. Mais vous m'avez déjà avoué que c'était le lien de Cridland avec les Gardiens du Cidre qui vous avait amenées dans mon humble bureau, alors je ne prends pas de gros risques à présumer que c'est l'ordre qui vous intéresse.

—Je confesse bien volontiers que vous avez raison. Nous en savons déjà un petit peu sur les… Weryers. Connaissez-vous Hector et Gertie Farley-Stroud ?

—Très bien. Oui, très bien. Pour commencer, sir Hector a été l'un de mes prédécesseurs au sein des Weryers. Et il est client de Lemming, désormais, alors je le vois souvent. Il me dit toujours bonjour lorsqu'il est de passage au bureau.

—Oh, c'est merveilleux. Ils sont charmants, n'est-ce pas ?

—Formidable couple, oui. On a de la chance de les avoir dans les parages.

—En effet. Eh bien, nous avons parlé à sir Hector l'autre jour, qui nous en a raconté un tout petit peu sur les Weryers. Ne vous tracassez pas, il est resté terriblement discret. Juste quelques informations de base, afin que nous nous fassions une idée, et une liste des membres actuels. Ce qu'il nous faudrait, c'est en savoir un peu plus sur la personnalité de chacun, les forces en présence, ce genre de choses.

—Les ragots, quoi, synthétisa M. Starks en agitant ses sourcils broussailleux.

—Aussi juteux et salaces qu'il vous plaira, oui.

Il pouffa de nouveau.

—Je ne vois pas grand-chose à raconter sur ce point, j'en ai peur. On est juste douze – onze maintenant – hommes ordinaires qui aimons boire, raconter des histoires et fumer la pipe ensemble, tout en faisant du monde un endroit plus doux. Ils vont me manquer.

—Ah oui. Nous avons rencontré M. Peppard hier. Il nous a dit que vous vous retiriez.

—Absolument, oui, je vais fêter mes soixante ans en décembre et je vends ma part du cabinet d'avocats pour déménager dans le Dorset avec mon épouse. Nous avons un cottage près de Bournemouth, voyez-vous ? Et bien sûr, cela implique aussi que je démissionne des Weryers de la Pommeraie.

—Et le poste de Grand Protecteur de la Pommeraie va se trouver vacant.

Je m'étais déjà résignée à corriger gentiment ma maîtresse, mais de toute évidence, elle se rappelait parfaitement les noms quand elle le voulait.

—En effet, répondit M. Starks avec un hochement de tête plein de gravité. Traditionnellement, c'est l'un des Conservateurs de la Tonnelle qui devrait me remplacer au poste de Grand Protecteur, l'un des Commissaires du Verger serait alors promu Conservateur à sa place, puis nous adouberions un nouveau Commissaire et tout rentrerait dans l'ordre. Mais évidemment, il va falloir rebattre un peu plus les cartes, maintenant que ce pauvre Cridland est mort. Nous avons deux Commissaires à recruter et deux à promouvoir Conservateurs, en plus de la nomination d'un nouveau Grand Protecteur. Autrement dit, du pain sur la planche d'ici la fin de l'année.

—Avez-vous des candidats en tête ?

—Pour les promotions ou comme nouveaux membres ?

—L'un ou l'autre, dit-elle. Les deux.

—Eh bien, il existe une hiérarchie au sein de chaque rang, la manière traditionnelle de procéder est donc de promouvoir le plus ancien Conservateur et le plus ancien Commissaire, chacun montant d'un cran et tout le monde derrière aussi par la même occasion, comme une sorte de tapis roulant. Au fil des ans, toutefois, nous avons dû devenir un peu plus flexibles. Tout le monde n'est pas candidat à de nouvelles responsabilités, nous comptons donc sur les gars pour se présenter.

—Et quelqu'un l'a-t-il fait ?

—Deux, oui. Cridland et Peppard. Avez-vous dit que vous aviez rencontré Moses Peppard ?

—Nous lui avons parlé hier.

—Ah oui, exact. Eh bien, depuis le décès du pauvre Cridland, il ne reste que Peppard en lice pour le poste de Grand Protecteur, donc du moment qu'il reçoit l'approbation des autres membres, il l'obtiendra.

—Et les Commissaires ?

—Oh, là, ça pose moins de problèmes. Je pense que nous laisserons l'ancienneté décider du choix. Ce qui signifierait que ce seraient Lehane et Gregory qui monteraient en grade.

—Je vois, dit lady Hardcastle, qui prenait des notes. Et les nouveaux membres ?

—Nous avons un candidat sérieux : Sidney Palmer. Il est en lice depuis un bon moment, en prévision de mon départ. Il gère une entreprise de matériel agricole. Un gros hangar qui sert à la fois d'atelier et de magasin d'exposition, en quelque sorte, de l'autre côté de Woodworthy. Le connaissez-vous ?

—Pas très bien, mais nos chemins se sont croisés lors d'événements sociaux.

—C'est un type formidable. Nous serons bien chanceux de l'avoir parmi nous.

—Cela fait un, résumai-je. Mais il vous en faut deux à présent.

—Eh oui. Il y a toujours des gars intéressés, parfois les sièges vacants créent même une certaine concurrence. Hélas, tous les candidats ne conviennent pas.

—Qu'arrive-t-il à ceux qui échouent ? s'enquit ma patronne. Peuvent-ils se représenter ?

—Ils le peuvent, oui, cependant il s'est trouvé très peu d'occasions où une seconde candidature a été un succès. Pas de mon temps, en tout cas. Mais aucune règle ne l'interdit.

—Je ne le demande que parce que nous en avons rencontré un, l'autre soir, pendant que vous étiez réunis au Dog and Duck. Pat Swanton.

M. Starks fit la grimace.

—Ah. Oui. Pas mal d'acrimonie de ce côté-là. Il n'a pas du tout bien pris l'échec de sa candidature. À la vérité, elle n'a été rejetée que de peu face à Lawrence Weakley, mais trois sur quatre de nos Conservateurs ayant voté contre lui, c'est donc Weakley qui a été admis à sa place. Il referait un bon candidat, toutefois je crains que son hostilité envers nous depuis ait quelque peu gâché ses chances.

—Qui étaient les trois autres ? m'enquis-je. Ou peut-être n'êtes-vous pas autorisé à le révéler ?

—Je ne devrais pas, en vérité, mais… eh bien… Bon, vous avez une réputation de droiture et de discrétion dans le comté, alors je sais que je peux compter sur vous pour garder cela secret. Les trois en question étaient Cridland, Peppard et Mattick.

—Quelles étaient leurs objections ? voulut savoir ma patronne.

—Ils n'ont pas eu à les expliciter, le vote se fait par simple « oui » ou « non ».

—Je vois. Vous nous avez beaucoup aidées, merci.

Je voulais, pour ma part, en savoir un peu plus sur la succession.

—Le poste de Grand Protecteur est-il très convoité ?

—Il est attaché à un certain prestige au niveau local, certainement. L'on reçoit quelques invitations supplémentaires à des dîners et autres réceptions. Et de petits émoluments versés en placements pour le compte des Weryers. Donc, oui, je dirais que c'est un poste que d'aucuns pourraient convoiter.

—Et y avait-il une rivalité entre Cridland et Peppard ?

—Je dirais quelques bisbilles, plutôt qu'une rivalité à proprement parler.

—Bisbilles ? répéta ma patronne. Était-ce une inimitié ancienne ou plus récente ?

—Je dirais qu'« inimitié » est un terme un peu fort, cependant ils n'étaient assurément pas les meilleurs copains du monde. Ils ne l'ont jamais été. Peppard est de cette sorte de gars qui a ce que l'on qualifie de « franc-parler ». Il ne mâche pas ses mots. Appelle un chat un chat, comme on dit, même quand d'autres préféreraient l'appeler un petit animal poilu qui miaule. La plupart l'acceptent tel qu'il est, mais Cridland le trouvait mufle et malpoli, et il ne se privait pas de le dire.

—Ce qui agaçait Peppard ?

—Souvent. En fait, maintenant que vous en parlez...

Il y a eu une dispute récemment. Peppard avait exprimé une opinion un peu trop franchement et Cridland s'est lancé dans une attaque en règle de son caractère. Comme quoi, avec un comportement pareil, il n'était pas digne du poste de Grand Protecteur. Ça s'était pas mal échauffé. Par ma foi, vous ne pensez pas…

—Je n'aimerais pas tirer de conclusions hâtives, nuança ma maîtresse, toutefois je transmettrai cette nouvelle information à l'inspecteur Sunderland, certainement.

—J'espère ne pas l'avoir mis dans le pétrin. Cela étant, c'est un peu curieux, ne trouvez-vous pas ?

—Nous laisserons l'inspecteur lui parler.

La soupe, quand elle arriva, s'avéra aussi peu remarquable que je l'avais craint. Pas mauvaise, loin de là, mais je ne l'aurais pas non plus recommandée à un ami de passage.

Nous mangeâmes en bonne entente, lady Hardcastle continuant à récupérer subtilement des informations sur les relations entre les Weryers, mais Starks n'avait plus grand-chose à dire, et il était bien trop intéressé par l'« excellente » soupe dont il chantait les louanges pour nous être de quelque utilité.

Lady Hardcastle le laissa nous inviter et nous nous séparâmes dans les termes les plus amicaux, sur le trottoir devant le salon de thé. Il retourna à son bureau, nous retournâmes à la Silver Ghost et à notre trajet jusqu'à la maison.

Ma conductrice quitta la ville comme une fusée et prit la route de Gloucester, chemin le plus court pour regagner le village. Mais à l'exception d'un groupe de jeunes marcheurs, forcé de se carapater dans les haies à notre passage en trombe, nous atteignîmes la route principale sans trop d'encombre.

Alors que nous roulions vers le sud, je demandai à lady Hardcastle ce qu'elle pensait de Cornelius Starks.

—Il ne me paraît pas être un mauvais bougre. Hector l'a qualifié de terne, mais j'ai connu pire.

—Pour être honnête, commentai-je, à peu près tout le monde peut sembler terne à côté de sir Hector.

—C'est indéniable. Quant à Starks, il est simplement ordinaire, je trouve. « Terne » est trop sévère.

—Il appuie un peu fort sur la culpabilité de Peppard, ne pensez-vous pas ? Si l'on ajoute l'animosité entre Cridland et lui au mystérieux déplacement à bicyclette, on obtient un suspect bien à point pour meurtre.

—Assurément, cela commence à y ressembler. À moins…

—À moins que quoi ?

—Eh bien, son petit « Par ma foi, vous ne pensez pas… » et puis, le « J'espère ne pas l'avoir mis dans le pétrin »… Il est bien facile de les interpréter comme : « Par ma foi, j'espère bien que vous pensez qu'il l'a tué, parce que je déploie de gros efforts pour le mettre dans le pétrin », ne trouvez-vous pas ?

—La question est donc : est-il inquiet d'accuser ouvertement son ami, ou en train de nous indiquer le mauvais chemin ?

—Voilà, absolument. Ou faut-il prendre ses mots au pied de la lettre ? Est-il réellement si benêt qu'il ne lui était pas venu à l'esprit jusqu'alors que Peppard pouvait être le coupable ?

—Il nous a donné deux nouveaux suspects, en sus, renchéris-je. J'espérais que nous commencerions à éliminer des noms de notre liste, au lieu d'en ajouter.

—Des suspects peu probables, cependant, non ? Même si l'on accepte le rejet d'un ordre rural de buveurs cidre comme motif pour commettre un meurtre, honnêtement, je ne vois pas Pat Swanton en tueur. Et je ne vois même pas de mobile pour Sid Palmer.

—Il n'y a jamais que douze Weryers. Si vous voulez devenir membre, il faut attendre que l'un d'eux s'en aille. Ou meure.

—Certes, convint-elle, seulement tout le monde doit bien savoir que Starks se retire. Alors je ne vois pas.

—Selon la loi, une personne est innocente jusqu'à preuve du contraire, cependant le détective amateur doit considérer tout individu comme suspect jusqu'à preuve de son innocence.

—Très bien, soupira-t-elle. Nous allons donc les ajouter tous les deux à la liste.

7

Nous dînâmes de bonne heure ce soir-là, avec l'intention de nous donner du temps pour une petite virée chez Abel Mattick.

Je m'étais habituée aux soirées d'été légères et m'attendais à un plaisant trajet en voiture dans le crépuscule embaumé. Seulement nous étions fin août et, les jours raccourcissant, le temps que nous quittions la maison à 19 h 30, le soleil était déjà couché. Certains des fermiers locaux avaient commencé les moissons, toutefois rentrer les récoltes n'était pas encore suffisamment urgent pour qu'ils doivent travailler de nuit, la campagne était donc calme pendant que nous roulions sur les chemins entre chien et loup.

—Rappelez-moi quelle est l'étiquette, lorsque l'on débarque chez les gens au milieu de la nuit, dis-je tandis que lady Hardcastle tournait brusquement le volant pour éviter un renard.

—La chose ne se fait absolument pas, répondit-elle, comme vous le savez pertinemment. Mais c'était votre idée.

—Je pense que vous vous rappelez que mon idée était de le voir demain à la cidrerie.

—Eh bien, oui, seulement c'était une très mauvaise idée. Et puis, nous sommes loin du milieu de la nuit. Vous avez l'impression d'être au milieu de la nuit, simplement parce qu'il fait de plus en plus sombre. Je doute que les Mattick aient déjà pris leur dîner.

—Nous allons donc interrompre leur repas du soir.

—Sornettes. Nous leur servirons de distraction préprandiale bienvenue. Il se peut même que l'on nous offre un verre de son cidre primé.

—Voilà qui serait un bonus appréciable, répondis-je, guillerette. Il a donc remporté des médailles ?

—Qui sait ? Je ne suis même pas certaine qu'il existe des médailles pour le cidre. En tout cas, nous pourrons lui assurer que, si une telle récompense existait, le résultat de sa fermentation malolactique mériterait assurément les plus hautes distinctions, des prix plus somptueux que la fortune des princes. Rubans bleus, médailles d'or et trophées ouvragés incrustés de pierres précieuses pleuvraient sur lui.

—J'ai déjà hâte.

Nous approchions d'un large portail au-dessus duquel un panneau proclamait que la propriété appartenait au producteur du « Cidre Mattick ».

—Voici la cidrerie, m'annonça ma patronne. Où pensez-vous que se trouve la maison ? J'étais partie du principe qu'elle serait accolée à la fabrique, mais je n'en vois nulle trace.

Elle ne fit pas l'effort de ralentir pour chercher des yeux une allée ou autre entrée, si bien que, lorsqu'elle repéra l'étroit sentier qui courait le long de la cour murée de la cidrerie, nous roulions toujours à une certaine vitesse.

—Là-haut sur la droite, je pense, dit-elle en tournant brusquement le volant.

La voiture vira, crissa et bondit sur la piste cabossée, toujours à une vitesse affolante.

À mesure que nous approchions, je pris conscience qu'il s'agissait là d'un luxueux corps de ferme plus que d'un simple « cottage ». La fabrication du cidre, apparemment, était une affaire rentable.

Lady Hardcastle gara la Rolls presque proprement, dans la large cour pavée devant la maison, et nous nous avançâmes prudemment sur les pierres jusqu'à la porte d'entrée. Où elle frappa sèchement de sa main gantée.

Quelques instants plus tard, la porte nous fut ouverte par une femme ronde au sourire avenant et qui semblait faite elle aussi, à l'instar du cidre, entièrement avec des pommes locales.

—Bonsoir, mes bonnes dames, dit-elle. Qu'est-ce que je peux faire pour vous ? C't'une collecte pour l'église ?

Lady Hardcastle lui tendit une de ses cartes de visite.

—J'ai bien peur que ce ne soit légèrement moins enthousiasmant que l'église, dit-elle. Je suis lady Hardcastle, et voici mon assistante, Florence Armstrong. M. Mattick est-il à la maison ?

La femme inspecta la carte, puis regarda de nouveau ma patronne : un sourire lui éclaira le visage, qui indiquait cette fois qu'elle la reconnaissait.

—Bien sûr, bien sûr. Désolée, ma chère, je vous avais pas remise. On vous a vue au spectacle de Littleton Cotterell, l'aut' jour. C'était très joli, comme vous avez joué du piano.

—Merci, vous êtes fort aimable.

—Mais je crains que vous ayez raté Abel, il est sorti pour la soirée et va rentrer tard. Y a-t-il quelque chose en quoi je peux vous aider ? Je suis Mme Mattick, vous voyez.

—Je ne sais trop, madame Mattick. Nous avons été chargées par la police de prêter main-forte dans l'enquête sur la mort de M. Cridland.

—Oh, quelle affreuse affaire, tiens. Qui a bien pu faire une chose pareille ?

—Eh bien, figurez-vous que c'est justement ce que nous espérons découvrir. Le connaissiez-vous bien ?

—Pas vraiment, ma chère. Il était bien aimable, mais guère sociable, si vous voyez ce que je veux dire. Disons qu'il était pas très causant. Abel et lui, ils s'entendaient comme larrons en foire, mais moi, je le voyais plus guère depuis la mort d'Annie. Vous êtes au courant de ça ?

—Oui, répondit ma patronne, ma gouvernante m'en a parlé. Il ne s'en était jamais remis, à ce qu'elle m'a dit.

—Non, et c'est d'ailleurs là qu'il s'est refermé sur lui-même. Il en avait traversé, des peines, ce pauvre homme.

—Il avait été très affecté, semble-t-il.

—Pour sûr.

—Il était membre des Weryers, n'est-ce pas ? intervins-je. Avec votre époux.

Mme Mattick, dont le visage s'était assombri dans la faible lumière de la lampe de son vestibule alors qu'elle se désolait pour M. Cridland, s'illumina soudain.

—Oh, ça, ils me font bien rire, ces Weryers, gloussa-t-elle. Avec toutes leurs bêtises.

—Je croyais que tout ce qu'ils faisaient, c'était boire quelques verres de cidre et récolter de l'argent pour des bonnes œuvres.

—Oh, vous en savez que la moitié, ma bonne dame. Évidemment, j'suis pas censée savoir, voyez, tout est secret. M'enfin, ils ont leurs rituels ridicules et tout le tralala.

—Ah oui, reprit ma maîtresse. Les rituels. Savez-vous quoi que ce soit sur le sujet ?

De nouveau, Mme Mattick pouffa.

—J'suis pas censée avoir la moindre lumière là-dessus, ni sur ces « robes » qu'il garde dans un sac de soie derrière la grande cuve à fermentation de la cidrerie, mais une femme, elle sait toujours tout. Je sais pas vous dire exactement c'qu'ils font, remarquez, mais s'ils veulent faire leurs salamalecs et leurs cérémonies comme des hommes importants, grand bien leur fasse, du moment qu'ils font de mal à personne. Comme vous dites, ils font beaucoup pour les bonnes œuvres, on peut pas leur enlever ça, quoi qu'ils fabriquent comme bêtises à côté.

Lady Hardcastle et moi échangeâmes un regard perplexe, sans toutefois piper mot.

—Mais où j'ai la tête, moi, de vous laisser plantées là sur le pas de la porte, poursuivit Mme Mattick. Entrez, entrez. Je venais juste de me faire du thé.

—C'est très aimable, répondit lady Hardcastle, cependant nous ne voudrions pas vous déranger.

—Oh, ça me dérange pas du tout.

—Verriez-vous un inconvénient à ce que nous repassions quand votre époux sera à la maison ?

—Au contraire, mes braves dames, ce sera un plaisir de vous revoir. Peut-être que vous pourriez venir à dîner ?

—Peut-être, oui. Merci, madame Mattick.

—Bon, si vous êtes sûres que vous voulez pas entrer, je vais m'en retourner à mon tricot.

—Faites donc cela, madame Mattick. Et merci du temps que vous nous avez accordé.

—Aucun souci, M'dame. Bonne nuit à vous et rentrez bien. Je serai ravie de vous avoir prochainement à dîner.

—Bonne nuit à vous aussi, et profitez bien de votre thé.

Nous regagnâmes la Rolls et reprîmes le chemin.

Au bout du sentier de terre, lady Hardcastle tourna à droite dans l'allée.

—Ce n'est pas par ici que nous sommes arrivées, lui fis-je remarquer.

—Comment cela, ma chère ? lança-t-elle, distraite. Bien sûr que si.

—Non, nous sommes passées devant le verger et puis la cidrerie sur notre droite, et ensuite nous avons pris le chemin de terre à droite. Pour rentrer par le même itinéraire, il nous aurait fallu tourner à gauche.

—J'ai tourné à gauche.

—Non, pas du tout.

—Oh, bon. Nous ne tarderons pas à tomber sur un panneau et nous pourrons revoir nos plans à ce moment-là.

—Ou nous pourrions faire demi-tour.

—Sornettes. Nous avons encore droit à une si jolie soirée, profitons-en pour explorer les alentours. Nous passons si rarement par ici.

C'était exact. Nous vivions à Littleton Cotterell depuis un peu plus de trois ans et ne nous étions presque jamais aventurées dans cette direction. En d'autres circonstances, j'aurais été ravie d'explorer cette partie inconnue de notre voisinage. Toutes ces « autres circonstances », cependant, impliquaient qu'il fasse jour. Et que nous ayons une carte routière. L'aventure en cours était vouée à l'échec, selon moi. Ou tout au moins à la déception. Je restai néanmoins muette et tâchai de faire semblant de n'être pas agacée.

Une heure plus tard, nous explorions toujours les chemins du Gloucestershire, dans la quête vaine d'une route principale, de préférence dotée d'un panneau indicateur qui nous signalerait la direction de Littleton Cotterell. Il faisait toujours doux et les sièges de la Rolls étaient très confortables, cependant mes efforts pour masquer ma frustration commençaient à perdre en efficacité.

—Vous boudez, ma chère, je le vois bien, me dit lady Hardcastle.

—Vous avez toujours été très perspicace.

—C'est ce qui faisait de moi une espionne utile, ma chère. Mais déridez-vous. C'est une soirée parfaite pour une promenade en auto.

—Je me suis consolée avec ces arguments-là pendant la première demi-heure, répondis-je. Toutefois nous sommes perdues. Et je m'ennuie.

—Seuls les gens ennuyeux s'enn…

—Taisez-vous. Si vous aviez simplement fait demi-tour quand je vous l'ai suggéré, nous serions à la maison maintenant, avec une tasse de cacao et un bon livre. Vous joueriez peut-être du piano. Nous mettrions à jour le tableau du crime. Nous nous demanderions s'il est trop tôt pour un cognac…

—Il n'est jamais trop tôt pour un brandy, ma chère, me coupa-t-elle avec une bonne humeur exaspérante. Et regardez. Là, devant. Un panneau indicateur.

Évidemment, un panneau peint de blanc brillait dans les phares, promesse de salut dans la pénombre. Nous ralentîmes pour y jeter un coup d'œil. En prenant à droite, nous indiquait-il, nous allions vers Littleton Cotterell. Qui se trouvait à quatorze *miles*.

—Eh voilà, dit-elle, exsudant toujours son irritante gaieté survoltée. Nous serons à la maison en un rien de temps.

Nous tournâmes à droite. Je ne commentai pas.

Le trajet était bien indiqué et, en effet, nous ne tardâmes pas à nous retrouver sur des routes connues.

—Voilà qui va nous faire repasser devant la cidrerie et le verger, je pense, m'annonça lady Hardcastle.

—On dirait, oui. Exactement comme si nous avions fait demi-tour quand je l'ai suggéré.

Et en effet, nous passâmes devant la cidrerie, puis la pommeraie, que nous reconnaissions pour l'avoir découverte mardi, en même temps que le crime, nous apparut. Les arbres se détachaient sur le ciel nocturne. Pour la seconde fois ce soir-là, lady Hardcastle ralentit.

—Vous avez vu quelque chose ? demandai-je.

—J'ai cru apercevoir de la lumière dans les arbres.

Je tournai la tête à gauche.

—Je ne vois rien. Désolée.

Elle s'arrêta complètement et se pencha par-dessus mes genoux pour mieux observer.

—Là, fit-elle, le doigt tendu. Ça scintille. Un feu ? Des torches, peut-être ?

Je regardai de nouveau et aperçus effectivement une infime lueur orangée.

—Oui, vu. Descendons jeter un coup d'œi…

Elle était déjà sortie de l'auto et se dirigeait vers le portail.

—Allez, venez, mollassonne, me lança-t-elle dans un chuchotement théâtral. Ne restez pas là la bouche ouverte.

Je la rejoignis et nous avançâmes discrètement le long du sentier au milieu des arbres qui n'étaient pas des pommiers. À l'endroit où ces arbres qui n'étaient pas des pommiers cédèrent la place au verger, les lumières devinrent plus visibles.

—C'est dans la clairière du milieu, murmurai-je.

—Quelle clairière ? Je n'ai pas vu de clairière.

—Vous dessiniez. C'est là que j'ai trouvé l'inspecteur Sunderland et le docteur Gosling. Par ici.

Aussi silencieusement que nous en étions capables – et nous étions extrêmement capables, pour ce qui était de nous déplacer discrètement –, nous progressâmes parmi les pommiers jusqu'à avoir une vue sur la clairière circulaire. Une table – « autel » aurait été plus approprié – avait été confectionnée avec trois souches apportées de l'extérieur du verger. Il y avait aussi quatre braseros en fer installés sur de hauts piquets, qui servaient d'éclairage.

Et tout cela paraissait encore parfaitement normal et ordinaire, par comparaison avec le groupe de onze bonshommes en robe qui entouraient l'autel sylvestre.

Les robes avaient un certain brillant, à la lumière des torches, comme si elles étaient faites de velours, et elles étaient d'une couleur sombre, probablement du rouge – difficile à déterminer dans la lueur orangée vacillante. Chacune avait par ailleurs une volumineuse capuche, dont le visage de tous les hommes était couvert, visage dans l'ombre. Les robes, ou peut-être étaient-ce des « capes », étaient brodées de motifs complexes et nouées à la taille par un épais cordon – il y en avait de trois couleurs différentes, d'après ce que je parvenais à distinguer. L'homme derrière l'autel, celui aux bras levés, avait un cordon doré, je le voyais scintiller à la lumière comme s'il était tressé de brins d'or. Il y avait deux hommes à sa droite et un à sa gauche, tous avec un cordon foncé, peut-être bleu. Les sept hommes qui nous tournaient le dos avaient droit à un cordon rouge, de la même teinte que leur cape.

Et ils chantaient.

Je ne comprenais pas les paroles, qui semblaient être dans une langue étrangère. Peut-être germanique. Ou scandinave, même si de temps à autre des mots m'étaient familiers, sans que je puisse les identifier.

Lorsque le chant prit fin, l'homme au cordon doré baissa les bras et prit une serpe sur l'autel. Il la brandit et prononça quelques mots dans la même langue étrange. À quoi les autres répondirent.

Quand il reposa la serpe, le plus proche de nous se pencha vers son voisin.

—C'est pas le Surin de la Pommeraie, dit-il. Qu'est-ce qu'y fait ?

Je crus reconnaître la voix de l'édenté propriétaire du Dog and Duck, Joe Arnold.

—Le surin a disparu, lui répondit l'autre.

Lawrence Weakley, le primeur du village, à moins que mes oreilles ne me trahissent.

—Pas possible ! s'exclama le Vieux Joe. Qu'est-ce qui s'est passé ?

—Je ne sais pas, je...

M. Weakley fut interrompu par le « chuuut » mécontent d'un autre encordé de rouge et se tut. Joe se redressa pour reporter son attention vers l'autel.

Leur chef encordé d'or levait à présent un marteau. Dont la panne était plate, presque comme une petite hache émoussée.

—C'est pas le Martel du Rondelet non plus, chuchota Joe. Qu'est-ce qui se passe ?

—Tu vas te taire, oui, siffla l'encordé de rouge le plus proche.

Joe se tut de nouveau et le rituel continua. Nouvelles paroles pompeuses, nouvelle réponse de la congrégation.

L'un des encordés bleus saisit une robe pliée avec un cordon bleu enroulé dessus et les montra à la congrégation avant de les tendre au chef. Je ne voyais pas clairement son visage, mais il avait la même carrure qu'Abel Mattick.

Nouvelles paroles. Solennelles cette fois. Chargées de tristesse. Et réponse. Des gobelets de bois furent distribués et levés en salutation à la robe vide. Et les hommes burent.

Soudain, le charme fut rompu et les hommes en cape se réunirent autour de l'autel et commencèrent à échanger, sur le ton de la conversation. Ils parlaient trop bas pour que je les entende, mais les quelques mots qui flottèrent jusqu'à l'orée de la clairière dans l'air lourd de cette fin d'été sonnaient assurément anglais. Lady Hardcastle me tapota sur le bras et m'indiqua qu'il nous fallait retourner à l'auto.

À 23 heures, nous étions rentrées.

Une fois que nous fûmes installées, je fis griller quelques crumpets et préparai du cacao. Nous nous assîmes ensemble dans le petit salon, pour repasser les événements de la journée à la lueur de nos fidèles lampes à huile.

—Pensez-vous que l'électricité arrivera un jour au village ? m'enquis-je.

—Je me plais à imaginer que non, répondit lady Hardcastle. Je me figure le pays tout entier électrifié d'ici une dizaine d'années, et Littleton Cotterell, enfermé tout seul dans l'obscurité médiévale.

—Nous avons le téléphone.

—La Grange a une ligne téléphonique, le poste de police a une ligne téléphonique et nous en avons une. Et ce, seulement parce que j'ai fait un pataquès insensé et ensuite payé une somme franchement exorbitante pour que cela arrive. Mais si je suis réaliste, je vois des décennies s'écouler avant que tout le monde, partout, n'ait accès à l'électricité. Nous aurons encore nos lampes à huile et nos feux de bois pendant de longues, longues années.

—Et des braseros dans les vergers.

—Par ma foi, n'était-ce pas quelque chose ? L'on aurait pu se croire tombées sur une production de théâtre amateur, si nous n'avions pas déjà eu vent des Weryers de la Pommeraie. Je comprends maintenant l'amusement de Mme Mattick : la scène était assez comique.

—Comique, acquiesçai-je, et un tout petit peu sinistre aussi. Je n'ai pas reconnu la langue. Était-ce une invention ?

—C'est ce qui m'est d'abord venu à l'esprit, mais il m'a aussi semblé reconnaître quelques mots de vieil anglais, c'était donc peut-être une véritable langue. J'essaie de me rappeler si j'ai croisé quelque doyen de Cambridge versé dans le vieil anglais. Harry saurait peut-être.

Ma patronne avait étudié à Girton College tandis que son frère, Harry, était à l'université proprement dite.

C'était à Cambridge qu'elle avait été recrutée par les Affaires étrangères pour travailler comme espionne, même s'ils n'avaient jamais qualifié ses missions d'un terme aussi vulgaire qu'« espionnage », pendant que son époux, sir Roderick, voyageait à travers le monde en tant que diplomate. Harry travaillait désormais au bureau récemment formé des Services secrets, mais il avait peut-être un érudit des langues parmi ses contacts.

Lady Hardcastle se leva et alla examiner la bibliothèque.

—Je suis sûre qu'il y a quelque chose d'utile quelque part par ici… Ah, le voici.

Elle sortit un épais volume à la couverture de cuir vert fané et craquelé.

—J'adore les dictionnaires, pas vous ? lança-t-elle en l'ouvrant.

—Si. J'avais oublié que nous avions celui-là.

—Je vous avoue avoir été surprise que vous choisissiez un autre volume, l'autre soir. Celui-ci est bien plus adéquat pour ce que nous cherchons. Si vous recherchez des termes archaïques, c'est sans aucun doute l'ouvrage adéquat. L'on peine à imaginer que quiconque ait pu avoir besoin de la définition, ou de la confirmation de l'orthographe, de la plupart des mots contenus ici, et pourtant ils sont là, catalogués pour la postérité. (Elle feuilleta les pages.) Pas assez de jurons à mon goût, mais l'on ne peut pas tout avoir. Alors, voyons… qu'a dit le Vieux Joe au fait ? « Ce n'est pas le quelque chose de la Pommeraie », n'est-ce pas ?

—Le Surin, précisai-je. Le Surin de la Pommeraie.

—Exact. Bravo. Surin… surin… Oh, c'est un couteau. Pourtant, il avait un couteau, n'est-ce pas ?

—Une serpette, nuançai-je. Ou un gros couteau à élaguer. Nous continuons de partir du principe que « Pommeraie », c'est verger ?

Elle feuilleta de nouveau le dictionnaire.

—C'est cela, confirma-t-elle. Mais cela n'est guère surprenant. Quel était l'autre mot ?

—Le Martel du Rondelet.

—Ils les inventent, par ma foi, dit-elle en tournant les pages un peu moisies du livre. Marteau, finit-elle par annoncer. Du tonneau.

—Un marteau de tonnelier, donc. Comme celui qu'a brandi l'homme au cordon doré.

—Mais pas « le bon », apparemment.

—Le Vieux Joe est plus affûté que les gens sont enclins à le croire, commentai-je. S'il a dit que ce n'était pas le bon, ce n'était pas le bon.

—Je n'ai aucune raison de mettre en doute son jugement. On peut donc en conclure que le rôle du couteau et du marteau était joué par des doublures. Intrigant. (Elle feuilleta encore quelques pages.) Et « weryer » signifie bien gardien. Du vieil anglais « *werian* », exactement comme je l'avais dit. Oh, eh bien, bravo à moi. Mme Wilberforce serait très fière.

—L'une de vos nombreuses gouvernantes ?

—L'une des plus résistantes, oui. Je pense qu'elle a duré six mois, avant que je ne la rende suffisamment folle pour démissionner. Mais elle m'a fait lire *Beowulf* et ses efforts, s'avère-t-il, n'ont pas été entièrement vains.

—Donc les « Gardiens du Verger » conduisent leurs rituels en vieil anglais et utilisent le « Couteau du Verger » durant ces rites, ainsi que le « Marteau du

Tonneau », plus communément connu sous le nom de marteau du tonnelier.

—Je n'en ai jamais vu, admit-elle, mais je vais vous croire sur parole.

—Les tonneliers ont des instruments des plus étranges. Je me rappelle que nous avions dû faire réparer des barriques pour le cirque et que nous étions passés chez un tonnelier et son apprenti. J'adorais les regarder travailler. Et les maréchaux-ferrants aussi.

—Un marteau de tonnelier et un couteau qui ressemble à une serpette, donc.

—Si la serpette était bel et bien une doublure idoine, fis-je. Oui. Tout cela est très pomme, cidre et compagnie, et donc tout à fait adapté pour nos Weryers.

—Que le « surin » ait disparu justement le jour du meurtre de Cridland, voilà qui serait suspect s'il ne s'agissait pas d'une serpette.

—Exactement ce que je pensais, acquiesçai-je. Une serpette ne laisserait pas ce genre de blessure, n'est-ce pas ? Ce n'est pas assez pointu. Il s'agit probablement de négligence, alors ? La disparition du surin, je veux dire. Ce doit être dur d'appartenir à un vieil ordre secret. L'on ne peut attendre d'eux qu'ils gardent leur robe en parfait état sans les services d'une servante hautement qualifiée et de se rappeler en plus où ils rangent le Surin de la Pommeraie.

Elle rit.

—Une épouse l'aura fourré dans le porte-parapluie pour le ranger, maugréant : « Si je m'entrave encore une fois avec le Surin de la Pommeraie, je jure que je le donne au chiffonnier, ne va pas t'imaginer que je ne le ferai pas. »

—Je mangerais bien un autre crumpet. En voulez-vous une ?

—Oui, volontiers, ma chère. Et un peu plus de cacao.

Je me levai pour ramasser le plateau.

—Il n'y avait guère de brandy dans le premier, lança-t-elle alors que je partais vers la cuisine.

—Il n'y en avait pas du tout.

—Exactement. Ce qui est bien trop peu.

Je m'en revins peu après avec d'autres crumpets et deux tasses de *chocolat chaud à la royale**, comme j'avais décidé de baptiser les boissons additionnées de cognac. Je trouvai lady Hardcastle plongée dans ses notes.

—Vous aviez raison tout à l'heure, me dit-elle. Nous ne sommes guère parvenues à raccourcir notre liste de suspects, par ma foi.

—Hélas, non. Et, aussi fascinant qu'ait été le spectacle, le rituel des Weryers dans le verger ne nous a pas beaucoup avancées non plus.

—Il aurait été bien utile de voir le Lancet de la Poignarderie, n'est-ce pas ?

—Eh bien, oui. J'adorerais que Mlle Chamberlain ne soit pas notre tueur. C'est par trop évident et ce serait horriblement frustrant s'il s'avérait que c'était elle, la coupable, je préférerais de loin découvrir un lien entre les Weryers et l'arme du crime.

—Les apparences s'accumulent en effet contre elle, cependant cette affaire nous a montré les Weryers sous un nouveau jour, ne trouvez-vous pas ?

—Cela ne colle guère à leur image de charitables-charmeurs, acquiesçai-je. Et c'est assurément un aspect qu'ils ne mettent pas en valeur. Vous rappelez-vous Starks tentant de suggérer qu'il s'agissait juste d'une rumeur, ces rituels ésotériques qu'ils pratiquaient au milieu de la nuit ?

—Assurément, cela n'a rien d'une rumeur.

—La cérémonie était bien innocente, et en même temps assez sinistre et perturbante. Je n'arrive pas à mettre le doigt sur ce qui me laisse cette impression. Oh, et avez-vous remarqué les cordons de couleur à leur ceinture ?

—Oui. Pour signifier leur rang, ai-je présumé. Doré pour le Grand Protecteur : il avait la carrure de Starks et la voix aussi, certainement. Puis il y avait les bleus pour les Conservateurs et les rouges pour les Commissaires.

—C'est ainsi que je l'ai compris aussi. Cela n'aide en rien à faire sens de toutes leurs simagrées, cependant il est toujours satisfaisant de comprendre au moins une chose.

—Rien ne fait sens à mes yeux pour l'instant, admit-elle. Mais cela viendra, il faut laisser les choses infuser encore un peu. En attendant, cartes ou backgammon ?

—Nous ne jouons jamais au backgammon.

—Dans ce cas, nous devrions peut-être commencer. Et si nous réessayions le go ?

—Pas après votre attitude de mardi soir, répondis-je. Je ne supporterai plus vos bouderies.

—Les échecs ?

—D'accord, mais seulement si vous promettez de mieux vous comporter lorsque vous perdrez.

—Allez chercher le plateau.

8

Ayant passé dans mon enfance bien trop d'étés à contempler la campagne britannique sous un ciel gris depuis l'arrière de la roulotte de cirque de mes parents, tandis que notre monture – un cheval de trait noir d'encre que j'avais prénommé Flocon de neige – nous tirait, stoïque, vers le site pluvieux de notre spectacle suivant, je n'étais jamais déçue par la chaleur et le soleil. Un début d'adolescence dans les vallées galloises avait humidifié mes robes comme mes cheveux de leur éternel crachin, mais jamais mon enthousiasme pour le beau temps n'avait été douché.

La longue période de chaleur et de sécheresse qui bénissait le royaume (ou l'anéantissait, selon votre tempérament) depuis la mi-juillet commençait à affoler pas mal de gens, mais pas moi. Le salut habituel de « c'ment va ? » (signifiant « Comment allez-vous ? ») avait été remplacé par « Fait chaud, hein ? » (signifiant « Je croyais que trente degrés, ce serait plaisant, mais là vraiment, ça commence à me peser »). À quoi je répondais : « Oui, oui, il fait chaud » en ajoutant les sons compatissants idoines mais en étouffant mon envie d'ajouter : « N'est-ce pas merveilleux ? »

Lady Hardcastle était aussi rompue aux températures extrêmes que moi – nous avions passé plusieurs années ensemble en Chine et aux Indes, où nous avions fait l'expérience du froid glacial d'un hiver dans les montagnes chinoises, comme de la chaleur écrasante d'un début d'été dans le Bengale –, pourtant, même elle s'était lassée de la vague de chaleur.

Elle arriva pour le petit déjeuner, le vendredi matin, déjà accablée.

—Bonjour, lui dis-je quand elle s'affala sur son siège habituel dans le salon d'été.

—Bonjour à vous aussi, ma chère. Vous êtes toute pimpante, c'est fort agaçant. L'été vous plaît toujours autant ?

—Vous me connaissez suffisamment pour deviner ma réponse avec une fiabilité raisonnable. Nous devrions sortir nous prélasser. Septembre sera bientôt là, saison de brumes et de lugubre irritabilité. Une Flo frileuse est une Flo grincheuse.

—Dans ce cas, nous devons absolument sortir dans notre moyen de locomotion sans chevaux et profiter de ce temps Flo-égayant tant qu'il dure.

—Hourrah !

—Hourrah, comme vous dites. Nous parlions justement l'autre soir de notre envie d'explorer Woodworthy, après tout. Nous pourrions passer au Mock of Pommey et jeter un œil à M. Comment-s'appelle-t-il, pendant que nous y serons.

—Griffith Uzzle, précisai-je.

—Bien sûr, fit-elle avec un gloussement. J'aime tellement les patronymes de par ici. Après toute une vie de Smith et de Jones, il est exquis de se trouver entourée de Uzzle, Mattick, Starks et autres Peppard.

—Nous avons aussi été entourées de Zhang, Shen, Chandra, Mukherjee, Müller, Schneider, Nagy, Varga, Dubois, Mercier et de tout un tas d'autres au fil des années.

—Exact, cependant tous les noms sont exotiques et intéressants, lorsqu'on est un étranger qui visite un pays. Ici, nous n'avons eu qu'à nous aventurer à une centaine de *miles* de Londres, à vol d'oiseau, et nous voilà dans un monde de Mustoe et de Flook, de Bingle et de Brazington. Et d'Uzzle. Nous devons rencontrer Griffith Uzzle, goûter à ses produits et nous familiariser avec sa clientèle.

—Nous ne jouirons pas des mêmes avantages qu'ici, cependant, l'avertis-je. Nous serons des étrangères. Des inconnues. Or ils considèrent les intrus avec une grande méfiance, par là-bas.

—Sornettes, ma chère. Nous sommes des célébrités locales. La plupart des résidents de Woodworthy étaient à la fête du village, le week-end dernier. Ils auront au minimum vu ma tenue pailletée, même s'ils ne sont pas restés pour se faire entraîner par Gertie dans une salve d'applaudissements en votre honneur, à la toute fin. Nous serons accueillies à bras ouverts.

—Nous verrons. Souhaitez-vous un éventail ? Vous semblez un peu échauffée.

—Je trouve qu'il fait un peu chaud, c'est tout. Autre bonne raison pour aller faire une promenade, selon moi : la brise rafraîchissante qui naîtra de notre vif passage par les chemins de campagne me fera le plus grand bien.

—Bien. Edna et Miss Jones ayant tout bien en main, je suis prête quand vous le serez.

—Accordez-moi une heure environ pour rédiger une lettre ou deux et nous pourrons nous mettre en route.

—C'est mon tour de conduire, n'oubliez pas.

—Vraiment ? Dans ce cas, comptons une heure supplémentaire pour le trajet.

Les routes étant poussiéreuses, nous soulevions un sacré nuage sur notre passage. Et pourtant, nous roulions gaiement mais sereinement. Avec moi aux manettes, les quatre roues restaient fermement au sol à tout moment, et les quelques chevaux ou autres cyclistes que nous croisâmes n'éprouvèrent que calme et sérénité, confrontés au ronronnement de la Silver Ghost.

—Je commence à penser que mon estimation d'une heure supplémentaire pour le trajet était encore optimiste, commenta lady Hardcastle, un bras paresseusement tendu par la vitre pour caresser les hautes touffes d'herbes qui poussaient sur le bas-côté.

—Vous allez vous blesser, s'il y a là autre chose que de l'herbe, l'avertis-je.

—Pas à cette vitesse, ma chère. Si je vois venir à notre rencontre la moindre plante dangereuse, j'aurai le temps d'écrire au fermier qu'il la coupe longtemps avant que nous ne l'atteignions.

—Au moins, nous avons l'assurance d'arriver en un seul morceau.

—J'ai tendance à penser qu'il n'est aucune assurance solide de sécurité lorsque l'on est dans une automobile, cependant je veux bien vous accorder un « plus de chances d'arriver en un seul morceau ». Le problème, néanmoins, c'est qu'une fois arrivées en un seul morceau, nous découvrirons que tout est fermé et les bonnes gens de Woodworthy couchés, en train de faire leurs paisibles rêves bucoliques. Bref, notre expédition aura été vaine.

—Des rêves d'une vie paisible et bucolique, oui, parce que libérée de la terreur de croiser de vieilles folles au volant de leurs autos lancées à toute berzingue. Vous êtes une version adulte de M. Crapaud[1].

—Pop-pop-pop, s'esclaffa-t-elle. Aïe !

Elle venait de rentrer brusquement la main à l'intérieur de l'habitacle.

—Je vous l'avais dit, lâchai-je.

—Quelque chose m'a piquée.

—Vous lui en voulez ? Quelque abeille ou une guêpe industrieuse menait ses tâches d'insecte et vous l'avez molestée. À grande vitesse. Je vous aurais piquée aussi à sa place.

—C'est très douloureux.

—Je ne suis pas entomologiste, mais je pense que c'est effectivement l'intention. Y a-t-il quelque chose ?

—Où donc ?

—À l'emplacement de la piqûre. Y a-t-il trace d'un barbillon ou quelque autre arme d'insecte pointue ?

Elle inspecta sa main.

—Non, répondit-elle. C'est seulement rouge.

—Dans ce cas, vous allez en être réduite à supporter comme une brave fille. Nous pourrons demander s'ils veulent bien nous procurer de la glace au Mock of Pommey, pour le cas où cela enflerait.

—Si nous finissons par y arriver un jour.

Nous continuâmes à rouler doucettement quelques minutes supplémentaires. La route de Woodworthy

---

1 L'un des personnages du roman *Le Vent dans les saules* de Kenneth Grahame (1908), écrit à l'origine pour son fils qui partageait l'entêtement et la malice de ce personnage.

nous faisait passer devant le verger et la cidrerie, mais nous tournâmes avant d'atteindre les allées où nous avions erré après notre bifurcation malencontreuse à la sortie du sentier, la veille au soir. À la lumière du jour, il était difficile de comprendre comment nous avions pu nous perdre aussi complètement.

Devant nous, un panneau nous indiquait que Woodworthy se trouvait à un quart de *mile* sur notre droite. Je m'engageai avec précaution sur le chemin et, en effet, nous ne tardâmes pas à longer une place de village.

La place en question, quoique herbeuse, ne proposait pas l'équipement d'un terrain de cricket, l'équipe du village ayant périclité peu avant notre emménagement à Littleton Cotterell en 1908, et en lieu et place des gars du coin en train de pratiquer leur *leg spin* ou leur *cover drive*, nous avions là une demi-douzaine de moutons dotés d'énormes cornes et d'une laine constellée de taches marron, sérieusement occupés à brouter la pelouse.

—Ce sont des moutons de Jacob, me dit lady Hardcastle, remarquant mon froncement de sourcils curieux.

—Et Jacob sait-il qu'ils sont là ?

—Ah ah. C'est le nom de leur race. Des moutons de Jacob.

—J'ai l'impression qu'il n'y a qu'eux ici.

Depuis notre point d'observation à côté de la place, nous voyions une modeste église, le pub où nous espérions nous attabler et un petit magasin de village. Les portes des trois bâtiments étaient ouvertes, mais sans personne de visible nulle part. Juste quelques signes de vie discrets, en provenance du pub, et c'était tout.

—Je ne sais pas trop à quoi je m'attendais, admit ma patronne alors que je m'arrêtais près de la place. En tout cas pas à cela.

—J'avais imaginé un village plus semblable au nôtre, convins-je. Quelques boutiques, un peu de vie et pas mal de bruit. Pas étonnant qu'ils viennent tous à Littleton pour s'amuser.

—Effectivement. Et comme ils sont aussi plus proches de Chipping Bevington que nous, ils y font très certainement leurs courses. C'est joli, cependant.

C'était joli, en effet. Des alignements de cottages serrés les uns contre les autres de part et d'autre du pub, probablement du XVIIIe siècle, si ce n'était plus ancien encore. Nous voyions un sentier à côté, et une autre rangée de cottages aux toitures de chaume, encore plus anciens et tout juste visibles car le sentier décrivait une courbe.

—Pas étonnant qu'il n'y ait qu'un seul pub, un magasin et une église, commenta ma maîtresse en sortant gracieusement de la Rolls. Il n'est guère besoin de plus pour fournir aux besoins de ces quelques petites maisons et des fermes environnantes.

—Il y a un autre sentier derrière l'église, lui fis-je remarquer. Il doit y avoir quelques demeures supplémentaires, selon moi. Et puis, il y a forcément au moins un presbytère.

—Exact, exact. Les pasteurs de village ne sont pas réputés pour leur style de vie frugal. Le *padre* local a certainement une belle maison avec une gouvernante terrifiante qui s'occupe de lui. Et sans doute aussi un lopin de terre bénéficiale sur lequel faire paître ses moutons. C'est sans doute un célibataire avide au visage d'aigle, avec toute une litanie de sermons apocalyptiques destinés à faire trembler ses ouailles.

—C'est un charmant bonhomme grassouillet avec une épouse élancée. Tout en sourires et poignées de main potelées. Vous l'avez rencontré lors de la Foire de printemps à Littleton.

—C'était le vicaire de Woodworthy ? Je n'en avais pas idée. Je le croyais de North Nibley. Un type adorable, oui. Nous avions discuté d'harmoniums.

—Voilà. Et sa femme avait raconté une blague sur une laitière, une histoire qui s'était avérée bien plus coquine qu'elle ne s'imaginait.

—Oh, c'est vrai. Je me rappelle avoir été franchement sidérée que la femme d'un pasteur ose dire ce genre de choses tout haut, mais il était évident à son air innocent qu'elle ne comprenait pas l'histoire dans tous ses sous-entendus. Eh bien, alors je retire mes remarques désobligeantes. Quoi qu'il en soit, vous avez raison, il y a forcément un presbytère dans les parages.

Nous traversâmes la place tranquillement, jusqu'au Mock of Pommey. Le mouton en chef nous toisa au passage, puis s'en retourna, impassible, à son déjeuner. Ses compagnons, notant son indifférence, ne prirent même pas la peine d'interrompre leur broutage. À mesure que nous approchions, nous perçûmes mieux le murmure des discussions du déjeuner à l'intérieur du pub. Une odeur de cidre éventé et de fumée de pipe flottait à notre rencontre.

Comme à notre habitude, lady Hardcastle entra la première et moi, un pas derrière. Nos années d'expérience, à pénétrer dans des lieux inconnus et potentiellement dangereux, m'avaient rendue méfiante et je ne pus m'empêcher de vérifier par-dessus mon épaule que nous n'étions pas suivies, mais personne ne s'intéressait à nous, pas même les moutons. Je souris *in petto* en remarquant ma patronne, modelée par les mêmes habitudes, qui portait la main à son sac, où elle gardait souvent son pistolet.

Il n'y avait pas plus de danger à l'intérieur du pub qu'à l'extérieur, toutefois un silence déconcertant s'abattit sur l'assemblée lorsque les clients remarquèrent les deux inconnues qui franchissaient le seuil de leur sanctuaire. Derrière le bar, un homme à qui je donnais la cinquantaine. Trapu, il avait les bras musculeux d'un travailleur, pourtant son nez cassé le rangeait plutôt dans la catégorie des boxeurs professionnels. J'avais vu ce visage quelques nuits plus tôt, au Dog and Duck, et j'étais à peu près certaine que l'homme qui nous jaugeait depuis son bar n'était autre que Griffith Uzzle, le propriétaire du pub.

Jusque-là accoudé pour discuter avec l'un de ses habitués, il se redressa. Alors que nous entrions, nous cessâmes de n'être que deux silhouettes sur le pas de la porte et un sourire chaleureux éclaira son visage lorsqu'il nous distingua enfin correctement.

—Lady Hardcastle, dit-il. Et mademoiselle Armstrong. Bienvenue au Mock of Pommey.

Ses mots rompirent le charme et les gars de fermes et villageois reprirent leurs conversations.

—Quel charmant accueil, répondit lady Hardcastle. Monsieur Uzzle, je présume ?

—En chair et en os, Madame. J'espère que vous n'aurez pas mal pris mon audace, mais je vous ai reconnues toutes les deux pour vous avoir vues au spectacle de Littleton Cotterell. Et aussi de l'autre soir au Dog and Duck. Le Vieux Joe nous a dit qui vous étiez quand vous êtes entrées dans le bar.

—Point du tout. C'est plutôt flatteur, en fait.

—Formidable, alors. Qu'est-ce qui vous amène par chez nous ? Le Vieux Joe vous a barré sa porte ?

Il pouffa à cette idée.

—La journée est bien belle et nous avons eu l'idée de faire une promenade en auto, répondit-elle. Nous nous faisions justement la remarque l'autre soir que nous vivions à Littleton Cotterell depuis trois ans et que nous n'avions jamais pris le temps de visiter votre charmant village. Alors nous voilà.

—Eh bien, vous êtes assurément les bienvenues. Je dois vous avouer que nous n'avons pas de fumoir pour les dames comme vous y êtes habituées, j'en ai peur, ni non plus de jolies petites tables comme Joe en installe sur la pelouse, mais si vous vous contentez de vous installer par là, près de la fenêtre, je peux vous servir un verre du meilleur cidre de toute l'Angleterre.

—De chez Mattick ?

—Lui-même.

—Oh, quel délice ! Joe en sert aussi au Dog and Duck.

—C'est vrai, c'est vrai, cependant le mien est meilleur. Il le stocke pas bien, voyez ? Le cidre, faut le traiter avec des égards, et le Vieux Joe, il a pas le truc.

—Eh bien, il serait grossier de refuser. Merci, monsieur Uzzle.

—Appelez-moi Griff, Madame, appelez-moi Griff.

—Merci, Griff.

—Avez-vous un cordial ? demandai-je. Je conduis.

Il me regarda comme si c'était bien là l'excuse la plus étrange qu'il ait jamais entendue, mais il alla farfouiller derrière le bar un moment, se pencha et se releva avec une vieille bouteille poussiéreuse, pleine d'un liquide marron.

—J'ai de la salsepareille, annonça-t-il. Nous avions un gars qui buvait pas d'alcool, y a quelques années, alors je lui avais pris de ça. Je peux pas vous garantir qu'elle est encore bonne, par contre.

—Je vais la goûter, répondis-je. Merci.

Sourire aux lèvres, ma patronne pêcha son porte-monnaie au fond de son sac afin de régler les consommations.

—Allez donc vous asseoir, Mesdames, je vais dire à la fille de vous apporter vos boissons.

Pendant que nous traversions la salle en direction de la fenêtre, je cherchai « la fille » susmentionnée, mais n'en vis aucune. Je tournai alors les yeux vers les moutons : ils étaient toujours occupés à leur tâche.

À moins que nous ne soyons en mission, j'étais toujours un peu gênée à l'idée d'avoir une conversation personnelle dans une petite salle remplie d'inconnus, au contraire de lady Hardcastle que pas grand-chose ne gênait. Elle se mit à discuter gaiement des origines des moutons de Jacob, à imaginer tout un tas de possibilités quant à l'histoire de l'église, me demanda mon avis sur les performances de la Rolls, qu'elle trouvait un peu molle cette semaine.

Au froufrou des jupons et à la légèreté des pas, je devinai qu'une jeune femme s'approchait, chargée de nos boissons. Il y avait donc bien une « fille ». Seulement, comme elle arrivait derrière moi, je ne pouvais la voir.

—Comment va, Flo ? Et lady H. Qu'est-ce que vous faites par ici ?

Cissy Slocomb. À croire que toutes mes amies étaient serveuses à temps partiel.

—Cissy ! Bonjour. Je pourrais te poser la même question.

—J'travaille ici, tiens, répondit-elle, comme si elle me prenait pour une cruche.

—Eh bien, oui, je vois cela. Mais je croyais que tu travaillais à la laiterie avec ta famille.

—Oui, aussi. Mais j'gagne quelques sous ici. Ça me permet de quitter un peu mes vieux, tu vois, et comme ça, je peux aussi avoir l'œil sur les jolis gars des fermes. Y en a de sacrément alléchants, permets-moi de te le dire.

—Je ne peux que l'imaginer, fis-je en jetant un coup d'œil aux clients du déjeuner, parmi lesquels je ne vis pas le moindre garçon « alléchant ».

Cissy tira une chaise et s'assit.

—Ça vous dérange pas si je m'assieds avec vous quelques minutes pendant que Betty est pas dans les parages, hein ? Je suis debout depuis 5 heures c'matin. J'en peux plus, j'peux vous dire.

—Bien sûr, ma chère, lui assura lady Hardcastle. C'est toujours un plaisir d'avoir de la compagnie. Souhaiteriez-vous un verre ?

—J'dirais pas non. Seulement…

Elle tourna vers le bar un regard las, comme si les trois enjambées qui l'en séparaient risquaient de l'achever.

—Je vais te le chercher, annonçai-je. Qu'est-ce que je te prends ?

—Un verre du Mattick, ce serait merveilleux, j'crois bien.

—Tout de suite.

Je retournai au bar.

Si petite que soit l'unique salle – elle ne devait pas pouvoir accueillir plus de vingt personnes –, je me rendis compte que mes craintes d'être entendue pendant notre discussion étaient infondées. Maintenant que les conversations avaient repris leur volume normal, l'endroit était étonnamment bruyant et j'avais même du mal à entendre Cissy et lady Hardcastle, qui échangeaient des ragots comme de vieilles copines à tout juste trois pas.

Je retournai à notre table un instant plus tard avec le cidre de Cissy.

—Merci, me dit-elle avec un large sourire. Tchin.

—Tchin, répondis-je en levant mon verre. (La salsepareille n'était pas du goût de tout le monde, mais j'aimais assez cela et, contrairement au mauvais pressentiment d'Uzzle, la sienne avait bon goût.) Qu'ai-je manqué ?

—Pas grand-chose, répondit ma maîtresse. Je questionnais Cissy sur l'apparat qui entoure les Weryers. Elle est une source d'information intarissable.

—J'garde les oreilles ouvertes, c'est tout, nuança Cissy. Y a aucune magie là-dedans.

—Ne vous rabaissez pas, ma chère. Les couleurs des cordons à la taille des aubes ont bel et bien une signification, comme nous le supposions, et les outils sont plus ou moins ce que nous avions imaginé aussi.

—Les as-tu vus, ces outils ? m'enquis-je.

—Non, not' p'pa est pas assez ancien pour qu'on les lui confie. Mais il en parle. Y brillent, qu'il dit. Comme de l'argent.

—A-t-il évoqué leur disparition ? Savent-ils ce qu'il est advenu d'eux ?

—Y se sont envolés, tous. Y savent pas où qu'y sont passés.

—Où les conserve-t-on en général ? s'enquit ma patronne.

—Là, on a atteint les limites de mes connaissances, j'en ai bien peur, avoua Cissy. Not' p'pa parle que des choses qu'il trouve glamours et excitantes. Il aime bien se vanter. Il pense pas que le rangement de leur matériel, ça nous intéresse. D'ailleurs, il a raison. Jusque-là, tout de suite, jamais y m'était passé par la tête de me demander où qu'y les gardaient.

—Ne vous tracassez pas, la rassura lady Hardcastle. Vous nous avez déjà bien aidées.

Pendant que nous parlions, une femme d'une beauté frappante d'à peu près le même âge que Griffith Uzzle était apparue derrière le bar et scrutait la salle. Son regard s'alluma lorsqu'elle découvrit Cissy en train de prendre ses aises avec nous et elle sourit.

Puis elle s'approcha de notre table.

—Bonjour, Mesdames. Quel bonheur de voir de nouveaux visages ici !

Cissy se leva.

—J'prenais juste une p'tite pause, madame Uzzle, dit-elle.

—Pas de souci, mon petit, vous avez bien le droit de faire une pause.

—Merci, répondit Cissy, qui pourtant ne paraissait pas prête à se rasseoir. Voici lady Hardcastle et Florence Armstrong, de Littleton.

—Je sais, répondit sa patronne avec un hochement de tête. Je suis contente de vous accueillir ici.

Lady Hardcastle et moi inclinâmes nous aussi la tête et levâmes nos verres.

—C'est très aimable, répondit lady Hardcastle.

Cissy semblait toujours réticente à retrouver son siège.

—Je ferais mieux de me remettre au travail, annonça-t-elle avec un sourire penaud à notre attention. (Elle finit son cidre d'une longue goulée héroïque.) Je vous dis à bientôt, Mesdames.

Sur ce, elle détala et Mme Uzzle retourna au bar, où elle tourna son attention sur son mari. Nous n'entendions pas ce qu'ils se disaient à cause du brouhaha, mais elle avait l'air tout sauf aimable, désormais.

Uzzle, les yeux docilement baissés vers ses pieds, ne pipait mot.

—Sacré changement, commenta ma maîtresse avec un signe de tête en direction du bar.

—Les deux visages de Mme Uzzle, convins-je. Charmante avec les clients, mais je pense savoir sans l'ombre d'un doute qui porte la culotte dans cette maison.

—Du moment qu'ils sont heureux ainsi, conclut-elle en terminant son verre. Bien, minuscule servante, l'agréable atmosphère du pub de village mise à part, je m'avoue quelque peu déçue par ma première virée à Woodworthy. Je m'attendais à mieux. Je pensais que nous passerions une heure ou deux à discuter plaisamment avec les marchands du coin et à explorer les ruelles adjacentes, cependant je crains que notre traversée de la place du village ne nous ait montré tout ce qu'il y avait à voir. Que diriez-vous de vider nos verres et de retourner à la civilisation, *via* Chipping Bevington peut-être ? J'ai besoin d'une bricole ou deux, un petit après-midi shopping serait donc tout à fait approprié. À moins que nous ne déjeunions au Grey Goose et ne fassions ensuite les courses à Bristol ? Dans tous les cas, je crois que nous avons épuisé les possibilités de divertissement qu'offre ce village pour le moment.

—Si mon vote est libre et pris en compte, je préfère un déjeuner au Grey Goose et une virée à Bristol.

—Formidable. Nous pourrions passer par Bridewell, pendant que nous y serons, et voir où en est l'inspecteur.

Nous vidâmes nos verres, saluâmes Uzzle et Cissy, et regagnâmes la Rolls, qui avait été bien surveillée par les moutons aux aguets.

De retour à la maison ce soir-là, nous dînâmes d'un grondin rapporté d'un magasin jouxtant le marché aux poissons de Baldwin Street à Bristol. Je le fis rôtir et le servis avec une salade et quelques pommes de terre nouvelles. La délicieuse tourte au jambon de Miss Jones se garderait jusqu'au week-end.

Lady Hardcastle avait passé de longues minutes à contempler le vin entreposé sur un râtelier au garde-manger, non sans regretter que nous n'ayons pas de cave où l'entreposer convenablement. Quand elle eut enfin fini de grommeler, elle opta pour son bourgogne blanc préféré, qui s'accorda merveilleusement au poisson. Nous mangeâmes sous le pommier, à la lumière des lanternes du jardin, qui nous valurent d'être assaillies par des papillons de nuit pour le moins inquisiteurs.

À 21 heures, le poisson et le bourgogne expédiés, nous étions assises au petit salon avec une bouteille de porto que son marchand de vins avait ajouté à sa dernière commande, manière de lui suggérer d'en acheter d'autres. Pour l'accompagner, j'avais rassemblé une sélection improbable par sa variété de fromages, biscuits salés et fruits, que nous dégustâmes avec plaisir tout en observant le tableau du crime.

—Je vais racheter de ce porto, conclut lady Hardcastle en en reprenant une gorgée. Je n'ai jamais été terriblement fana de ce truc, mais c'est une révélation. Bravo à Stodgell et Fils, leur ruse a fonctionné.

—Je ne peux m'empêcher de penser que vous vendre du vin ne représente pas un défi insurmontable, mais oui, ils ont l'œil pour les belles trouvailles.

—Absolument, oui. L'œil, le nez et le palais. Si vous nous coupez une autre tranche de ce double Gloucester, je vous en reverse un verre.

Tout en grignotant un biscuit, je contemplais le réseau de plus en plus touffu d'informations qui se développait sur le tableau du crime.

—Depuis notre conversation avec l'inspecteur Sunderland, je commence à me demander si nos efforts ne sont pas vains, déplorai-je.

—Notre ami semble effectivement très enclin à penser Grace Chamberlain coupable, n'est-ce pas ?

—En dépit du fait qu'il ait encore moins retiré que nous de sa conversation avec elle. Elle est cachottière, pas de doute là-dessus. Mais protéger son intimité, cela fait-il de vous une tueuse ?

—Les tueurs ont tendance à garder leurs meurtres secrets, fit lady Hardcastle, mais je suis d'accord, cela n'est pas forcément un indice contre elle. Cependant, elle a été vue en de nombreux endroits fréquentés par les Weryers.

—Je vous l'accorde, mais…

—Et puis, les initiales et le lieu où a été retrouvée la victime figurent dans son cahier.

—Oui, et c'est un autre élément qui plaide en sa faveur, arguai-je. Si je voulais m'amuser à tuer quelqu'un, je pense que je m'éloignerais effectivement d'au moins cent *miles* de chez moi, cependant je ferais aussi en sorte que personne ne me voie. Je ne prendrais pas une chambre à l'auberge locale, je n'étalerais pas nonchalamment le nom de la victime dans mon cahier. Et même le cas échéant, je ne traînerais pas dans les parages une fois mon forfait perpétré. Je chercherais à ce que personne n'établisse de lien entre moi et le meurtre. Je ne voudrais pas non plus donner à quiconque le temps de me relier à la victime, une fois qu'elle est morte. Or elle est toujours là et pourtant, elle ne me donne pas l'impression d'être idiote. Conclusion : ça ne peut pas être elle.

—À moins qu'elle ne prévoie de frapper à nouveau.

—Ah, c'est une possibilité, bien sûr. Toutefois, je suis plus intéressée par le tonnelier, depuis ce que nous a dit Cissy, même si l'inspecteur ne semble pas y accorder beaucoup d'importance.

—Moi aussi, bien sûr. Certes, il se peut qu'il soit allé rendre visite à quelqu'un, comme il l'a affirmé.

—Son rendez-vous galant de 5 heures du matin ?

—Il a dit lui-même qu'il n'y a pas d'heure pour l'amour. Il pourrait bien y avoir une autre raison, une raison non meurtrière, à son trajet à bicyclette.

—Oui, pourtant…

—Oh, je n'essaie pas de minimiser vos soupçons, seulement il serait de mauvaise méthode que de ne pas envisager les possibilités les plus innocentes, même si nous ne sommes pas convaincues par cette idée de coquineries matinales.

—Je continue d'avoir du mal à me figurer ces possibilités innocentes, admis-je. Car enfin, il n'est pas au travail à sa tonnellerie dès l'aube, si ? Mis à part le fait que fermiers et laitiers se lèvent de bonne heure, qu'est-ce qui aurait nécessité un trajet à bicyclette à… Tiens, nous ne savons même pas où il se rendait, n'est-ce pas ?

J'imagine que la cidrerie est un client important, toutefois ils commercent à des heures plus civilisées. Il aurait pu aller à Woodworthy en évitant la colline, mais pourquoi ? Qu'y a-t-il pour lui là-bas ? Bref, hormis si nous acceptons son histoire d'adultère, nous ne savons pas exactement où il allait. Cela ne suffit pas à le condamner, mais une virée au verger pour voir Claud Cridland me semble l'explication la moins tirée par les cheveux.

—J'abonde de tout cœur dans votre sens, acquiesça lady Hardcastle. Nous devons concentrer nos efforts sur la découverte de la maîtresse présumée de Peppard, mais si nous ne la trouvons pas, il faudra nous montrer plus insistantes avec l'inspecteur. Qu'il diminue sa dose de Chamberlain et qu'il augmente celle de Peppard dans son régime quotidien.

—Demain, c'est samedi. Peut-être pourrions-nous poser quelques questions au village, essayer de voir si quelqu'un sait quelque chose sur Peppard et l'objet de ses soins de joli cœur.

Après quoi, la conversation dévia de nouveau sur la nourriture et la boisson, puis sur les affaires internationales et les tensions croissantes sur le continent – sujet qui occupait nombre de nos discussions dernièrement. Le temps que nous passions à une réflexion sur le nouvel *Official Secrets Act*, qui avait reçu l'approbation royale la semaine passée, et la façon dont il pourrait affecter notre travail auprès de Harry et du Bureau des Services secrets, l'heure du coucher était depuis longtemps passée.

La journée du lendemain, cependant, avait d'autres projets pour nous et le samedi matin, la découverte de l'identité de l'objet des affections de Moses Peppard devint abruptement moins prioritaire.

J'ouvris la porte pour découvrir l'inspecteur Sunderland planté sur notre seuil. Il avait laissé tourner le moteur de son automobile dans l'allée, avec le docteur Gosling sur le siège passager.

—Bonjour, Inspecteur, l'accueillis-je. Vous êtes bien matinal. Y a-t-il un problème ?

—J'en ai bien peur, répondit-il. Lady Hardcastle est-elle debout ?

—Pas encore, mais je peux la réveiller si vous souhaitez lui parler.

—Merci, malheureusement nous devons y aller. Si vous parvenez à la faire lever et que vous nous retrouviez sur la route de Gloucester, je vous en serais très reconnaissant.

—Pourquoi ? m'enquis-je. Qu'est-il arrivé ?

—Moses Peppard a été retrouvé assassiné.

9

J'allai réveiller lady Hardcastle sur-le-champ et l'aidai à s'habiller aussi vite que nous le pûmes. En un quart d'heure, elle était debout et prête à affronter la journée, ce qui ne constituait peut-être pas un record mais qui était tout de même fort impressionnant pour une personne dont le lever était aussi lent.

—Pas le temps pour un café, je suppose ? demanda-t-elle alors que je la poussais vers la porte. Voire un thé ? J'adorerais une bonne tasse de café, tout de même. L'inspecteur ne m'en voudra pas si nous sommes un peu en retard.

—Il ne vous en voudrait pas si nous n'y allions pas du tout, répliquai-je. Nous ne travaillons pas pour lui. C'est moi qui aimerais y être le plus tôt possible : je souhaiterais voir la scène du crime pendant que tout est encore frais et que nous aurons sous la main des connaisseurs et des hommes d'expérience pour discuter de ce que nous voyons.

—Très bien, ma chère. Vous avez raison, allons-y.

Elle vérifia qu'elle avait carnet à croquis et crayons dans sa gibecière, puis la passa à son épaule. Je lui tendis notre toute nouvelle Thermos.

—Je vous ai préparé ça pendant que vous étiez aux WC, lui dis-je.

Elle dévissa la tasse et ôta le bouchon de liège pour voir ce que contenait le flacon. Le couloir s'emplit soudain de l'arôme riche du café chaud.

—Oh, mais quel amour ! s'exclama-t-elle avec un large sourire. Merci.

Elle referma la flasque et nous franchîmes la porte pour nous retrouver sous un grand soleil.

Je démarrai la Silver Ghost et m'apprêtai à emprunter notre allée quand le chemin me fut bloqué par une automobile rouge que nous connaissions bien. Notre bonne amie Dinah Caudle, la journaliste du *Bristol News* et fiancée du médecin de la police, le docteur Simeon Gosling, nous fit signe depuis le siège passager. Nous sautâmes toutes deux au bas de la Rolls pour aller la saluer.

—Bonjour, vous deux, lança-t-elle gaiement. Quelle belle journée !

Elle était, comme à son habitude, impeccablement habillée à la dernière mode. Elle aurait dû être bien trop sophistiquée pour la petite Rover 6 qu'elle conduisait, mais son air assuré et son aisance au volant lui seyaient à merveille, ainsi que ses habits taillés de façon exquise. Elle avait acheté la gentille petite auto de ma patronne l'année précédente et s'en servait pour arpenter la ville depuis, au gré de ses reportages sur tout ce qui allait des kermesses scolaires aux cambriolages de bijouteries.

—Bonjour à vous, ma chère, lui répondit ma maîtresse. Nous vous aurions bien invitée à petit-déjeuner avec nous, mais nous sommes en route pour un meurtre.

—Moi aussi, répondit Mlle Caudle. Simeon m'a appelée chez moi alors qu'il partait rejoindre Sunderland.

Nous avions prévu de sortir déjeuner ensemble aujourd'hui, mais il a pensé que je préférerais couvrir le meurtre pour le journal.

—Comme c'est… attentionné de sa part, commenta lady Hardcastle.

—Oui, très. J'ai brièvement envisagé de lui faire une scène pour m'avoir éveillée si tôt un samedi, tout ça pour annuler notre déjeuner et me faire avaler la pilule avec une proposition de travail, mais il me connaît trop bien. Un article sur un meurtre, c'est tellement plus intéressant qu'un banal repas dans un restaurant étouffant. Alors je me suis habillée aussi vite que j'ai pu et me voici.

Elle tapota affectueusement la Rover.

—Vous voici, comme vous dites. Seulement, le cadavre est ailleurs, ma chère.

—Oui, je sais. Simeon était si pressé qu'il n'est pas resté assez longtemps au téléphone pour m'indiquer comment me rendre sur les lieux. Je n'ai aucune idée de sa localisation, à cette forge, alors j'ai songé à vous demander.

—C'est une tonnellerie, et nous nous y rendons justement. Si vous dégagez le passage, nous allons passer par le village et vous attendre sur la place, le temps que vous fassiez demi-tour et nous rattrapiez. Ensuite, vous pourrez nous suivre. Ce n'est pas loin.

En effet, quelques brefs instants plus tard, nous étions toutes les trois sur la route de Gloucester et de la tonnellerie de Peppard. Avec moi au volant, l'auto était suffisamment stable pour que lady Hardcastle puisse boire quelques gorgées de son café en chemin et, le temps que nous arrivions dans la cour du tonnelier, elle avait récupéré toutes ses facultés.

Je me garai près de l'auto de l'inspecteur Sunderland, Mlle Caudle derrière nous. Puis nous descendîmes des véhicules et nous dirigeâmes vers les portes ouvertes de l'atelier.

La scène que nous découvrîmes à l'intérieur était d'une similitude saisissante avec celle que nous y avions vue lors de notre dernière visite, à ceci près qu'au lieu de se tenir à son enclume – dont j'appris par la suite qu'elle s'appelait une bigorne –, Moses Peppard était assis tout droit contre un établi, défiguré par une affreuse blessure à la tête et ses énormes poings serrés contre les flancs. À en juger par la quantité de sang au sol, il avait été tué au milieu de la salle et puis traîné jusqu'à l'établi.

Le docteur Gosling était en train d'examiner le cadavre. L'inspecteur Sunderland arpentait l'atelier.

Il nous aperçut dès que nous entrâmes.

—Bonjour, Mesdames. Spectacle un peu macabre, j'en ai peur.

Nous opinâmes du chef. Il dut remarquer quelque chose dans l'attitude de Mlle Caudle, car il ajouta :

—Je sais que le contingent de Littleton a probablement vu pire, dit-il, mais personne ne vous en estimera moins si vous préférez ne pas y prendre part, mademoiselle Caudle.

—Il m'appelle toujours Mlle Caudle quand il me voit en défaut, expliqua-t-elle.

—Vous n'êtes pas en défaut, ma chère, la corrigea lady Hardcastle, en revanche vous n'avez pas l'air bien du tout.

—Venez avec moi, lui proposai-je. Nous allons les laisser trifouiller çà et là, pendant que nous tâcherons de trouver des explications de notre côté, dans la sécurité de l'air pur.

Je lui passai un bras à la taille pour l'aider à gagner la porte, mais elle se dégagea et sortit en courant.

—Est-ce un verre propre, là-bas au bord de l'évier, docteur Gosling ? m'enquis-je.

—On dirait bien. Pourquoi ?

—Écoutez.

Des bruits de haut-le-cœur nous parvinrent par les portes ouvertes.

—Versez un verre d'eau du robinet à votre bien-aimée, repris-je, je vais aller le lui apporter.

—Ah. Bien sûr.

Lady Hardcastle me tendit son mouchoir.

—Elle en aura peut-être besoin aussi.

Je la laissai aux croquis de la scène et les hommes à je ne sais quelle occupation, et sortis retrouver Mlle Caudle dans la cour.

Elle était pliée en deux, appuyée contre le mur d'une main et soulevant sa robe de l'autre.

—Vous voilà.

Je lui donnai l'eau.

—Merci, répondit-elle d'une voix faiblarde.

Elle en but une gorgée et fut prise d'un nouvel accès de vomissements. Je la pris par les épaules.

—Bon sang, ce que je me sens bête, maugréa-t-elle. Je n'imaginais pas que je réagirais ainsi.

—Tout le monde réagit pareil la première fois, lui assurai-je. Comme l'a dit l'inspecteur, personne ne vous en estime moins pour autant.

—Vous aussi ?

—Si moi, je vous estime moins ? Au début, évidemment, j'ai pensé : « Qui est cette inepte sotte avec sa robe chic qui vomit tout ce qu'elle sait dans les rhododendrons. »

À mon grand soulagement, elle s'esclaffa.

—Ce sont des hortensias. Mais vous me comprenez, vilaine fille. Avez-vous aussi réagi comme cela la première fois que vous avez vu un cadavre ? Mort de mort violente, je veux dire.

—Oui. Bien sûr. Et puis, j'ai pleuré toutes les larmes de mon corps. Pendant des heures.

Elle se redressa et je la guidai vers la table et les sièges sous l'auvent.

—Cependant, pour être honnête, ajoutai-je en chemin, je devais aussi digérer le fait que c'était moi qui l'avais tué. Cet horrible petit bonhomme, un Hongrois, à Shanghai. Il n'arrêtait pas d'essayer de voir mes chevilles.

—Que vous avez remarquablement fines, gloussa-t-elle.

—Les chanceux qui ont eu la chance de les apercevoir me l'ont toujours fait remarquer. Enfin, je l'aurais peut-être laissé s'en tirer s'il n'avait péché que par lubricité, mais il menaçait en plus lady Hardcastle d'une arme. C'en était trop. Un coup de poignet et mon couteau lui a transpercé la gorge.

Nous nous assîmes.

—Nombre de vos histoires se concluent sur quelqu'un qui menace Emily d'une arme, commenta-t-elle en s'asseyant avec grâce.

—Vous la connaissez, répondis-je. Vous ne pouvez pas honnêtement m'affirmer que vous n'avez jamais eu envie de pointer une arme sur elle.

Avec un nouveau petit rire, Mlle Caudle prit une gorgée de son eau.

—Elle a de la chance de vous avoir.

—Je ne cesse de le lui répéter. Comment vous sentez-vous à présent ?

—Toujours extrêmement bête, avoua-t-elle, mais moins nauséeuse. Vous savez que je me suis morigénée sur tout le trajet jusqu'ici de n'avoir pas pris le temps de petit-déjeuner ? Finalement, il s'avère que c'était mieux ainsi.

—Si vous repassez à la maison une fois que nous en aurons terminé ici, nous vous remplirons la panse de tout ce qui vous fera envie. Cela vous requinquera.

—Je risque de vous prendre au mot. J'ai l'impression que Simeon va être occupé pour la journée. Vous ne verriez pas d'inconvénient à ce que je m'arrête un moment ? Si ce n'est trop m'imposer, j'aimerais m'asseoir à votre table et commencer à rédiger un brouillon de mon article.

—Pas du tout. C'est toujours un plaisir de vous voir.

Elle sortit le carnet à la couverture de cuir et le stylo de luxe que je lui avais si souvent vus et s'attaqua à une page vierge.

—Alors, qui était ce Moses Peppard ? s'enquit-elle.

—Est-ce pour le journal ?

—Oui.

—Dans ce cas, il était le tonnelier du village et un membre respecté de l'organisation caritative les Gardiens du Cidre, autrement connue sous le nom de Weryers de la Pommeraie.

Elle nota.

—Et si ce n'était pas pour le journal ?

—Posez votre stylo et je vous réponds.

Elle obtempéra.

—Jusqu'à ce matin, repris-je, il était notre suspect principal dans le meurtre de Claud Cridland. Il se disputait avec le défunt le poste de chef des Weryers et ils s'étaient même querellés à ce sujet. Et puis, il avait été vu sur sa bicyclette, le matin du meurtre de Cridland, qui roulait vers le verger où le cadavre a été découvert par la suite.

—Vraiment ? Ah bon, vraiment ?

—Mais quand nous lui en avons parlé, il a répondu qu'il n'avait rien à voir avec l'affaire, qu'il entretenait une liaison avec une épouse de fermier.

Tout sourire, elle s'apprêtait à récupérer son stylo quand je posai la main dessus.

—Contentez-vous des faits avérés pour le moment, lui dis-je, et quand nous saurons exactement ce qui s'est passé, nous ferons en sorte que vous ayez la primeur de l'histoire.

—Nos lecteurs veulent plus que les faits mornes et secs, ma chère Flo. Ils sont friands de scandale, de ragots. Ils demandent des suppositions, folles et sauvages.

—Eh bien, dans ce cas, ce n'est qu'une bande d'imbéciles obscènes. S'il vous plaît, n'entravez pas l'enquête en vous épanchant.

Elle me jaugea un instant.

—Très bien, consentit-elle enfin, mais je veux tous les détails ensuite.

—Vous les aurez. D'ailleurs, vous pouvez nous aider si vous le souhaitez.

—Je peux ? Comment ?

—Eh bien, je peine à reconstituer une histoire qui, à elle seule, fasse coïncider tous les événements de ces derniers jours. Nous pensions que cela commençait à s'éclaircir un peu, avant de parler avec Peppard – en fait, nous pensions qu'il avait tué Cridland – mais son histoire sur la femme du fermier et maintenant son meurtre… disons que l'eau est très trouble à nouveau.

—Pensez-vous qu'ils ont tous les deux été tués par la même personne ?

—Ce serait le cas de figure le plus simple, répondis-je. Ils étaient l'un et l'autre membres des Weryers et le plus logique serait que leur meurtre soit lié à l'organisation. À quelque chose qu'ils auraient fait tous les deux et qui aurait donné à quelqu'un des envies de meurtre. Cependant, Peppard a été vu sur la route du verger, il l'a d'ailleurs admis, nous ne pouvons donc pas éliminer sa culpabilité tant que nous n'en saurons pas plus sur cette femme de fermier qu'il a donnée comme alibi. Elle existe peut-être, mais elle pourrait tout aussi bien être une fable inventée pour nous détourner de sa piste.

—Et même si c'était Peppard la première fois, il nous reste à découvrir qui l'a tué, lui, enchaîna-t-elle. Essayons de démêler cet écheveau. Cridland a été assassiné par Peppard ou « Quelqu'un d'autre ». Peppard pouvait ou pas avoir une aventure avec une épouse de fermier pour l'instant inconnue. Le fermier pouvait être au courant, ou pas, de cette liaison. En revanche, Peppard a bel et bien été assassiné. Si le fermier savait ce qui se passait dans le lit marital pendant qu'il était parti rassembler son troupeau, ce pourrait être lui. Autrement, ce pourrait être notre « Quelqu'un d'autre » du début ou bien, sinon, « Un autre Quelqu'un d'autre ». Nous avons besoin du tableau de lady Hardcastle pour y voir clair.

—Ou bien du rasoir d'Ockham, proposai-je. La solution la plus simple, avec le moins d'hypothèses, est celle des deux meurtres commis par un même « Quelqu'un d'autre », assurément. Tout le reste n'est que de la vase soulevée par nos piétinements. J'avais tort. Ce ne sont pas les nouveaux événements qui troublent tout, c'est nous qui troublons nos propres eaux.

—Allons, bon, partons donc de là. En quoi puis-je me rendre utile ?

—« Quelqu'un d'autre » ou pas, il nous reste à déterminer si la femme du fermier existe vraiment et, si oui, de qui il s'agit. Cela ôtera déjà un peu de vase dans notre eau.

—Ah, concéda Mlle Caudle. Oui. Le scandale, je sais le déterrer. Je suis l'équivalent d'un cochon truffier pour le scandale. Je suis un cochon à scandale.

—Qui est un cochon ? intervint le docteur Gosling en s'asseyant près de nous.

—Toi, mon chéri, répondit-elle. Tu as annulé notre rendez-vous pour déjeuner et tu m'as offert un cadavre à la tête défoncée en échange.

—Oh oui, pardon. Te sens-tu bien ?

—Cela va aller. Flo s'est bien occupée de moi.

—Merci, Flo, me dit-il. Pour ma défense, Sunderland ne m'avait pas prévenu de l'état dans lequel se trouvait le corps, quand il m'a appelé à la rescousse.

—Je te ferai savoir quand tu seras pardonné. A-t-on encore besoin de nous ici ?

—Non, j'ai vu tout ce que j'avais besoin de voir jusqu'à ce que je puisse installer le pauvre type sur le billard. J'attends juste les gars de la morgue. Sunderland a encore quelques fouilles à effectuer, apparemment, et Emily est en train de dessiner. Voudrais-tu y aller ?

—Flo m'a invitée à repasser à Littleton Cotterell pour prendre le petit déjeuner. J'envisageais d'accepter son offre.

—Nous pourrions peut-être nous retrouver tous là-bas dès que vous en aurez terminé, suggérai-je. À moins que vous ne soyez pressé de vous rendre à la morgue.

—Non, non, un petit déjeuner me fera le plus grand bien avant de commencer la découpe. Mon client peut attendre, ajouta le docteur Gosling avec un sourire rusé. Ce n'est pas comme s'il était attendu ailleurs.

Mlle Caudle lui jeta un regard noir.

—Oui, euh, enfin… s'empressa-t-il de se reprendre, sourire éteint. Nous… nous ne nous attarderons pas trop.

—Si tu veux bien informer Emily que j'ai kidnappé sa dame de compagnie, indiqua la journaliste, je vais la reconduire chez elle. À tout à l'heure.

Le docteur Gosling se leva.

—Très bien, dit-il en regagnant l'atelier.

—Sim ? le rappela Mlle Caudle.

Il s'arrêta.

—Tu veux bien reprendre mon verre ?

Elle lui passa le verre en question et nous nous levâmes à notre tour.

—Venez, lui dis-je. Je vais vous aider à démarrer la Rover.

De retour à la maison, Mlle Caudle discutait encore, me bombardant de questions, lorsque je la précédai à la cuisine afin de demander à Miss Jones de s'atteler à un petit déjeuner tardif pour nos invités inattendus.

—Et les autres Weryers ? demandait-elle. Les avez-vous envisagés ? Ou cette mystérieuse femme au Dog and Duck ? J'ai des contacts au journal local d'Exeter. Je leur demanderai s'ils la connaissent. Le Devon n'est pas peuplé à ce point, j'ai l'impression qu'ils se connaissent tous.

Edna arriva, qui revenait de remplir le seau à serpillière dans la pièce qui nous servait de remise à chaussures.

—Bonjour, Miss Caudle, lança-t-elle. Ça faisait une éternité qu'on vous avait point vue. Comment va ?

—J'ai connu mieux, Edna, je ne vais pas vous mentir. Mais cela passera.

Edna opina sagement du chef.

—Mais et vous donc ? s'enquit Mlle Caudle. Comment va votre Dan ?

—Oh, j'peux pas m'plaindre, vous savez. Il va bien, tout va bien. C't'un bon gars, mon lourdaud.

—Je suis ravie de l'entendre.

—Vot' gars n'est pas avec vous ?

—Il travaille sur une affaire avec l'inspecteur Sunderland.

—Ooh, fit Edna, qui posa son seau et croisa les bras sur son ample poitrine. Encore un meurtre ?

—Je le crains, oui.

—Juteux ?

—Très vilaine affaire.

—Un pauvre gars de la ville ?

—Non, répondit Mlle Caudle. Un gars d'ici. Notre tonnelier, Moses Peppard.

—Non ! s'exclama Edna, consternée. Pas Mo ! Ah ben, ça alors. Quelle horrible nouvelle ! C'était un gars charmant. Charmant. Et bel homme aussi.

Je hochai la tête.

—Oui, vraiment, confirmai-je.

—Laissez-moi vous dire que si j'avais eu trente ans de moins, j'aurais tenté ma chance, reprit Edna. J'aurais dû faire la queue, remarquez, ajouta-t-elle avec un gloussement affectueux.

—Il avait son petit succès ? demanda Mlle Caudle.

—Je dirais que oui, mon petit. Y a pas beaucoup de femmes entre Stroud et ici qu'ont pas fait des galipettes avec Peppard le tonnelier, et les autres y ont au moins pensé. Y mettait un sourire sur bien des visages, cet homme.

—Et voyait-il quelqu'un récemment ? Quelqu'un en particulier, je veux dire ?

—Ben voyez-vous, je pense que c'est une des raisons pour lesquelles il avait toujours tellement de succès : il était discret. Pas du genre à aller se vanter partout.

—Comment étiez-vous au courant de ses exploits, dans ce cas ? lui demandai-je.

—Oh, lui y disait rien, mais certaines de ses conquêtes, elles étaient tellement contentes d'elles qu'elles allaient claironner ça partout.

Mlle Caudle et moi éclatâmes de rire.

—Y avait toujours des rumeurs, remarquez, nuança Edna. Sa dernière en date serait une dame mariée de vers Pighill, d'après ce que j'ai entendu dire.

—La femme d'un fermier ? voulus-je préciser.

—C'est le seul genre de femmes qu'y zont là-bas, répondit-elle avec un gloussement guttural, avant de marquer une pause songeuse. Y sont sûrs que c'est un meurtre ? demanda-t-elle tout à trac.

—Absolument, confirma Mlle Caudle. Nous avons vu le corps. Le crâne défoncé.

—Oh, mes pauvres petites ! Pas étonnant que vous ayez pas l'air dans votre assiette. Allez donc vous asseoir dans le salon d'été, je vous apporte du thé bien chaud et bien sucré.

—Juste chaud pour moi, Edna, fit Mlle Caudle. Je surveille ma ligne, voyez-vous.

—Sornettes, z'êtes maigre comme un clou. Et pis, ça marche pas, le thé, si c'est pas très sucré. Vous allez me boire ce que j'vous dit, mon petit. Allez.

—Vous êtes très aimable, Edna. Merci.

—Oui, renchéris-je. Merci. Où est Miss Jones ?

—Je suis là, répondit cette dernière, dans notre dos. J'ai dû filer vous-savez-où. Bonjour, Miss Caudle.

—Bonjour, répondit celle-ci avec un sourire.

—Avons-nous assez de provisions pour un petit déjeuner tardif pour cinq ? demandai-je.

—Je devrais pouvoir vous préparer un frichti, répondit la cuisinière, joviale. Combien de temps j'ai devant moi ?

—Aucune idée, malheureusement. Disons une heure ?

Elle se tourna vers la grande horloge de la cuisine.

—Oh, ça me laisse tout le temps. Je mettrai les œufs dès qu'ils arriveront, le reste se gardera au chaud.

—Merci.

—Maintenant, emmenez-moi cette jeune dame et faites-la asseoir, ordonna Edna. Laissez-nous nous occuper du reste.

Nous obtempérâmes.

Presque une heure pile s'était écoulée lorsque les trois autres nous rejoignirent. J'alertai Miss Jones de leur arrivée et leur annonçai l'imminence du petit déjeuner. Mlle Caudle avait retrouvé des couleurs et je fus ravie de constater que le docteur Gosling lui prêtait l'attention attendue.

Lady Hardcastle avait effectué un croquis du séduisant Moses Peppard, avant sa blessure à la tête, qu'elle punaisa au tableau du crime, traîné jusqu'au salon d'été par Mlle Caudle et moi. L'idée m'était venue pendant que nous suions sang et eau dans le couloir qu'il aurait peut-être mieux valu prendre le petit déjeuner dans la salle à manger, mais pour une raison qui m'échappait, je ne trouvais pas la perspective envisageable : le petit déjeuner se prenait dans le salon d'été et toute autre suggestion serait incongrue.

—Il n'y a aucun doute quant à la cause de la mort, disait Mlle Caudle.

—La fracture de l'os frontal et les dégâts afférents au cerveau sont assurément la supposition la plus évidente, acquiesça le docteur Gosling. Je suis d'accord. Cependant, je n'en jurerais pas devant une cour de justice tant que je n'aurai pas examiné le reste du corps. Ce ne serait pas la première fois que quelqu'un cognerait sur sa victime dans un accès de rage après l'avoir tuée de manière beaucoup moins brutale.

—J'oublie parfois les horreurs que tu as vues, Sim. Pardon.

—Mais non, ma belle. Il faut bien que quelqu'un les voie, autrement les malfrats ne seraient jamais punis.

—Au vu de la taille et de la forme de la blessure, enchaîna lady Hardcastle qui, de toute évidence, avait eu le temps de réfléchir pendant qu'elle dessinait la scène, je présume qu'il a été attaqué à l'aide d'un marteau ou de quelque chose du même genre.

—C'était aussi ma première idée, répondit l'inspecteur Sunderland. Un marteau de tonnelier est un outil lourd, qui ferait une arme violente dans les mains de quelqu'un d'assez costaud pour la manier. Le problème, c'est que dans un atelier rempli de marteaux et d'autres armes tout aussi adéquates, aucune ne porte de traces visibles de sang. Le tueur aurait pu la nettoyer, bien sûr, cependant l'idée est assez glaçante, vous ne pensez pas ? Être capable de commettre un acte aussi brutal et puis d'avoir la présence d'esprit de laver calmement l'arme du crime et de la remiser parmi les autres outils ? Sans parler de la nécessité de nettoyer ensuite l'évier, car il n'y avait pas non plus trace de sang ailleurs qu'en plein milieu de la pièce, où je crois qu'il a été tué, et autour de l'endroit où son corps a été placé. Il y avait des éclaboussures un peu partout, et quelques gouttes provenant de l'arme, mais…

Il s'arrêta de parler en remarquant Edna, qui venait d'entrer avec un plateau de victuailles. Et Miss Jones sur ses talons. Elles installèrent le petit déjeuner sans piper mot, puis se hâtèrent de ressortir dès que je les eus remerciées.

—Avez-vous une idée de l'heure à laquelle c'est arrivé, docteur Gosling ? m'enquis-je.

—Rien de très précis. J'ai pris sa température, mais je vais devoir compulser mes manuels pour voir comment la chaleur ambiante a pu influer sur les tissus. La flaque de sang la plus étendue était encore assez liquide, mais certaines des taches plus petites avaient complètement séché, ce qui nous indique qu'il était là depuis plus d'une heure. Cela dit, nous le savions déjà, puisqu'il nous a fallu plus d'une heure pour parvenir sur place depuis la ville après le coup de fil de…

—C'était Hancock, précisa l'inspecteur. Qui rentrait chez lui à bicyclette de… disons simplement d'« ailleurs », pour m'éviter de rougir.

—Encore un coquin de chenapan qui apporte de la joie aux dames du district ? fit Mlle Caudle.

—Hancock ? s'esclaffa lady Hardcastle. Il tient plus du chiot à l'impatience charmante que du coquin chenapan.

—Certaines filles aiment bien les chiots impatients, commenta Mlle Caudle en touchant la main du docteur Gosling.

—En fait, ce qui m'intéresse le plus, c'est le fait qu'il soit « encore un » coquin de je ne sais quoi, reprit le docteur. Combien avez-vous de ces canailles qui arpentent la campagne ?

—Oh, tu serais surpris, mon chéri, lui répondit Mlle Caudle. Feu Moses Peppard était un sacré vagabond, d'après les dires d'Edna.

—Ah oui ? intervint l'inspecteur. Voilà qui est intéressant. Pour ce qui est du jeune Sam Hancock, quelles que soient ses qualités de séducteur, il passait devant la tonnellerie un peu après 6 heures quand il a remarqué que les portes en étaient ouvertes. Comme il était inhabituel que Peppard soit au travail de si bonne heure, il est allé voir... il a un bon instinct policier, ce garçon. Il a trouvé le corps, puis repris sa bicyclette pour rentrer au village à fond de train et téléphoner à Bridewell.

—Peppard était donc mort avant 6 heures, déduisit le docteur Gosling.

—Assez longtemps avant 6 heures pour qu'Hancock, en arrivant, n'ait pas vu trace du tueur, ajouta lady Hardcastle.

—Effectivement, acquiesça le docteur Gosling. Mais je ne saurais vous donner d'indications plus précises pour le moment.

—Sans vouloir t'offenser, mon chéri, voilà qui n'arrive pas au niveau d'acuité médicale que j'espérais, commenta Mlle Caudle.

—Je laisse les spéculations et autres suppositions farfelues aux esprits bien supérieurs au mien, dit-il. Je ne peux que tirer des conclusions à partir des faits que j'ai face à moi. Et tels sont les faits dont je dispose pour l'instant.

—Nous allons approfondir la question devant des œufs et des toasts, annonça ma patronne. Je suis affamée. Eh bien, tiens, sont-ce là les saucisses disparues ?

Nous nous assîmes tous à table.

10

Les deux messieurs nous quittèrent peu avant midi, mais Mlle Caudle réitéra sa proposition de nous aider. À laquelle lady Hardcastle consentit gaiement.

—C'est toujours un plaisir de vous voir, ma chère. Nous ne venons pas du tout assez souvent en ville et nous apprécions énormément votre compagnie.

—Vous êtes trop aimable, répondit Mlle Caudle. Si vous voulez bien m'excuser une demi-heure, le temps que je jette sur le papier le brouillon d'un article pour le *News*, j'adorerais passer l'après-midi avec quelqu'un qui ne sent pas le désinfectant.

Ma patronne s'esclaffa.

—Le cas échéant, nous pourrons toujours en verser un peu sur un linge s'il s'avérait finalement qu'il vous manque de trop.

—Je vous le ferais savoir, si cela s'avérait. Oh, et pourrais-je utiliser votre téléphone, plus tard, aussi ?

—Bien entendu, tout ce que vous voudrez.

—Je dois rédiger l'article en personne, toutefois il est plus rapide de le dicter au téléphone. Ils vont rouspéter et se plaindre, d'autant plus parce que c'est moi. La place d'une femme est aux pages Société, comme ils ne se lassent jamais de me le rappeler. Cependant, je leur ai rapporté plus que ma part de scoops depuis que nous avons démêlé l'histoire des suffragettes, alors ils finissent toujours par m'accorder ce que je demande, même à contrecœur. Et ils adorent le glamour et le côté romantique qu'il y a à être les premiers à sortir une histoire, donc ils prendront mon article, même si l'un d'eux doit le recopier au téléphone.

—Notre téléphone est votre téléphone, ma chère Dinah. Je m'en vais reprendre un bain tiède, puis je serai au jardin quand vous en aurez terminé.

Le petit déjeuner ayant été aussi tardif, j'indiquai à Miss Jones de ne pas préparer de déjeuner, que je m'en chargerais moi-même.

—Oh, ça me dérange pas. Je peux vous faire des patates, si vous voulez, me répondit-elle. Les « presque nouvelles », je les appelle. Les pommes de terre nouvelles sont passées, mais celles-là ont pas encore les pousses qu'on aura plus tard dans l'année. Elles seront parfaites, bouillies. Et y a des pois, si ça vous dérange pas de les écosser.

—Je peux m'en charger pendant que nous sommes assises au jardin. Il n'y a que quatre côtelettes, cela suffira pour trois, n'est-ce pas ?

—J'me suis dit que vous étiez un peu généreuse à en prévoir deux par personne, quand j'ai vu leur taille, pour tout vous avouer. Y aura largement assez. Si vous avez encore faim, y reste du pudding aux fruits rouges dans le garde-manger. On avait du pain à passer.

—Parfait. Merci. Si vous ou votre mère voulez la dernière côtelette, servez-vous.

—Ah j'veux bien, merci. Vu que not' m'man supporte pas l'agneau, j'en cuisine jamais. Elle pourra manger son jambon bouilli et moi, je me ferai une délicieuse côtelette.

—C'est donc décidé ainsi. Si vous avez besoin de menthe dans notre nouveau jardin d'herbes aromatiques, n'hésitez pas à vous servir aussi.

Miss Jones avait beaucoup insisté, dès qu'elles avaient été en vente chez Weakley, le primeur, pour que nous brossions les pommes de terre nouvelles plutôt que de les éplucher. Elle en avait eu la lubie après avoir lu quelque chose quelque part et il faut avouer que c'était fort bon. Ayant emporté un bol de petits pois, je la laissai au frottage de ses patates.

Revenue de son bain, lady Hardcastle était affalée dans son fauteuil, à lire un livre.

—Nous avons de la compagnie, lui rappelai-je. Faut-il vraiment que vous vous asseyiez les jambes écartées comme ceci ?

—Oh, cela ne dérangera pas Dinah. Et c'est si confortable.

—C'est grossier.

—Pharisienne.

—Souillon.

—La ferme et écossez vos pois.

Je la laissai à son livre et m'attelai à mon bol de pois. Il y a quelque chose d'immensément satisfaisant dans l'écossage des pois. La façon dont la coque se fend lorsque vous appuyez dessus, la manière dont les petits… De quelle famille font partie les pois ? Des graines ? Bref, la sensation qu'il y a à les pousser avec le pouce pour les détacher de leur petit point d'ancrage. Et bien sûr, les goûter. Il y a une exquise fraîcheur dans un pois tout juste écossé que je trouve quasi imbattable.

J'étais perdue dans mes plaisirs légumineux lorsque Mlle Caudle ressortit de la maison. Son arrivée me fut annoncée par les paroles dont lady Hardcastle l'accueillit.

—Venez donc vous joindre à nous, ma chère.

Et je notai non sans un certain amusement qu'elle était soudain assise bien droite sur son siège.

—Ah, volontiers. C'est ça, la vie, pas vrai ? Le soleil d'été, un jardin à la campagne, une carafe de… ce que cela peut bien être.

—Un sirop de fleur de sureau, répondis-je.

—Parfait. Puis-je… ?

Je lui en versai un verre et elle s'assit avec nous à l'ombre du pommier.

—Comment diable faites-vous ? demanda-t-elle au bout d'un moment.

—Faire quoi, ma chère ? fit ma maîtresse.

—Les cadavres et autres bons à rien, jour et nuit. Cela n'a-t-il pas le don de gâcher l'ambiance, de ne voir que le pire chez les gens ?

—Nous fréquentons aussi les gens les plus nobles et les plus héroïques, ne l'oubliez pas. Des gens qui consentent d'immenses sacrifices pour leur famille, leur pays, leurs principes.

—Mais même cela doit fendre le cœur. Vous êtes confrontées à la mort sur une base… bon, j'allais dire « quotidienne », ce qui n'est pas du tout exact, cependant, vous voyez dix mille fois plus de morts violentes que la moyenne des femmes.

—Il faut bien que quelqu'un se les coltine, répondis-je. Que quelqu'un se confronte aux tyrans et aux agresseurs, aux meurtriers et aux assassins. Si ce n'est nous, alors qui ?

—Certes, mais… (Elle laissa sa phrase en suspens.) Eh bien, je vous admire énormément, voilà. Je me rappelle, la première fois que nous nous sommes rencontrées à ce festival d'images animées, ou je ne sais comment il était appelé, à Littleton Cotterell. Je vous avais trouvées insupportables, toutes les deux. Mais après l'affaire de Lizzie Worrel et des suffragettes, et maintenant les horreurs de ce matin… enfin… vous êtes remarquables, c'est tout. L'une comme l'autre.

—Merci, répondit lady Hardcastle. Vous êtes adorable. Mais comme le dit Flo, quelqu'un doit bien s'y coller.

—En partie, peut-être. Vous pourriez arguer que peu de gens sont aussi qualifiés que vous pour ce qui est de votre travail auprès du gouvernement. Mais cela ? Personne n'attend de vous que vous observiez des crânes défoncés à 8 heures un samedi matin et que vous tâchiez de confondre le coupable. Ollie Sunderland est un homme capable. Il finira par trouver notre tueur.

—Oh oui, c'est quasiment certain, je suis d'accord. Il nous faut donc admettre que nous aimons cela, sans doute, n'est-ce pas, Flo ?

—En tout cas, moi oui, acquiesçai-je. Et nous formons une équipe.

—Une équipe remarquable, renchérit Mlle Caudle. Si jamais vous vous retirez de votre travail gouvernemental, j'aimerais écrire votre biographie à toutes les deux. Partager vos exploits. Votre courage. Votre dévotion sans faille à votre devoir. Des femmes au service de leur pays, etc., etc.

—Par ma foi, ma chère, comme vous y allez, dit ma patronne.

—Je suis sincère. Nous pourrions aussi expliquer vos méthodes. Tenter de comprendre comment vous fonctionnez si bien ensemble.

—Oh, ça, c'est simple, expliquai-je. Elle agace les gens et moi, je les empêche de lui faire du mal. L'organisation n'est pas bien compliquée.

—Oh, sornettes.

—Si, c'est vrai, convint lady Hardcastle. Je serais morte dans quelque fossé d'Europe centrale, sans Flo.

—Je vous ai déjà entendue l'affirmer et c'est n'importe quoi. Bon, je ne vais pas vous embarrasser plus longtemps avec mes compliments, je pensais juste que quelqu'un devait vous dire combien vous êtes merveilleuses.

—Le même quelqu'un qui a vomi dans les bégonias, fis-je.

—Les hortensias, corrigea-t-elle.

—Sur le sujet botanique, vous n'avez aucune chance de l'améliorer, intervint ma maîtresse. Flo, qu'est-ce que cela ?

Elle désignait une fleur épineuse.

—Des zinnias, répondis-je, pleine d'assurance.

—Non, toujours un dahlia. Vous voyez ? Un cas désespéré. Elle peut toucher le sourcil d'une fourmi d'un lancer de couteau à vingt pas, ou mettre à terre un Bulgare de cent kilos d'un tour de son menu poignet, en revanche elle est incapable de distinguer un buddleia d'une grenouille-taureau.

—Pour moi, tout ça, ce ne sont que des fleurs. Hormis la grenouille-taureau. Cependant, je sais au moins écosser les pois, ajoutai-je en levant mon bol. Et les cuisiner. Quand souhaitez-vous manger et que faisons-nous ensuite ?

—Pour le dîner, vers 18 heures, répondit ma maîtresse.

—Et je veux voir le verger, ajouta Mlle Caudle. Simeon m'en a parlé.

—Nous pourrions y aller maintenant, si vous voulez, proposa lady Hardcastle.

—Non, je veux voir l'endroit où ils pratiquent leurs rituels. De nuit.

La Rolls et la Rover n'ayant que deux places chacune, nous dûmes les prendre toutes les deux pour notre escapade nocturne. Mlle Caudle n'ayant aucune idée de l'endroit où nous allions, je montai avec elle pour lui servir de navigateur après l'avoir aidée à faire démarrer son moteur.

Lady Hardcastle avait promis d'y aller doucement, pourtant, le temps que nous empruntions le sentier qui sortait du village vers le nord, elle avait déjà pris une belle avance.

—Oh, zut ! s'exclama Mlle Caudle alors que l'unique feu rouge à l'arrière de la Silver Ghost disparaissait dans l'obscurité. Je l'ai perdue. Désolée. Il aurait peut-être mieux valu que vous conduisiez.

—Ce n'est pas loin, la rassurai-je. Ne vous tracassez pas. Et nous n'aurions pas réussi à la suivre non plus si j'avais été au volant. La Rolls est tout bonnement trop rapide.

—Avec elle aux manettes, c'est un fait, admit-elle en se penchant pour scruter les ténèbres.

—Oh, elle peut l'être aussi avec moi aux manettes, répliquai-je, quelque peu sur la défensive. C'est juste que je choisis la prudence.

—Oh, ma chère, non, ce n'est pas du tout ce que je sous-entendais. Il est admirable de votre part de choisir la prudence. Sim, au contraire, ne choisit pas. Il semble physiquement incapable d'aller plus vite au volant qu'une personne à pied. C'est tout bonnement insupportable. Droite ou gauche ?

—Quoi ? fis-je, perdue.

—Je tourne à droite ou à gauche ?

—Ah. Oui, pardon. À gauche. À droite, vous atterririez à la laiterie et puis sur la route de Gloucester, près de la tonnellerie. Le verger sera sur notre droite d'ici environ un *mile*.

—Dacodac.

Je vis sa jambe se tendre quand elle pressa sur la pédale d'accélérateur, pourtant nous continuâmes à nous traîner à une allure de mémères. Quelques minutes plus tard, nous aperçûmes la lueur des feux de la Silver Ghost devant nous. Pour une raison inconnue, lady Hardcastle s'était arrêtée un peu après le portail du verger, et nous nous garâmes derrière elle. Ayant éteint ses feux, elle vint à notre rencontre.

—J'ai jugé plus judicieux de ne pas nous garer directement devant le portail, dit-elle, anticipant la question qui se formait déjà sur mes lèvres. Ce n'est pas comme s'il y avait beaucoup d'autres endroits où les passagers de deux automobiles auraient pu se rendre au beau milieu de la nuit, mais je me suis dit qu'il valait toujours mieux jeter un semblant de doute quant à nos activités si nous étions arrêtées à quelques mètres le long de la route.

—Y a-t-il des risques qu'on se demande ce que nous fabriquons ici ? s'enquit Mlle Caudle. Il n'y a personne dans les parages.

—Nous savons que les Weryers sortent la nuit. Et puis, il y a un tueur dans la nature. Qui sait qui peut bien rôder dans la pénombre ?

—Oh, ça alors, de l'aventure enfin ! s'exclama Mlle Caudle, tout excitée. Je n'ai rien fait d'aussi exaltant depuis ce fameux jour, avec vous, sur les quais. Nous nous étions déguisées en ouvriers, vous rappelez-vous ?

—Si c'est là votre idée d'une petite soirée amusante, lui dit ma patronne, nous devrions vous emmener plus souvent dans nos « aventures ». Nous pourrions même donner à cela un caractère officiel, si vous voulez. En tout cas, je vous recommanderais sans hésiter auprès de Harry. Vous êtes exactement le genre de personnes qu'il recherche.

—Ne vous emballez pas, ma chère Emily. Errer dans un verger désert me suffit largement pour le moment. Ne nous avançons pas de trop.

—Si vous changez d'avis, vous n'aurez qu'un mot à dire. Le pays va avoir besoin de femmes telles que vous, si la situation se détériore encore sur le continent.

—Je le garderai à l'esprit, promit Mlle Caudle, avec une bonne dose d'amusement dans la voix.

À ce stade, nous avions atteint le portail et lady Hardcastle scruta les ténèbres du bois qui s'étendait devant nous. La nouvelle lune ne nous aidait pas du tout.

—Nous aurions dû apporter une lampe torche, dit-elle.

—Comme celle-ci ? suggérai-je en actionnant l'interrupteur pour illuminer l'allée.

—Si vous finissez par décider d'entrer dans notre domaine d'activité, confia lady Hardcastle à Mlle Caudle, insistez vraiment pour qu'ils vous associent avec un ou une partenaire telle que Flo. Cela vous facilitera grandement la vie.

Je passai devant et les guidai à travers les arbres jusqu'à la première clairière. Nos yeux s'étaient accoutumés à la pénombre, si bien que même la modeste lueur jaune de la lampe torche donnait vie au verger, comme par magie.

—Ça alors, chuchota Mlle Caudle, non sans une certaine révérence dans la voix, c'est quelque chose, pas vrai ? L'on comprend pourquoi les anciens ont pu vénérer leurs divinités ici.

Elle n'avait pas tort. Le verger était déjà assez impressionnant de jour, mais dans le noir, il prenait un tour encore plus mystique.

—Attendez de voir la seconde clairière, l'avertis-je. Venez.

Je les précédai sur la pelouse, en me demandant soudain comment ils la conservaient aussi courte. L'herbe était-elle tondue ? Y amenaient-ils quelques moutons de bonne volonté de temps en temps pour tout brouter ? Je devrais peut-être interroger quelqu'un sur le sujet. Mattick saurait me répondre. Les pommiers largement espacés étaient plus faciles à traverser et nous ne tardâmes pas à nous retrouver dans la clairière intérieure.

—Oh là là, commenta Mlle Caudle en regardant autour d'elle. Est-ce un autel, là-bas ?

—Oui, répondit lady Hardcastle. Il est merveilleux, éclairé par la lumière de ces braseros.

—Quels braseros… ? Oh, je les vois. Quel endroit magnifique ! Les imaginez-vous, il y a des milliers d'années, se tenant ici même, à vénérer leurs dieux ? C'est tellement…

Elle se tut brusquement et pivota sur elle-même.

—Qu'est-ce que c'était ? chuchota-t-elle.

—Qu'est-ce que c'était quoi ? demandai-je en dirigeant la faible lueur de la torche çà et là dans la clairière.

—Là, dit-elle, le doigt tendu. Quelque chose a bougé.

Je braquai le faisceau dans la direction indiquée, mais ne vis rien.

—Un blaireau ? suggéra lady Hardcastle. Un renard ?

—Non, c'était plus gros que cela. Regardez, le revoilà.

Cette fois, je le vis aussi, mais la lampe torche n'éclairait pas assez bien pour que nous discernions exactement de quoi il s'agissait.

—C'était un homme, déclara Mlle Caudle. J'en suis sûre.

—Une femme, je dirais, corrigea lady Hardcastle. Jupe longue, châle, taille au-dessus de la moyenne. Assez jeune, à en juger par son agilité.

—Comment pouvez-vous… ? s'étonna Mlle Caudle.

—C'est l'un de ses nombreux talents, répondis-je. Elle a une vue remarquablement aiguisée, même dans la lumière la plus basse. Cela nous a tiré de pas mal de situations épineuses.

—Ne devrions-nous pas nous lancer à sa poursuite ?

—À quelle fin, ma chère ? lui demanda ma patronne. Que ferions-nous si nous l'attrapions ?

—Nous pourrions savoir qui elle est et ce qu'elle fait ici.

—Nous avons une assez bonne idée de son identité, lui indiquai-je.

—Qui donc ?

—D'après sa description, probablement Grace Chamberlain.

—Exact, confirma ma maîtresse. Et pour ce qui est de découvrir ce qu'elle faisait ici, il nous suffira d'aller au Dog and Duck et de le lui demander. Elle est descendue au village.

—Qu'attendons-nous, dans ce cas ? s'impatienta Mlle Caudle.

—Il n'y a pas d'urgence. Nous avons deux automobiles et elle est à pied. Ou au mieux à bicyclette, même si je ne vois pas bien où elle en aurait trouvé une. Si vous avez vu tout ce que vous souhaitiez voir ici, nous pouvons regagner tranquillement nos véhicules et même, sans nous presser, nous installer au pub du village avant elle.

—Allons-y, alors, accepta Mlle Caudle. Ne traînons pas.

Sur quoi elle reprit le chemin par lequel nous étions arrivées, d'un pas tout sauf tranquille. Lady Hardcastle et moi la suivîmes. Même à la lueur de la lune, je voyais le grand sourire de ma maîtresse.

Mlle Caudle reprit le volant et nous ramena au village à une allure bien plus confiante qu'à l'aller, même si elle restait limitée par le minuscule moteur de la Rover. Le temps que nous arrivions au Dog and Duck, lady Hardcastle était déjà installée.

—… et ce que ces deux-là voudront prendre, conclut-elle alors que nous entrions dans la salle du bar.

—Je… Oh, je pense que je ferais mieux d'opter pour un cordial, dit Mlle Caudle. Je ne serais pas assurée de conduire après avoir bu. Pensez-vous que ce soit sûr ?

—Je n'ai lu aucune étude sur le sujet, lui répondit lady Hardcastle, cependant la raison voudrait qu'une personne aux commandes d'une tonne de métal soit également en pleine possession de ses moyens. J'ai aussi commandé un cordial. Le Vieux Joe en a un spécialement pour moi.

—Un cordial pour Miss Caudle alors ? s'enquit Daisy.

—Je pense que c'est préférable, répondit l'intéressée.

—Et toi, ma Flo ?

—Je prendrai un cognac. Un grand.

—Deux cordiaux citron vert et un grand cognac à suivre !

—Oui, et prenez quelque chose pour vous, ajouta lady Hardcastle.

—J'dis pas non, M'dame, acquiesça Daisy avec un sourire. Un cidre descendrait tout à fait bien.

Sur ce, elle s'occupa de nous servir nos boissons.

—Quelle porte utilise Grace Chamberlain ? lui demandai-je.

—Comment ça ?

—Quand elle entre et sort, quelle porte utilise-t-elle ?

—Ah, je vois. Le fumoir, la plupart du temps. Elle aime pas passer par la salle du bar, j'crois.

—Merci, Dais. Allons, Mesdames, tenons plutôt séance dans le fumoir, si nous désirons rencontrer la jeune Grace.

—Oooh, fit Daisy, pourquoi vous voulez la voir ?

—Un besoin de satisfaire notre curiosité collective, éluda lady Hardcastle en se dirigeant vers la porte du fumoir.

J'adressai un clin d'œil à Daisy.

—Je te raconterai, promis-je avant de suivre les autres.

Mlle Caudle prit place dans un angle.

—Voilà qui me rappelle des souvenirs, dit-elle. J'étais assise ici même, à discuter avec le vieux Machinchose, avec sa veste verte et son énorme cravate.

—Aaron Orum, précisai-je.

—Exact, c'est lui ! Comment mémorisez-vous des noms pareils ?

—C'est l'un de ses nombreux talents à elle, répondit lady Hardcastle. Tout comme corriger les gens lorsqu'ils se trompent de nom : ça, c'est l'un de ses petits plaisirs spéciaux. Parfois, je me trompe exprès, rien que pour voir sa mine, sur sa petite figure, quand elle me corrige.

Je tirai la langue pile au moment où la porte s'ouvrit. Grace Chamberlain entra et ôta son châle.

—Bonsoir, ma chère, l'interpella lady Hardcastle.

—Oh… Rebonjour.

Elle se hâta de traverser la petite salle.

—Restez donc prendre un verre avec nous, voulez-vous ? insista ma patronne.

—Merci, mais non. Je suis fatiguée, j'aimerais me coucher.

—Un petit verre avant de dormir et une compagnie conviviale vous aideront à bien dormir. Et puis, vous pourrez nous raconter votre promenade. Comment avez-vous trouvé le verger ?

Mlle Chamberlain pivota aussitôt.

—Je vous demande pardon ?

—Le verger, ma chère. C'est si joli, là-bas, à cette heure de la nuit, ne trouvez-vous pas ?

—Mais enfin, je ne vois pas du tout de quoi vous parlez, rétorqua la jeune femme.

Sur ce, elle sortit d'un pas pressé par le bar. Puis nous entendîmes ses pieds marteler l'escalier : elle montait dans sa chambre.

—Eh bien, au temps pour votre idée, conclut Mlle Caudle. Nous aurions mieux fait de la prendre en chasse, tout compte fait.

—Sa réaction confirme que c'était bien elle, fit ma patronne. Et elle nous aurait envoyées balader avec la même emphase si nous l'avions confrontée sur la route, dans le noir. Nous n'aurions rien pu tirer de plus d'elle.

—Bien, c'est vous qui savez, j'imagine. Et maintenant ?

—Il n'est pas grand-chose de plus que nous puissions faire concernant l'affaire. Nous pourrions souper ici et retourner à la maison faire une partie de cartes, si cela vous agrée. Ou bien jouer de la musique. Je ne vous ai jamais posé la question : jouez-vous ?

—Un peu, répondit Mlle Caudle, avant de regarder l'horloge. Mais une autre fois, je pense. Je ferais mieux de rentrer chez moi. Ma logeuse se fait un plaisir de me mener la vie dure si je rentre tard.

—Bien sûr, ma chère. Mais appelez-nous, surtout, si des idées vous viennent. Nous accordons beaucoup de valeur à vos remarques.

—Je n'y manquerai pas. Simeon devrait me tenir au courant des avancées majeures, mais si de votre côté vous pouviez me donner des nouvelles, cela aiderait peut-être à stimuler mes idées.

—Marché conclu.

Nous finîmes nos verres, dîmes bonsoir à Daisy et repartîmes chacune chez nous.

11

Peu après le déjeuner, le lundi, l'inspecteur Sunderland arriva avec des nouvelles de l'autopsie. Lady Hardcastle était à la salle à manger avec le tableau du crime, qu'à mon grand étonnement elle avait transporté elle-même du salon d'été après le petit déjeuner.

—N'ayez pas l'air si surprise, répliqua-t-elle devant mon sourcil arqué. Je sais porter des choses.

—Savoir et être disposée à faire sont deux attitudes tout à fait différentes, arguai-je. Comme vous ne manquez jamais de me le rappeler.

—Nécessité fait loi, quand le diable fait le café, ma chère.

J'introduisis l'inspecteur dans la salle à manger.

—Ah, Inspecteur. Entrez, entrez. Nous avons déjà mangé, mais je suis sûre que Miss Jones pourrait vous préparer un petit frichti, si vous avez un creux.

—J'ai mangé mes sandwichs dans l'auto en venant, merci, Madame.

—Oh, mon pauvre ami, cela ne fera pas du tout l'affaire. Manger est l'un des grands plaisirs de la vie. Il ne faut pas engloutir son déjeuner tout en s'adonnant à une autre activité. Il faut prendre son temps. En savourer toute la joie.

—Je ne dirai pas le contraire, si ce n'est que le temps n'est pas un luxe qui nous est octroyé, à nous les gars de la police.

—Je suis presque déçue. Je vais écrire à votre agent en chef et exiger que ses officiers bénéficient de vraies pauses déjeuner.

—Je vous en prie, faites donc, Madame, toutefois je doute qu'il aura le temps de lire votre lettre. Il sera trop débordé.

—Nous pouvons tout de même vous proposer un thé, n'est-ce pas ? Un café ?

—Une tasse de thé ne serait pas de refus, merci.

J'allai à la cuisine attraper Edna avant qu'elle ne s'en aille pour l'après-midi, non sans maudire une énième fois l'architecte qui n'avait pas songé à doter cette maison d'un système de cloches, et lady Hardcastle qui ne les avait pas fait installer après notre emménagement.

Le temps que je revienne, je les trouvai en train d'examiner le tableau du crime.

—... manigance assurément quelque chose, disait ma patronne.

—J'avais tiré la même conclusion, acquiesça l'inspecteur. Je n'ai rien réussi à obtenir d'elle quand je l'ai questionnée la semaine dernière. On considère comme une erreur élémentaire le fait de se baser ainsi sur des intuitions infondées, je le sais, cependant j'ai interprété sa réticence à parler comme une intention de camoufler.

—Grace Chamberlain ? supposai-je.

—Elle-même, confirma-t-il. Sa présence hier soir sur la scène du premier meurtre est à tout le moins suspecte, vous en conviendrez, non ?

—Tout à fait. Néanmoins, cela irait aussi bien dans le sens de la suggestion du docteur Gosling.

—Rafraîchissez-moi.

—Qu'elle fasse du tourisme meurtrier.

Il rit.

—S'il a raison, je leur paie un dîner dans un restaurant chic, au bon docteur et à Mlle Caudle, dit-il. Tourisme meurtrier, tu parles.

—Le thé arrive dans quelques minutes, annonçai-je en m'asseyant. Edna est occupée à quelque tâche très technique impliquant une serpillière. Je n'ai pas voulu m'enquérir plus avant des détails.

—Cela ira parfaitement, répondit-il. Je ne suis pas pressé. En fait, je suis passé dans l'espoir de titiller vos cerveaux imaginatifs.

—Par ma foi, répondit lady Hardcastle, voilà qui est très flatteur.

—Comme je le disais lorsque vous m'avez ouvert, j'apporte des nouvelles de l'autopsie. Gosling confirme que la mort a été causée par un unique coup porté à l'os frontal, à l'aide d'un objet lourd et contondant.

—Un marteau de tonnelier, conclus-je.

—Ce serait certainement le plus probable, n'eût été le fait que les deux marteaux de Peppard ont été retrouvés aussi propres que des sous neufs. Sans trace de sang, du moins. Les tests de Gosling ont révélé d'infimes traces montrant qu'ils ont été éclaboussés de gouttelettes. Autrement dit, soit il y avait un troisième marteau que le tueur a emporté avec lui…

—Ou la tueuse, l'interrompis-je.

—Ou la tueuse, oui. Soit il ou elle a apporté son propre marteau.

—Un tonnelier rival venu se débarrasser de la concurrence, tenta lady Hardcastle.

—À l'heure qu'il est, Madame, cette supposition est aussi plausible qu'une autre.

—Que me voilà ordinaire, alors. Où nos pouvoirs imaginatifs tant vantés entreraient-ils en jeu ?

—J'ai besoin de vous pour résoudre une énigme des plus abstruses. Trouvez-moi une raison pour expliquer qu'il ait serré ceci dans ses poings.

Edna choisit cet instant précis pour entrer avec le plateau à thé et il attendit qu'elle soit repartie pour fouiller dans sa poche et en ressortir un ensemble salière-poivrière en métal argenté. D'un style démodé, quelque peu cabossé, au placage même usé par endroits. Les deux pièces étaient identiques en taille et en forme, à l'exception des gravures sur le flanc. L'une portait un « S » majuscule pour « sel », l'autre un « P » pour « poivre ».

Lady Hardcastle les lui prit des mains.

—Comme c'est étrange. Elles ne sont pas particulièrement précieuses, mais n'ont pas non plus l'air suffisamment bon marché ou insignifiantes pour qu'il les conserve dans son atelier. Tous ses autres trucs et bidules étaient de moindre facture. Superflus, pourrait-on dire, comme ses tasses ébréchées, sa vieille théière en fer-blanc… Ces deux pièces-là, quelqu'un les aimait.

Elle me les tendit.

—Ma tantine en avait de pareilles, commentai-je. Elles faisaient partie d'un service à condiments, avec une petite bouteille de vinaigre et un pot de moutarde avec sa minuscule cuillère en plaqué argent. C'était un cadeau de mariage, qui faisait sa fierté et sa joie.

—Je me souviens de quelque chose de semblable chez ma tante aussi, renchérit l'inspecteur. Bon, je pars du principe qu'elles ont une importance encore à déterminer. Soit Peppard les a empoignées dans ses derniers instants, même si je vous accorde que c'est peu probable, étant donné la façon dont il est mort et notre supposition conjointe que ces objets n'étaient pas de son atelier ; soit le tueur les a placées là où elles ont été trouvées. Or je suis bien en peine de deviner pourquoi, voilà donc ce qui m'amène ici.

—Un lien avec la table ? suggérai-je. Cridland avait une pomme dans la bouche et ils étaient tous les deux assis bien droits. Peut-être comme des gloutons à une table de dîner symbolique ?

—C'est assurément une interprétation plausible, admit-il. Si vous me trouvez une raison pour laquelle quelqu'un aurait pu vouloir dénoncer ce défaut chez eux, alors nous pourrions tenir un mobile pour les crimes.

—Un beau casse-tête, n'est-ce pas ? commenta ma patronne. Les deux hommes ont été tués de manière différente mais, une fois morts, tous deux traînés et placés assis avec un objet relié à la cuisine sur eux.

—Bien, je vous laisse y réfléchir.

—Bien sûr, cher inspecteur.

Une idée me traversa soudain.

—Sid Palmer ? Pat Swanton ?

—Je vous demande pardon, mademoiselle ?

—Les initiales, « S » et « P ». Et si elles ne signifiaient pas seulement « sel » et « poivre » ? Et si le dernier geste de Peppard sur cette terre avait été de s'emparer d'un indice afin de révéler l'identité de son assassin ?

—Qui sont ces messieurs ? J'ai entendu parler de Palmer, certainement, mais Swanton ? Et quel lien ont-ils avec Peppard ?

—La candidature de Pat Swanton a été rejetée par les Weryers et il leur en veut, expliquai-je. Cridland et

Peppard étaient deux des trois membres à avoir voté contre lui.

—Je vois. Et qui était le troisième ?

—Abel Mattick, le cidrier.

—Tout se tient, acquiesça lady Hardcastle, cependant j'en reviens systématiquement à notre idée de départ : le sel et le poivre n'étaient pas dans l'atelier. Et outre cela, lorsque l'on a peur pour sa vie, a-t-on vraiment la présence d'esprit de saisir deux objets afin de pointer vers l'identité de son tueur ?

—Nous ne sommes pas certains que la salière et la poivrière n'étaient pas à Peppard, insistai-je. Et puis, c'était un gars intelligent, après tout. Et s'il avait déjà songé au lien entre le S et le P en amont et que s'en saisir n'avait été qu'un réflexe inconscient quand il a vu qui l'attaquait ?

—C'était un homme grand et costaud, intervint l'inspecteur. Il se serait plutôt défendu, au lieu d'essayer de faire accuser son assaillant.

—Tenir ces deux objets lourds dans ses poings pourrait bien être un geste défensif, insistai-je. S'il n'avait pas l'habitude de se battre, avoir quelque chose de solide dans la main aurait ajouté du poids à ses coups. Il le savait peut-être. Bref, ce pourrait être les deux : un geste défensif et accusateur à la fois.

L'inspecteur resta songeur un instant.

—C'est un peu tiré par les cheveux, conclut-il enfin, toutefois ce n'est pas totalement exclu. Outre la similitude de ses initiales, que vient faire Sid Palmer là-dedans ?

—Lui aussi aimerait intégrer les Weryers, et cela fait un bon bout de temps, répondis-je. Il attend juste qu'une place se libère.

—Vous suggérez donc qu'il aurait pu les tuer afin d'augmenter ses chances de devenir membre ? Pourquoi eux en particulier ? Et pourquoi les deux, d'ailleurs ?

—Là, je sèche, j'en ai bien peur. Ce n'était qu'une supposition.

—Je vous ai demandé de lâcher votre imagination. Merci.

—Puisque c'est un poil tiré par les cheveux, reprit lady Hardcastle, que diriez-vous si Flo et moi creusions cette histoire de « SP » et « PS », pendant que vous suivez des pistes plus conventionnelles ?

—À votre guise, répondit l'inspecteur. Je suis toujours heureux d'avoir de l'aide.

—Dans ce cas, c'est ce que nous allons faire. Et vous, quel est votre prochain objectif ?

—Parler à un ou deux de vos commerçants locaux… (Il ouvrit son carnet.) Lawrence Weakley, Septimus Holman et Joe Arnold.

—Le primeur, le boulanger et le tavernier, précisai-je.

—Ah oui, c'est cela ? Merci. Je savais qu'Arnold tenait le pub, mais j'avais cru que Weakley était le boucher. Bref, le plus important, c'est qu'ils sont tous membres des Weryers et, je suis tout à fait d'accord avec vous sur ce point, cette organisation détient la clé de l'affaire, sans l'ombre d'un doute.

—Ce sont tous de braves types, dit lady Hardcastle. Nous pouvons nous en porter garantes.

—C'est pourtant vous qui dites toujours que chacun est potentiellement suspect jusqu'à preuve du contraire, Madame.

—Oh, mais je ne dis pas qu'ils sont innocents, même si je serais très surprise, s'il s'avère qu'ils sont coupables, je dis juste que ce sont des types très convenables.

—Je n'en doute pas. Je promets de les traiter avec respect, Madame, ne vous inquiétez pas. Cependant, quelqu'un sait quelque chose sur tout cela et je ne découvrirai de qui il s'agit qu'en m'entretenant avec tout le monde.

—Et que comptez-vous faire de Grace Chamberlain ? m'enquis-je.

—À dire vrai, il n'y a pas grand-chose que je puisse faire. En dépit de ma forte conviction sur le sujet, le Parlement n'a pas encore voté de loi qui instaure le statut d'« insupportable insolence » comme un délit criminel, et tant qu'elle n'existe pas, je ne peux l'accuser de rien d'autre.

—Il y aurait bien « comportement décidément louche », suggérai-je.

—Toujours pas dans les statuts non plus, j'en ai peur. Mais ne vous tracassez pas, je la garde à l'œil. Quelle est l'atmosphère, au village ?

—Concernant les meurtres, vous voulez dire ? tint à préciser lady Hardcastle. Le pub était dénué de toute panique hier soir, mais c'est généralement le cas. Ils peuvent être sanguins, les clients du Dog and Duck. Cela dit, nous ne sommes pas allées au village aujourd'hui. Edna ou Miss Jones ont-elles mentionné quelque chose, Flo ?

—Pas un mot. Évidemment, elles étaient toutes les deux bouleversées, vous avez entendu ce qu'Edna a dit au sujet de Peppard. En revanche, elles n'ont rien dit concernant les autres villageois.

—Très bien, conclut l'inspecteur. Je me demandais juste comment la jouer, c'est tout.

—Vous allez très bien vous débrouiller, lui assurai-je. Vous êtes une personnalité appréciée. le sergent Dobson ne tarit pas d'éloges à votre sujet et ils l'écoutent tous. Vous ne devriez pas rencontrer de problèmes.

Il sourit.

—Nous verrons cela. Bien, Mesdames, merci pour le thé. Je ferais mieux de me mettre en route.

—C'est toujours un plaisir de vous voir, cher inspecteur, dit lady Hardcastle. Tenez-nous au courant de vos progrès.

Je le raccompagnai et m'en retournai à la salle à manger.

Nous continuâmes de réfléchir encore un petit moment devant le tableau du crime, mais sans parvenir à la moindre avancée. Au bout du compte, lady Hardcastle se leva.

—Bon, ma chère Flo, nous pouvons rester assises ici tout l'après-midi et n'aboutir à rien, je peux prendre un autre bain rafraîchissant, ou nous pouvons aller discuter nous-mêmes avec l'un des Weryers du village. Laquelle de ces possibilités a votre préférence ?

—Il y en a une quatrième, répondis-je. Nous pourrions interroger Pat Swanton.

—Ou ça, oui. Même si je ne sais pas trop où il pourrait bien se trouver un lundi après-midi.

—Parfait. Parmi les options restantes, la troisième me paraît la plus divertissante.

—J'ai très, très envie d'un bain, cela dit.

—Non, nous devons agir et parler à un Weryer. Mais lequel ? L'inspecteur s'occupe déjà des locaux.

—Il n'a pas évoqué Bob Slocomb : le laitier était absent de sa liste. Nous pourrions tranquillement nous rendre à la laiterie, échanger quelques mots avec

Slocomb et être de retour à temps au village pour nous joindre à l'un des autres interrogatoires de l'inspecteur.

—Il ne va peut-être pas très bien le prendre.

—Sornettes et billevesées. Nous sommes, comme vous nous le faites si souvent observer, des créatures exquises. Il sera content de nous voir.

—Très bien. Et Slocomb ?

—Quoi donc ?

—Sera-t-il content de nous voir ?

—Honorable madame, je vous renvoie à mon commentaire précédent. Tout le monde est content de nous voir.

J'aurais pu assez rapidement citer plus d'une dizaine de personnes qui auraient assurément été mécontentes de nous voir, mais ne relevai pas. Nous serions dehors, au moins, occupées à quelque chose d'utile quoi qu'il en soit.

—Je croyais que vous le connaissiez, reprit ma patronne. Vous êtes mieux placée que moi pour juger s'il serait content de nous voir ou pas.

—Bon, je l'ai rencontré à quelques reprises, certes, toutefois je n'irais pas jusqu'à affirmer que je le connais. Pour le peu que j'en ai vu, je dirais que c'est de lui que Cissy a hérité son sens de l'humour et sa bonne nature. Il se peut donc qu'il ne soit pas mécontent de nous voir arriver sans prévenir…

—Eh bien, voilà.

—… cependant je ne l'ai pas interrogé sur ses amis assassinés, les fois où je lui ai parlé.

—Tout ira bien. Mettez donc votre chapeau.

La laiterie se trouvait à moins de vingt minutes à pied et, si je n'avais pas été certaine que lady Hardcastle se plaindrait de la chaleur tout le long de ces vingt minutes, je lui aurais proposé de faire le trajet pédestrement. En l'occurrence, j'estimais que l'auto serait l'option la plus susceptible de préserver la bonne humeur de ma patronne. Nous nous garâmes donc dans la cour de la laiterie moins de dix minutes après qu'elle avait annoncé son intention de rendre visite aux Slocomb.

Nous trouvâmes Bob Slocomb à l'intérieur de sa laiterie, occupé à laver les ponts – ou quel que soit l'équivalent terrestre du terme. Il était pour ce faire armé d'un tuyau et d'une brosse aux poils rigides, dont il frottait énergiquement le sol.

—Bien le bonjour, Flo, lança-t-il avec un sourire. 'Tention, salissez pas vos jolis souliers. Attendez que je coupe l'eau une minute. (Il tourna le robinet et revint vers nous.) Et lady Hardcastle aussi. C'est un plaisir de vous voir toutes les deux, je dois dire. Que puis-je faire pour vous ?

—Nous nous demandions si vous pourriez nous accorder quelques minutes de votre temps afin de parler des Weryers, répondit ma patronne.

—Oh, ah… fit-il en opinant du chef. Not' Cissy a dit que vous aidiez l'inspecteur Chose.

—Sunderland, dis-je.

—Comme les saucisses ?

—Non, ça, c'est Cumberland, monsieur Slocomb.

—Ah oui, ah oui. Et appelez-moi Bob, mon petit. J'arrête pas de vous le répéter. Alors, qu'est-ce que vous voulez savoir sur les Weryers, M'dame ? J'peux pas vous raconter grand-chose sur les cérémonies et tout ça. Et pis, les œuvres de charité, c'est de notoriété publique.

—Nous sommes plus intéressées par les membres eux-mêmes, Bob, reprit lady Hardcastle. Quelle sorte d'hommes sont-ils, vos collègues Weryers ? Comment vous entendez-vous, tous ensemble ?

—On est un groupe disparate, vous savez les noms, hein ?

—Oui. Tout comme les détails de vos actions caritatives, la liste de vos membres semble être de notoriété publique.

—Elle l'est maintenant, oui. Fut un temps où tout ça était secret. J'me rappelle quand j'étais gosse, personne savait qui ils étaient. Y avait toujours des rumeurs, évidemment, mais personne était sûr. Et pis, y z'étaient pas mal puissants. Y z'avaient une grosse influence sur la vie du village, les Weryers.

—Comment exerçaient-ils cette influence si personne ne savait qui ils étaient ?

—Oh, ils faisaient connaître leurs désidératas, M'dame. Ils avaient leur façon. Un murmure ici, un commentaire là. Sans jamais se dévoiler, ils contrôlaient toujours tout. « Subreptices », qu'elle les appelle, notre Cissy. Elle lit des livres, et beaucoup, c'te donzelle. Ça lui vient de ce qu'elle est la plus jeune, voyez ?

—J'imagine, oui, acquiesça lady Hardcastle avec un regard à mon intention. Et au fil des ans, les Weryers ont perdu de leur mystère en même temps que leur influence ?

—Les deux vont ensemble, pas vrai ? Une fois que tout le monde sait qui y sont, les gens ont moins peur d'eux. Les Weryers disent aux gens c'qu'y faut faire, et y s'entendent répondre qu'ils ont qu'à aller se pendre.

—Le changement a-t-il été graduel ? m'enquis-je.

—J'crois qu'oui. Pour vous dire la vérité, je leur prêtais pas grande attention, à l'époque. Notre p'pa dirigeait la laiterie et je travaillais pour lui. J'avais une femme et une jeune famille à m'occuper. J'étais guère intéressé par une société secrète qui traînait ses guêtres dans le verger à cidre. Tout ce que j'sais, c'est qu'y a vingt ans, on savait rien sur eux, alors que maintenant, oui.

—Mais vous saviez qu'ils pratiquaient leurs rituels dans le verger, releva lady Hardcastle.

Il gloussa.

—Oh, ça, tout le monde le savait. On y allait les regarder, quand on était mômes. Ça fichait la frousse, voyez ? Les gosses, y z'aiment bien se faire peur, pas vrai ? Avec leurs torches, des gars encapuchonnés qui marmonnaient du charabia, c'était comme de ces histoires de fantômes que lit notre Cissy.

—Et comment est-ce maintenant ? demanda ma maîtresse.

—Mêmes torches, mêmes capuchons, même charabia. Ils disent que c'est de l'anglais, mais ça ressemble à aucun anglais que j'aie entendu. Donc oui, c'est comme ça a toujours été, sauf que maintenant, ça fait moins peur.

Lady Hardcastle sourit.

—Pardonnez-moi, je voulais dire : comment est-ce, au sein de l'organisation, maintenant ?

—Ah, d'accord. C'est devenu gentillet. Largement moins subreptice, comme qui dirait.

—Vous entendez-vous tous bien ? m'enquis-je.

Lady Hardcastle lui avait déjà posé la question, mais je trouvais qu'il l'avait éludée. Il y avait forcément plus à en dire.

—Il y a toujours quelques p'tites chamailleries, voyez. Douze bonshommes, enfin, dix maintenant, de tous les milieux. C'est forcé qu'il y ait des querelles de temps en temps.

—Quelque chose en particulier récemment ? enchaîna ma patronne.

—Rien de plus que la normale. Abel Mattick s'est pris le bec avec Claud Cridland et Moses Peppard sur un truc. Mais y tapaient sur les nerfs de tout le monde, ces deux-là. Vous savez que le Grand Protecteur se retire ?

—Oui, nous lui avons parlé l'autre jour.

—Donc vous savez aussi que ces deux-là visaient le poste ? Y se disputaient tout le temps. Moi, j'faisais pas attention, ça me regarde pas, mais le vieux Starks était en colère après eux. Il a dit qu'y z'apportaient le discrédit sur not' ordre. C'est peut-être ça qu'a énervé Mattick aussi.

—Peut-être, convint lady Hardcastle. Autrement, tous les autres étaient heureux ?

—Autant que d'habitude, répondit-il avec un sourire. Vous leur faites boire quelques verres du Mattick et tout le monde est content, pas vrai ?

—J'imagine que oui.

Dehors, quelqu'un appela.

—Papa ? Papa, où t'es passé ?

—J'suis là, Ciss.

Cissy apparut à la porte.

—Oh, bonjour, Flo. Lady H. Je m'demandais ce que votre belle automobile faisait garée dans not' cour. Je croyais que not' p'pa l'avait chipée.

—C'est ça, dit-il. J'allais justement l'amener à Gloucester pour la vendre, et ces deux-là ont débarqué pour m'arrêter.

—Elles peuvent pas t'arrêter, Papa, elles sont pas de la police.

—Tu m'as eu, Ciss. Pourquoi tu m'appelais ?

—Not' m'man veut te voir.

—Pour quoi faire ?

—Elle a pas dit.

—T'as pas demandé ?

—J'suis pas ta secrétaire. Demande-lui toi-même.

—Il va falloir m'excuser, j'en ai bien peur, Mesdames, nous annonça M. Slocomb. Le devoir m'appelle, vous savez c'que c'est.

—Certainement, lui répondit ma patronne, vous avez des affaires plus urgentes à traiter.

Slocomb nous quitta et nous ressortîmes dans la cour avec Cissy.

—Il est pas machin-chose, hein ? Suspect ? nous demanda-t-elle à voix basse.

—Non, ma chère, ne vous tracassez pas. Nous voulions juste en apprendre un peu plus sur les relations entre les Weryers.

—Les relations, oui, parlons-en, tiens, fit Cissy avec un regard entendu. Vous faites bien de poser la question.

—Ah ?

—Oui. Vous savez, je vous ai dit que j'avais vu Moses Peppard passer à vélo ici la semaine dernière, Dieu ait son âme ?

—En effet, confirmai-je. Nous l'avions croisé la veille de sa mort et il nous a expliqué qu'il avait rendez-vous avec l'épouse d'un fermier.

—Rendez-vous avec l'épouse de quelqu'un, ça pour sûr. Mais j'ai entendu dire que c'était pas celle d'un fermier. J'ai ouï dire que c'était Faith Mattick.

—L'épouse d'Abel Mattick ? voulut préciser lady Hardcastle. Une jolie dame ? Ronde de joues, et ample de… enfin, de partout ?

—Oui. C'est bien elle qu'on dit.

—« On » ? répétai-je.

—Ben tu sais, les gens.

—Y a-t-il de la vérité là-dedans ? s'enquit ma maîtresse.

—Qui sait ? En tout cas, c'est sûr qu'elle a l'œil baladeur, cette Faith. L'an dernier, c'était Claud Cridland qui froissait ses draps, pendant qu'Abel travaillait dur à la cidrerie.

—Pourquoi diable ne nous en as-tu pas parlé avant ? explosai-je, exaspérée.

—Vous avez pas demandé. Je suis partie du principe que vous saviez. Tout le monde est au courant.

—Mais est-ce vrai ? insista lady Hardcastle. Ou s'agissait-il encore de ces on-dit ?

—« On », M'dame ? répéta Cissy, tout sourire.

—Oui, ma chère. Vous savez… les gens.

—Ben, personne en est sûr, pardi, sauf Faith Mattick. Et j'parie qu'elle est pas pressée d'en causer à quiconque.

—Abel Mattick est-il au courant ? lui demandai-je.

—Faudrait qu'il soit sourd pour pas savoir.

—Mais Cridland et lui étaient amis, ou du moins le prétend-il.

—Les gens racontent des tas de choses, pas vrai ?

—Oui, en effet, concéda ma patronne. Flo, ma chère, je pense que nous devons faire un saut à la cidrerie au lieu de rejoindre l'inspecteur au village.

—Ça vous servira à rien, intervint Cissy. Y sont partis à Gloucester voir sa maman à elle. Elle aurait fait une chute, à ce qu'y paraît.

—Et la cidrerie ? m'enquis-je.

—Y a rien à y faire tant que les pommes sont pas ramassées, et la récolte est la semaine prochaine. Il a fermé et donné quelques jours de congé à ses employés, qu'ils profitent des derniers jours de soleil.

—Nous allons devoir espérer qu'ils reviennent, dans ce cas, conclut ma maîtresse.

—Y seront pas longs, j'crois pas. C'était pas bien grave. Elle avait juste besoin qu'on lui apporte quelques bricoles pour quelques jours. Et Abel va en profiter pour réparer ses sanitaires. Elle a plus personne depuis que le p'pa de Faith est mort, l'an dernier.

—Diable, mais comment savez-vous tout cela ? s'étonna lady Hardcastle, visiblement impressionnée.

—J'travaille dans un pub, non ? Les gens me racontent des choses.

—Il semblerait, oui. Nous devrions vous dégoter un travail dans un pub, Flo, cela nous éviterait bien des allées et venues.

—Pourquoi moi ? répliquai-je. C'est votre idée, allez-y, vous.

—Toutes les deux, vous feriez un tabac. Que ce soit au Dog and Duck ou au Mock of Pommey, peu importe. On vous adore.

—Qui donc ? demandai-je.

—Ben les gens ! répondirent de concert Cissy et lady Hardcastle.

Nous laissâmes Cissy en train de rire et reprîmes la route du village.

Je me garai devant le Dog and Duck, derrière l'auto de l'inspecteur Sunderland, et nous nous mîmes à sa recherche.

Daisy nous confirma que l'inspecteur avait déjà été vu au bar et qu'il avait parlé à Joe.

—Il a dit qu'il allait chez Holman ensuite, mais c'était y a une éternité.

—Merci, Dais, lui lançai-je. Oh, tu savais, toi, que Claud Cridland avait couché avec Faith Mattick ?

—C'est ce qu'on dit, en tout cas, oui.

—« On » dit ça ? (Non, pas question que je reparte là-dessus.) Pourquoi ne nous en as-tu rien dit ?

—Je croyais que vous saviez. Tout le monde était au courant. Enfin, je sais pas si ce qu'on savait était vrai, mais les deux villages entiers en parlaient.

—Quand était-ce ? demanda ma maîtresse.

—L'été dernier. Bon, ça a pas duré, notez. À un moment, on parlait que de ça, et puis très vite, on est passé à aut' chose. Je vais vous dire quand c'était : à peu près une semaine avant la fête du village. Vous étiez pas là, je crois.

—Ah, nous étions à Weston, ma chère, se rappela ma patronne. Vous souvenez-vous ?

—J'aurais du mal à l'oublier, répondis-je. Au passage, vous me devez toujours de vraies vacances dignes de ce nom.

—Oui, nous allons devoir y remédier. Mais cela explique pourquoi nous ne savions rien, pour Cridland et Mme Mattick.

—C'est pas non plus parole d'Évangile, remarquez bien, précisa Daisy. C'est juste…

—Ce qu'on disait, l'interrompis-je. Oui, nous comprenons. Nous ferions mieux d'y aller, cela étant, si nous voulons attraper l'inspecteur Sunderland avant qu'il ne disparaisse.

—Très bien alors. Vous repassez ce soir ?

—Je ne sais pas. Avions-nous prévu une virée au pub ce soir, Madame ?

—Je n'y avais pas pensé, non. S'y passe-t-il quelque chose de particulier ?

—Puisque tout le monde sort boire sur la pelouse, Joe a décidé qu'il allait organiser de quoi s'amuser. Il a mis la main sur une piste de quilles qu'il peut installer dehors le soir venu, puis ramasser et ranger à la cave, une fois que c'est fini. Celle qui était dans le fumoir l'autre soir. Tout un tas de planches en bois, de charnières et de loquets. Autant vous dire que c'est pas qu'un peu compliqué, mais une fois installé, ça rend bien. Nous organisons un concours ce soir.

—De nuit ? Pourquoi ne pas l'avoir laissée à l'intérieur ?

—Il y aura des lanternes, bécassine. Et ce sera plus amusant dehors. On constituera des équipes et tout le monde peut participer, pas seulement les tristes mines du club de quilles. Ça se remplit vite, par contre, mais y pourrait rester quelques places dans une équipe, si vous êtes intéressées.

—Voilà qui m'a l'ait fort divertissant. Si nous sommes libres, nous viendrons.

Nous quittâmes le pub pour la boulangerie, mais nous y vîmes par la vitrine que M. Holman parlait avec Mme Grove, la gouvernante du vicaire. De toute évidence, l'inspecteur en avait fini ici et il était passé à la suite. Nous reprîmes donc notre déambulation sur le trottoir.

—Qui prévoyait-il de voir encore, ma chère ?

—Weakley, répondis-je.

—Qui prévoyait-il de voir encore ? répéta-t-elle à voix basse.

—Très cocasse, marmonnai-je en secouant la tête tandis qu'elle gloussait. Ah, nous y voici.

Nous entrâmes chez le marchand des quatre-saisons, que nous trouvâmes en grande conversation avec l'inspecteur Sunderland.

—… très utile, monsieur Weakley, merci. Mais je vois que vous avez des clientes, je vais donc vous laisser. S'il vous plaît, dites-le au sergent Dobson ou à l'agent Hancock si quoi que ce soit d'autre vous revient. Ils me transmettront le message.

—Bien sûr, Monsieur. C'est un plaisir de vous aider, répondit le primeur, avant de tourner son attention vers lady Hardcastle. En quoi puis-je vous servir, Madame ?

—Bonjour, monsieur Weakley. Je suis terriblement navrée, mais c'est en fait l'inspecteur que nous désirions voir.

—Oh, pas de problème. Nous finissions justement notre petite conversation. Je vous en prie… À moins que je puisse vous tenter avec quelques-unes de ces superbes bananes ? Fraîchement sorties du conteneur réfrigéré à Bristol, en provenance directe de Jamaïque.

—Je suis assez fana des bananes, c'est vrai. Très bien, monsieur Weakley, quelques bananes alors, formidable.

—Certainement. J'ai aussi de délicieuses fraises, remarquez. Et des framboises ? Et ces reines-claudes ? Votre Miss Jones fait une tarte aux reines-claudes exquise.

—Quel bon vendeur vous faites, monsieur Weakley. Oui à tout. Nous allons nous gorger de fruits frais. Je crains en revanche qu'il ne faille mettre tout cela sur ma note, je ne suis pas venue équipée pour des achats impulsifs de cette ampleur.

—Aucun problème, Madame. Je sais que vous êtes fiable. J'aimerais bien que tous mes clients s'acquittent de leurs ardoises aussi promptement.

Lady Hardcastle me laissa régler les détails.

Une fois la commande rassemblée et emballée, nous constatâmes que c'était beaucoup trop lourd à porter, mais M. Weakley était assez satisfait de sa vente pour nous envoyer son gars à la maison.

—Edna et Miss Jones ont fini leur journée, expliqua ma patronne, il n'y a donc personne à la maison pour recevoir ces trésors. Pourriez-vous lui demander de tout déposer devant la porte, je vous prie ? C'est à l'ombre, à cette heure de l'après-midi.

Nous laissâmes donc M. Weakley consigner les achats dans son registre de comptes et retournâmes au soleil.

—Oh, fit soudain ma maîtresse. Nous aurions dû prendre trois bananes avec nous. Nous aurions pu les manger tout de suite.

—Ne regrettez rien, Madame, lui assura l'inspecteur. Ma mère était si opposée à cette mauvaise habitude de manger dans la rue qu'à ce jour, je n'en suis toujours pas capable.

—C'était aussi l'une des lubies de ma mère, convint-elle. Cependant, pour ma part, je crains que ce ne soit précisément la raison pour laquelle je le fais aussi souvent que possible.

L'inspecteur pouffa.

—Je vous imagine en jeune fille pas de tout repos, me trompé-je ?

—Seulement jeune fille ? intervins-je.

Il s'esclaffa de nouveau.

—Vous avez dit à Weakley que vous souhaitiez me voir ?

—En effet, oui, confirma ma patronne. Nous venons de parler avec un témoin fiable qui a suggéré que notre tonnelier au grand cœur couchait avec Faith Mattick.

Et qu'avant lui, la même Faith avait eu pour amant M. Claud Cridland.

—Nos deux victimes ont eu une liaison avec la femme du cidrier ?

—C'est du moins la rumeur, sans qu'elle soit prouvée. Cependant, pour ce qui est de Cridland, l'affaire était suffisamment connue de tous pour que plusieurs personnes nous en aient parlé.

—Vos témoins ?

—Cissy Slocomb et Daisy Spratt.

—Des jeunes femmes plutôt fiables, commenta-t-il. Et toutes deux serveuses, si je comprends bien. Bien placées, donc, pour avoir vent des ragots.

—Tout à fait. Mais comme je vous l'ai dit, ni l'une ni l'autre n'a pu fournir de preuve et toutes deux ont bien précisé qu'il ne s'agissait, au fond, que de rumeurs. Ces précautions prises, cela vaudrait tout de même la peine de vérifier.

—Absolument, oui. Merci.

—Qu'avez-vous appris de votre côté ?

—Weakley m'a donné une nouvelle avenue à explorer, en l'occurrence. Aimeriez-vous vous joindre à moi ?

—Fort volontiers.

—Ah, Dieu merci. J'ai besoin d'un guide doté d'une bonne connaissance des environs.

—Pourquoi, où allons-nous ?

—Voir M. Archie Rogers de Hawthorn Farm.

—Encore un membre des Weryers, notai-je. Un Commissaire du Verger.

—Exactement. Weakley a suggéré qu'il pourrait peut-être nous apprendre quelque chose d'intéressant.

—A-t-il précisé quel genre de chose ?

—Non, juste que Rogers était obsédé par quelque chose en lien avec les Weryers, et que Cridland et Peppard étaient eux aussi troublés par cette même chose. Je suis très curieux de lui parler, seulement voilà, j'ai un problème.

—Lequel ? voulut savoir lady Hardcastle.

—Je n'ai absolument pas la moindre idée de l'endroit où se trouve Hawthorn Farm.

12

Nous laissâmes la Rolls au pub et fîmes le trajet dans l'auto de l'inspecteur Sunderland. Moi, assise à l'avant pour le guider grâce à sa carte d'état-major, tandis que lady Hardcastle, installée à l'arrière, se donnait des airs importants.

—J'ai toujours été curieuse, Inspecteur, dit-elle alors que j'indiquais la route derrière l'église, mais je n'ai jamais eu l'occasion de vous demander : est-ce votre propre auto ?

—Non, Madame, c'est un véhicule de police.

—Oh, par ma foi, quelle modernité ! Je n'imaginais pas que la police de Bristol était aussi à la page.

—Elle ne l'est pas, j'en ai bien peur. J'ai dû me battre bec et ongles pour les convaincre d'acheter celle-ci et ils n'ont accepté qu'à contrecœur et au motif que je passe énormément de temps hors de la ville.

—En tout cas, elle est fort agréable. Et spacieuse à l'arrière.

—Tournez à gauche ici, indiquai-je.

Nous passâmes devant le verger et la cidrerie, puis prîmes l'embranchement de Woodworthy à gauche. Tout droit et, peu à peu, en montée.

—Où sommes-nous maintenant ? s'enquit l'inspecteur ?

Je consultai la carte.

—À Pighill, répondis-je. Ainsi nommé parce que… parce que c'est une colline… où vivaient des cochons à l'époque médiévale. Ils avaient leur propre communauté porcine, avec leurs préparateurs de pâté, leurs droits de vautrage, et même une cour de justice, la Haute-Cour du Verrat. Ils… tournez à droite, direction Hawthorn Farm.

Nous roulâmes sur un chemin de terre pendant à peu près cent mètres avant d'arriver dans une cour pavée, avec des hangars d'un côté et une maison de ferme robuste de l'autre. Une autre femme séduisante, d'environ quarante-cinq ans, sortait justement de la maison. Il devait y avoir une usine dans les parages qui produisait ces belles femmes à la douzaine, j'aurais juré n'en avoir jamais vu autant de ma vie. Celle-là portait un seau de fourrage et se dirigeait vers le poulailler, dans le petit jardin clos d'un muret près de la maison.

—Madame Rogers ? lança l'inspecteur.

—Oui ?

—Bonjour, Madame. Je suis l'inspecteur Sunderland, de la PJ de Bristol, et voici…

—Lady Hardcastle et Florence Armstrong, le coupa Mme Rogers. Nous n'avons jamais été présentées, mais je vous ai vues à Littleton.

—Enchantée, répondîmes-nous ensemble.

—Verriez-vous un inconvénient à ce que nous parlions pendant que je nourris les poules ?

—Pas du tout, lui assura l'inspecteur. Nous ne voudrions surtout pas vous interrompre dans vos tâches. En réalité, c'est plutôt votre époux que nous sommes venus voir.

—Ah. Oui, c'est plus logique. Je pense qu'il souhaitait parler à des autorités, de toute façon. Il est dans la cuisine, qui prend une tasse de thé. Allez-y, entrez.

Nous obtempérâmes et Mme Rogers s'éloigna gracieusement vers ses poules.

—Monsieur Rogers ? appela l'inspecteur.

Nous trouvâmes le chemin jusqu'à la spacieuse cuisine de la ferme, où un homme de carrure moyenne, sourire aux lèvres, transvasait l'eau d'une bouilloire dans une énorme théière.

—Entrez, Inspecteur, répondit-il avec chaleur.

Sunderland lui adressa un regard perplexe.

—Toutes les fenêtres sont ouvertes, expliqua notre hôte. Je vous ai entendus vous présenter à Franny.

—Ah !

—Asseyez-vous donc. Je me préparais justement une tasse de thé.

Nous nous mîmes à l'aise.

—Alors, reprit-il en posant des tasses et la théière sur la table bien brossée de la cuisine. Que puis-je faire pour vous ?

—J'espérais que vous puissiez me le dire, monsieur Rogers. J'enquête sur les meurtres de Claud Cridland et Moses Peppard, et j'ai interrogé vos camarades Weryers.

—Terrible affaire. Terrible. Ils vont nous manquer. C'étaient des types super, tous les deux.

—Je n'en doute pas, convint l'inspecteur. Et nous comptons bien aller au fond des choses. Leur assassin sera traduit en justice.

—Vous pensez que c'est la même personne ?

—Nous n'écartons aucune hypothèse, mais il semble assurément que ce soit le plus probable. Il y a… enfin, je ne peux pas entrer dans les détails, mais il y a des similitudes entre les deux affaires.

—Bien dommage qu'on ne puisse pas pendre un homme deux fois, commenta M. Rogers en servant cinq tasses de thé. Celui-là, il le mériterait et plus encore.

—Peut-être. Mais comme je le disais, j'ai parlé à d'autres Weryers et ils m'affirment que vous aviez vent, apparemment, d'une chose qui turlupinait plusieurs personnes. Est-ce vrai ?

—Eh bien pour tout vous dire, Inspecteur, oui. Ça me tournicote dans la tête et je ne sais pas quoi faire pour agir au mieux. Je ne suis pas très versé dans tout ce qui est légal, et j'ai déjà bien du mal à tenir les comptes de la ferme, donc je ne suis pas non plus très doué pour les affaires financières. Alors… Eh bien, la vérité, c'est que ça pourrait n'être rien du tout.

—Peut-être que si vous nous disiez simplement, nous pourrions juger par nous-mêmes, suggéra l'inspecteur. C'est donc une affaire financière ?

—Oui, oui. Voyez, comme je l'ai dit, je ne suis pas doué pour les comptes, alors il se peut que j'aie tout faux, mais j'ai été amené à jeter un coup d'œil aux registres de comptes des Weryers, il y a de ça un mois ou deux, quand on a dû payer des travaux pour l'école du village. Le constructeur affirmait qu'on l'avait pas payé et j'ai dû vérifier les comptes pour voir ce qui s'était passé. Bref, j'ai fini par trouver trace des paiements, et il a fini par admettre qu'il avait perdu puis retrouvé les chèques. Mais au passage, j'ai remarqué autre chose. Des choses qui ne m'ont pas eu l'air très normales.

—Quel genre de choses ?

—Des paiements, il y en avait bien, mais pour des choses dont je n'avais pas du tout connaissance.

J'ai questionné des gars. C'est… C'était Cridland et Peppard que je connaissais le mieux, donc je leur ai montré. Et ils étaient d'accord : il se passait quelque chose de pas net.

—C'est très intéressant, commenta l'inspecteur, qui prenait des notes pendant que M. Rogers parlait. Qui a accès aux fonds des Weryers ?

—Tout est géré par Lehane. Leopold Lehane. Il est banquier en retraite, voyez, donc c'est le mieux qualifié. Et Noel Gregory tient les comptes : il est commis comptable à la salle des ventes de Chipping. J'ai toujours trouvé quelque chose de bizarre chez ce Lehane. Gregory savait quelque chose aussi, je pense, mais il n'a jamais dit quoi. Sans doute une histoire de fraude.

—Cridland et Peppard ont-ils suggéré une conduite à tenir ?

—Comment ça ?

—Eh bien, vous dites que vous ne saviez pas comment agir au mieux, mais vous leur avez parlé, à ces deux hommes, donc je me demande s'ils ont émis des idées.

—Ah, d'accord. Eh bien, ils étaient pour le rapporter directement au Grand Protecteur.

—Starks ?

—Oui. Ils ne voyaient pas l'intérêt de confronter Lehane ou Gregory, qui ne feraient que nier tout en bloc, puis essaieraient d'effacer leurs traces. Mieux valait s'adresser directement à celui de tout en haut, qu'ils ont dit.

—Et l'ont-ils fait ?

Mme Rogers était entrée et se lavait les mains à l'évier.

—Tu parles, ça n'aurait rien changé. Il ne sert à rien, ce Starks. Ce sera un bien beau jour, quand il se retirera enfin, lâcha-t-elle en s'essuyant les mains sur un torchon. Moses aurait fait un Grand Protecteur deux fois meilleur que lui.

—Tiens, il y a une tasse de thé pour toi, chérie, dit M. Rogers.

Elle la prit avec un hochement de tête de remerciement.

—Y a-t-il autre chose ? s'enquit l'inspecteur Sunderland. D'autres conflits au sein des Weryers, par exemple ?

—Non, je ne pense pas, répondit M. Rogers. C'est des bons gars, pas vrai, Franny ?

—Certains étaient mieux que d'autres, nuança sa femme, mais oui, pour la plupart, ce sont de bons gars.

—Bien, nous n'allons pas vous prendre plus de votre temps. Vous nous avez été bien utiles. Tous les deux.

—Avec plaisir, Inspecteur, répondit M. Rogers.

—Absolument, renchérit sa femme. Passez quand vous voulez. Oh, et nous avons hâte de voir ce que vous avez prévu pour notre Fête des récoltes, mademoiselle Armstrong.

—Ah oui ? m'étonnai-je.

—Oui, c'est une idée merveilleuse. Je ne sais pas comment elles vous viennent, toutes ces bonnes idées.

—Oh, eh bien, vous savez… Parfois, ça me vient comme ça.

Nous les saluâmes et retournâmes à l'auto de l'inspecteur.

—De quelle idée s'agit-il ? me demanda lady Hardcastle en s'installant sur sa banquette.

—Honnêtement, je n'en sais rien, avouai-je. Apparemment, néanmoins, il s'avère que je suis un génie.

—Je ne cesse de le répéter, ma chère. Et qu'avons-nous pensé de tout cela ?

—J'aimerais y réfléchir à tête reposée, répondit l'inspecteur. Peut-être pourrais-je abuser encore une fois de votre généreuse hospitalité ? J'ai l'impression que votre fameux tableau du crime pourrait m'aider.

—Certainement, cher inspecteur. Revenez à la maison avec nous et Flo nous en dira plus sur les cochons de Pighill. Il se peut même que j'en fasse un film.

De retour à la maison, l'inspecteur m'aida à transporter le tableau du crime jusqu'au salon, et nous nous y installâmes avec un énième thé pour qu'il puisse réfléchir.

—Si Mattick était au courant, pour les liaisons de sa femme avec Cridland et Peppard, commença-t-il en agitant une main occupée de sa pipe toujours présente mais jamais allumée, eh bien, cela lui fournissait un mobile plus qu'évident pour le meurtre.

—À supposer que ces rumeurs soient avérées, nuançai-je.

—Même si elles étaient complètement fausses, au contraire. Même s'il croyait seulement que ses camarades Weryers fricotaient avec elle, cela pouvait suffire à susciter des envies de vengeance. Il n'y a pas de différence pratique dans l'esprit d'un offensé entre la véritable offense et l'offense imaginée.

—Cela fait donc de Mattick un suspect de premier plan, conclut lady Hardcastle.

—Et cette affaire de détournement de fonds ? ajoutai-je. Où que nous allions, ces derniers temps, il semble que quelqu'un vole quelque chose à quelqu'un d'autre.

—Une immense partie de mon travail implique le vol sous une forme ou sous une autre, convint l'inspecteur.

Même si je mets de côté les cambriolages et les vols à l'arraché, je vois tout passer, des assistants qui chipent la petite monnaie aux grands directeurs qui détournent les fonds de la compagnie vers leur propre compte en banque. L'avidité ne passera jamais de mode, je le crains.

—Sans doute, acquiesçai-je. Or l'avidité et le meurtre vont souvent de pair, n'est-ce pas ? Cela placerait donc Lehane et Gregory en lice aussi, non ? Cridland et Peppard étaient au courant de la fraude et d'accord pour les dénoncer à Starks… et à la police au bout du compte, je présume. Ils avaient donc bien des raisons de se débarrasser d'eux pour les faire taire.

—Exact.

—Et cela pourrait expliquer le positionnement étrange des corps aussi, une sorte de code qui servirait de mise en garde pour les autres : fermez votre clapet.

—Enfin, tout de même, un directeur de banque en retraite et un assistant comptable, intervint lady Hardcastle. Les imaginez-vous réellement en meurtriers ?

—J'ai arrêté un couple des plus charmants l'année dernière, lui répondit l'inspecteur Sunderland. Une adorable vieille dame et un monsieur de Sneyd Park. Ils avaient assassiné leur femme de ménage après l'avoir surprise en train de voler les bijoux de la dame dans son dressing. Nous ne les avons attrapés que grâce à la sœur de la bonne, qui s'inquiétait de ne pas l'avoir vue à la messe avec la famille. Nous avons retrouvé ce qui restait d'elle dans la cave à charbon.

—Mis à part les vieux couples cinglés de Bristol, insista ma patronne, je reste convaincue que nos deux

Weryers fraudeurs n'assassineraient pas leur camarade afin d'effacer leur piste.

—Je ne peux pas dire que je sois en désaccord complet, convint-il. Toutefois je vais quand même leur parler. À tout le moins, nous pourrions réussir à les pincer pour détournement de fonds. Connaissez-vous bien Chipping Bevington ? ajouta-t-il en feuilletant son carnet.

—Plutôt, oui, répondit ma maîtresse. J'ai tendance à m'en remettre à Flo pour ce qui est de l'expertise géographique, cependant.

—Disons que je sais me repérer, acquiesçai-je. Pourquoi ?

—Connaissez-vous Swan Lane ? Archers Close ?

—Pour le coup, oui.

—Formidable. Lehane vit à Swan Lane et Gregory loue un appartement dans une maison d'Archers Close. Je les coincerais bien chez eux avant de m'en retourner à Bristol.

—Si vous m'apportez votre carte, je vais vous montrer.

Nous accompagnâmes l'inspecteur de nos saluts de la main tandis qu'il démarrait, puis nous retournâmes au salon, où nous nous assîmes en silence, chacune plongée dans ses réflexions.

—Nous aurions dû l'accompagner, lâchai-je au bout d'un moment.

—Figurez-vous que moi aussi, à présent, je suis curieuse de savoir ce que Lehane et Gregory auront à dire. Pensez-vous que nous pourrions…

—Débarquer sans y avoir été invitées ? terminai-je. Probablement pas. Nous pourrions en revanche tenter de coincer Pat Swanton. Je suis d'accord que nous n'avons aucune certitude sur l'endroit où il est susceptible de se trouver un lundi après-midi, mais savez-vous au moins où il vit ? Après tout, il pourrait être chez lui.

—Il pourrait, oui. Et si vous m'accordez un moment, il n'est pas exclu que je trouve son adresse.

Sur quoi, elle disparut, pour revenir quelques minutes plus tard, cramponnée à un classeur couleur chamois assez conséquent.

—Les minutes de tous les comités dans lesquels je siège, me dit-elle en guise d'explication. Ils vous les envoient toujours accompagnées d'une liste, sur le devant, des noms et adresses de tous les membres. (Elle entreprit de feuilleter.) Voyons… si seulement je parvenais à me rappeler dans quel comité c'était… Ah, nous y voici. Je n'étais pas au Conseil de la paroisse, pourtant ils m'en ont tout de même envoyé le compte rendu, par courtoisie, car on m'avait demandé d'y prendre part. J'étais là en tant que conseillère concernant les effets possibles, sur la vie villageoise, de l'augmentation de la circulation des engins à moteur, au lieu de quoi nous avions passé deux heures à discuter du meilleur moyen de rempoter les géraniums.

—Quels étaient les effets possibles de l'augmentation de la circulation ?

—Je pense qu'il y avait consensus à considérer que ce serait mauvais pour les géraniums. Mais voilà : Pat Swanton, numéro 12, The Street, Littleton Cotterell. The Street ? Quelle rue ?

—Vous devriez sortir davantage, répondis-je. Il y a une rue derrière les magasins qui s'appelle The Street. C'est assez répandu, dans cette partie du monde.

—C'est d'un manque d'imagination désarmant. Mais au moins, vous savez où elle est.

—Oui. Quinze minutes à pied et nous pourrions récupérer la Rolls sur le chemin du retour.

—De quel endroit ?

—Nous l'avons laissée garée devant le pub.

—Absolument, absolument.

—Nous y allons, alors ? dis-je en me levant.

—Je voudrais juste prendre un petit bain très rapide, puis nous partons.

Elle quitta la pièce.

La maison de M. Swanton, sur The Street, était un petit cottage sans prétention aux murs blanchis à la chaux, avec une… plante ou une autre devant la porte. Une glycine ? Sachant d'avance que je ne me rappellerais jamais la réponse si je posais la question, je m'en dispensai.

Lady Hardcastle actionna le heurtoir en fer forgé et, un instant plus tard, la porte s'ouvrit sur Mme Knoff, la bonne des Swanton.

—Bonjour lady Hardcastle, mademoiselle Armstrong, dit-elle avec un sourire chaleureux. Que puis-je pour vous ?

—Bonjour, répondit ma maîtresse. M. Swanton est-il chez lui ?

—Non, malheureusement. Il avait une affaire à Gloucester. Mme Swanton est ici, en revanche.

Lady Hardcastle me jeta un regard interrogateur, auquel je répondis d'un hochement de tête. J'avais rencontré Mercy Swanton à quelques reprises et je la savais assez cordiale. En fait, elle pourrait être mieux disposée à nous parler que son époux.

—Voulez-vous bien lui demander si elle aurait l'amabilité de nous recevoir ? s'enquit lady Hardcastle.

—Certainement, Madame. Un moment, je vous prie.

Elle s'en revint moins d'une minute plus tard et nous fit entrer.

Mme Swanton était une petite femme au visage juvénile mais aux cheveux gris, un attelage qui rendait son âge difficile à deviner. Ses yeux disaient trente ans, ses cheveux cinquante, et j'avais toujours supposé qu'elle se trouvait quelque part entre les deux. En la voyant marcher avec un peu de difficulté, je me rappelai que son mari avait mentionné des problèmes de hanches.

—C'est bien aimable à vous de passer. Mme Knoff me dit que vous espériez voir Patrick ?

Elle nous désigna les fauteuils trop moelleux qui trônaient près de la cheminée éteinte de son salon bas de plafond.

—Exact, confirma ma maîtresse. Nous enquêtons avec l'inspecteur Sunderland sur les meurtres perpétrés récemment, et nous parlons avec quiconque pourrait nous aider à en apprendre un peu plus au sujet des Weryers.

—Vous pensez que les meurtres ont un rapport avec eux ?

—Comme les deux victimes en étaient des membres importants, c'est très certainement un angle que nous envisageons.

—C'est réconfortant d'un certain côté. Si quelqu'un tue les Weryers, au moins cela veut dire que nous ne risquons rien. Seulement Patrick ne serait pas en mesure de vous aider même s'il était là. Il ne fait pas partie des Weryers. Ils l'ont évincé.

—C'est justement pourquoi nous comptions l'interroger, à vrai dire. Nous pouvons bien questionner les Weryers eux-mêmes, mais de toute évidence ils auront une perspective différente sur leur propre ordre que quelqu'un de l'extérieur.

—Ça, c'est vrai qu'ils ont une très haute opinion d'eux-mêmes, commenta Mme Swanton.

—Et M. Swanton, non ? m'enquis-je.

Elle lâcha un rire sans joie.

—Il a une aussi haute opinion de lui-même que n'importe quel homme, toutefois il serait ravi de voir tous les Weryers morts dans un fossé, surtout ces deux… (Elle s'interrompit et nous regarda.) Je ne voulais pas dire… se hâta-t-elle de corriger. Il n'a pas… Il ne pourrait jamais… Pas mon Patrick. Je voulais juste dire… il était en colère quand ils l'ont refusé au profit de Lawrence Weakley, mais pas assez pour…

—Quelles sont vos impressions sur l'organisation ? la coupa lady Hardcastle.

—Avant qu'ils ne traitent mon Patrick aussi mal, j'aurais été bien en peine de leur reprocher quoi que ce soit. Ils font un merveilleux travail caritatif et la plupart sont des bonshommes tout ce qu'il y a de convenables.

—La plupart ? voulus-je préciser.

—Je n'ai jamais beaucoup aimé Noel Gregory, cette petite fouine, mais les autres sont corrects.

—Et les deux qui sont morts ? enchaîna ma patronne. Que pensaient d'eux les gens n'appartenant pas à l'ordre ?

—Je crois que c'est ce qui a rendu la trahison aussi douloureuse, répondit Mme Swanton au bout d'un moment de réflexion. Claud Cridland était un homme charmant. Et il aurait pourtant eu toutes les raisons d'être amer, avec tout ce qui lui était arrivé… Vous êtes au courant, pour sa femme et son enfant ?

Nous opinâmes du chef.

—Et pourtant, il a encaissé avec patience et bonne grâce, continua-t-elle. Quant à Moses Peppard…

Elle rougit.

—C'était un homme très apprécié, termina ma maîtresse.

Mme Swanton acquiesça, les joues toujours un peu rosies.

—Oui, dit-elle avec une sorte de pudeur. Pris individuellement, ils sont convenables, ces hommes-là, c'est réunis qu'ils… Enfin, vous savez comment sont les hommes quand ils s'acoquinent.

—Nul groupe de personnes n'est jamais l'équivalent de la somme de ceux qui le composent, convint lady Hardcastle. Les groupes acquièrent une personnalité à eux, et pas toujours une dont ses membres pourraient s'enorgueillir. Y a-t-il eu des incidents en particulier ?

—De mauvais comportements, vous voulez dire ? Non, pas vraiment. Rien de pire que des agissements de garçons de ferme. Quelques beuveries, mais pas de quoi fouetter un chat. Comme je l'ai dit, s'ils n'avaient pas traité Patrick si mal, je n'aurais jamais rien eu à leur reprocher. Pensez-vous que ce soit l'acte de l'un d'entre eux ?

—Les meurtres ? Ce pourrait être le fait de pas mal de gens, cependant l'appartenance des deux victimes aux Weryers est tout ce que nous avons pour conduire nos investigations pour le moment.

—Craignez-vous qu'il y ait d'autres tués ? Que nous puissions être en danger ? Ou bien quelqu'un vise-t-il les Weryers en particulier ?

—Là encore, ce n'est pas une possibilité que nous éliminons. Mais je ne pense pas qu'il y ait de quoi s'inquiéter. Les meurtriers frappent très rarement plus d'une fois. Deux fois, c'est déjà fort rare. Trois fois, ce serait du jamais-vu.

—Eh bien, je suis contente de vous avoir pour veiller sur nous.

—Merci, madame Swanton, vous nous avez été très utile. Nous n'allons pas vous déranger plus longtemps.

—Oh, intervins-je, en fait, encore une petite chose avant que nous ne partions : avez-vous entendu parler d'un Weryer qui en aurait assassiné un autre, il y a environ vingt ans ?

—Non, désolée, répondit Mme Swanton. Nous nous sommes installés ici il y a dix ans, nous venions de Bristol. Patrick a des affaires à Bristol et à Gloucester, voyez-vous, alors il était pratique d'habiter entre les deux. Je me rappelle vaguement une histoire de meurtre, remarquez… C'était dans les journaux… Je ne me souviens pas des détails, en revanche, désolée.

—Pas de problème. Nous allons vous laisser, alors. Merci beaucoup de nous avoir accordé de votre temps.

Nous nous levâmes pour prendre congé.

—Tout le plaisir était pour moi, Madame. Oh, mais où ai-je mis mes bonnes manières ? J'aurais dû vous offrir un thé.

—Ne vous en faites pas pour cela : par cette chaleur, nous passons notre temps à boire du thé. Veuillez transmettre nos salutations à votre époux. Et si vous vous remémoriez quelque chose qui puisse faire avancer notre enquête, n'hésitez pas à nous en faire part, à nous ou au sergent Dobson. Nous transmettrons à l'inspecteur Sunderland.

Mme Swanton nous raccompagna à la porte et nous partîmes récupérer la Rolls avant de rentrer à la maison.

L'inspecteur Sunderland passa peu après notre retour.

—Quelles nouvelles des ruelles sombres de Chipping Bevington ? demanda lady Hardcastle quand je l'introduisis auprès d'elle dans le jardin.

—Aucune, ma chère, répondit-il. Ni Lehane ni Gregory n'étaient chez eux.

—Désolée que vous vous soyez déplacé pour rien.

—Pas exactement pour rien. Au moins, je me suis un peu familiarisé avec la géographie de Chipping Bevington.

—Et qui sait quand cela pourra s'avérer utile ? plaisanta ma patronne. En attendant, nous sommes allées voir Pat Swanton.

—Ah oui, vraiment ? Et qu'avait-il à dire pour sa défense ?

—Rien : il n'était pas non plus chez lui. En revanche, nous avons parlé avec son épouse, dont j'ai bien peur de ne pas connaître le prénom.

—Mercy, intervins-je.

—Oh, comme c'est charmant, dit-elle. J'ai connu une Faith, une Hope, deux Charity et une Patience ainsi qu'une Verity, mais aucune Mercy. J'ai l'impression que ma collection de vertus ne tardera pas à être complète.

—Et vous a-t-elle fourni des informations utiles, cette Mercy Swanton ?

—Pas vraiment, mais un peu tout de même. Son époux a assurément une dent contre les Weryers pour avoir écarté sa candidature et il semblerait que le mari comme la femme en tiennent notamment Cridland et Peppard pour responsables.

—Elle a été prompte à nier que M. Swanton ait quoi que ce soit à voir avec leur mort, ajoutai-je, mais évidemment, elle n'allait pas affirmer le contraire, n'est-ce pas ?

—Cependant, elle a beaucoup insisté sur le fait que ces hommes sont bien aimables, enchaîna lady Hardcastle, si l'on fait abstraction de leur rejet de son bien-aimé Patrick.

—Elle se rappelait aussi vaguement le meurtre d'un Weryer dans les années 1890, terminai-je. Elle ne vivait pas ici, mais c'était dans les journaux.

—Nous devrions jeter un coup d'œil dans de vieux journaux et voir ce que nous découvrons, suggéra ma patronne.

—Eh bien, je vous laisse vous en occuper, intervint l'inspecteur. Je dois y aller. Bonne journée à toutes les deux et encore merci pour vos infatigables efforts.

13

L'on devinait, aux sons des applaudissements sporadiques et des rires en provenance de la place du village, que la compétition de quilles était déjà commencée.

—Je vous prie de m'excuser, ma chère, me dit lady Hardcastle alors que nous étions encore sur le sentier. Je crains que nous n'arrivions en retard.

—Nul besoin de vous excuser, nous pouvons nous contenter de profiter de la bonne ambiance. Siroter nos verres dans une ambiance enjouée, sans le fardeau de la compétition.

La place était éclairée par un grand nombre de lampes et de lanternes, le tout créant une atmosphère digne d'un carnaval. Nous approchions de la foule et fûmes aussitôt repérées par Jagruti Bland, l'épouse du vicaire.

—Emily, Flo. Je suis bien aise de vous voir.

—C'est un plaisir de vous voir aussi, ma chère Jagruti, lui assura ma patronne. Jouez-vous ?

—Nous aurions bien voulu, répondit Mme Bland, seulement ce sont des équipes de quatre… et nous ne sommes que deux.

—Qui est votre coéquipier ?

—Clarissa Farley-Stroud. Ou Whitman, plutôt – la connaissant depuis qu'elle est toute petite, je n'arrive pas à me résoudre à l'appeler par son nom d'épouse. Quand Daisy lui a annoncé que vous veniez, toutes les deux, elle a insisté pour que nous formions une équipe féminine. Alors nous vous cherchions partout depuis.

—Eh bien, ça alors, c'est une attente dont il va nous falloir nous montrer dignes. N'y avait-il donc aucune autre dame ?

—Oh si, plein, tout le village est là, seulement Clarissa n'en démordait pas. Apparemment, vous seriez notre arme secrète.

—Ah ah, oui, s'esclaffa lady Hardcastle. Ou Flo, du moins : elle excelle à tous les jeux d'adresse.

—C'est ce que j'ai entendu dire, acquiesça Mme Bland. Clarissa nous a fait le récit détaillé d'une compétition de tir à l'arc à la Grange.

—Oui, je m'étais bien amusée, convins-je. Toutefois, le tir à l'arc et les quilles sont deux arts bien différents.

—Elle fait sa modeste, insista ma patronne. Elle fait preuve d'une aptitude surnaturelle pour tout ce qui consiste à viser des choses et d'autres. Nous serions ravies de nous joindre à votre équipe, ma chère, toutefois je crains de n'être qu'un boulet.

—J'aimerais vous dire qu'elle fait sa modeste, indiquai-je à Mme Bland, mais enfin, je ne puis mentir à la femme d'un pasteur.

Mme Bland pouffa.

—Je suis sûre qu'elle ne sera pas pire que moi. Venez. Allons annoncer la bonne nouvelle à Clarissa.

La fille de lady Farley-Stroud, Clarissa, était en train de supplier Daisy quand nous la trouvâmes.

—Si vous pouviez juste nous descendre dans l'ordre de participation, disait-elle, nous aurons une équipe au complet, à ce moment-là, et nous prendrons alors notre tour. Vous avez dit vous-même qu'elles venaient.

—Ça me dérangerait pas, madame Whitman, répondait Daisy, et si ça tenait qu'à moi, je les ferais attendre jusqu'à ce que vous soyez prêtes. Seulement j'en entends déjà assez des habitués comme ça. Certains de ces gars-là prennent cette affaire bien trop au sérieux, si vous voulez mon avis, m'enfin bon, je peux pas leur dire de se taire indéfiniment, sinon y aura du grabuge.

—Je comprends, néanmoins…

—Ne craignez rien, intervint ma maîtresse, nous sommes arrivées. Toutes mes excuses pour ce retard, c'est entièrement ma faute. Quand sommes-nous censées jouer ?

—Eh bien, maintenant, répondit Daisy en regardant sa liste. Nom de l'équipe ?

—Pourquoi pas les Lionnes de Littleton ?

—Je préférerais les Tigresses, suggéra Mme Bland. C'est plus adapté à une originaire du Bengale, ne trouvez-vous pas ?

—Oh, par ma foi, c'est formidable ! s'exclama ma patronne. Va pour les Tigresses, chère Daisy.

Daisy nota le nom dans sa liste et alla inscrire notre nom d'équipe sur le tableau noir.

J'avais appris, pour avoir observé de vrais matchs dans l'allée au fond du pub, que les parties de quilles pouvaient devenir interminables. Avec des équipes comptant jusqu'à neuf membres qui jouaient neuf fois trois balles chacun, la chose risquait de durer toute la soirée. Dans l'espoir de conserver l'intérêt des joueurs occasionnels et que la compétition soit un peu plus rapide, les organisateurs avaient limité les équipes à quatre membres qui chacun jouerait une seule main de trois balles.

À mon immense surprise, nous étions la huitième des douze équipes à se déclarer. Preuve que l'événement était bien plus populaire que je ne l'aurais imaginé.

Nous prîmes donc notre tour et réussîmes un honorable vingt points à nous toutes, ce qui nous plaça en cinquième position au tableau. Le boulet s'avéra Clarissa, avec seulement deux quilles à son actif. Mme Bland en renversa quatre en tout, tandis que lady Hardcastle en réussissait cinq. Une deuxième balle chanceuse me permit de mettre à terre les deux qui étaient restées debout de mon lancer précédent, encore plus chanceux, ce qui me valut les applaudissements de beaucoup des dames du village et quelques murmures déconfits de certains joueurs chevronnés. J'entendis au moins un : « Elle doit tricher » et un : « Les femmes auraient jamais dû être autorisées à jouer », mais quand ma troisième boule rata complètement sa cible, tous furent soulagés de pouvoir attribuer les deux tirs précédents à la « chance du débutant » et l'équilibre de l'univers se trouva heureusement restauré.

Edna et son mari, Dan, avaient constitué une équipe avec M. et Mme Spratt, qui jouaient juste après. Alors que nous les encouragions, M. Weakley s'approcha de nous.

—L'inspecteur Sunderland a-t-il parlé à Rogers ? s'enquit-il. Il a découvert ce qui se passe ?

—Oui, répondit lady Hardcastle. Nous l'avons accompagné. Je vous avoue avoir espéré que cela nous mènerait plus directement aux meurtres, toutefois ce pourrait quand même être un pas dans la bonne direction. Il a confirmé certaines allégations sur Lehane et Gregory.

—Je m'en doutais, opina M. Weakley. Je ne fais pas partie du cercle fermé, mais je savais qu'il se passait quelque chose avec ces deux-là.

—Pourquoi n'en avez-vous rien dit ?

—Je ne veux calomnier personne. Je n'ai pas de preuves de leurs manigances, voyez ? Je ne pouvais pas aller voir Starks avec une intuition, et encore moins la police. En revanche, je n'ai vu aucun problème à suggérer à l'inspecteur d'aller y voir de plus près sans dire précisément ce à quoi je pensais.

—Eh bien, je suis fort contente que vous l'ayez fait, monsieur Weakley. Merci. Et merci aussi pour vos fruits délicieux. Ils vous font honneur.

—Si je peux faire plaisir, Madame. Bon, je vais retourner auprès de ma femme avant qu'elle se demande où je suis passé.

—Allez donc. Et transmettez-lui nos amitiés, voulez-vous ?

Daisy était arrivée sur ces entrefaites, sans que nous la remarquions derrière nous.

—Alors, dites-moi. Qui sont vos suspects maintenant ? voulut-elle savoir.

—Bonjour, Dais. Tu n'es pas censée organiser la compétition ?

—Y a une pause pendant qu'ils se disputent pour savoir s'il faut jouer une partie par KO pour décider qui est le grand vainqueur, et j'ai la tête qui commence à me tourner un peu. Alors je me suis dit que j'allais les laisser se débrouiller. Jusqu'à présent, l'équipe du Mock of Pommey l'emporte d'un point sur le Dog and Duck, et not' capitaine aime pas ça. Il veut avoir une autre chance.

—Je vois, répondis-je. Pour en revenir aux suspects, et en supposant que nous éliminions nos amis du village – je ne vois pas le Vieux Joe descendre des Weryers à l'aveuglette, ni Weakley, Holman ou Slocomb –, il nous en reste… combien diriez-vous, Madame ? Neuf ? Quelle déception.

—À moins de regarder au-delà du groupe immédiat, oui, nuança ma patronne.

—Neuf ? répéta Daisy. Punaise. Et c'est qui ?

—Starks l'avocat, Uzzle le tenancier de pub, énumérai-je, Rogers le fermier, Mattick le cidrier, Lehane le directeur de banque en retraite, Gregory le comptable, Pat Swanton le… je ne sais quoi, Sid Palmer le magnat du matériel agricole et enfin, mais non des moindres, Grace Chamberlain, la mystérieuse inconnue.

—Eh ben, vous avez pas réduit grand-chose, commenta Daisy.

—Non, aussi décourageant que ce soit, admit lady Hardcastle. Chaque fois que nous suivons une nouvelle piste, nous ne faisons qu'ajouter de nouveaux suspects plutôt que d'en rayer.

—Pour le moment, je parierais sur Mattick, à égalité avec Pat Swanton, un shilling chacun, dis-je. Cependant, je n'aurais pas l'impression de perdre complètement mon argent en mettant quelques pièces sur Rogers aussi.

—Archie Rogers ? répéta Daisy, non sans surprise. C'est l'un des gars les plus aimables de tout le comté. Pourquoi diable… ?

—À moins que je ne sois particulièrement sotte, possibilité qu'il ne faut jamais exclure, Franny Rogers était le but de la visite de Moses Peppard, le fameux matin où Cissy l'a vu passer à bicyclette devant la laiterie.

—Pas possible ! lança Daisy, de plus en plus médusée. Mais tout le monde pensait que c'était Faith Mattick !

—Nous ne pouvons exclure la possibilité qu'il ait fait profiter l'une comme l'autre de ses charmes considérables, admit lady Hardcastle. Il a donc pu voir Faith à d'autres moments, cependant je dois dire que je suis de l'avis de Flo. Nous avons votre rumeur, comme quoi il allait voir Faith Mattick, mais il y en avait une autre selon laquelle c'était une femme de fermier de Pighill. Or Hawthorn Farm n'est qu'à un bon crachat de Pighill et Mme Rogers est vraiment très belle. Ce qui ne veut pas dire que Faith Mattick soit dénuée de charmes, notez bien, mais un coureur de jupons tel que Peppard a forcément été tenté par Fran et son délectable parfum.

—C'est vrai qu'elle est bien jolie, convint Daisy, je vous l'accorde. N'empêche, je continue de penser qu'Archie Rogers est trop doux pour faire du mal à qui que ce soit. Je parierais mes économies de toute une vie sur Mattick. Il a quelque chose…

—À combien se montent tes économies, Dais ? lui demandai-je.

—Deux shillings, un bouton en argent du plus bel uniforme de la Marine marchande de not' Sammy et une poupée de chiffons que j'ai gagnée à une fête foraine quand j'avais neuf ans. Elle vaudra une fortune un jour, ma Sophie Scruff.

—Un pari effectivement important, commenta lady Hardcastle. Toutefois, je conserverais le bouton de l'uniforme de votre frère, si j'étais vous : votre pari semble judicieux, mais il n'est pas certain pour l'instant.

—Quand les Mattick sont-ils censés rentrer ? m'enquis-je.

—Qu'est-ce que tu veux que j'en sache, moi ?

—Tu sais tout, alors je me disais…

—Tout ce que je sais, c'est qu'ils sont partis à Gloucester vendredi.

—Très bien. Si tu entends quoi que ce soit…

—Je te tiens au courant, termina-t-elle. Bon, on dirait qu'ils sont parvenus à une décision sur le KO. Faut que j'y retourne.

—À plus tard, Dais.

Daisy nous quitta et le révérend Bland prit sa place presque aussitôt.

—Eh bien, bravo, Mesdames. Cinquième place. Bravo, vraiment.

—Merci, mon cher, répondit son épouse. Oserai-je demander ce qu'il en est de toi ?

—Bon dernier, j'en ai bien peur.

—Qui sont vos coéquipiers ? s'enquit ma patronne.

—Notre gouvernante, Mme Grove, et un couple de mes paroissiens âgés, M. et Mme Sallis. Charmants septuagénaires, tous les deux. Ils ont passé une soirée merveilleuse et n'ont cessé de rire… en revanche, le Seigneur ne les a pas dotés du don des quilles. À nous tous, nous avons marqué un point, et seulement parce que j'ai trébuché en lançant ma dernière boule… ce qui m'a permis de faire tomber une quille.

—Ah, mais vous vous amusez. C'est bien là le but de la soirée, non ?

—C'est cela, c'est cela. Mais imaginez un peu combien je m'amuserais si j'étais cinquième au tableau d'affichage. Je voulais Jagruti dans mon équipe, afin que nous ne soyons pas derniers, seulement elle avait d'autres projets. Des projets qui impliquaient de rameuter une joueuse de quilles, je vois.

—Je me déclare parfaitement innocente, répliqua Mme Bland. C'était l'idée de Clarissa que de faire équipe avec Emily et Flo.

—Et une sacrément bonne idée, je pense que vous en serez d'accord, intervint Clarissa, qui revenait de discuter avec Mme Spratt. Il faut dire que j'avais déjà vu Flo et Emily en action.

—Eh bien, vous me voyez ravi qu'au moins un membre de mon foyer s'en sorte aussi bien, conclut le vicaire.

Il semblait sur le point d'ajouter quelque chose, mais l'attention générale fut attirée vers le tableau des scores, où Joe Arnold s'apprêtait à faire une annonce.

—Mesdames et Messieurs, commença-t-il. Peu habitué comme je suis à prendre la parole en public…

—Vas-y, lâche le morceau, cria une voix de femme, probablement celle de Daisy.

Joe pouffa.

—Oui, oui, je vais faire ça. Je voulais juste vous remercier tous d'être venus et vous annoncer qu'il va y avoir une dernière manche, à élimination directe, entre les quatre meilleures équipes, afin de déterminer le vainqueur final. La première demi-finale opposera l'équipe A du Mock of Pommey à l'équipe B du Dog and Duck. Le vainqueur affrontera soit l'équipe B du Mock, soit l'équipe A du Dog pour une place en finale. Et le vainqueur de la finale recevra un baril de cidre, généreusement offert par les Cidres Mattick, ainsi qu'un jambon de la part de notre boucher de Littleton Cotterell, M. Spratt.

—Et pourquoi pas de l'argent ? cria encore Daisy.

Joe ne releva pas – chose qu'il avait apprise à faire souvent, au fil des années.

—La première demi-finale commencera dans cinq minutes et nous vendons des sandwichs au bar.

S'ensuivit une mini-ruée vers la porte du pub, à laquelle nous ne nous joignîmes pas.

—Et si nous restions ? me proposa lady Hardcastle.

—Maintenant que nous avons fait tout ce chemin, répondis-je, autant regarder gagner les gars du cru.

Sur ce, je me joignis à la foule au bar afin de commander des boissons pour notre équipe, puis nous nous trouvâmes une place d'où regarder le reste de la compétition.

De retour à la maison après une victoire retentissante de l'équipe A du Dog and Duck, je préparai du cacao et l'emportai au salon, où ma patronne était affalée dans un fauteuil, en train de s'éventer avec un exemplaire du *Bristol News*.

—Boudiou, c'qui fait chaud, lâcha-t-elle, dans une tentative franchement mauvaise d'imiter l'accent local.

—Pas loin. Vous ne voulez donc pas de ce délicieux chocolat chaud ?

—Est-ce que j'en veux ? Non, ma chère, je *dois* le boire. Cela m'aidera à dormir.

Je lui tendis la tasse et m'installai confortablement dans l'autre fauteuil.

—Qu'allons-nous faire demain ? m'enquis-je.

—Je ne suis pas entièrement sûre de le savoir. Après l'agitation d'aujourd'hui, j'aimerais assez me reposer, seulement j'ai la sensation que nous devons insister. Si nous n'avons pas de nouvelles de Dinah d'ici au déjeuner, je lui téléphonerai au bureau du journal. N'avez-vous pas dit qu'elle devait enquêter sur le mystère de la nomination de Peppard ?

—Avec l'acharnement d'un « cochon à scandale », a-t-elle dit. Comme un cochon truffier, mais pour les scandales.

—J'avais compris, ma chère, merci bien. Certaines personnes utilisent des chiens, vous savez.

—Pour renifler les scandales ?

—Sans aucun doute, oui, mais plus communément pour les truffes. Les chiens les cherchent en échange d'un morceau de saucisse et d'un compliment : « Bravo, bon chienchien » fait parfaitement l'affaire. Alors que les cochons aiment manger ce qu'ils trouvent, l'on est donc contraint à lutter contre trois cents kilos de porc très affamé, tout cela pour récupérer le précieux champignon.

—Je ne pense pas que nous aurons à lutter contre trois cents kilos de journaliste en colère pour récupérer le nom de la bonne amie de Peppard, cependant.

—Grand Dieu, non. Je serais surprise si elle pesait ne serait-ce que cinquante kilogrammes toute mouillée.

—Vous devrez lui parler de vos soupçons concernant Franny Rogers, dis-je.

—Peut-être, mais pas tout de suite. Je pensais conserver l'information par-devers moi encore un moment, de crainte qu'elle n'influence ses investigations.

—Bien vu. Et elle m'a dit qu'elle allait interroger quelqu'un du journal d'Exeter sur Grace Chamberlain. Il se peut aussi qu'elle ait des nouvelles pour nous sur ce front-là.

—Impossible, ma chère. Comment diable quelqu'un de sa connaissance pourrait-il bien parvenir à cela ?

—Si Daisy Spratt avait débarqué sans prévenir à… Oh, je ne sais pas, disons dans un village près de Reading, par exemple.

—Arborfield, précisa ma patronne, très assurée.

—Vraiment ?

—Oui, j'ai rencontré jadis une fille d'Arborfield. Elle était fiancée à l'ami d'un ami de Cambridge.

—Je vois. Donc imaginons : Daisy débarque à Arborfield. Quelqu'un dit : « Elle a un accent de Gloucester. J'ai un ami qui travaille au *Bristol News*, je vais l'appeler pour voir si quelqu'un aurait entendu parler d'elle. » Et là, Dinah Caudle intervient, qui répond : « Je connais une Daisy Spratt de Littleton Cotterell. Brune, jolie. Charmante comme pas deux, mais elle n'arrête jamais de parler. »

—Vous vous êtes arrangée pour choisir un exemple bien précis, ma chère, me fit-elle remarquer. Je ne suis pas certaine que cela prouve quoi que ce soit.

—Cela jette un doute sur votre « impossible » de tantôt, néanmoins, non ? Car enfin, si, il y a une possibilité.

—Oui, certes, mais une extrêmement ténue.

—C'est vous qui ne cessez de me tancer pour mon usage imprécis de la langue.

—Vous avez raison, ma chère, bien sûr, convint-elle. Je lui demanderai donc si quelqu'un de l'*Exeter Post* ou je ne sais comment s'appelle cette feuille de chou aurait par hasard entendu parler de Grace Chamberlain.

—Merci. Qu'allons-nous faire d'autre ?

—Je me disais que nous pourrions nous rendre à la cidrerie.

—Les Mattick sont absents, lui rappelai-je. Et tout le personnel a été mis en congé.

—Le moment idéal pour une visite, donc. Apportez vos crocheteurs.

La route du verger et de la cidrerie était calme lorsque nous la prîmes comme nous nous rendions chez les Mattick le mardi soir.

Nous avions longuement discuté des détails pratiques et logistiques avant de quitter la maison. Tant de nos activités professionnelles se passaient en ville, où nous pouvions nous déplacer discrètement en taxi, voire à pied, que nous n'étions pas habituées à devoir nous soucier de camoufler une automobile. Dans les villages du Gloucestershire, cependant, les taxis étaient rares et les distances, trop importantes pour que la marche soit envisageable. La Rolls était donc une nécessité et un handicap dans une mesure à peu près égale.

Nous avions fini par décider, puisque les Mattick étaient absents, que l'auto attirerait moins l'attention si nous la garions dans leur cour plutôt que si nous la laissions dans l'allée. Si quelqu'un nous voyait aller et venir, nous pourrions toujours affirmer que nous leur rendions visite et ignorions qu'ils étaient absents. Ce pourrait être convaincant. Alors que si nous laissions la Rolls dans le chemin, pensions-nous, les gens risquaient de se demander ce que nous fabriquions… à juste titre.

Lady Hardcastle se gara dans la cour de galets avec une délicatesse inhabituelle et nous sortîmes, bien décidées à observer les parages.

—Pas de fumée d'aucune cheminée, remarquai-je. Et toutes les fenêtres sont fermées.

—Ils ne sont donc pas rentrés de Gloucester, déduisit ma maîtresse. Allons fouiner.

Nous marchâmes jusqu'à la maison, où nous regardâmes à l'intérieur par les carreaux.

—Je peux nous introduire si vous le souhaitez, proposai-je une fois que nous fûmes retournées devant la porte d'entrée, mais que pensons-nous trouver ? Un aveu ? Un carnet rempli de divagations dignes d'un dérangé et des dessins de ses ennemis ?

—Ce serait fort utile, dit ma patronne, cependant je me contenterais d'un objet long et pointu et d'un énorme marteau.

—Dans ce cas, je suggère que nous essayions les appentis, puis que nous allions jusqu'à la cidrerie. Je ne suis pas bégueule quand il s'agit de cambrioler si les circonstances l'exigent, toutefois c'est un peu impoli de fouiner çà et là au seul prétexte que nous en avons la possibilité.

—Eh bien, je suis de votre avis. Avec autant d'endroits où entreposer des preuves incriminantes, il serait idiot de les laisser là où son épouse risquerait de tomber dessus.

Il y avait deux bâtiments de pierre, tous deux protégés par des cadenas qui parvinrent à nous retenir dix bonnes secondes. Nous trouvâmes un assortiment d'outils de jardin dans l'un, mais rien qui corresponde à la description des armes des crimes donnée par le docteur Gosling. L'autre contenait deux bicyclettes, un châlit rouillé et quelques pièces d'ameublement non désirées, notamment un porte-chapeau, deux chaises en bois courbé, cassées, et une malle de voyage qui s'avéra vide.

—Au temps pour les appentis, conclut lady Hardcastle. Si je m'assieds dans la brouette, accepteriez-vous de me transporter jusqu'au pressoir ? Il fait trop chaud pour marcher.

—Jamais de la vie.

—Je ne sais pas ce qui se passe, avec les serviteurs modernes, grommela-t-elle. Je suis sûre que les serviteurs de mes parents les auraient transportés sur leur dos, et ils en auraient été reconnaissants, encore.

—Les temps ont changé, répondis-je. Herr Marx a noté que je faisais partie de la masse opprimée, moi, Madame. Je vais me soulever, un de ces jours, et envoyer balader le joug de la bourgeoisie capitaliste.

—Et il serait temps, oui. Mais enfin, ne voulez-vous pas me transporter ? Il fait trop chaud.

—Non, insistai-je. Allez, un pied devant l'autre. Marcher vous rafraîchira.

—Enfin, cela n'a pas de sens.

—À tout le moins, cela vous conduira à l'ombre. Et si vous êtes sage, je vous achèterai une glace dans le salon de thé de Chipping Bevington.

Toujours marmottante, elle s'engagea la première sur le chemin de terre qui conduisait à la cidrerie.

La cour de la cidrerie était déserte et toutes les portes, verrouillées. Les serrures étaient beaucoup plus solides que celles de la maison et des appentis, ce qui n'était guère surprenant étant donné que l'un des deux bâtiments principaux était plein de ce cidre, source de désir et de revenus substantiels, et que les autres contenaient tout le nécessaire pour en presser d'autre. Nous restâmes à contempler ce qui, nous le présumions du moins, était la bâtisse principale de la brasserie.

—Nous devrions aller voir s'il y a une porte à l'arrière, suggérai-je. Si quelqu'un s'en venait dans la cour, qui chercherait Mattick ou ses ouvriers, je ne voudrais pas me retrouver coincée à l'intérieur avec ces énormes portes grandes ouvertes.

—Vous marquez un point irréfutable, répondit ma patronne. Il y a forcément un autre accès, ne serait-ce que pour des questions de sécurité.

Nous contournâmes donc par la droite le haut… était-ce un hangar ? Une grange ? Ou la cidrerie elle-même ? Ou bien le pressoir. En tout cas, il était en pierre et nous supposâmes que l'on y entreposait les presses et les fûts de fermentation, ou quel que soit le nom donné à ces équipements.

Un appentis de pierre, bâti à l'arrière du bâtiment, semblait abriter un moteur à vapeur. Sinon, il n'y avait là pas grand-chose d'autre qu'une porte unique de taille normale, en bois et peinte en vert, avec une serrure conventionnelle et peu résistante. Je sortis mon meilleur crocheteur de la poche de ma veste en lin et m'attelai à la tâche. En quelques brefs instants la porte était déverrouillée, mais s'entêtait à rester close.

—Cadenassée de l'intérieur ? s'enquit lady Hardcastle.

—On dirait bien, oui. Nous aurions dû nous en douter, j'imagine. Je vous propose un nouveau plan d'action : je laisse celle-ci déverrouillée et nous entrons par-devant. Nous refermons derrière nous et, si la situation en vient à se gâter, nous décadenassons cette porte-ci et hop, nous filons avant que quiconque sache que nous étions là.

—Cela devrait fonctionner. Cependant, je ne vois pas quelqu'un venir en visite : j'ai l'impression que le comté entier est au courant que les Mattick sont partis chez la mère de Madame.

—C'est peut-être justement pour cela qu'il faut nous méfier, répondis-je tandis que nous retournions dans la cour.

La serrure ne me résista pas longtemps et, une fois que nous fûmes à l'intérieur, je refermai et verrouillai la porte derrière nous. Il y avait des fenêtres de toit et tout le long des murs au-dessus du niveau de la tête, si bien qu'avec le soleil brillant de cette fin août, l'espace était très lumineux.

Il y avait des tonneaux partout, et quatre gros fûts de fermentation en chêne, identiques à ceux que j'avais vus dans les caves à vin en France. Un pressoir impressionnant, un peu terrifiant même, se dressait dans le fond. Montées sur un cadre métallique, deux grosses vis devaient pousser la plaque d'acier pour écraser ce que l'on plaçait entre le lourd bloc de bois posé dessus et la robuste base de bois. Si j'en croyais mes lectures, ce devait être là le broyeur de pommes. Je remarquai des trous dans les vis, sans doute pour y insérer des barres ou des tiges qui permettaient de les faire tourner à la main, mais il y avait aussi un système complexe d'engrenages et d'arbres de transmission qui les connectait au moteur à vapeur que j'avais vu dehors.

De preuves incriminantes, en revanche, il n'y avait point. La pièce était propre et ordonnée, et tous les outils et autres équipements, soigneusement rangés. Nous la fouillâmes consciencieusement et terminâmes à la porte arrière toujours cadenassée sans rien d'autre pour récompenser nos efforts qu'une agréable odeur de pomme dans nos délicates narines.

—Je ne suis pas du tout certaine de ce que j'espérais trouver, dit ma patronne, déçue, mais quoi qu'il en soit, ce n'est assurément pas là.

—L'endroit est intéressant, cependant, non ? Ce pressoir à cidre est magnifique.

—Absolument. Vous savez, quand j'étais à Girton, nous…

Elle se tut brusquement et regarda par l'unique fenêtre, à côté des larges portes de devant.

Une femme était dehors, les mains en visière autour des yeux pour mieux regarder par le carreau. Nous nous figeâmes. Au fond de l'appentis, nous étions en partie dans l'ombre, néanmoins elle remarquerait immédiatement le moindre mouvement.

—Grace ? chuchotai-je.

Lady Hardcastle opina.

Grace Chamberlain s'écarta de la vitre et tenta d'ouvrir la porte. Si j'étais contente de l'avoir refermée derrière nous, je constatai en présence d'un visiteur réel que le reste de mon plan – nous faufiler par la porte de derrière au cas où quelqu'un viendrait – s'avérait tout à fait irréalisable.

Nous profitâmes d'un instant où elle s'écartait de la fenêtre pour nous camoufler derrière les grands fûts. Où nous attendîmes en silence.

Environ une minute plus tard, l'intruse essaya d'entrer par la porte de derrière et, là encore, je me félicitai de ne pas l'avoir décadenassée. La porte grinça sur ses gonds, mais ils tinrent bon et la femme n'insista pas davantage.

Nous lui accordâmes quelques minutes, le temps de renoncer et de s'en aller, avant que je ne me glisse subrepticement jusqu'à la fenêtre pour regarder dehors. Voyant Mlle Chamberlain sortir de la cour pour s'engager dans l'allée, j'indiquai à lady Hardcastle qu'elle pouvait aller ouvrir la porte de derrière sans danger.

En traversant la pièce, je remarquai quelque chose à demi camouflé sous un tréteau qui soutenait un énorme tonneau – j'apprendrais plus tard qu'on les appelait des cuves. Je me demandai comment nous avions pu passer à côté sans les voir, d'autant qu'il s'agissait très précisément du genre d'objet que nous espérions trouver.

Un marteau de tonnelier.

Je fis signe à ma maîtresse de venir me rejoindre.

—Regardez, lui fis-je tout bas. L'arme du crime ?

—Possible, admit-elle, songeuse.

—Le docteur Gosling saurait nous dire s'il a du sang dessus, grâce à ses potions magiques.

—De la phénolphtaléine, précisa-t-elle machinalement.

—Oui, c'est exactement ce à quoi je pensais.

Je me penchai pour ramasser le marteau.

—Non, attendez. Si nous l'emportons et qu'il s'avère que c'est effectivement l'arme du crime, Mattick pourra prétendre qu'il n'est pas à lui, qu'il ne l'a jamais vu et que nous avons dû le trouver ailleurs. Il nous accusera de chercher à le coincer en fabriquant de fausses preuves. Il faut que ce soit la police qui le trouve ici. Mieux vaut donc le laisser là et indiquer à l'inspecteur Sunderland qu'il ne serait peut-être pas inutile de fouiller la cidrerie avec la plus grande attention.

J'acquiesçai et nous sortîmes discrètement par la porte arrière.

Il nous fallut légèrement plus longtemps pour reverrouiller que nous n'en avions mis pour déverrouiller, mais le travail fut tôt achevé et nous étions à peu près certaines que personne ne remarquerait le déverrouillage. Et même dans le cas contraire, l'on partirait sans doute du principe que quelqu'un avait oublié de tirer les verrous. Comme la porte serait tout de même fermée à clé, l'alarme ne serait pas donnée.

Nous repartîmes par le sentier, direction la Rolls.

Alors que nous passions le dernier virage, je remarquai de nouveau du mouvement devant nous. Je m'immobilisai sur-le-champ et fis signe à ma patronne de nous fondre du mieux que nous pouvions dans la haie.

—Encore Grace ? me demanda-t-elle sans bruit, une fois que nous fûmes à peu près bien cachées.

—Cela y ressemblait, oui, confirmai-je. En tout cas, une femme en robe bleue.

—Presque certainement elle, donc. Je me demande ce qu'elle fiche là.

—Et nous, que fichons-nous là ?

—Nous cherchons des indices menant aux meurtres.

—Se peut-il qu'elle soit là dans la même optique ?

—Possible. Mais pourquoi ?

—Nous pourrions lui poser la question.

—Nous avons tenté par deux fois d'établir une conversation avec elle et l'inspecteur Sunderland, une de plus. Je ne suis pas sûre du tout que nous irions plus loin, quoi que nous lui demandions cette fois.

—Exact, mais…

Je m'arrêtai de parler en apercevant une silhouette qui sortait de la cour de chez les Mattick et reprenait le sentier, dans notre direction.

Nous attendîmes, immobiles et muettes, que Grace Chamberlain nous dépasse d'un pas vif. Depuis notre cachette, il n'était pas possible de voir jusqu'au bout du chemin, toutefois nous lui donnâmes ce que nous jugeâmes un temps suffisamment long avant d'émerger, d'épousseter feuilles, toiles d'araignées et un scarabée particulièrement énergique de nos vêtements.

—Désolée, fis-je. Il n'y avait guère de raison de nous cacher, si ?

—Pourquoi cela ?

—Elle sait que nous devons être quelque part dans les environs, puisqu'elle a vu la Rolls devant la maison.

—Ah oui, concéda ma maîtresse avec un sourire. Oh, eh bien, tant pis. Au moins, cela nous aura évité une rencontre embarrassante. « Oh, mais quel plaisir de vous voir. Vous fouiniez chez les Mattick ? Oui, nous aussi. La journée s'y prête merveilleusement, ne pensez-vous pas ? Bien, vous nous excuserez de ne pas nous attarder à discuter toute la sainte journée. Des choses à faire, voyez. *Ciao !* »

—J'espère que nous aurions trouvé mieux que cela, dis-je. Enfin, ce qui est fait est fait. Thé à la maison ? Je suis assoiffée.

—Je croyais que vous deviez me payer une glace à Chipping.

—Bon, vous vous êtes bien tenue, admis-je. N'empêche que j'ai tout de même besoin d'une tasse de thé. Et puis, il nous faut repasser à la maison pour téléphoner à l'inspecteur Sunderland et lui suggérer de trouver un prétexte pour aller fouiller la cidrerie.

—Bien vu, cependant il n'y a pas urgence. Je suggère donc un retour à la maison, *via* Chipping Bevington où nous nous arrêterons prendre un thé et une crème glacée.

Nous nous mîmes en route, lady Hardcastle au volant encore une fois. À quelques centaines de mètres sur le chemin, nous vîmes Grace Chamberlain, qui rentrait d'un bon pas vers son logement au Dog and Duck. Lady Hardcastle ralentit comme nous allions la dépasser.

—Par ma foi, ma chère, aimeriez-vous que vous nous déposions ? Si jamais nous allons dans votre direction. Il vous faudrait vous percher sur le coffre à bagages, mais cela vous épargnerait de marcher par cette chaleur.

—Non, merci, répondit Mlle Chamberlain, sans détourner les yeux de la route.

—Comme il vous plaira. Bonne journée.

Et elle dépassa la marcheuse.

—Nous n'allons pas dans sa direction, lui fis-je remarquer.

—Non, mais si un acte de pure gentillesse de notre part avait su l'adoucir, j'aurais renoncé à ma glace contre une conversation et quelques informations.

Alors que nous arrivions à l'embranchement avec la route de Gloucester, nous croisâmes dans le sens inverse la charrette affrétée par un propriétaire qui gérait son affaire depuis la gare ferroviaire de Chipping Bevington. Il transportait les Mattick à l'arrière. Mme Mattick nous reconnut et nous adressa un joyeux signe de la main.

—Ouh ouh ! cria-t-elle. Je n'ai pas oublié, pour le dîner.

Nous lui rendîmes son salut et continuâmes, direction Chipping.

14

Le mardi après-midi se passa peu ou prou comme prévu, entre friandises dégustées au salon de thé et appel à l'inspecteur Sunderland pour lui conseiller d'aller fouiller la cidrerie. Il nous avait assuré qu'un mandat de perquisition ne tarderait pas et qu'il pourrait rendre visite aux Mattick dans la matinée.

Le mercredi matin arriva sans tambours ni trompettes et je montai à lady Hardcastle son café et ses toasts vers 8 heures. À ma grande surprise, elle était déjà assise sur son lit, occupée à lire.

—Bonjour, chère Flo, dit-elle en reposant le livre sur sa table de chevet.

—Ohé, répondis-je.

—Ohé ? Nous passons trop de temps en compagnie de mon frère. Eh bien, ohé aussi.

—Vous le disiez tout le temps, à une époque.

—C'était avant que je me rende compte combien c'était absurde.

—J'ai eu envie d'essayer à mon tour.

—Ah oui ? Et quel effet cela fait-il ?

—Complètement ridicule. Je ne comprends pas comment Harry peut le dire sans se sentir bête.

—Oh, c'est tout Harry. Avons-nous eu des nouvelles de l'inspecteur.

—Pas encore, non, mais laissez-lui le temps. Il n'est que 8 heures.

—Je sais, seulement je suis impatiente de savoir si ce marteau a quoi que ce soit à voir avec notre affaire. J'avais imaginé une perquisition à l'aube, avec chiens et robustes agents de police armés de pistolets.

—Moi aussi, admis-je. En réalité, il n'y aura sans doute que l'inspecteur et un assistant…

—Probablement Simeon, ces deux-là me semblent travailler souvent ensemble dernièrement.

—Probablement, oui. Ils vont présenter leur mandat, tomber sur le marteau du tonnelier près du tonneau et dire : « Eh bien, qu'est-ce donc que cela ? » À quoi Mattick répondra : « C'est un marteau. Nous l'utilisons pour les petites réparations sur les fûts. » Et l'inspecteur Sunderland annoncera : « Nous allons lui faire subir des tests afin de déceler d'éventuelles traces de sang, si vous n'y voyez pas d'inconvénient » et le docteur Gosling farfouillera dans son sac en quête de sa mystérieuse potion…

—La phénolphtaléine.

—Vous savez que jamais je ne mémoriserai ce mot, n'est-ce pas ? Bref, le docteur Gosling va chercher sur le marteau d'éventuelles traces de sang et…

J'entendis le téléphone sonner.

—Je ferais bien d'aller répondre, dis-je. Edna est terrifiée par l'appareil, elle est convaincue qu'il va l'électrocuter. Et Miss Jones ne juge pas qu'il entre dans ses attributions de répondre au téléphone. « Imaginez que ce soit quelqu'un d'important, que dirais-je ? »

Lady Hardcastle s'esclaffa.

—Cela dit, c'est très possiblement pour moi. Je ferais bien de venir avec vous.

Nous nous hâtâmes dans le couloir et je décrochai le combiné.

—Chipping Bevington vingt-trois, annonçai-je. Résidence de lady Hardcastle.

—Mademoiselle Armstrong, répondit une voix familière. Est-ce vous ?

—Oui, Inspecteur.

—Est-ce ainsi que vous répondez au téléphone à présent ?

—Je teste. Vous aimez ?

—Pas tellement. Est-elle debout ?

—Absolument, confirmai-je. Souhaiteriez-vous lui parler ?

—J'ai toujours plaisir à lui parler, toutefois ce n'est pas nécessaire. Pouvez-vous venir toutes les deux à la cidrerie ? Il y a là-bas quelque chose que j'aimerais vous montrer.

—Quelle sorte de quelque chose ?

—Abel Mattick. Il est mort.

Je pris le volant vers la cidrerie, pas mécontente de sortir prendre l'air frais, tandis que ma maîtresse s'agitait avec sa sacoche à croquis et méditait sur nos échecs en tant que détectives.

—Tout semblait pourtant tellement logique, maugréait-elle. Le mari cocufié qui assassinait ses deux rivaux, dont l'un était aussi en compétition avec lui pour le poste de Grand Manitou de l'ordre mystique des Inquiets des Pommes. Le suspect idéal.

—C'est toujours ainsi, admis-je. Nous soupçonnons une série de mauvaises personnes, certaines finissent assassinées elles-mêmes, jusqu'à ce que nous comprenions enfin qui est le véritable tueur. C'est exactement ainsi que cela fonctionne à chaque fois.

—Oui, vous avez sans doute raison. Le plus frustrant, c'est que nous ne savons jamais combien de faux suspects il nous faudra faire passer par pertes et profits avant de découvrir la vérité. Le laps de temps n'est pas fixe entre la première fois que nous sommes informées du meurtre et le moment où nous élucidons l'identité du tueur.

—Je pense que si, au contraire. Si vous repensez à nos affaires récentes, je crois que vous constaterez qu'elles se sont toutes à peu près conclues dans le même laps de temps.

—Quoi qu'il en soit, reprit-elle, finissant par refermer la sacoche, je suis mécontente de mon échec, de ma façon de tirer trop vite une conclusion. Sans même parler du reste, deux hommes sont morts pendant que nous perdions notre temps à les soupçonner. Si j'avais mieux réfléchi, nous aurions pu les sauver.

—Nous ne les avons pas tués. Ce n'est pas notre faute, c'est celle du tueur.

—Oui, vous avez sans doute raison, soupira-t-elle. Il n'empêche…

Je me garai dans la cour et nous descendîmes de voiture pour trouver l'inspecteur Sunderland, le docteur Gosling, le sergent Dobson et l'agent Hancock entourant un cadavre trempé, allongé près d'un tonneau renversé au milieu d'une grande flaque de liquide. Il flottait dans l'air une odeur de cidre.

—Ah, bonjour Madame, lança l'inspecteur en nous voyant. Et mademoiselle Armstrong, bien sûr.

—Bonjour Inspecteur, répondîmes-nous ensemble.

—Messieurs, fit ma patronne avec un signe de la tête.

Les autres nous saluèrent aussi et je dus retenir un sourire face à l'absurdité de ce rituel social interminable, pratiqué tandis que nous nous tenions tous autour d'une mare de mort.

—Je suis désolé de vous faire venir ici en ces circonstances affreuses, enchaîna l'inspecteur.

—Ne vous excusez pas, le rassura lady Hardcastle, qui avait déjà commencé à croquer la scène. Était-il dans le fût de cidre ?

—J'en ai bien peur, répondit le docteur Gosling. Et d'après l'état du corps, il a été assommé d'un coup de quelque chose de plat à l'arrière de la tête, une planche, peut-être, puis plongé dans le tonneau avec ceci. (Il désignait un palan monté sur le côté du bâtiment.) Ils s'en servent pour hisser les fûts les plus lourds sur des chariots.

—Je vois. Est-il mort noyé ?

—Je ne puis le dire pour le moment. Après un coup pareil, il est possible qu'il ait déjà été mort, mais j'en saurai plus quand je l'aurai examiné à la morgue.

—L'avez-vous trouvé ou… ? m'enquis-je.

—Nous l'avons trouvé, répondit l'inspecteur. Mme Mattick au moins s'est vu épargner cela, cependant elle est dans un état déplorable, comme vous pouvez l'imaginer.

—Est-elle seule ?

—Non, Mademoiselle. Hancock est allé chercher une de ses amies de la ferme, là-bas, fit-il, un doigt tendu de l'autre côté de la route. On s'occupe d'elle.

—Bien.

—Savons-nous quand c'est arrivé ? demanda ma patronne.

—D'après Mme Mattick, il s'est levé à l'aube pour aller voir si la cidrerie était en ordre. La récolte a été retardée, à cause de la mort de Cridland, mais ils ont rameuté de l'aide et ils espèrent commencer à la fin de la semaine. Et cela signifie que tout à la cidrerie devait être propre et prêt, raison pour laquelle il voulait se mettre à l'ouvrage de bonne heure. Nous sommes arrivés peu après 8 heures avec le mandat de perquisition. Il y avait du cidre répandu partout autour du fût et le couvercle était légèrement de travers, si bien que le sergent Dobson a jeté un coup d'œil à l'intérieur.

—Quelle horreur ! Y avait-il la valeur d'un homme de cidre au sol ?

—Comment cela, Madame ?

—Eh bien, Mattick a dû déplacer presque son volume en cidre quand le tueur l'a plongé dans le tonneau. Je me demandais ce qu'il en restait. S'il n'y en avait pas beaucoup, cela signifierait que le cidre avait séché et nous pourrions en déduire qu'il a été tué peu après son arrivée ici. S'il y en avait beaucoup, alors ce pourrait être plus récent.

—Bien réfléchi, Emily, la félicita le docteur Gosling. Ça alors, bien vu. Je dirais qu'il y en avait pas mal, toutefois je ne saurais quantifier avec exactitude le taux d'évaporation du cidre. Par conséquent, je ne sais pas ce que cela pourrait nous apprendre. Ma méthode habituelle est plutôt celle de la température corporelle. Cependant, l'eau conduisant la chaleur bien plus rapidement que l'air, je ne saurais là non plus m'avancer sur le calcul, avant d'avoir compulsé mes livres. Je vais prendre la température de l'un des autres tonneaux, néanmoins, ce qui me permettra peut-être de vous donner une approximation assez fiable.

—Pauvre vieux Mattick, commenta lady Hardcastle. Qu'est-ce que cela ? ajouta-t-elle soudain, désignant ce qui ressemblait à un flacon médicinal, au sol, près du corps de Mattick.

—Cela, Madame, répondit l'inspecteur, c'est la raison pour laquelle je vous ai demandé de venir. Nous l'avons trouvé dans le fût avec lui.

Nous nous approchâmes et nous accroupîmes afin d'examiner le flacon. L'étiquette avait commencé à se décoller aux endroits où elle avait trempé dans le cidre, mais elle restait lisible : *Élixir de Hardiman*.

—Une pomme dans la bouche, une salière et une poivrière, énuméra ma patronne, et maintenant un flacon d'une sorte de médicament. Probablement d'une efficacité douteuse.

—Not' m'man ne jure que par lui, commenta l'agent Hancock.

—Mes excuses. Toutefois, il y a du sens derrière tout cela. Ce ne peut être le fruit du hasard. Le tueur nous dit quelque chose.

—Ou du moins, quelqu'un dit quelque chose à quelqu'un, nuançai-je. Ce pourrait être un message destiné à quelqu'un d'autre que nous. Et nous n'envisageons donc plus que le sel et le poivre soient un message de la part de Peppard lui-même ?

—C'est moins probable maintenant, ne pensez-vous pas ? me dit ma maîtresse. À présent que nous avons trouvé trois objets liés à de la nourriture auprès de chaque victime… il semble bien plus plausible que ce soit l'œuvre du tueur.

—Eh bien, si vous parvenez à découvrir pourquoi, reprit l'inspecteur, nous pourrions être un peu plus près de découvrir l'identité du responsable de tout cela.

—De préférence avant qu'il ne tue à nouveau.

—Ou elle, précisai-je.

—Oui, tout à fait, convint-elle. Nous avons vu Grace Chamberlain ici hier après-midi.

—Que faisiez-vous ici ? s'étonna l'inspecteur.

—Nous fouinions. Ne vous inquiétez pas, nous n'avons enfreint aucune loi. Et la maison comme la cidrerie étaient soigneusement fermées à clé, si bien que Mlle Chamberlain non plus.

L'inspecteur Sunderland sourit. De toute évidence, il n'était pas convaincu par son affirmation quant à l'absence d'infraction, mais il ne fit aucun commentaire.

Au lieu de quoi, il demanda :

—Lui avez-vous parlé ?

—Non, nous nous sommes crues terriblement malignes à nous cacher dans la haie, afin qu'elle ne sache pas que nous étions là.

—Jusqu'à ce que nous nous rappelions que nous avions laissé la Rolls garée devant chez les Mattick, complétai-je. De fait, évidemment, la ruse était inutile.

—Plus tard, nous l'avons dépassée sur la route et lui avons proposé de l'emmener en voiture, mais elle a refusé, termina lady Hardcastle.

—Je vais devoir lui parler lorsque nous retournerons au village, commenta l'inspecteur.

—Bonne chance.

—Effectivement, renchérit ma patronne. Y a-t-il quoi que ce soit d'utile que nous puissions faire ?

—Non, merci, Madame. Je voulais juste que vous voyiez le flacon d'élixir *in situ*, pour le cas où il éveillerait quelque chose, mais ceci mis à part, tout est en main.

—Dans ce cas, nous allons vous laisser travailler. Nous avons une énigme à résoudre.

—J'apprécie votre aide, Madame.

—Il est flatteur d'être impliquées, Inspecteur. Bonne journée, Messieurs.

Nous remontâmes dans la Rolls et reprîmes le chemin de la maison.

Lorsque nous contournâmes la place du village, M. Weakley arrangeait son étal de betteraves, choux-fleurs et fèves devant son magasin. Il nous fit signe, de la main, de nous arrêter, puis s'empressa de venir à notre rencontre dans l'auto, une poignée de fèves encore à la main.

—Est-ce vrai ? demanda-t-il avec anxiété.

—Bonjour, monsieur Weakley, répondit ma maîtresse. Si quoi est vrai ?

—Edna Gibson m'a dit qu'on avait trouvé Abel Mattick noyé dans un tonneau de cidre.

—Ah oui, elle a dit cela ? Les nouvelles vont vite. Eh bien, oui, je suis désolée de devoir vous confirmer que votre ami a été assassiné.

—Plus aucun de nous n'est en sécurité.

—En général, je m'efforce de ne pas céder à l'alarmisme, monsieur Weakley, toutefois dans ce cas précis, je crains bien que vous puissiez avoir raison. Je vous enjoins de prendre vos précautions. Et si quoi que ce soit vous venait en tête, n'importe quoi, qui soit susceptible d'aider la police à attraper le coupable de ces crimes odieux, il faut le dire sans hésiter.

—Et s'il s'en prend à moi ?

—Cela signifie-t-il que vous savez quelque chose mais avez peur de parler ?

—Depuis un moment, je me demande si…

Il se tut en apercevant Septimus Holman, qui sortait sur le trottoir afin de coller sur la vitrine de sa boutique une affichette annonçant que les flans étaient en promotion.

—Vous voulez peut-être d'autres fraises, Madame, lança Weakley un peu trop fort. Je pourrais venir vous les livrer moi-même.

Lady Hardcastle opina du chef.

—Si cela ne vous dérange pas trop, oui, ce serait bien aimable. Merci.

—Voyons… Il est 10 h 30… je peux prendre une pause à 11 heures si cela vous convient ?

—Absolument, ce serait extra. Nous les dégusterons ainsi pour le déjeuner. Merci, monsieur Weakley, *ciao* !

Je redémarrai.

Nous eûmes le temps de nous débarrasser de nos chapeaux, de demander à Miss Jones de nous apporter café et gâteau au salon, où nous allâmes mettre à jour le tableau du crime.

—Trois meurtres, dit lady Hardcastle en punaisant un croquis de la cidrerie. Tous des Weryers. Tous retrouvés avec un objet lié à de la nourriture sur ou à proximité du corps. Et maintenant, notre marchand des quatre-saisons du village a peur pour sa vie.

—Pas sans raison, précisai-je. Au vu des circonstances.

—Oui, tout à fait. Je ne serais pas étonnée que les autres soient à cran aussi.

—Tous sauf un.

—Je n'élimine pas pour l'instant la possibilité qu'il puisse s'agir de quelqu'un d'étranger au groupe. Je sais que j'ai beaucoup répété qu'il devait s'agir de l'un des Weryers, mais je n'en suis plus aussi certaine. Un meurtre peut résulter d'une querelle entre membres. Deux, il faudrait déjà une dispute bien plus significative. Mais trois meurtres ? Trois assassinats d'hommes appartenant tous à la même association… Cela aurait plus des airs de vendetta, ne trouvez-vous pas ? Quelqu'un qui en voudrait aux Weryers pour quelque tort passé.

—Dans ce cas, ce pourrait être n'importe qui au village, arguai-je. Voire au-delà. Les Weryers ont des liens dans tout le comté, même jusqu'à Bristol.

—C'est une possibilité, en effet. Toutefois, ce doit être quelqu'un qui ait accès au verger, à la tonnellerie et à la cidrerie aux petites heures du jour. Il est donc plus probable que ce soit un local.

—Ou quelqu'un du Devon qui se trouve loger dans la localité.

—Oui… mais… je peine à voir quel serait son mobile. Elle est d'Exeter, voire de plus loin. Quels liens peut-elle bien avoir avec le village ?

—Nous avons été bien trop aimables avec elle, repris-je. Nous avons haussé les épaules et accepté son silence comme s'il n'y avait rien à y faire. Nous devons nous montrer un peu plus dures.

—Je m'accroche à l'espoir que nous puissions contourner sa réticence à parler en découvrant la vérité par d'autres moyens. Je n'ai pas perdu espoir concernant les recherches entamées par Dinah. D'ailleurs, j'avais dit que j'allais lui téléphoner aujourd'hui, n'est-ce pas ? Je pourrais peut-être le faire avant que M. Weakley n'arrive.

À cet instant, la cloche sonna à la porte, lui coupant l'herbe sous le pied. Je jetai un coup d'œil à l'horloge et constatai qu'il n'était pas encore 11 heures. Ce ne pouvait donc pas être le primeur. Pas encore.

J'allai répondre.

—Monsieur Weakley, dis-je en ouvrant, prenant les fraises qui m'étaient aussitôt fourrées dans les mains. Merci beaucoup, vraiment. Nous prenions justement le café dans le salon, ajoutai-je à voix plus basse. Aimeriez-vous vous joindre à nous ?

—C'est très aimable à vous, Mademoiselle, répondit-il tout aussi discrètement.

Aussi subrepticement qu'il nous fut possible à tous les deux, je le précédai au salon. J'adorais Edna, comme on aime une tante préférée, mais nous avions déjà eu la preuve renouvelée ce matin de sa propension au commérage, et il était évident, au vu du comportement de M. Weakley plus tôt, qu'il ne voulait pas que quiconque sache qu'il nous avait parlé. Mieux valait donc pour tout le monde qu'elle ignore sa présence ici.

Je le fis donc discrètement entrer dans le salon et refermai la porte derrière nous.

—Rebonjour, monsieur Weakley, lança lady Hardcastle, postée près du tableau du crime. Prenez donc un siège.

—Nous avons du café, renchéris-je. En souhaitez-vous un ?

—C'est bien aimable à vous, Mademoiselle, répondit-il en s'asseyant, mal à l'aise, dans l'un des fauteuils, mais j'ai bien peur que ça ne soit pas dans mes goûts. Je n'ai jamais pu m'entendre avec le café.

Il ponctua son aveu d'un sourire nerveux.

—Je peux aller vous chercher du thé, proposai-je.

—Non, miss, merci. Pour être honnête, j'ai parfois l'impression que je vais me transformer en théière. C'est cette chaleur. Elle me donne tellement soif tout le temps… Et puis…

—Et puis, vous préféreriez que je ne donne pas à Edna de raison de s'interroger sur l'identité du visiteur venu boire le thé avec nous.

—Voilà, aussi, admit-il. J'aime beaucoup Edna, et puis son Dan itou, mais elle a tendance à…

—Aux commérages ? le coupa lady Hardcastle.

—Si vous voulez répandre une nouvelle dans tout le comté, il faut la dire à Edna ou passer une annonce dans le journal. La seule différence, c'est qu'il faudra attendre un jour ou deux avant que le journal soit imprimé, alors que notre bonne vieille Edna peut faire circuler ça avant la tombée de la nuit.

—C'est un talent bien utile. C'est grâce à elle que nous connaissons les nouvelles du village. Toutefois, vous avez raison. La discrétion est importante, dans l'affaire qui nous occupe, tout comme, j'imagine, la promptitude. Vous ne souhaitez pas vous absenter trop longtemps du magasin, je présume ? Alors, dites-nous ce qui vous perturbe.

—Perturber, c'est pas vraiment le mot exact, Madame. Je suis perturbé par les meurtres, bien sûr. Terrifié, même. Mais en réalité, la chose qui me turlupine est plutôt une source de réconfort. Ou disons plutôt de réassurance, peut-être.

—Je vois. Et qu'est-ce donc ?

—Nous ne sommes qu'à quatre jours du vingtième anniversaire de l'un des jours les plus noirs de l'histoire des Weryers. Enfin, c'était le plus noir jusqu'à récemment, du moins. Je ne sais pas lequel on choisirait, maintenant. Bref, le 3 septembre 1891, un jeune membre des Weryers a été assassiné. Personne n'en parle et je ne vivais pas ici à l'époque, pourtant je sais qui avait fait le coup : l'un des autres Weryers, il a été pendu pour ça.

—Savez-vous de qui il s'agissait ? demandai-je. Ou ce qu'il s'est passé ? Le mobile de son geste ?

—Non, comme je l'ai dit, ils n'en parlent pas. C'est comme le secret honteux du village. Des deux villages, en fait, ils sont tout aussi mutiques à Woodworthy. Je n'ai réussi à tirer que ce peu d'information de Fred Spratt l'autre jour. Je les ai entendus parler, Eunice et lui, de « l'anniversaire » et j'ai cru qu'une fête se préparait, alors j'ai demandé pour quand c'était, le joyeux jour.

—Et en quoi cette information est-elle rassurante ? s'enquit lady Hardcastle.

—Parce que je n'étais pas là à l'époque. Je suis de Chew Magna, de l'autre côté de la ville. J'ai emménagé ici il y a dix ans avec ma femme. Elle est de par ici, voyez ? C'était le commerce de son père. Mais bref, ça veut dire que je n'étais en rien impliqué.

—Alors que Cridland, Peppard et Mattick, si ?

—Oui, ils étaient Commissaires, à l'époque, bien sûr c'étaient les membres les plus récents, comme moi actuellement, mais ils étaient tous Weryers quand le meurtre a eu lieu.

—Y a-t-il d'autres membres de cette époque toujours dans les parages ? voulus-je savoir.

—Rien qu'Uzzle et Starks. Les autres, on est des jeunots, par comparaison. Je ne pense pas…

Un bruit, dans le couloir, nous interrompit.

Nous attendîmes jusqu'à entendre les pas d'Edna dans l'escalier.

—Je ne pense pas que les autres faisaient beaucoup attention aux Weryers, à l'époque, termina-t-il.

—Voilà qui est très intéressant, conclut ma patronne. Merci vraiment beaucoup de nous en avoir parlé.

—Il me semblait que je devais, Madame.

—Merci quoi qu'il en soit. Maintenant, je ne voudrais pas vous mettre à la porte, mais voudriez-vous profiter de ce qu'Edna est occupée à l'étage pour vous glisser discrètement dehors ?

—J'apprécierais, oui. J'espère que la police et vous, vous allez réussir à arrêter le tueur.

—Nous allons essayer, en tout cas. Bonne journée, monsieur Weakley. Et merci pour les fraises.

—Je vous raccompagne, proposai-je.

J'ouvris la porte, vérifiai que la voie était libre, puis je lui fis traverser le couloir à la hâte et gagner l'extérieur.

De retour au salon, je m'affalai dans un fauteuil tandis que lady Hardcastle continuait de reporter ses notes sur le tableau du crime.

—Des douze Weryers de 1891, dit-elle, deux sont morts à l'époque : un tué par le second, le second pendu pour le crime. Jusque très récemment, cinq restaient associés à l'ordre, dont trois sont désormais morts. Si leur mort est d'une manière ou d'une autre liée avec les événements d'il y a vingt ans, les deux survivants… Cornelius Starks, le Grand Ponte, et Griffith Uzzle, le tavernier de Woodworthy, doivent ou devraient avoir bien peur pour leur vie.

—À moins que l'un des deux ne soit le meurtrier.

—C'est une possibilité que nous serions bien sottes d'écarter, naturellement. Cependant, quel serait leur mobile ? La seule chose qui me vienne à l'esprit, ce serait que Starks tente de protéger le nom de l'ordre et sa réputation en éliminant les gens qui étaient au courant de son passé sombre et secret.

—Et en créant un présent sombre et secret. Ce n'est guère convaincant. Et pourquoi maintenant ? Il a eu vingt ans pour s'en occuper.

—Il s'inquiète de l'héritage qu'il va laisser, peut-être ? Il souhaite garder l'ordre tel quel, avec ses secrets bien conservés ?

—Hmm. Peut-être. Mais et Swanton, alors ?

—Et Swanton, en effet ? Nous ne pouvons pas oublier que les morts l'avaient écarté.

—Vous l'avez rencontré. Vous a-t-il fait l'impression d'un homme à se lancer dans une vendetta parce que de vilains garçons ont refusé de le laisser rejoindre leur gang ?

—Je vous avoue que je trouve cela peu probable. Cela dit, je me demande combien de tueurs passaient pour des gens parfaitement raisonnables jusqu'au moment où ils ont perdu les pédales. Je vais le garder sur la liste jusqu'à ce que nous parvenions à prouver que ce n'est pas lui.

—Et les autres ?

—Je n'ai absolument rien sur Uzzle. Et de toute façon, il ne bougerait pas une oreille sans la permission de son épouse.

—Elle s'est montrée tout à fait aimable avec nous, mais il était clair que c'était elle qui commandait, non ? Betty.

—Était-ce son prénom ?

—Je pense que c'est ainsi que l'a appelée Cissy, répondis-je. C'est peut-être le nom de Griff qui est inscrit sur la porte, mais c'est elle qui gère la taverne.

—Peut-être qu'elle…

—Là encore, la coupai-je, pourquoi ?

—Mais oui, c'est toujours cela, hein ? Pourquoi donc ?

—Et si tout cela a quoi que ce soit à voir avec les événements d'il y a vingt ans, repris-je, Grace Chamberlain ne peut pas y être mêlée. Quel âge a-t-elle ? Vingt-cinq ans ? Guère plus. Elle devait être petite et vivre à quatre-vingt-dix *miles* de là, dans le Devon.

—Auquel cas, je reviens à un homme du cru ou… Eh bien, savez-vous, je crois que je suis en train de me faire à l'idée que ce pourrait être Cornelius Starks. Une virée au bureau de l'avocat de Chipping Bevington vous tenterait-elle ? Au pire, nous pourrions peut-être persuader M. Starks de nous éclairer quant au meurtre d'il y a vingt ans.

—Je vais chercher nos chapeaux.

La grand-rue de Chipping Bevington était bien agréable, un mercredi. Le jour de marché n'était que le jeudi. La ville devenait alors complètement folle, mais en l'absence de marché, le commerce un mercredi était une affaire tout à fait raffinée.

Évidemment, lady Hardcastle arriva avec toute la grâce et le calme d'un essaim de guêpes en colère, et la Rolls s'arrêta devant les bureaux de MM. Starks,

Lemmings et Wetmore, Avocats et Commissaires à l'assermentation, dans un crissement de pneus et un nouveau tas de fumier. Cela devenait sa spécialité.

Nous franchîmes la porte banale et fûmes cette fois encore accueillies par le secrétaire potelé. Qui leva les yeux vers l'horloge.

—Bon… après-midi, Mesdames, dit-il après avoir vérifié à deux fois que l'aiguille des minutes avait bien dépassé midi. Lady Hardcastle et mademoiselle Armstrong, c'est cela ?

—Tout à fait cela, confirma ma patronne. Bonjour à vous aussi, monsieur White. M. Starks est-il disponible ?

—Il est occupé avec une transaction immobilière assez compliquée ce matin et il a demandé à ne pas être dérangé, j'en ai peur. Je peux prendre un message et le prier de vous téléphoner plus tard. Avez-vous le téléphone ?

—Absolument. Mais auriez-vous tout de même l'obligeance de l'interrompre ? Dites-lui que nous souhaitons nous entretenir avec lui du vingtième anniversaire.

—J'ai bien peur…

—Vraiment, je me dois d'insister, monsieur White. Je n'aurais pas fait toute la route jusqu'ici si ce n'était extrêmement urgent.

Il soupira.

—Très bien, Madame. Le vingtième anniversaire de quoi ?

—Il comprendra.

Le clerc sortit par la porte de derrière et nous entendîmes ses pas dans l'escalier.

Quelques minutes plus tard, les pas revinrent et la porte se rouvrit.

—Je crains que M. Starks ne puisse être interrompu, annonça le clerc.

—Lui avez-vous transmis mon message ? s'étonna lady Hardcastle.

—Oui, Madame. Il dit qu'il ne voit pas du tout à quoi vous pouvez bien faire référence et vous suggère, avec tout son respect, de prendre rendez-vous si vous souhaitez lui parler.

—Je vois. Très bien, nous le contacterons. Bonne journée, monsieur White.

Sur ce, nous repartîmes.

Alors que je m'attendais à ce que nous reprenions la voiture, ma patronne restait plantée sur le trottoir, une main sur le pare-brise.

—Il ne voit pas du tout à quoi je fais référence, tiens donc, fit-elle.

—M. Weakley a bien dit que c'était une chose dont ils ne parlaient pas, lui rappelai-je.

—Exact. Pourtant, l'on aurait pu imaginer qu'il désire nous aider, d'autant plus maintenant qu'il y a une possibilité que les meurtres soient liés à l'anniversaire et qu'il soit le prochain sur la liste.

—À moins…

—C'est exactement ce que je pense. À moins qu'il ne soit impliqué d'une manière ou d'une autre. Ce qu'il nous faut, très chère Florence, c'est faire un saut au bureau du *Bristol News*. Nous avons promis à l'inspecteur de passer en revue les journaux de l'époque et leurs archives devraient contenir des articles sur le meurtre d'origine et du procès.

—S'ils nous laissent regarder, nuançai-je. Les journaux ne nous ont jamais été terriblement utiles par le passé. Au *Times*, ils n'ont même pas voulu nous ouvrir leurs portes, la dernière fois, quand nous enquêtions sur l'implication du duc de Taunton dans l'affaire hongroise.

—Ah, mais nous avons un contact au *Bristol News*, ne l'oubliez pas. Dinah va s'occuper de nous.

—À la maison pour l'appeler, dans ce cas ?

—Non. D'abord une crème glacée, puis à la maison.

Nous remontâmes la grand-rue jusqu'au salon de thé.

Mlle Caudle, bien que très disposée à nous aider, ne pouvait nous obtenir une visite des archives avant la semaine suivante au plus tôt. Nous tenions l'appareil entre nous afin que je puisse écouter la conversation.

—Le problème, chère Dinah, lui répondit lady Hardcastle, c'est que nous commençons à nous demander si les meurtres ne seraient pas liés à l'anniversaire qui tombe dimanche. Si tel est le cas, eh bien la semaine prochaine, il sera trop tard, je le crains. Starks et Uzzle pourraient être en danger.

—Ah, je vois, répondit la voix déformée de Mlle Caudle. Je suppose que vous avez déjà essayé votre bibliothèque municipale ?

—Nous n'avons pas de bibliothèque… Oh, celle de Chipping Bevington, vous voulez dire ?

—Je ne pensais pas à celle-là en particulier, mais s'il y en a une là-bas, alors oui. Il se peut qu'ils aient gardé des exemplaires des vieux journaux, notamment si l'affaire a marqué la presse locale.

—Ce que je suis bête, fit ma maîtresse. Nous avons pourtant déjà utilisé la bibliothèque de Bristol pour nos recherches, mais j'oubliais que nous en avons une aussi non loin de chez nous. Nous rentrons tout juste de Chipping Bevington, nous aurions pu y aller directement, si mon esprit fonctionnait correctement. Nous allons devoir y retourner.

—Serez-vous en mesure d'y aller demain ?

—Le plus tôt sera le mieux, je pense. Le tueur ne semble pas avoir d'emploi du temps à proprement parler, mais si tout ceci est lié avec le meurtre de 1891, je ne l'imagine pas laisser passer l'anniversaire de dimanche. Je redoute même une sorte de bouquet final. Cependant, si nous avons une meilleure idée de la chose avant, nous parviendrons peut-être à sauver Uzzle et Starks. C'est pourquoi nous espérions visiter vos archives demain, voyez-vous. Mais si ce n'est pas possible, cela nous laisse tout à fait libres d'aller à Chipping.

—Formidable. En revanche, il se trouve que je serai par chez vous demain, je dois aller parler à quelqu'un pour un article sur lequel je travaille. Or cette personne connaît Franny Rogers, donc j'espérais faire d'une pierre deux coups en mettant les points sur les « i » et peut-être aussi les barres aux « t » quant aux manigances extra-maritales de Mme Rogers pendant que j'y serais. Si je peux vous fournir une troisième paire d'yeux pour votre recherche dans les journaux, ce serait d'une pierre trois coups. Autant dire une pierre fort efficace.

—Ce serait formidable, commenta ma maîtresse. Nous accueillons toute l'aide possible avec plaisir à ce stade, merci.

—Je n'ai pas la moindre idée de l'endroit où se trouve la bibliothèque, mais je suis sûre que je trouverai.

—Elle est au bout de la grand-rue, lui dis-je. Sur la gauche, si vous arrivez de la route de Gloucester. Mais le jeudi est jour de marché, ne l'oubliez pas, il se peut donc que vous deviez vous garer un peu à l'écart de la ville, et finir à pied. Et soyez vigilante aussi : il y aura des vaches.

—Il y aura quoi ?

—Oh, ne faites pas attention à elle, intervint lady Hardcastle. Sachez juste qu'il y aura grand monde.

—Très bien. Je devrais être là dans le milieu de l'après-midi, si cela vous convient.

—À demain alors, ma chère.

15

Le jeudi matin débuta lentement. Impatiente de bouger, j'étais debout et à la tâche peu après 6 heures. Lady Hardcastle, en revanche, était toujours aussi résistante à la notion du lever. Elle n'était pourtant pas une femme paresseuse, point du tout, mais malgré toute son énergie et sa diligence, une fois au lit elle était toujours réticente à se remettre en action.

L'une des tâches principales d'une servante, l'une des tâches principales de tout employé, consiste à savoir manœuvrer son employeur de manière à s'assurer que son comportement soit en tout point acceptable. Au fil des années, j'avais imaginé moult stratégies visant à contrer la force gravitationnelle du matelas : l'une de celles qui s'étaient avérées le plus efficace était ce que son amie Horatia appelait « le petit déjeuner de démarrage ».

Dans les grandes maisons, les dames se faisaient généralement servir leur petit déjeuner au lit, mais ma patronne avait toujours préféré manger à table. En dépit de cette préférence, il restait à résoudre la question du trajet jusqu'à ladite table. La plupart du temps, je parvenais à la convaincre en lui apportant un plateau de petit déjeuner élémentaire dans sa chambre et en la harcelant gentiment jusqu'à ce qu'elle soit suffisamment redressée pour se servir. Une fois fortifiée par une tasse de café et une tournée de toasts beurrés, elle se trouvait à peu près capable de déambuler, l'œil chassieux, jusqu'à la table du petit déjeuner. Et la journée pouvait alors véritablement commencer. À mes débuts à son service, j'avais usé de thé et de tartines de miel, mais elle avait une préférence de plus en plus affirmée pour le café et les toasts beurrés, sans autre fioriture, ces dernières années. Moi, je voulais bien lui apporter ce qui lui faisait plaisir, du moment qu'elle se levait.

Ce jeudi, toutefois, impossible de la tirer des plumes.

—Bonjour ! lançai-je avec entrain en arrivant dans sa chambre.

Depuis longtemps, elle avait l'habitude de dormir la tête sous les couvertures et, si la douceur des nuits avait induit un rejet des couvertures habituelles, elle était néanmoins entièrement couverte d'un drap. Ce qui la faisait ressembler à une congère égarée en plein été.

Je posai le plateau sur la table de chevet, en prenant bien soin de faire cliqueter la tasse et la sous-tasse juste ce qu'il fallait, mais n'obtins pas de réaction de sous le drap.

Je tirai les rideaux pour laisser entrer le soleil radieux. La vue sur l'allée, les champs et les bois au-delà ne manquaient jamais de m'enchanter. L'augmentation de la luminosité dans la pièce n'apporta pourtant qu'un grognement en provenance du lit.

—Quelle heure est-il ? marmonna-t-elle.

—9 heures.

—Déjà ? Mais nous avons des choses à faire !

—Je sais. Je suis venue à 7 heures et impossible de vous faire bouger d'un iota. À 8 heures, vous étiez d'une grossièreté amusante et ne m'avez pas laissé le moindre doute sur l'endroit où je pouvais me fourrer mon café et mes toasts. Alors me voici à 9 heures avec du café frais et des toasts chauds, et vous me grognez dessus pour ne pas vous avoir réveillée plus tôt.

Le drap fut aussitôt rabattu pour révéler, à la lumière, un visage froissé et encadré d'un nuage de cheveux bruns. J'avais depuis longtemps renoncé à l'idée de la convaincre de tresser ses cheveux avant de se coucher. J'arguais que cela les rendrait plus faciles à coiffer le matin venu ; elle répliquait que ce serait bosselé et inconfortable pour dormir. Nous avions décidé – compromis équitable – de la laisser faire à sa guise.

—J'ai été impolie ?

—Et colorée, oui. De quoi faire rougir une charretière. Et pour ce qui est de l'instruction quant à l'endroit où me « fourrer » le toast… bon.

—Je suis absolument navrée, ma chère. Je n'étais même pas consciente. Et certainement pas de ce qui se passait. Veuillez m'excuser.

Je ris.

—Vous êtes pardonnée. À présent, mangez votre tartine puis levez-vous, espèce de fainéante. Miss Jones servira le petit déjeuner dans le salon d'été d'ici un quart d'heure. Si vous ne descendez pas, je donne votre part au chien.

—Nous n'avons pas de chien.

—J'irai en chercher un exprès.

—Cela se tient. Merci pour le café et le toast, ma chère.

Je la laissai à son « petit déjeuner de démarrage ».

Nous étions enfin prêtes à partir pour la bibliothèque vers 11 heures, mais pile comme nous allions à la porte, le téléphone sonna.

—Chipping Bevington vingt-trois, répondis-je de ma plus belle voix de téléphone.

J'écoutai l'appelant quelques instants, puis :

—Un moment, Inspecteur, je vais voir.

J'attirai l'attention de ma maîtresse d'un claquement de doigts, qui suscita un haussement de sourcil mais point de commentaire.

—Sommes-nous en mesure d'accompagner l'inspecteur lors de sa visite à Leopold Lehane ce matin ?

—Et comment ! répondit-elle, enthousiaste. Parlez-lui de notre visite à la bibliothèque, cependant.

Je transmis et écoutai l'inspecteur encore quelques secondes.

—Il se met en route sans tarder et nous retrouvera devant chez Lehane, sur Swan Lane, dans une heure et demie environ, répétai-je. Cependant, il se demande si nous pourrions échanger quelques mots avec Sid Palmer en route, « histoire de l'éliminer ».

—Je suis sûre que cela peut se faire.

L'inspecteur me remercia et raccrocha.

—Bon, bon, lança ma patronne en se hâtant vers la porte. Assez traînassé, ma vieille. Nous ferions mieux de filer.

Je secouai la tête et la suivis jusqu'à la Rolls.

L'entreprise de matériel agricole Palmer était hébergée dans deux granges réhabilitées sur l'une des plus larges ruelles entre Littleton Cotterell et Chipping Bevington. Il y avait là une cour de belle taille, déjà bien occupée par des fermiers en quête des tout derniers équipements, et nous nous garâmes près du plus petit des deux bâtiments, qui apparemment servait de bureau de vente.

Un fermier que je reconnus pour l'avoir vu au Dog and Duck se faisait montrer un tracteur Saunderson à trois roues par un jeune vendeur enthousiaste. Il m'adressa un large sourire et un pouce levé tandis que je suivais lady Hardcastle vers le bâtiment administratif.

À l'intérieur, elle fut accueillie par un autre jeune vendeur.

—Bonjour, Madame, dit-il, l'air quelque peu surpris. En quoi puis-je… vous servir ?

—Bonjour, répondit-elle sans se démonter. Je m'appelle lady Hardcastle. Je me demandais si je pourrais parler avec M. Palmer.

—M. Sidney Palmer, Madame, ou M. Richard Palmer ?

—Sidney.

—S'agit-il d'une… visite de courtoisie ?

—D'affaires, corrigea-t-elle.

Si le jeune homme ne parut guère convaincu, il fit toutefois mine de compulser le grand agenda sur la table à côté de lui.

—Je crains que M. Palmer ne soit occupé pour l'instant. Aimeriez-vous prendre un rendez-vous ?

Avant que ma patronne ne puisse lui répondre, un homme apparut par une porte derrière lui.

—Philips est dans les parages, Densley ? Il a dit qu'il passerait en chemin pour… Oh, lady Hardcastle ? Bonjour. Qu'est-ce qui vous amène dans notre humble établissement ? Êtes-vous à la recherche d'un nouveau tracteur ? D'une charrue ? Nous venons de rentrer une gamme intéressante de herses.

—Bonjour, monsieur Palmer. J'ai bien peur qu'un seul de vos tracteurs ne remplisse à lui seul tout notre jardin. Non, c'est d'un autre sujet que je voudrais discuter. Y a-t-il un endroit plus tranquille où nous puissions nous entretenir ?

Il fronça légèrement les sourcils, mais ses manières restèrent affables lorsqu'il répondit :

—Certainement, Madame. Suivez-moi. Et Densley ? Voyez si vous pouvez me trouver Philips, voulez-vous ? Merci, mon garçon.

—Je suis désolée, reprit ma patronne, où sont mes bonnes manières ? Connaissez-vous Florence Armstrong ?

—Seulement de réputation, répondit M. Palmer. Et très récemment en tant que sauveuse du spectacle de Littleton Cotterell. Enchanté, mademoiselle Armstrong.

—Enchantée, répondis-je avec un sourire et un signe de la tête.

—Alors, dites-moi, reprit-il, que puis-je faire pour vous ?

—Nous essayons d'apprendre tout ce que nous pouvons sur les Weryers, commença ma patronne. J'ai su par Cornelius Starks que vous aviez postulé.

—En effet, mais je ne suis pas encore membre. Je ne sais donc pas trop…

—Ah, c'est justement le fait que vous ne soyez pas encore membre qui vous rend intéressant à interroger. Ils se sont montrés tout ce qu'il y a d'avenants, du moins en apparence, seulement l'on ne peut s'empêcher de se demander s'ils ne gardent pas certaines informations pour eux.

—Quelles « certaines informations » ?

—Les meurtres récents ont tous touché des membres importants des Weryers, comme vous le savez, et nous – c'est-à-dire, Mlle Armstrong, l'inspecteur Sunderland et moi-même – sommes très enclins à penser qu'il ne s'agit pas d'une simple coïncidence. Quelque chose se passe au sein des Weryers et nous cherchons toute information susceptible de nous aiguiller vers ce quelque chose.

—Ah, oui, bien sûr. J'aimerais vous aider autant que je le peux, mais je crains de ne pas savoir grand-chose sur eux qui ne soit pas déjà de notoriété publique. Je n'étais même pas au courant des meurtres avant hier après-midi, quand ma femme et moi sommes rentrés de vacances.

—Quelle terrible nouvelle pour votre retour ! commenta lady Hardcastle. Étiez-vous partis dans un bel endroit ?

—Très beau, oui. À Nice. Nous avons passé quelques jours dans le sud de la France.

—Oh, quelle merveille !

—Une merveille, oui, acquiesça-t-il avec un sourire. Je ne peux que le recommander de tout cœur.

—J'ai déjà visité la région, mais c'était il y a bien des années. J'en conserve le souvenir d'un endroit très revigorant.

—Exact. J'ai l'impression d'être un homme neuf. Nous avons même dormi une nuit ou deux à Monte-Carlo. Où nous avons gagné au casino. C'était donc un voyage profitable en plus.

—Charmant, charmant, fit ma patronne. Je gagne rarement aux jeux de cartes.

Un mensonge destiné à flatter son interlocuteur. Si je l'emportais souvent sur elle lorsque nous jouions aux cartes à la maison, la plupart du temps, c'était par manque de concentration de sa part. En vérité, elle était extrêmement douée au baccarat et avait le don incroyable de deviner quelles cartes restaient dans le sabot au vingt-et-un. Bref, elle perdait rarement de l'argent au casino.

—Oh, la plupart du temps, mon épouse doit me traîner dehors avant que je ne perde la maison, ainsi que l'entreprise et toutes nos économies, répondit M. Palmer, mais cette fois Dame Fortune m'a souri. Je pense que cela a presque remboursé tout le voyage.

—Dans ce cas, c'est encore plus merveilleux. Mais j'ignorais que vous veniez tout juste de rentrer, vous devez avoir beaucoup de travail à rattraper, et nous voilà qui venons vous questionner sur les Weryers...

—Pas de problème, Madame, pas du tout.

—Quoi qu'il en soit, nous allons vous laisser à votre tâche.

—Merci, mais je vous en prie, ne vous inquiétez pas pour ça. Le jeune Dickie s'est occupé de tout en mon absence. C'est un taiseux, mais tout à fait consciencieux. Il s'est bien débrouillé et tout roule parfaitement.

—En ce cas, je me sens moins coupable de notre intrusion. Néanmoins, si vous avez vent de quoi que ce soit qui a trait aux Weryers et qui vous semble susceptible d'être en lien avec notre affaire, n'hésitez surtout pas à nous en informer, l'inspecteur Sunderland ou moi.

Elle se leva et lui tendit sa carte de visite.

—Je n'y manquerai pas, Madame. Mais êtes-vous bien sûre que je ne puisse vous tenter avec l'un de mes beaux tracteurs ? Ou un pressoir à cidre, peut-être ? Nous en avons de petits qui seraient idéaux si vous n'avez que quelques pommiers dans votre jardin.

Lady Hardcastle sourit.

—Je garderai l'information à l'esprit, monsieur Palmer. Merci.

Nous fîmes nos adieux et il nous raccompagna à la Rolls.

Dans laquelle nous prîmes la route de Chipping Bevington.

La maison de Leopold Lehane était une demeure de pierre bâtie un peu en retrait de Swan Lane. Nous y arrivâmes pile au moment où l'inspecteur Sunderland garait son auto et nous gagnâmes la porte ensemble. L'inspecteur actionna l'impressionnant heurtoir de laiton. Une femme, la cinquantaine bien avancée et vêtue d'une robe noire, ouvrit la porte.

—Bonjour, dit l'inspecteur en lui montrant sa carte. Je suis l'inspecteur Sunderland de la police de Bristol et voici lady Hardcastle et Mlle Armstrong. M. Lehane est-il chez lui ?

La femme nous jaugea de la tête aux pieds, d'un regard à mi-chemin entre l'impatience et l'hostilité.

—Attendez ici, nous commanda-t-elle, avant de claquer la porte.

—Ciel, merci bien, commenta ma patronne.

—De quoi ? s'étonna l'inspecteur.

—Il se trouve que les serviteurs nous accueillent souvent ainsi, ces derniers temps, au point que j'en venais à me demander si nous avions commis quelque impair. Mais s'ils agissent pareil même face à un flic, eh bien c'est juste que c'est la dernière mode.

—Si j'avais un penny pour toutes les fois où l'on m'a claqué une porte au nez après que j'ai montré ma carte de police, j'aurais pu prendre ma retraite sur la côte depuis belle lurette.

La porte se rouvrit.

—C'est à quel sujet ? s'enquit la gouvernante tout de noir vêtue.

L'inspecteur était généralement connu pour l'égalité de son tempérament, toutefois je vis à son soupir las que ses réserves de patience commençaient à s'amenuiser sérieusement.

—Une fraude, Madame, répondit-il. Et potentiellement un meurtre. Puis-je entrer ?

—Je... Eh bien... Patientez ici.

Sur quoi, elle claqua derechef la porte.

—Oh, pour l'amour de...

La porte se rouvrit presque aussitôt, sur un homme à lunettes dans la fin de la soixantaine, en costume impeccable quoique légèrement daté. Son visage ridé affichait une expression anxieuse.

—Inspecteur Sunderland, c'est cela ? s'enquit-il doucement.

—Oui, Monsieur. Et vous êtes... ?

—Lehane. Leopold Lehane. Mieux vaut que vous entriez.

Il tourna les talons et traversa le petit vestibule sans un mot de plus, s'attendant manifestement à ce que nous le suivions. Je refermai après nous, avant de me hâter à leur suite dans ce qui s'avéra un petit salon.

M. Lehane nous invita à nous asseoir, mais paraissait peu disposé – ou incapable – de se mettre à l'aise lui-même. Il se mit à arpenter la pièce, en se tordant nerveusement les mains.

—Je pensais bien que ce n'était qu'une question de temps avant que vous ne passiez, commença-t-il. Vous ou quelqu'un comme vous. Quelqu'un de la police, je veux dire. J'ai fait des choses horribles et ça me pèse sur la conscience.

—Quelles choses, monsieur Lehane ? s'enquit l'inspecteur.

—Je vous demande pardon, où sont passées mes bonnes manières ? Souhaiteriez-vous du thé ?

L'inspecteur échangea un coup d'œil avec lady Hardcastle et moi, puis nous secouâmes tous la tête.

—Non, merci, monsieur Lehane. Qu'avez-vous fait ?

Les yeux rivés au sol, l'homme se débattait avec sa conscience, voilà qui était certain. Toutefois il ne ressemblait pas à un tueur. Enfin, bon, comme nous le disions souvent, les tueurs ont rarement la tête de l'emploi.

—Monsieur Lehane ? insista l'inspecteur. Qu'avez-vous fait ?

—Eh bien… je… vous voyez…

—La cour se montre souvent plus indulgente envers les gens qui avouent et manifestent des remords pour leurs crimes.

—Ah bon ?

—Tout à fait.

—Dans ce cas… Tout a commencé l'an dernier, vous voyez ? C'est Gregory. Il m'a obligé. Il a découvert, pour… Enfin, il a appris quelque chose. Quelque chose que personne ne doit savoir. Une chose privée. Il m'a pris sur le fait, vous comprenez ? Il m'a surpris avec… je ne voulais pas le faire, mais il m'a obligé. Il m'a fait chanter, voyez ? Il y aurait eu un scandale. La prison. J'aurais fini ruiné.

—Que vous a-t-il obligé à faire, monsieur Lehane ?

—Au début, ce n'étaient que quelques shillings. Il avait besoin de ma signature. Ça provenait du compte des Weryers, vous comprenez ? J'en suis le trésorier. On me fait confiance. Parce que j'étais directeur de banque, vous savez.

Lady Hardcastle avait l'air aussi déçue que moi. Si l'inspecteur éprouvait la même chose, cependant, il le cachait bien.

—Donc Gregory prenait de l'argent aux Weryers, résuma le policier, et il vous obligeait à signer l'autorisation ?

—Oui, je devais le faire, vous voyez ? Je n'avais pas le choix. Je ne pouvais pas risquer… j'aurais été ruiné.

—Que vous a-t-il forcé à faire d'autre, monsieur Lehane ? enchaîna ma patronne.

—Quoi d'autre, Madame ? Quoi d'autre ? Ce n'est donc pas assez affreux comme ça ? Qu'un ancien banquier, un membre des Weryers à qui ses compagnons ont accordé leur confiance participe à une fraude et à un détournement de fonds ? Je ne me le pardonnerai jamais.

—Vous n'avez donc rien à voir avec les meurtres des MM. Claud Cridland, Moses Peppard ou Abel Mattick ? voulut préciser l'inspecteur.

Lehane s'arrêta de faire les cent pas, bouche bée.

—Les meurtres ? Pourquoi… Je… Grand Dieu, non ! Pourquoi dites-vous une chose pareille ? En plus de mon immense souffrance, vous m'accusez de…

—Et Gregory ? le coupa ma maîtresse. Les a-t-il tués ?

—Non, non, vous ne comprenez pas. Nous n'avons rien à voir avec la mort de ces hommes. Nos crimes étaient bien pires.

—Pires que des meurtres, Monsieur ?

—Ce sont les bandits de bas étage qui commettent le meurtre, Inspecteur, l'on n'attend rien de mieux de leur part. Mais moi, je me comptais parmi les gentlemen. Un homme d'honneur. Et j'ai trahi en profitant d'un poste de confiance qui m'avait été confié par un ordre aussi noble que vénérable. J'ai trahi mes camarades. Aucun crime ne peut être pire. Je suis tourmenté par mes actes depuis des mois. Chaque jour, je m'attends à ce que l'on frappe à ma porte, à ce qu'on me passe les menottes et que, enchaîné, on m'enferme pour mes crimes. C'était presque un soulagement de vous trouver ici enfin. C'est terminé.

—Combien Gregory a-t-il volé ? s'enquit l'inspecteur.

—Une livre, trois shillings et quatre pence et demi, répondit solennellement M. Lehane.

Lady Hardcastle et moi dûmes nous retenir d'éclater de rire. C'était à mettre au crédit de Lehane, d'être aussi perturbé par le rôle qu'il avait joué dans ce vol, cependant un vol équivalent à une demi-semaine de salaire ne méritait tout de même pas la réaction à laquelle nous venions d'assister. Par chance, l'inspecteur Sunderland savait se montrer beaucoup plus professionnel.

—Je vois, Monsieur. Eh bien, je vais assurément devoir réfléchir aux mesures à prendre et je me dois de vous avertir que vous risquez fort d'être condamné pour délit mineur…

—Un délit mineur ? répéta M. Lehane. Vous voulez dire un impardonnable abus de confiance !

—Quoi qu'il en soit, Monsieur, la somme impliquée est relativement peu élevée et vous avez subi des pressions. Si vous êtes d'accord pour attester du… chantage, alors il est plus que probable que Gregory endosse l'entière responsabilité du vol.

—Mais je ne peux pas. Car tout sortirait alors au grand jour. Je serais ruiné. Et si je l'implique, Gregory mettra sa menace à exécution. Je préfère encore affronter l'accusation de vol plutôt que…

—Ah, le coupa l'inspecteur. Ah, je vois. Dans ce cas, je vais voir ce que je peux faire.

—Inspecteur, intervins-je, auriez-vous l'amabilité de quitter la pièce un bref instant ?

Il posa sur moi un regard curieux, mais finit par opiner du chef.

—Monsieur Lehane ? dit-il. Puis-je utiliser vos WC ?

L'interpellé semblait au comble de la confusion.

—Certainement, Inspecteur, répondit-il néanmoins. En haut de l'escalier, tournez à droite.

Nous attendîmes que l'inspecteur soit parti.

—Vous semblez nous connaître, monsieur Lehane, repris-je alors.

—Votre réputation vous précède, mademoiselle Armstrong. Vous êtes l'une de nos célébrités locales.

—Vous savez donc que je possède, disons, quelques talents ?

—J'ai entendu parler de quelque chose en ce sens, admit-il, l'air inquiet.

—Je parlerai à M. Gregory afin de m'assurer de la véracité de votre version des événements. Si je suis convaincue que vous nous avez raconté la vérité, je lui décrirai en des termes très explicites les horribles choses qui lui arriveraient s'il soufflait mot de votre secret. Croyez-moi, il comprendra que sa vie sera bien plus longue et bien moins inconfortable s'il avoue tout au magistrat, mais en substituant à la menace de la violence celle de la ruine.

—Mais…

—Le chantage est une chose honteuse, monsieur Lehane, surtout lorsqu'il s'agit de dissimuler un secret qui, de toute façon, sera révélé. À entendre ce que vous avez dit à l'inspecteur jusqu'à présent, vous n'avez pas avoué ouvertement avoir enfreint aucune autre loi que l'interdiction de voler. Or, dans le cas présent, je ne crois pas que vous méritiez cette accusation. Gregory n'a peut-être pas volé une grosse somme, toutefois la façon dont il a procédé décuple la noirceur de son délit à mes yeux. Il mérite d'être puni, mais j'entends veiller à ce qu'il garde son clapet bien fermé quant à ce qui a permis sa méthode d'extorsion.

—Eh bien, je…

—N'en parlons plus, l'interrompis-je. En fait, cette conversation n'a jamais eu lieu.

Nous restâmes assis en silence quelques minutes, le temps que l'inspecteur Sunderland revienne.

—M. Lehane me disait qu'il était tout à fait d'accord pour avouer la part qu'il a prise dans le détournement de fonds, annonçai-je, mais qu'il stipulera clairement dans sa déclaration qu'il a agi sous la contrainte, ayant été menacé de violence physique par Noel Gregory.

—Voilà qui est très gratifiant, commenta l'inspecteur. Merci. Je reprendrai contact pour vous donner rendez-vous afin de vous rendre dans un poste de police et d'y faire votre déposition. La démarche devrait être possible à Littleton Cotterell, ce qui me conviendrait parfaitement puisque je travaille en collaboration avec des gendarmes de là-bas, et cela vous évitera d'impliquer le poste local dc Chipping Bevington. Voilà qui minimisera les risques de commérages. Je dois cependant vous avertir que, suivant le conseil qui m'est donné, je me verrai peut-être dans la nécessité de vous arrêter et de vous condamner à ce moment-là, mais je serai satisfait de vous relâcher sous caution en attendant le verdict des magistrats. Et j'inculperai Gregory de vol et d'extorsion.

M. Lehane hocha la tête.

—Merci, Inspecteur. Et merci, mademoiselle Armstrong.

—Je n'ai rien fait, monsieur, arguai-je.

Il nous raccompagna vers la sortie et nous regagnâmes nos autos.

—Merci pour votre aide, Mesdames. Avez-vous réussi à parler avec Palmer ?

—Tout à fait, lui répondit ma patronne. Il est presque certain que ce n'est pas lui : il a un alibi extrêmement solide, puisqu'il était hors du pays lors des trois meurtres. Ou du moins est-ce ce qu'il affirme.

—Le croyez-vous ?

—C'est bien trop aisé à vérifier, répondis-je. Ses employés le sauraient, s'il avait été chez lui tout ce temps. Et même si les compagnies de chemin de fer ou de ferry n'ont pas gardé trace de ses traversées, vous pourriez passer un rapide coup de fil à la police de Nice qui vérifierait les réservations des hôtels pour vous.

—Vous avez une vision d'un optimisme charmant concernant le niveau de coopération internationale entre les forces de police, cependant vous avez raison. Bref, voilà un troisième nom à rayer de la liste.

—Une belle journée de travail, donc, conclut lady Hardcastle. Comment allons-nous procéder pour la suite ?

—Je vais avec l'inspecteur, annonçai-je.

Ayant aidé à actionner la manivelle du moteur, je sautai dans le véhicule de l'inspecteur et nous démarrâmes.

—Je ne veux pas savoir ce qui s'est dit dans cette pièce, lâcha-t-il. Jamais.

—Et vous n'en saurez rien. Tout ce que je vous demande, lorsque nous arriverons chez Gregory, c'est de m'autoriser à entrer en premier. Seule. Je vous laisserai l'arrêter et l'emmener à Bridewell ensuite. Et je rentrerai à la maison avec Madame.

De retour à la maison, nous prîmes un moment pour manger un sandwich et mettre à jour le tableau du crime.

—Nous n'en sommes plus qu'à… six suspects maintenant, compta lady Hardcastle. Starks, Uzzle, Rogers, Swanton et Grace Chamberlain. C'est encore une belle équipe, ne trouvez-vous pas ?

—Exact, acquiesçai-je. J'ai toutefois le pressentiment que ce voyage à la bibliothèque va nous éclairer.

—Je l'espère. (Elle consulta sa montre.) D'ailleurs nous ferions mieux de nous mettre en route. Je conduis.

16

Avec lady Hardcastle au volant tandis que nous traversions le village, j'eus la possibilité de bien voir ce qui se passait sur la place.

—Oh, commentai-je, comprenant soudain. Ils construisent une salle de banquet temporaire, n'est-ce pas ?

—C'est ce que j'ai supposé toute la semaine, confirma ma patronne. Qu'y voyiez-vous, de votre côté ?

—Je ne sais pas. Une forme de bâtiment, à coup sûr, jusque-là c'est évident, seulement je n'arrivais pas à déterminer à quelle fin il serait utilisé.

—Vous avez vous-même conseillé à Gertie d'organiser le souper de la Fête des récoltes sur la place.

—En plein air, précisai-je. Je n'avais pas imaginé qu'ils se donneraient tout ce mal.

Le bois de l'estrade du spectacle du village avait été réutilisé pour construire un vaste cadre, auquel Charley Hill et ses gars clouaient à présent des draps de toile qui formeraient un toit et des murs. Même si le temps venait à changer, nous serions bien à l'abri et au sec là-dessous.

Lady Farley-Stroud se tenait à l'intérieur de la nouvelle structure, à diriger ses bénévoles dans le positionnement des tables et des chaises. Elle nous aperçut au moment où nous contournions la place à toute bringue et nous adressa un signe empressé de la main. Lady Hardcastle freina avec une brusquerie alarmante et je dus me retenir au tableau de bord pour ne pas être projetée à travers le pare-brise et par-dessus le capot.

—Que pensez-vous de notre mise en œuvre de votre merveilleuse idée ? nous lança lady Farley-Stroud en approchant de la Rolls. M. Hill a fait un travail formidable, ne trouvez-vous pas ?

—Si fait, répondis-je. C'est magnifique. Toutefois, je ne peux m'attribuer…

—Le banquet est prévu dimanche soir, juste après la messe de la Fête des récoltes. Et la parade aura lieu à midi. Serez-vous là toutes les deux ?

—Nous ne manquerions cela pour rien au monde, lui assura ma patronne.

—Bien, approuva lady Farley-Stroud avec un grand sourire. Ce sera bon pour le moral du village. Les gens sont terrifiés, les pauvres. Trois hommes assassinés et pas une seule arrestation en vue. Ils se demandent qui sera le prochain. Ils font bonne figure, bien sûr, il le faut, n'est-ce pas ?

—Il le faut, ma chère. Que pouvons-nous faire d'autre ? Ces hommes avaient-ils beaucoup d'amis au village ?

—Ils étaient tous bien appréciés, certainement. Surtout ce cher Moses Peppard. Si j'avais eu trente ans de moins…

—Si seulement nous étions tous un peu plus jeunes, la coupa lady Hardcastle. Songez comme nous nous amuserions avec les connaissances que nous avons maintenant.

—Oh, je me suis bien amusée, admit lady Farley-Stroud avec un clin d'œil. Que faites-vous cet après-midi ? Puis-je vous embaucher ? Nous avons du pain sur la planche.

—Je crains que nous ne soyons toujours au service de l'inspecteur Sunderland. Nous partons pour la bibliothèque de Chipping.

—C'est du travail important, ma chère, très important. Je ne vais pas vous retenir plus longtemps. Attrapez le tueur et libérez-nous tous.

—Nous ferons tout notre possible. *Ciao-ciao*, en attendant.

Sur un signe de la main, ma patronne enclencha la première et démarra en trombe.

Suivant mon propre conseil, je guidai lady Hardcastle jusqu'à une place de parking convenable à la périphérie de la petite ville. J'avais un carnet et un crayon dans la poche de ma veste de lin. Elle avait opté pour sa sacoche à dessin.

Nous gagnâmes la bibliothèque à travers la foule des commerçants et des acheteurs. Elle était si dense, cette foule, que nous aperçûmes tout juste, plus loin, le bétail que l'on menait à la salle des ventes. Entre les deux, des étals avaient été installés sur les larges trottoirs de la grand-rue. L'endroit était décidément vivant et plein d'animation par un jour de marché, avec pour seule ombre au tableau la menace permanente de vaches dans les parages.

Nous nous arrêtâmes à quelques stands et je fus tentée par des châles tissés à la main que confectionnait la femme d'un fermier de Nupdown.

—Pour être jolie et bien au chaud en hiver, mam'zelle, me dit-elle alors que je tâtais un tissu étonnamment doux.

—Je pense bien, oui, acquiesçai-je. Et les couleurs sont très jolies. Restez-vous toute la journée ?

—Tout le jour, oui, mon petit.

—Je m'arrêterai sur le chemin du retour, je ne veux pas le porter avec moi jusqu'à ce soir et risquer de l'abîmer.

—Je vous le mets de côté, si vous voulez.

—Oh oui, dans ce cas, je le prends. Merci.

Je fouillai dans ma poche en quête de monnaie tandis qu'elle griffonnait un reçu sur un morceau de papier.

—Récupérez-le simplement en partant, me dit-elle. Je serai là jusqu'à ce que mon mari ait terminé. Et lui, y sera au Hayrick jusqu'à ce qu'il soit trop saoul pour tenir debout, donc vous risquez pas de me rater.

Lady Hardcastle lui tendit l'une de ses cartes de visite.

—Pour le cas où nous vous raterions tout de même, fit-elle, vous pourrez nous joindre.

—Oh, lança la femme en examinant la carte. Merci, M'dame.

Nous la quittâmes pour continuer notre traversée de la foule joyeuse. J'entendais toujours meugler les vaches dans leurs enclos près de la salle des ventes, mais constatant qu'il n'y avait assurément aucune place pour elles dans la grand-rue, je m'autorisai à mettre de côté mes peurs et à profiter de l'ambiance exubérante.

Arrivant enfin à la bibliothèque, nous trouvâmes porte close, à notre grande horreur.

Ma maîtresse eut beau pousser fort, les battants étaient verrouillés.

Un coup d'œil alentour me permit de repérer une sonnette, dont j'actionnai aussitôt la cordelette.

Quelques instants plus tard, nous entendîmes le claquement métallique de verrous que l'on tirait, puis la porte s'entrouvrit sur une petite dame âgée, des lunettes de vue perchées sur le bout du nez. Si j'avais cherché une actrice pour un rôle de bibliothécaire dans une comédie musicale, je l'aurais embauchée sur-le-champ.

—Oui ? lança-t-elle, nerveuse.

—Bonjour, répondit ma patronne. La bibliothèque est-elle ouverte aujourd'hui ?

—Oh oui, ma chère, oui, entrez.

Elle ouvrit la porte juste ce qu'il fallait pour que nous nous glissions à l'intérieur, puis la referma aussitôt et reverrouilla derrière nous.

—Nous sommes obligés de garder les portes fermées les jours de marché, expliqua-t-elle en nous précédant au bureau d'accueil. Les choses peuvent devenir un peu… effervescentes, vous voyez ? Nous avons eu un incident l'année dernière quand… Eh bien, disons simplement que ce pauvre M. Jones ne lira plus jamais les œuvres complètes de Thomas Hardy sans quelques souvenirs douloureux qui n'ont rien à voir avec les événements de la fiction dans le Wessex.

M. Jones, en déduisis-je, devait être l'homme-oiseau derrière le bureau, perdu dans la concentration totale que lui demandait la réparation de la reliure abîmée d'un exemplaire de *Middlemarch.*

—Y a-t-il quelque chose en particulier sur quoi je puisse vous apporter mon aide ? s'enquit la vieille femme. Ou cherchez-vous juste un sanctuaire pour vous abriter de la folie du marché ?

—Nous espérions que vous auriez des archives des journaux locaux, lui répondit lady Hardcastle.

—Oh, par ma foi, oui. Oui, bien sûr. Je suis ravie que vous les demandiez, tiens, car c'est moi qui ai insisté pour que nous les gardions, figurez-vous. Le conseil municipal a plus d'une fois essayé de nous obliger à nous en débarrasser, mais je ne les écoute pas. Que cherchez-vous ?

—De septembre 1891 à… oh, je ne sais pas, le début de l'année suivante ? À la date des Assises suivantes ?

—Les Assises de printemps de Bristol ont dû avoir lieu au début de l'année 1892, oui.

—Nous allons commencer avec septembre à novembre 1891, dans ce cas, je vous prie, tout ce que vous avez comme journaux locaux. Et puis, nous passerons à tout ce qui a pu être couvert par les Assises de 1892.

—Vous cherchez un crime, je suppose donc ?

—Un meurtre, oui.

—Pas le meurtre du Weryer ?

—Si, celui-là même, répondit lady Hardcastle. Êtes-vous au courant ?

—J'y pensais justement pas plus tard que l'autre jour, en apprenant la mort du pauvre Abel Mattick. Vous ne pensez pas qu'il y ait un lien, si ?

—Nous n'en savons rien pour l'instant, nous ignorons tout du crime de 1891. C'est justement pour cela que nous sommes ici.

La bibliothécaire paraissait intriguée par notre intérêt pour l'affaire.

—Vous êtes affiliées à la police ? s'enquit-elle.

—Pas officiellement, éluda ma patronne, mais nous donnons de petits coups de main de temps en temps.

La bibliothécaire nous considéra un moment, puis elle sourit soudain.

—Vous êtes lady Hardcastle et Florence Armstrong ! Oh, mes chères, veuillez m'excuser de ne pas vous avoir reconnues. Quel honneur que de participer à vos investigations. Je vous en prie, veuillez vous installer à une table, je vais vous apporter les journaux immédiatement. Oh, par ma foi, quelle merveille ! Ma sœur Flora va être folle : nous suivons vos exploits depuis pas mal de temps.

Elle partit rechercher les journaux et nous nous trouvâmes une table de lecture à l'écart des autres utilisateurs de la bibliothèque, eux-mêmes concentrés sur leurs propres recherches. Du moins, pour deux d'entre eux. Le troisième s'endormait sur son exemplaire de *La Guerre des Gaules* de César.

Nous sortîmes nos cahiers en attendant le retour de la bibliothécaire.

Elle mit un bon moment, mais je finis par l'apercevoir qui poussait un chariot disparaissant sous des piles de journaux. Elle avait à peu près parcouru la moitié du chemin jusqu'à nous, sourire tout excité aux lèvres, quand nous entendîmes sonner une cloche. Une lectrice manifesta son mécontent d'un grognement et secoua la tête de se voir ainsi interrompue.

La bibliothécaire tourna les yeux vers son collègue passereau, espérant qu'il aille répondre à la porte, mais l'homme était si concentré qu'il ne réagit pas. Ou bien il était trop intoxiqué par les vapeurs de la colle qu'il utilisait. Dans tous les cas, il incomba à notre nouvelle amie d'aller voir qui sonnait.

Une minute plus tard, nous fûmes rejointes à notre table par Dinah Caudle, aussi glamour que toujours, qui nous salua chaleureusement.

—Bonjour, mes très chères. Alors qu'ai-je raté ?

—Chut, lança la lectrice en colère.

—Oh, chut vous-même, répliqua Mlle Caudle. Vous ne le lisez même pas, ce livre. Vous êtes là uniquement pour vous débarrasser de votre mari, le temps d'une heure.

—Quoi ? s'indigna la femme, qui cependant cessa de se plaindre.

La bibliothécaire arriva sur ces entrefaites avec son chariot.

—J'ai le *Bristol News* de toutes les dates que vous m'avez demandées, nous expliqua-t-elle tout bas. Et le *Stroud Herald* ainsi que le *Gloucester Chronicles* pour la période autour du meurtre lui-même.

Lady Hardcastle sourit.

—Vous êtes très aimable, Madame…

—Mademoiselle. Mlle Francis. Fauna Francis.

—Merci, mademoiselle Francis.

—Je suis ravie que quelqu'un prouve ainsi le bien-fondé de ma décision de garder tout cela, répondit-elle avec une tape affectueuse sur les journaux. Si vous avez besoin de quoi que ce soit d'autre, n'hésitez pas à venir me demander.

Sur ce, elle nous laissa et nous nous répartîmes les journaux.

—J'ai des informations sur Moses Peppard et la dame de Pighill, annonça Mlle Caudle en ouvrant son cahier relié de cuir. C'était bien Francesca Rogers, dite Franny, de Hawthorn Farm.

—Je m'en doutais, dis-je.

—J'avoue que j'avais mes doutes aussi, renchérit ma maîtresse. C'est intéressant, cependant. Et qu'en est-il de Faith Mattick ?

—Elle a été la récipiendaire des faveurs de Peppard aussi, mais leurs amours avaient pris fin au printemps.

—Et comment votre source est-elle au courant ? m'enquis-je.

—Parce qu'elle a repris le flambeau quand Faith Mattick s'est retirée de la course.

—Dieu du ciel ! m'exclamai-je. Il avait une liste d'attente ?

—Il semblerait, oui. Bref, cela signifie qu'il était sans doute bel et bien en route pour Hawthorn Farm, le matin où Cridland a été assassiné. Ce qui ne nous avance pas à grand-chose, maintenant qu'il est mort, mais au moins cela ajoute du poids à l'hypothèse d'un tueur unique.

—Tout à fait, ma chère, tout à fait, approuva lady Hardcastle. Merci pour vos efforts. Je pense qu'il nous faut nous pencher sur la possibilité d'un lien avec le meurtre de 1891 à présent, ajouta-t-elle en désignant les piles de journaux sur la table. Nous y mettons-nous ?

Cela prit longtemps. Les nouvelles étaient imprimées de façon dense, souvent sans titraille, et je fus distraite par un article rapportant, *via* la police de la Cour d'Eastbourne, qu'un certain Harry Brimble, propriétaire d'un hôtel à Winchester, et un William Moore, bagagiste agréé, avaient été accusés d'avoir volontairement détruit des instruments de l'Armée du Salut, causant des dégâts pour un montant de dix livres. Ils avaient par ailleurs été condamnés pour agression sur James Blackman, qui transportait les instruments susmentionnés dans un sac. J'appris aussi que la nouvelle adaptation musicale de *De Profundis*, par le Pr C. Hubert H. Parry, avait été donnée au Festival des Trois-Chorales de Hereford.

Autant de nouvelles absolument fascinantes, mais qui n'avaient rien à voir avec notre affaire.

Au bout du compte, cependant, je finis par tomber sur une référence au meurtre du Weryer et, grâce aux informations de plusieurs journaux mises bout à bout, les détails commencèrent à se faire jour. Mes notes devinrent un méli-mélo de ratures, de flèches, d'annotations et de questions, mais, lentement, je pus reconstituer une version de l'histoire.

À mesure que j'avançais dans la lecture des journaux qui m'avaient été alloués, je fus frappée par le fait que, lorsque l'histoire était reprise dans des éditions plus récentes des différents journaux, c'était généralement une réimpression des articles originaux, additionnés de commentaires sensationnalistes. Apparemment, le reportage d'information consistait surtout en une lecture des autres journaux et en un recopiage de leurs articles.

Si perturbant que ce soit, je remarquai néanmoins qu'un journal ajoutait bel et bien des détails de son cru, qui n'apparaissaient nulle part ailleurs et n'étaient pas non plus mentionnés dans les témoignages issus du tribunal. Sans vouloir « médire, *medibus medibere* », comme dirait lady Hardcastle, je me demandais tout de même s'ils ne les inventaient pas afin d'ajouter un peu de sel à l'affaire.

Une heure et demie plus tard, j'avais lu autant d'articles que je pouvais en supporter sur le meurtre du Weryer de 1891. Je me levai donc pour me dégourdir les jambes et explorer la bibliothèque.

Qui accueillait une quantité impressionnante d'ouvrages, pour une petite bibliothèque d'une petite ville de province. Je m'égarai un moment parmi les étagères, jusqu'à me retrouver dans la section « histoire », où un lecteur peu ordonné avait abandonné au sol un livre sur les armes de guerre médiévales. Je le rapportai à la table, histoire d'avoir quelque chose à compulser pendant que les autres terminaient leurs recherches journalistiques.

Encore une demi-heure s'écoula avant qu'elles aussi n'en aient terminé et que je puisse enfin reposer mon livre.

—Je crois bien que j'en ai fini, annonçai-je tout bas. Et mon dos me fait atrocement souffrir. Que diriez-vous de plier les gaules et de sortir prendre l'air ?

—Tout à fait d'accord, acquiesça ma patronne, beaucoup moins discrètement. Enfin, pour ma part, ce n'est pas mon dos qui me gêne. Ce siège gagnerait beaucoup à être garni d'un coussin.

—Chut, fit la lectrice grincheuse.

Mlle Caudle secoua la tête.

—Je pense que nous devrions retourner dans le monde des vivants, où nous pourrons discuter de nos trouvailles sans nous faire tancer, suggéra-t-elle.

—Excellente idée, commenta la femme.

—Oh, pour l'amour du ciel ! s'emporta la journaliste. Nous n'avons pas pipé mot pendant deux heures et vous êtes toujours sur la même page de ce fichu livre. Vraiment, je ne crois pas que ce soit nous, le problème.

La femme eut l'air furieuse, mais s'abstint de commentaire.

Nous remballâmes donc nos affaires et reposâmes les journaux sur le chariot, avant de nous diriger vers le bureau d'accueil.

—Merci beaucoup pour votre aide, mademoiselle Francis, dit ma maîtresse. Vos archives journalistiques sont un véritable trésor. Si jamais vous rencontrez encore des soucis avec le conseil municipal, veuillez me le faire savoir, ajouta-t-elle en lui tendant sa carte de visite. Je leur écrirai sur-le-champ.

—Je suis ravie, Madame. Merci. Êtes-vous sûre qu'il n'y ait rien que je puisse faire de plus ?

—Non, je crois que nous avons tout ce qu'il nous faut. Vous nous avez été plus utile que nous n'aurions osé l'espérer.

—Oh, cela me fait grand plaisir. N'hésitez pas à repasser si vous avez besoin d'autre chose. Et bonne chance. J'espère que vous trouverez l'auteur de… de tout ça.

Sur ce souhait, elle nous entrouvrit à nouveau la porte et nous sortîmes sur le trottoir, aveuglées par le soleil, tandis qu'elle reverrouillait derrière nous.

—Où pourrions-nous aller ? demanda Mlle Caudle.

—Au salon de thé ? suggéra ma patronne.

—Essayons toujours, nuançai-je, mais je parie que l'endroit va être bondé aujourd'hui. Je doute que nous réussissions à avoir une table.

—Et les pubs seront bondés aussi, ajouta Mlle Caudle.

—Nous pourrions nous asseoir au parc, proposai-je.

—Ou simplement rentrer à la maison et prendre des sandwichs au jardin, termina lady Hardcastle.

—Ce serait plus confortable, convins-je.

—Et plus calme, renchérit Mlle Caudle.

—Alors venez, Mesdames, conclut ma patronne. Allons-y.

Je préparai des réserves de sandwichs et une carafe de sirop de fleur de sureau, pendant que les deux autres se mettaient à l'aise au jardin. Mlle Caudle avait proposé de m'aider, offre que j'avais poliment et diplomatiquement déclinée. Elle ne ferait que se trouver dans mes pattes et j'aurais perdu plus de temps à lui indiquer où se rangeaient les ingrédients qu'il ne m'en faudrait pour tout faire moi-même.

Je portai donc le plateau dehors.

Lady Hardcastle faisait la causette.

—… sans même prendre le temps d'enfiler ses bas… Ah, vous voilà, chère Flo. Je racontais justement à Dinah la fois, à Paris, où nous avions dû fuir cet hôtel avant que les Autrichiens ne nous attrapent.

—De la soie la plus fine, qu'ils étaient, ajoutai-je une fois le plateau posé sur la table.

—Les Autrichiens ?

—Oui, répondis-je. Oui, les Autrichiens étaient en soie. Vous voyez un peu ce que je dois supporter tous les jours, mademoiselle Caudle ? Si vraiment l'envie vous prend de travailler aux Services secrets, je vous laisse volontiers ma place.

—Je vous manquerais horriblement, avança ma maîtresse.

—Horriblement. Allez, servez-vous. Il y en a au fromage, ceux-ci sont au jambon et il y a aussi œufs et tomates. J'aurais bien préparé de la mayonnaise, mais j'étais pressée de sortir entendre ce que vous aviez trouvé sur le meurtre du Weryer de 1891.

—Je suis sûre qu'ils seront délicieux comme ça, ma chère, me rassura ma patronne. Et moi aussi, je suis impatiente. Qui commence ?

—Je veux bien me lancer, proposa Mlle Caudle, qui sortit son cahier. Alors… La première notification que j'ai trouvée remonte à l'édition du lundi du *Bristol News*.

—Oui, confirmai-je. Les autres n'ont pas repris l'affaire avant quelques jours. Une semaine entière, dans le cas du *Gloucester Chronicle*.

—Nous sommes toujours les premiers sur les affaires, au *News*. Samuel Puddy, de Woodworthy…

Lady Hardcastle lâcha un brusque « aah ! », mais je la fis taire.

—Écoutons-la d'abord, arguai-je.

Dinah fronça les sourcils et inclina la tête, perplexe, mais poursuivit :

—Samuel Puddy, de Woodworthy, a été trouvé étranglé dans le jardin de sa maison par…

Elle feuilleta son carnet.

—Par son homme à tout faire et jardinier du coin, passé nettoyer les parterres de fleurs, termina lady Hardcastle.

—Ah oui, merci, dit Mlle Caudle, en ajoutant une brève note sur sa page afin de relier les deux sections. Je l'ai. Il n'était pas pauvre, dans ce cas, s'il avait les moyens de faire entretenir son jardin par un autre, cependant je ne trouve pas de note que j'aurais prise concernant son métier. Une sorte de marchand, non ?

—Il était marchand de bois, confirmai-je.

—Et puis, évidemment, Weryer, ajouta lady Hardcastle.

—Voilà, oui, bravo à moi, termina Mlle Caudle, j'avais ces deux informations. Mes notes sont un vrai chaos. Pardon.

—Les miennes aussi, admis-je.

—Ne vous tracassez pas, intervint ma patronne, je résume à mesure que nous avançons, afin de nous fournir une version cohérente.

—Bref, le jardinier a découvert le corps et alerté le propriétaire du pub, Griffith Uzzle, continua Mlle Caudle.

—Savons-nous pourquoi il s'est adressé au tavernier de préférence à un autre notable local ? s'enquit ma maîtresse.

—La question lui a été posée au tribunal, répondis-je. Apparemment, Uzzle était connu comme étant l'ami de la victime et il était aussi, détail crucial, détenteur d'une charrette. Il pouvait donc venir à Littleton Cotterell chercher le policier...

—Le sergent Goodfield, précisa lady Hardcastle.

—Tsst, fit Mlle Caudle, le journaliste du *News* est passé à côté de l'information. Mais bref, Uzzle a sellé son cheval et s'est mis en route pour le poste de police de Littleton. Tiens, pourquoi n'est-il pas allé à celui de Chipping Bevington ? Un crime d'une telle importance aurait dû orienter n'importe qui vers le commissariat de la ville.

—Quand nous sommes arrivées au village, l'agent Hancock était très dédaigneux vis-à-vis de la police de Chipping, me rappelai-je. Peut-être existe-t-il une sorte de méfiance de longue date ? En tout cas les villageois ont toujours préféré leurs poulets locaux à « ces imbéciles, là-bas à Chipping ».

—Peut-être, convint-elle. En tout cas, quelle qu'en ait été la raison, le sergent Goodfield s'est vu en charge de l'affaire et la procédure légale a été lancée.

Lady Hardcastle nota encore quelques mots, puis elle prit son tour dans la narration des événements.

—Le légiste a rendu un verdict de mort suspecte et l'enquête de police a continué. Le 22 septembre, William Hardiman, fermier et Weryer, a été arrêté. Il est passé devant le magistrat de Chipping Bevington avant de comparaître pour meurtre aux Assises de printemps de Bristol.

Elle prit quelques notes supplémentaires.

—Au procès, enchaînai-je en lisant mes propres notes, il a été dit que Hardiman et Puddy s'étaient querellés au sujet d'une dette. La ferme de Hardiman avait subi de terribles pertes après une épidémie de… fièvre splénique ?

—Anthrax, clarifia lady Hardcastle sans lever les yeux.

—Ah. Où en étais-je ? Ah oui… après une épidémie de fièvre splénique dans son troupeau l'année précédente : il avait perdu la moitié de son cheptel. Puddy lui avait consenti un prêt mais, sans surprise, Hardiman avait du mal à le lui rembourser. L'accusation a fait venir à la barre Griffith Uzzle, Moses Peppard, Claud Cridland et Abel Mattick, qui tous ont certifié avoir assisté à de multiples disputes au sujet de la dette existant entre leurs deux camarades Weryers, dont au moins une en était venue aux mains. L'épouse de l'accusé, Mme Ann Hardiman, a déclaré au contraire qu'aucune dispute n'avait jamais éclaté et que les deux hommes étaient en bons termes. Elle a insisté par ailleurs sur le fait que son mari était à la maison la nuit du meurtre. Toutefois, au contre-interrogatoire, elle a admis que s'il était bien « à la maison », il avait passé au moins une heure dans l'étable à s'occuper du reste de son troupeau. Ce qui, selon l'accusation, avait pu lui laisser le temps d'assassiner Puddy et de rentrer chez lui, sans que son épouse s'aperçoive de rien. Le jury a rendu un verdict d'homicide volontaire. Hardiman a été reconnu coupable et condamné à mort par pendaison, sentence qui a été exécutée deux semaines plus tard.

Plusieurs minutes de silence s'ensuivirent, pendant lesquelles ma maîtresse termina de prendre ses notes. Une fois qu'elle eut fini, elle reposa son crayon et leva les yeux.

—Eh bien, Mesdames, voilà qui répond à quelques questions, ne trouvez-vous pas ?

17

Certaines questions avaient peut-être trouvé une réponse dans le compte rendu du premier meurtre du Weryer, mais d'autres interrogations subsistaient, or les sandwichs et le sirop étaient à sec.

— Café ? proposai-je. Je pense que Miss Jones a aussi préparé un gâteau de Madère, si cela vous fait envie.

Ayant nettoyé et rangé le chaos de notre déjeuner tardif, je revins quelques minutes plus tard avec du café et du gâteau. Lady Hardcastle avait profité de mon absence pour raconter à notre invitée une autre de ses histoires de bravoure assez enjolivée. Je déposai le plateau en me demandant comment rectifier quelques détails saillants.

— Là, c'était la couturière, intervins-je en m'asseyant. La prostituée, c'était celle de Dubrovnik qui distrayait le chef de la police secrète pendant que nous détalions par la fenêtre du bordel.

— Diable, mais que fabriquiez-vous dans un bordel de Dubrovnik ? pouffa Mlle Caudle.

— Eh bien, tout a commencé quand…

— Une autre fois, peut-être ? coupai-je ma patronne. Je suis curieuse de savoir ce que vous pensez toutes les deux de l'affaire en cours.

—Pour moi, la première urgence est d'alerter l'inspecteur Sunderland du danger potentiel encouru par Griffith Uzzle, commença ma maîtresse. Les trois autres témoins de l'accusation ont connu une fin macabre et la possibilité qu'il soit le prochain est bien réelle.

—Je suis d'accord, dit Mlle Caudle. En partant du principe que les deux affaires sont bel et bien liées.

—Il n'y a plus aucun doute là-dessus, remarquai-je. Le docteur Gosling vous a-t-il parlé des objets trouvés sur les cadavres ?

—Une pomme, une bouteille et un service à condiments ?

—Plus ou moins, confirmai-je. Nous avons commencé par travailler sur le principe que le « S » et le « P » des pots de sel et poivre faisaient référence à Sid Palmer ou à Pat Swanton. Cependant, Palmer, au moins, a un alibi. Et depuis que Mattick a été retrouvé avec un flacon d'élixir de Hardiman, je pense que nous pouvons déduire que chaque objet est relié avec le meurtre du Weryer de 1891. Conclusion : le « S » et le « P » renvoient à Samuel Puddy et non à Pat Swanton.

—Oh, il ne m'a pas parlé de cela. Eh bien, oui, en effet c'est assurément évocateur. Et la pomme, alors ?

—Pour la pomme, je ne sais vraiment pas trop, admis-je. Il n'y a pas de pomme dans le meurtre d'origine.

—Non, confirma ma patronne. Il a été traîné de l'endroit où il a été tué et placé contre un arbre où… Oh, par ma foi, quelle idiote j'ai été !

Elle se mit à fouiller dans sa sacoche pour y dénicher son carnet de croquis, qu'elle ouvrit aux pages où elle avait dessiné le corps de Cridland dans le verger.

—Voilà, fit-elle enfin. C'est bien ce que je pensais.

Elle nous désigna un croquis montrant le corps en relation avec les autres arbres. Mlle Caudle et moi haussâmes les épaules à l'unisson.

—Le verger constitue plus ou moins un quadrillage, expliqua-t-elle. Il est adossé au troisième arbre. Et je serais affreusement surprise que ce ne soit pas dans la neuvième rangée.

—Si, si, c'était bien cela, confirmai-je. J'ai compté les rangs lorsque j'ai cherché à déterminer l'endroit où il avait été poignardé.

—Je ne vois pas le rapport, avoua Mlle Caudle.

—Le trois-neuf, récapitula ma maîtresse. La date du meurtre.

—C'est tiré par les cheveux, nuança la journaliste, mais ajouté aux autres items, cela se tient.

—Nous avons donc des références au meurtre de 1891 et toutes les victimes ont été tuées de manière… weryeriste, conclus-je.

—Toutes ? releva Mlle Caudle. Je vois le lien quand on frappe avec un marteau de tonnelier ou qu'on noie dans du cidre, en revanche qu'y a-t-il de « weryeriste » dans la manière dont Cridland a été assassiné ?

—Je voulais vous raconter quelque chose, repris-je. Pendant que vous traînassiez dans la lecture de vos journaux, toutes les deux, j'ai compulsé un livre sur l'art de la guerre à l'époque médiévale.

—En effet, confirma lady Hardcastle, j'ai d'ailleurs trouvé ce choix de lecture assez étrange, sur le moment.

—Le livre était tombé de l'étagère, il s'est donc choisi de lui-même, expliquai-je. Mais en l'occurrence, il s'est avéré des plus opportuns. Car j'y ai trouvé une référence à un ébranchoir.

—Une serpette à tailler les arbustes ? voulut préciser Mlle Caudle. Une longue lame courbe, comme une machette incurvée ?

—Oui, à cette différence près qu'en la montant au bout d'un bâton afin de l'utiliser comme arme, les soldats du Moyen Âge y ajoutaient une pique pour poignarder. Ils pouvaient donc entailler avec la lame incurvée ou bien planter comme une lance.

—Or la blessure de Cridland était circulaire, comme provoquée par une longue pique fine, enchaîna ma patronne.

—Avec des ecchymoses sur la poitrine, comme si la pointe en question avait été arrêtée par le bord émoussé d'une autre lame, ajoutai-je. Je parierais bien dix livres que le Surin de la Pommeraie disparu n'est autre qu'un ébranchoir cérémoniel.

—Le Martel du Rondelet aussi est porté disparu, fit-elle remarquer.

—Les quoi du quoi ? fit Mlle Caudle.

—Il semble que les Weryers aient quelques outils cérémoniels, lui expliqua lady Hardcastle. Dans mon imagination, je les vois en acier poli, peut-être même en plaqué argent. En tout cas brillants, parce que Simeon a trouvé des traces de vernis sur la chemise de Cridland. L'un de ces outils putatifs serait l'ébranchoir : le Surin de la Pommeraie. L'autre, je suppose, un marteau de tonnelier : le Martel du Rondelet. Et je parierais pour ma part dix livres de plus qu'ils ont disparu parce que le tueur les détient.

—Mais qui, intervint Mlle Caudle, est le tueur ?

—Ah, telle est la question cruciale, n'est-ce pas ? Nous avons Cornelius Starks dans notre ligne de mire.

Il était membre des Weryers en 1891, toutefois je peine à lui trouver un mobile. Il n'est mentionné dans aucun des comptes rendus en tant que témoin d'aucune des deux parties, il ne semble donc pas avoir été impliqué dans le crime original.

—Qu'est-ce qui, de fait, aurait pu le pousser à assassiner les témoins maintenant, vingt ans plus tard ?

—Voilà, vous mettez le doigt dessus. Pourquoi donc ?

—Afin d'effacer les derniers souvenirs de la disgrâce des Weryers avant de se retirer dans le Dorset ? suggérai-je. Cela pourrait faire sens, dans un esprit dérangé.

—Est-il dérangé ? s'enquit Mlle Caudle.

—Ordinaire, répondit lady Hardcastle. Hector Farley-Stroud le juge terne, mais pour notre part, nous l'avons simplement trouvé sans intérêt. Il est de ces esprits un peu sauvages pour qui banalité et conformité sont une forme de folie, cependant je vous mentirais en affirmant que je lui ai trouvé quoi que ce soit de fou.

—Qui d'autre ? ajouta Mlle Caudle.

—La seule autre personne sur notre liste est Mlle Chamberlain, enchaînai-je. Seulement, elle ne devait pas avoir plus de cinq ou six ans en 1891.

—Et si je rapportais tout cela à l'inspecteur ? proposa ma maîtresse. En lui suggérant de protéger Uzzle et d'arrêter Starks ?

—S'il arrête Starks, cela ne reviendra-t-il pas à protéger Uzzle ? suggéra Mlle Caudle.

—Seulement si nous avons raison. Si nous nous trompons, nous laisserions Uzzle en danger. Et il finirait sacrifié sur l'autel du verger.

—Ou renversé par une charrette, ajoutai-je.

—Oui, ou cela. Je vais passer mon appel.

Mlle Caudle et moi discutions du meilleur endroit où acheter du hareng fumé à Bristol quand lady Hardcastle revint en toute hâte au jardin.

—Il y a un coup de fil pour vous, ma chère Dinah. C'est l'un de vos collègues du *Bristol News*. Je venais de terminer mon appel avec l'inspecteur Sunderland et le téléphone a sonné aussitôt après. J'imagine que les opératrices du standard téléphonique voient le moment où une ligne se libère. Je me demande si elles écoutent aussi les conversations.

—Merci, répondit la journaliste, avant de se précipiter à l'intérieur.

—L'inspecteur affirme qu'il va « chopper Starks pour l'interroger » dès qu'il pourra y aller, me rapporta lady Hardcastle.

—Lui avez-vous raconté ce que nous avons appris ?

—Oui. Il était fort intrigué. Il s'est souvenu du meurtre du Weryer, quand j'en ai fait mention, mais il n'aurait jamais pensé à établir le lien. Il est assez content de nous.

—Normal. Nous sommes ses laquais non rémunérés.

—Bon, le gouvernement de Sa Majesté paie nos gages, donc d'une certaine façon nous sommes ses laquais rémunérés. Ou du moins, nous sommes ses laquais et nous sommes rémunérées. Quoi qu'il en soit, nous sommes toutes les deux de très bonnes filles.

—Il n'a pas dit cela, j'imagine ?

—Grand Dieu, non. Il ne dirait jamais quelque chose d'aussi horrible. Mais nous sommes de très, très bonnes filles.

—Nous le sommes vraiment, convins-je.

Mlle Caudle revint sur ces entrefaites.

—Vous êtes quoi ? demanda-t-elle.

—De très bonnes filles, répondis-je.

—Absolument, les meilleures. Toutefois, j'ai des informations qui pourraient vous amener à penser que je suis aussi une très bonne fille.

Elle s'assit.

—Alors ? fit lady Hardcastle. Ne nous laissez pas sur les charbons ardents. Dites-nous quelle est cette information.

—C'était, comme vous l'avez dit, un de mes collègues au téléphone. Il avait reçu un message de la part de l'un de mes contacts de l'*Exeter Advertiser*. Il s'excusait d'avoir mis aussi longtemps à revenir vers moi, mais il a dû pas mal creuser.

—Et qu'a-t-il déterré ?

—Il a passé des appels de son côté à divers amis et collègues dans tout le Devon, mais sans trouver personne qui ait entendu parler de Grace Chamberlain. Elle n'a été accusée d'aucun délit, n'est apparue dans aucun rassemblement public, n'a chanté dans aucune chorale, ni remporté aucun prix du petit lapinou le plus adorable d'une fête de village. Comme la plupart des gens, elle n'est apparue dans aucun article de journal.

—Et pourtant… ?

—Eh bien, voilà : personne n'avait entendu parler de Grace Chamberlain, il s'apprêtait donc à me téléphoner pour m'annoncer la mauvaise nouvelle. Puis, en discutant avec un ami de la *Dawlish Gazette*, il a fait état de sa surprise qu'une grande beauté aux cheveux auburn n'ait pas marqué plus de monde. À quoi l'ami en question a répondu : « Cette fille que tu me décris, on dirait Grace Hardiman. Elle travaille à la bibliothèque. » Et d'après ce que tous les deux ont dit, j'ai l'impression que notre Grace la Grincheuse est la fille de William

Hardiman. Qui, depuis que le témoignage des Weryers a fait pendre son père, possède un excellent motif de voyager jusqu'ici pour les éliminer tous à temps pour le vingtième anniversaire de l'événement.

—Voilà un travail remarquable, commenta lady Hardcastle. Merci.

—Je n'y suis pour rien : ce sont les gars de la *Dawlish Gazette* qui ont tout fait.

—Il n'empêche, nous vous sommes reconnaissantes de les avoir poussés à se renseigner, ma chère. Cependant, vous avez raison, nous devrions leur envoyer une caisse de champagne.

—Ne vous emballez pas.

—C'est trop, selon vous ?

—Juste une bouteille ou deux, peut-être.

—Très bien. Tout de même, ce sont des informations précieuses. Elle a réellement un mobile parfait.

—Et cela signifie que nous avons envoyé l'inspecteur aux trousses de la mauvaise personne, nota Mlle Caudle.

—Nous allons le remettre sur le bon chemin, annonça lady Hardcastle.

—Oui, bien sûr, mais ne devrions-nous pas nous lancer à la poursuite de Grace nous-mêmes ? Il semble ridicule de laisser une tueuse en liberté quand il nous suffirait de débarquer au pub pour l'y consigner.

—Nous n'en avons pas l'autorité, lui fis-je remarquer. Nous ne pouvons l'obliger à rien et elle serait dans son bon droit de nous envoyer promener. Et si nous employions des moyens plus… coercitifs, elle pourrait justifier des charges contre nous pour détention par la force. Bref, nous avançons en terrain miné.

—Par-dessus le marché, ajouta ma patronne, nous n'avons pas non plus de preuve patente qu'elle ait fait quoi que ce soit de mal. Elle a un sacré bon mobile, certes, mais nous n'avons la preuve de rien.

—Dans ce cas, trouvons-la ! s'indigna Mlle Caudle.

—Nous le ferons. Mais pour le reste, nous devons nous en remettre à l'inspecteur Sunderland. Il a dit qu'il voulait passer par ici en allant à Chipping Bevington.

Il fallut à l'inspecteur quasiment une heure pour nous rejoindre depuis le centre de Bristol et il n'aurait pas trouvé Starks au bureau à cette heure-là, lequel était déjà rentré chez lui. En l'occurrence, nous pûmes le dispenser d'aller le chercher à son bureau comme chez lui.

Mais plutôt que de laisser le pauvre homme se détendre dans le jardin avec une tasse de thé, nous le coinçâmes dans le salon, devant le tableau du crime, et lui répétâmes nos dernières découvertes en date. À commencer par l'histoire du meurtre du Weryer de 1891, dont il prit bonne note.

—Voilà qui est tout à fait fascinant, conclut-il une fois que nous eûmes terminé.

—Et vous n'avez pas encore entendu le meilleur, lui dit lady Hardcastle. Racontez-lui votre information, chère Dinah.

Mlle Caudle lui répéta sa conversation avec son collègue et nos suppositions comme quoi Grace Hardiman et Grace Chamberlain étaient une seule et même personne.

—Eh bien, voilà qui colle beaucoup mieux, convint-il. Merci beaucoup. J'ai mis la moitié des postes de police du Devon sur la recherche de la moindre mention de Grace Chamberlain, sans rien dénicher. Pour être honnête, cependant, je n'ai pas essayé Dawlish. J'aurais dû avoir moi-même l'idée de téléphoner au journal, ils savent tout ce qui se passe.

—Nous avons nos usages, admit Mlle Caudle.

—Oui, tout à fait, fit-il, avant de reprendre ses notes. Bien, je n'ai pas de quoi l'arrêter, mais assurément assez pour insister avec plus de force pour qu'elle s'explique.

—Vous pensez que c'est elle ? lui demanda Mlle Caudle.

—Je garde l'esprit ouvert, comme toujours, mais à présent que Patrick Swanton est éliminé de la liste…

—Ah ? le coupa ma patronne.

—Je l'ai interrogé ce matin au bureau de Bristol : il a un alibi en béton pour chacun des trois meurtres.

—La liste se réduit.

—En effet, et plus j'y pensais en venant ici, moins j'étais convaincu que Starks ait quoi que ce soit à voir avec cela non plus.

—Vous voilà confirmé dans votre intuition, commenta ma maîtresse.

—Absolument. Je suis content d'être passé. Au lieu d'aller perdre mon temps à Chipping, je vais me rendre au Dog and Duck et causer à Mlle Grace Chamberlain. Aimeriez vous vous joindre à moi ? Si elle est innocente, elle sera peut-être plus encline à parler en présence d'une femme ou deux. Et si elle est coupable, cela ne fera aucune différence, car elle ne parlera probablement pas quoi qu'il en soit.

—L'idée est judicieuse, commenta lady Hardcastle, cependant je crains que notre présence ne fasse que l'irriter. J'ai l'impression qu'elle nous a prises en grippe.

—Toutes les trois ?

—Oui, confirma Mlle Caudle. Même moi. Alors même que je ne lui ai jamais adressé la parole, j'ai perçu l'hostilité dans ses beaux yeux verts quand elle m'a regardée. À moins que ça n'ait été le reflet des lampes du Dog and Duck. Quoi qu'il en soit, elle ne s'est jamais attardée avec nous.

—Dans ce cas, je vais devoir y aller seul, conclut l'inspecteur avec son gloussement familier.

—Tout à fait, approuva ma patronne. Allez-vous mettre Uzzle en garde ?

—Je n'avais pas prévu de le faire, non. Je ne vois guère l'avantage qu'il y aurait à inquiéter le pauvre homme à ce stade.

—Tout de même, il est le dernier témoin de l'accusation encore en vie, lui rappelai-je. J'ai d'ailleurs cru un temps qu'il était peut-être le tueur.

—Ah oui ?

—Oui, mais je n'arrivais pas à lui trouver de mobile. Maintenant, en revanche, il me paraît plutôt à classer parmi les victimes potentielles. Cela vaut sans doute au moins la peine de lui en parler, non ?

—Je prends note de votre point de vue, dit-il, mais je ne doute pas qu'il ait déjà deviné cela par lui-même. Pourquoi ne pas nous contenter de demander au sergent Dobson d'y aller à bicyclette vérifier que tout va bien ? Je suis sûr que Dobson se fera un plaisir de passer au pub et il n'est pas du genre à causer de remue-ménage. La présence du gendarme local, bonhomme comme il est, nous tranquillisera sans affoler personne.

—Admirable compromis, conclut ma maîtresse. Merci.

—Avec plaisir.

Il s'apprêta à partir.

—Oh, avant que vous ne vous en alliez, le retint Mlle Caudle, avez-vous vu Simeon aujourd'hui ?

—Non. Il était très occupé à la morgue.

—Ah oui, bien sûr, il a parlé d'un mort dans l'est de la ville, je crois. Une épouse qui a fini par se lasser d'être rabaissée par son mari et qui lui a fracassé une soupière sur la tête, il me semble.

—Il m'a parlé de quelque chose de ce genre, oui. Ce qui signifie que j'ai été privé du plaisir de sa compagnie, malheureusement.

—Mon pauvre ! Dans ce cas, il ne vous aura pas transmis mon invitation, à Dolly et à vous, à venir dîner avec nous mercredi soir. Il y a un nouveau restaurant en ville, que je meurs d'envie d'essayer.

—C'est très aimable à vous. Je vais vérifier que nous n'avons rien de prévu, mais je suis certain qu'elle serait tout aussi ravie que moi de se joindre à vous.

—Formidable. Et vous deux ? Nous pourrions faire une soirée tous ensemble.

—J'en serais enchantée, répondit lady Hardcastle.

—Moi aussi, renchéris-je. Est-ce l'établissement tenu par un Français ? Ils en ont fait la réclame dans le *News*.

—C'est cela, il s'est taillé une belle réputation. L'endroit est complet tout le mois à venir, mais j'ai réussi à nous dégoter une table, pour Sim et moi. Je pense qu'ils pourront nous recevoir à six aussi aisément qu'à deux.

Je n'en étais pas du tout sûre pour ma part, mais je n'allais pas refuser l'occasion exaltante de dîner dans un nouveau restaurant. Et puis, si Mlle Caudle ne se sentait pas capable de charmer Grace Chamberlain afin qu'elle nous révèle qui elle était vraiment et ce qu'elle manigançait, je ne doutais en revanche aucunement de sa capacité à charmer un jeune chef français ambitieux afin qu'il ajoute quelques couverts à la table.

—Je confirmerai cela à Gosling demain, annonça l'inspecteur. Mais pour l'instant, Mesdames, bonne soirée à vous toutes et merci encore mille fois pour ces nouvelles informations.

Et agitant son carnet en guise d'adieu, il s'en alla.

—Devons-nous avertir Uzzle nous-mêmes ? suggéra Mlle Caudle tandis que nous retournions au jardin pour nous réinstaller à l'ombre du pommier.

—C'est compliqué, admit lady Hardcastle. Je pensais pour ma part qu'il le faudrait, mais je me range à l'avis de l'inspecteur, tout compte fait. Le bonhomme n'aura pas manqué de noter que les victimes étaient ses camarades témoins du procès, il doit donc déjà être sur ses gardes. Et si Grace est impliquée, la menace qu'elle représente sera moindre, maintenant que l'inspecteur l'a à l'œil.

—Exact, convins-je, mais nous pourrions tout de même y passer. En bonnes voisines, comme qui dirait. À tout le moins, nous pourrions avoir une petite conversation avec Cissy, histoire de lui suggérer de se méfier.

—D'accord, pourquoi pas ? Un petit dîner, puis une virée à Woodworthy. Aimeriez-vous vous joindre à nous, ma chère Dinah ?

—Non, je ne peux pas, malheureusement. Mon promis doit passer me prendre à 19 heures. Nous allons assister à un concert, et puis dîner.

Lady Hardcastle jeta un coup d'œil à sa montre.

—Oh, ma chère, vous auriez dû le dire ! Il est déjà 17 h 30 passées, il faut que vous partiez tout de suite.

—Sornettes. Je peux être à la maison d'ici une heure et me changer ne me prendra que quelques minutes. Vraiment, cela ne me dérange pas si nous sommes un peu en retard : pour être honnête, le programme commence par un quartet à cordes de Beethoven et je pense pouvoir vivre une longue vie heureuse sans avoir à en supporter un de plus.

—Il n'empêche que vous devriez y aller. Le pauvre Simeon est d'un naturel assez inquiet sans avoir à se ronger les sangs en pensant que vous avez oublié votre rendez-vous galant.

Mlle Caudle éclata de rire.

—« Rendez-vous galant » est quelque peu exagéré, je pense. Il n'y aura pas grand-chose de galant à être en robe du soir guindée dans une salle de concert bondée et étouffante. Mais bon, je vais filer néanmoins. Si je parviens à mettre la main sur un téléphone, je vous appelle demain pour voir comment vous vous êtes dépêtrées d'Uzzle.

—Très bien, ma chère. Transmettez mes amitiés à Simeon.

—Je n'y manquerai pas.

—Souhaitez-vous de l'aide pour faire démarrer la Rover ? proposai-je.

—C'est aimable, merci, mais j'ai vraiment bien pris le tour de main, cette fois. On se parle demain !

Et une seconde plus tard, elle aussi était partie.

—Je peux nous préparer une bonne salade pour le dîner, si cela vous tente.

—Ce serait formidable. Y a-t-il de la tourte ?

—Je crois, oui. Et des œufs durs aussi. J'en avais cuit quelques-uns pour les sandwichs mais nous ne les avons pas tous mangés. Et si vous pouvez supporter d'attendre quelques minutes, je peux vous concocter la fameuse mayonnaise dont je vous ai menacée.

—Oh, extra. Merci. Je mets à jour le tableau du crime et je vous rejoins ensuite.

Quand nous nous garâmes devant le Mock of Pommey, les moutons de la place herbeuse de Woodworthy étaient repartis là où les moutons passaient leurs nuits. La pensée qu'ils puissent eux aussi avoir leur propre taverne ovine me tira un sourire.

—Qu'est-ce qui vous amuse ? me demanda ma patronne alors que nous nous dirigions vers la porte du pub.

—Le Flock of Pommey[1], répondis-je.

Elle plissa les yeux mais ne commenta pas.

Le pub était aussi plein que bruyant, sans aucune table libre. Il n'y avait pas non plus la moindre présence féminine, à l'exception de la patronne, Betty Uzzle, et de Cissy Slocomb, qui toutes deux avaient l'air éreintées. Nous nous attirâmes des regards peu amènes de la part des habitués. L'un d'eux signala notre arrivée à Betty Uzzle d'un signe de la tête.

—Bonsoir, Madame, dit-elle. Que pouvons-nous faire pour vous ?

—Bonsoir, madame Uzzle, répondit ma maîtresse. Nous espérions échanger quelques petits mots avec votre époux. Est-il ici ?

—Non, j'ai bien peur qu'il ne soit sorti.

—Où donc est-il ?

—Je viens de vous le dire : sorti.

Lady Hardcastle tourna vers moi un sourcil haussé. Voilà qui constituait un drôle de changement d'humeur. Nous savions que cette femme ne se laissait pas marcher sur les pieds par son mari, mais jusqu'à présent, elle avait toujours déployé moult efforts pour se montrer polie avec nous.

1 Littéralement : « le troupeau du Pommey », jeu de mots évidemment avec Mock of Pommey, le nom du pub.

—Quand sera-t-il de retour ? demanda pourtant lady Hardcastle calmement.

—Plus tard.

—Je vois. Auriez-vous l'amabilité de lui transmettre un message à son retour, je vous prie ?

—J'essaierai.

—Il est vraiment très important que vous y réussissiez, madame Uzzle. Nous pensons qu'il est peut-être en danger. Dites-lui… Dites-lui que l'anniversaire approche et que nous croyons que les meurtres récents y sont liés. Dites-lui de se tenir sur ses gardes.

—L'anniversaire ? répéta la bonne femme, avec ce qui m'apparut comme un air d'ignorance feinte.

—Oui, il comprendra. N'en a-t-il pas fait mention ? Depuis combien de temps êtes-vous mariés ?

—Je vous demande pardon ?

Ses manières avaient complètement évolué, à ce stade : assez naturellement dérangée par notre intrusion, elle était devenue ouvertement belliqueuse.

—Je suis curieuse, reprit ma patronne, d'un calme toujours aussi implacable et parfaitement poli. Dites-moi donc.

—Trente ans cette année en juin.

—Vous étiez donc mariée à M. Uzzle à l'époque du meurtre du Weryer de 1891.

—Et alors ?

—Je tâchais simplement d'établir si vous pouviez être au courant de ce crime, madame Uzzle, voilà tout. L'anniversaire du premier meurtre approche, voyez-vous, et les trois hommes assassinés étaient témoins de l'accusation lors du procès de William Hardiman. Tout comme votre époux. Nous voulions donc nous assurer que M. Uzzle avait aussi fait le lien et qu'il prenait les précautions nécessaires afin d'éviter de devenir la quatrième victime.

—Et qui commet ces meurtres, selon vous ? Qui irait assassiner des témoins d'un procès qui remonte à vingt ans ?

—Si nous le savions, madame Uzzle, cette visite n'aurait aucune utilité.

—Je lui dirai. Vous vous arrêtez pour prendre un verre ? Cela dit, nous n'avons pas de place pour des dames.

—Nous voyons que vous êtes bien occupée, reprit ma maîtresse, nous allons donc vous laisser retourner à votre tâche. Veillez à bien transmettre le message, cependant, je vous prie. Nous n'aurions pas fait tout ce chemin si nous ne pensions pas que c'était terriblement important.

—Je lui dirai.

Sur ce, Mme Uzzle partit servir un client et nous nous en allâmes.

Une fois dehors, nous nous adossâmes à la Rolls afin de réfléchir à la suite.

—Elle s'est montrée nettement moins affable que dans mon souvenir, commentai-je.

—Ce dont on ne peut pas entièrement la blâmer, nuança lady Hardcastle. Elle était là, extrêmement occupée à son travail, et deux drôles de dames débarquent qui lui posent des questions impertinentes sur son mari. Je ne suis pas sûre que j'aurais été beaucoup plus accueillante, à sa place.

—Je vous l'accorde. Cependant, une fois qu'elle a su que nous ne nous préoccupions que du bien de son époux…

—Eh bien, nous avons dit que nous ne nous préoccupions que de son bien, mais elle n'est pas obligée de nous croire. Nous pourrions tout aussi bien travailler pour les douanes de Sa Majesté, et venir fouiner chez eux sur soupçon de non-paiement de… je ne sais quelle taxe douanière dont s'acquittent les patrons de taverne. L'alcool est toujours sujet à ce genre de chose et je parierais cher que les taverniers de la région ne sont pas étrangers aux magouilles.

—Sans doute, oui. Enfin, au moins pouvons-nous regagner nos pénates l'âme en paix. Nous avons fait notre part en tâchant de lui sauver la vie.

—J'espère seulement que cela suffira. Une partie de moi se demande si nous ne devrions pas nous installer ici, à l'aise, et attendre de l'attraper à son retour.

—Eh bien, commençai-je lentement, nous pourrions…

Elle éclata de rire.

—Je sais, me coupa-t-elle. Ce serait presque assurément une perte de temps. Cependant, à présent que nous avons enfin identifié la prochaine victime potentielle, il me semble trop frustrant de remettre le soin de sa sécurité entre les mains de son épouse sceptique.

Nous fûmes interrompues par l'arrivée de Cissy Slocomb.

—Bon sang, qu'est-ce que vous lui avez dit ? lança-t-elle.

—Que M. Uzzle pourrait être en danger, répondis-je. Pourquoi ?

—Elle a sa mine des mauvais jours, maintenant. Elle claque les verres, rabroue le pauvre vieux Tom Johnson alors qu'il a fait que lui demander les dominos.

—Désolée, ma chère, lui dit ma patronne.

Sur quoi, elle entreprit de relater rapidement à Cissy ce que nous savions du meurtre du premier Weryer et du lien que nous pensions avoir trouvé avec les assassinats récents.

—Pour ça, elle était déjà au courant, je pense, déclara Cissy, une fois qu'elle eut terminé. Je les ai entendus parler l'autre soir des « témoins » et de « cette fille ».

—« Cette fille » ? répétai-je. Grace Chamberlain ? Ils savent qui elle est ?

—Aucune idée, Flo, désolée. Pourquoi ? Qui c'est ?

—La fille de William Hardiman. Du moins le pensons-nous.

—Et lui, c'est qui ?

—L'homme qui a été pendu pour le meurtre de Sam Puddy, il y a vingt ans. Le premier meurtre d'un Weryer. Les trois assassinés de ces derniers jours étaient tous témoins de l'accusation au procès de Hardiman. Ainsi que Griffith Uzzle.

—Oh, ben ça alors ! s'exclama Cissy. Alors vous pensez… ?

—C'est une possibilité très forte, répondit lady Hardcastle. Cependant, il est assez rassurant qu'ils y aient eux aussi vu un lien : ils seront sur leurs gardes. Nous étions inquiètes… J'étais inquiète, Flo a bien plus foi que moi dans les gens. Bref, j'étais inquiète que Mme Uzzle ne transmette pas le message et que nous retrouvions son époux mort un de ces matins.

—Tu ne risques rien à être sortie nous trouver comme cela ? m'enquis-je. Je ne veux pas que tu te mettes en faute, si elle est déjà d'humeur massacrante…

—Je lui ai dit que j'allais faire pipi. Elle peut pas m'empêcher de faire pipi.

—Elle n'est pas la femme chaleureuse et accueillante que nous avions rencontrée, repris-je. Alors méfie-toi qu'elle n'essaie pas.

Cissy s'esclaffa.

—En général, avec moi ça va. Par contre Griff... elle le traite affreusement. Je sais pas comment il la supporte, des fois, avec la façon dont elle lui parle.

—Les gens endurent pire par amour, affirma ma patronne. Savez-vous où est allé Uzzle ?

—Il a dit qu'il avait un rendez-vous. Moi, c'est tout ce que je sais. Il a pas dit qui, ni où. Sans doute une de ses affaires louches, si vous voulez mon avis. Il est toujours en train de magouiller un truc. Le mois dernier, il a vendu une demi-douzaine de bicyclettes flambant neuves et vingt mètres de serge bleue à des clients d'ici, et je sais qu'il avait pas récupéré ça légalement, si vous me suivez.

—Encore mieux. S'il manigance quelque chose de pas très clair, il sera aux aguets. Nous pouvons dormir tranquilles.

—Cissy !

Mme Uzzle était campée dans l'encadrement de la porte du pub, mains sur les hanches.

—Dépêche-toi de revenir ici, fainéante, cria-t-elle. Je ne te paie pas pour sortir discutailler avec les fouineuses de Littleton Cotterell, malgré leur titre de *lady-je-sais-pas-quoi*. Au boulot !

—Tout de suite, madame Uzzle ! répondit Cissy, qui nous adressa un sourire finaud. Et j'ai même pas eu le temps de faire pipi.

—Quant à vous, *my lady*, continuait Mme Uzzle, si vous avez dit tout ce que vous aviez à dire, je vous remercierai bien d'aller voir ailleurs. On aime pas les étrangers qui traînent la nuit au village.

—Nous partions justement, madame Uzzle, lui répondit gaiement lady Hardcastle. Pensez bien à transmettre notre message, voulez-vous ?

La tavernière aboya une réponse hargneuse avant de reporter son attention sur Cissy, qui nous lança un autre sourire narquois et un signe vaillant de la main tandis qu'on la poussait à l'intérieur.

—Non, pas accueillante et gracieuse du tout, commentai-je.

—Pas du tout, non, convint ma maîtresse en faisant démarrer le moteur. Toutefois, nous avons fait notre œuvre ici. À la maison, pour une partie de cartes et un dernier verre, je dirais.

Et nous reprîmes le chemin de la maison.

18

Le vendredi matin, je prenais une tasse de thé dans la cuisine avec Edna et Miss Jones. Toutes deux s'étaient montrées curieuses au sujet des meurtres, mais pas plus inquiètes que cela, les victimes ayant jusqu'alors toutes été des hommes, et des Weryers en plus.

—Not' Dan voulait pas que je me promène en ville à la tombée de la nuit, nous confia Edna. « Mais enfin, que je lui ai dit, on dirait bien que t'es plus en danger que moi. Y a que des gars qui se sont fait casser leur pipe. Faudrait peut-être que ce soit toi qui restes à la maison. » Autant vous dire qu'il a pas apprécié. N'empêche que c'est vrai, non ? Aucune femme a été tuée. Ça change un peu, si vous voulez mon avis. On entend toujours des tas d'histoires de bonshommes qui se font tuer dans des bagarres, des disputes, mais si c'est quelque chose de bien terrifiant, c'est toujours une femme qui se retrouve la gorge tranchée.

—Not' m'man était inquiète quand même, renchérit Miss Jones. Mais… eh ben, excusez-moi, mais je l'ai pas écoutée. S'il fallait que je m'enferme à la maison chaque fois qu'il se passe quelque chose de vilain dans le monde, jamais je sortirais de chez moi.

—Je pense que vous avez toutes les deux raison, résumai-je. Nous estimons que c'est lié au meurtre du Weryer de l'ancien temps.

—Oh, par ma foi ! fit Edna. J'avais oublié c't'affaire. Ça remonte à une vingtaine d'années, non ? Le propriétaire d'une carrière, là-haut à Woodworthy.

—Un marchand de bois de construction, corrigeai-je.

—C'est ça. On a parlé que de ça pendant des semaines, et voilà que vingt ans se passent et j'ai complètement oublié. On dit qu'il avait une liaison avec quelqu'un, mais bon, ils disent toujours ça, non ?

—Samuel Puddy ? Une liaison ?

—Sam Puddy, répéta Edna en opinant du chef. C'était son nom, oui. Je l'avais pas entendu depuis des années. Bon, c'était qu'une rumeur, hein, et je suis pas du genre à répéter les ragots, comme vous savez…

Miss Jones leva les yeux au ciel, mais ni elle ni moi ne commentâmes.

—M'enfin, ils ont bien dit qu'il fricotait avec la femme d'un des autres Weryers, et que ça lui avait coûté la vie.

—Ann Hardiman ? suggérai-je.

—Possible. Hardiman, c'est pas celui qu'ils ont pendu ?

—Si fait.

—Alors ça doit être ça. Je vous le dis, ça me ressemble pas d'oublier ces choses-là, et pourtant il m'en reste presque rien. Faut dire que personne en parle jamais, voyez ?

—Oui, ça, nous l'avons remarqué, acquiesçai-je. Nous avons dû retrouver l'histoire dans de vieux journaux.

Notre conversation fut interrompue par la sonnette. Edna regarda la pendule.

—Qui ça peut bien être à c't'heure ? Personne de convenable viendrait sonner avant 10 heures. La maîtresse a même pas encore eu son café du matin.

—Il n'y a qu'un moyen de le découvrir, annonçai-je en me levant.

J'ouvris la porte sur un inspecteur Sunderland tout sourire.

—Bonjour, mademoiselle Armstrong, quelle belle journée encore !

—Bonjour à vous aussi, Inspecteur. Aimeriez-vous entrer ? Madame dort toujours, mais je peux la secouer si besoin.

—Non, ne la dérangez pas. Je voulais juste vous annoncer à toutes les deux que je n'avais pas eu de chance avec Mlle Chamberlain hier soir.

—Toujours mutique ?

—Non, elle n'était pas là. Sortie peu avant mon arrivée et personne ne savait où. Enfin, elle ne dit jamais à personne où elle va, notez.

—Et vous revenez ce matin retenter votre chance ?

—Exactement.

—Nous n'avons pas eu de chance avec Griffith Uzzle non plus, hier soir.

—Vous êtes allées jusqu'à Woodworthy ?

—Nous avons ressenti le besoin de le mettre en garde, mais il était sorti, lui aussi. Nous avons laissé un message à son épouse et nous sommes rentrées.

—Ah oui, Betty Uzzle… une maîtresse femme. Je les ai interrogés tous les deux, il y a quelques jours. Uzzle est peut-être le propriétaire officiel aux yeux des magistrats, mais c'est elle qui gère l'endroit. Et qui le gère, lui, d'ailleurs, d'après ce que j'ai pu en voir. Je crois bien qu'il l'a appelée « m'dame », à un moment donné.

—Elle n'était pas ravie de nous voir, mais nous avons mis sa réaction sur le compte du fait que le pub était bondé et qu'elle était seule avec Cissy pour le service.

—C'est un point de vue bien charitable de votre part, mais vous avez peut-être raison.

—Êtes-vous sûr de ne pas vouloir entrer ?

—Peut-être sur le chemin du retour. J'aimerais bien coincer Mlle Chamberlain dans sa tanière avant qu'elle n'ait le temps de sortir pour la journée.

—Je dirai à Miss Jones de tenir la bouilloire au chaud.

—Merci. *Ciao* pour le moment.

Je refermai la porte et retournai à la cuisine. Lady Hardcastle voudrait être levée pour son retour, un plateau de petit déjeuner de démarrage était donc de mise.

Quand l'inspecteur repassa, une heure plus tard, ma patronne était lavée, habillée et tout à fait présentable dans une robe de coton blanc. J'avais même réussi à apprivoiser ses cheveux.

Nous invitâmes le policier à se joindre à nous pour le petit déjeuner, ce qu'il accepta avec reconnaissance.

—Vous devez penser que mon épouse ne me nourrit pas, dit-il en se servant d'une tomate au four.

—Eh bien, je pensais plutôt que votre pauvre épouse ne vous voit jamais, répondit ma maîtresse. Il n'est peut-être guère enviable, le sort fait aux policiers, mais celui d'une femme de policier ne vaut guère mieux.

—Ce n'est plus aussi méchant, depuis que je suis à la PJ, mais quand j'étais de ronde, je pouvais sortir à toute heure.

—Bon, du moment qu'elle ne voit pas d'inconvénient à ce que vous mangiez chez d'étranges bonnes femmes, vous êtes toujours le bienvenu ici.

—Merci, Madame. Cela dit, je ne pense pas qu'elle vous considère comme étranges. Du moins, pas trop étranges.

Lady Hardcastle s'esclaffa.

—Elle n'a pas à s'inquiéter, l'on m'a qualifiée d'étrange toute ma vie. Et pensez-vous arriver à m'appeler Emily un jour ?

—Je ne pense pas, Madame, non.

Nouveau rire.

—Très bien, cher inspecteur. Je ne vous presserai pas. Maintenant, dites-nous donc : que vous a dit Grace Chamberlain pour sa défense ?

—Pas un mot.

—Vraiment, elle commence à devenir fatigante. Je pense que nous devrions lui envoyer Flo, histoire de l'intimider un peu.

—Moi ? fis-je mine de m'étonner. Je suis des plus douces et des plus exquises. La crème de la crème.

—Vous êtes absolument terrifiante, ma chère, et vous le savez bien.

—Je crains de toute façon que cela ne serve à rien, reprit l'inspecteur. Elle n'était pas rentrée à sa chambre. Joe a envoyé la jeune Daisy la chercher, et celle-ci n'a reçu aucune réponse. Il hésitait à s'introduire dans sa chambre, mais comme il se tracassait qu'elle ait pu faire un malaise, il a fini par déverrouiller la porte et m'a permis d'entrer. La chambre était rangée et les quelques possessions de la jeune femme toujours là, en revanche tout indiquait qu'elle n'y avait pas dormi.

—De plus en plus curieux. Je me demande…

La cloche sonna à la porte.

Je trouvai sur notre seuil une Cissy Slocomb fort agitée ainsi qu'une Daisy Spratt tout aussi inquiète.

—Que se passe-t-il, les filles ? m'enquis-je.

—Oh, Dieu merci, vous êtes là. Cissy voulait vous dire quelque chose, et comme j'étais curieuse, je l'ai suivie.

—Entrez, dis-je. Nous sommes au petit déjeuner.

—Oh ! s'exclama Cissy, consternée. Je ne veux pas déranger lady Hardcastle pendant son repas.

—Que nenni. Entrez, l'inspecteur Sunderland est là aussi.

À contrecœur, elles m'emboîtèrent le pas. Et je songeai, en les voyant les yeux ronds devant la taille et le luxe relatif de l'intérieur, qu'aucune des deux n'était jamais entrée dans la maison.

—C'est donc comme ça que vit l'autre moitié, hein ? lança Daisy avec une admiration presque intimidée qui ne lui ressemblait guère. J'imaginais pas lady Hardcastle vivant dans un endroit pareil. Elle est juste la gentille dame qui vient au pub et taquine le Vieux Joe. Jamais je m'étais figuré qu'elle faisait vraiment partie de la haute.

—Ce n'est que le vestibule, l'avertis-je. Attends de voir le salon d'été.

—Le salon d'été ? répéta Cissy. Vous avez des pièces pour chaque saison ?

Je les poussai à l'intérieur en riant.

—Cissy et Daisy sont venues nous voir, annonçai-je.

—Bonjour, Mesdemoiselles, leur lança lady Hardcastle. Venez donc vous mettre à l'aise. Et servez-vous à manger, si vous le souhaitez. Aimeriez-vous un café ? Un thé ?

—Non, merci, M'dame, bredouilla Daisy, qui s'installa maladroitement au bord d'un fauteuil.

Cissy, pour sa part, se contenta de s'asseoir, les mains croisées sur les genoux.

—Qu'est-ce qui vous amène ici toutes les deux ? s'enquit gentiment ma patronne. Que pouvons-nous faire pour vous ?

—C'est à propos de M. Uzzle, répondit doucement Cissy.

—Oh là là. Est-ce qu'il va bien ?

—Ben c'est justement, M'dame, qu'on sait pas.

—Il n'est pas rentré hier soir ? demanda l'inspecteur.

—Non, M'sieur, bredouilla Cissy. Il est sorti hier soir et il est jamais rentré.

—Je vois, et comment le savez-vous ?

—Ben, not' p'pa, y a des jours, il me dépose au pub sur sa tournée, du coup j'y arrive de bonne heure, voyez. Griff prend la livraison du lait et il discute le bout de gras avec not' p'pa pendant que moi, je vais me mettre au nettoyage. Sauf qu'il était pas là. Alors j'ai demandé à Mme Uzzle où qu'il était et elle a dit qu'il était pas revenu de son rendez-vous et qu'on avait qu'à se mêler de nos affaires. M'enfin, elle était à cran, alors not' p'pa, il a dit que vaudrait mieux que je vienne ici vous prévenir, voyez. Mme Uzzle était pas bien contente, mais il a insisté. Maintenant, le temps d'arriver à Littleton, je me suis sentie un peu bête, alors j'ai demandé à not' p'pa de me poser chez le boucher, que je puisse demander à Daisy ce qu'elle en pensait. Et puis… ben… nous voilà.

—Et nous en sommes très contents, ma chère, merci, lui assura ma patronne. Alors, êtes-vous sûres de ne pas vouloir de thé ? Chère Flo, allez chercher quelques tasses en plus, voulez-vous ?

J'allai chercher tasses et sous-tasses. Un moment plus tard, je revins au salon d'été, où Daisy parlait.

—… pensez que c'est lié ?

—Avec les deux qui disparaissent la même nuit, c'est une possibilité, n'est-ce pas ? répondait lady Hardcastle. Et je n'aime guère les coïncidences. Du moins, pas celles de ce type.

—Vous pensez pas qu'elle l'a tué ? enchaîna Cissy. Je lui ai toujours trouvé quelque chose de louche, à cette fille.

—Là encore, c'est une possibilité. Qu'en pensez-vous, Inspecteur ?

—J'en pense que je vais demander au sergent Dobson d'envoyer l'agent Hancock à leur recherche, répondit-il. Et faire un tour dans les parages en voiture par précaution.

—Nous trouveriez-vous trop insistantes si nous retournions au Mock of Pommey afin de poser quelques questions à Mme Uzzle ?

—Je vous en serais plus que reconnaissant au contraire. Si vous découvrez quelque chose, faites passer le mot au sergent, je vais le préposer à la coordination des recherches au poste du village.

—Vous pourriez me déposer ? demanda Cissy.

—Au pub ? voulut savoir ma maîtresse.

—Oui, s'il vous plaît. Elle va me découper en petits morceaux et se faire des jarretières avec mes tripes, si le pub est pas propre pour l'ouverture.

—Bien sûr, ma chère. Du moment que vous ne voyez pas d'inconvénient à voyager sur le porte-bagages. Car nous n'avons que deux sièges, voyez-vous.

—Non, ça me dérange pas.

—Il vaudrait mieux que je prenne le volant, intervins-je. Vous l'enverriez valser dans une haie au premier virage.

—Elle a raison, convint ma patronne. Flo conduit comme ma grand-maman, mais ce peut être une bénédiction lorsque l'on transporte une précieuse cargaison à l'arrière.

Avec mes excuses à Edna pour lui laisser tout le débarrassage, nous fûmes en route cinq minutes plus tard.

—Plus vite ! hurlait une voix derrière moi tandis que je pilotais prudemment la Rolls sur les sentiers sinueux.

Je souris et secouai la tête sous l'avalanche de suppliques, mais conservai ma vitesse de croisière.

—Vous pourriez bien aller un peu plus vite, mon petit, commenta lady Hardcastle. Que cette enfant s'amuse un tantinet.

Sans rien cacher de mon mécontentement, je m'apprêtais à lui énumérer les nombreux dangers possibles afférents à une vitesse excessive quand deux jeunes garçons de ferme, en équilibre précaire sur une seule bicyclette, débouchèrent dans le virage en face de nous, mais du mauvais côté de la route. J'enfonçai la pédale de frein et les gars virèrent sans accident, hilares, poursuivant leur chemin brinquebalant vers Littleton Cotterell.

Cissy, à l'arrière, riait encore plus fort que les garçons de ferme. Elle avait été catapultée dans l'habitacle et se trouvait allongée à l'envers, entre lady Hardcastle et moi, les jambes en l'air et les jupes remontées à la taille.

—Tout va bien, mon petit ? lui demanda ma patronne.

—J'ai jamais été mieux, M'dame, réussit à répondre Cissy entre deux gloussements. Désolée pour ma culotte.

Nous dûmes descendre d'auto pour l'aider à se rétablir, ce qui demanda un bon moment à tirer et hisser, mais nous finîmes par l'extirper de sous le tableau de bord. J'avais l'intention de vérifier qu'elle n'était pas blessée, mais sitôt debout, elle se contenta de lisser sa robe et sauta aussitôt sur le porte-bagage, sans se départir de son immense sourire.

—Allons-y ! hurla-t-elle dès que je passai la première et que la Rolls démarra.

Nous y allâmes, donc.

Nous arrivâmes à Woodworthy sans autre incident à déplorer et je me garai de l'autre côté de la place du village par rapport au Mock of Pommey, tout comme lors de notre première visite. Les moutons étaient de retour et paissaient paisiblement. Le chef du troupeau nous jeta d'abord un regard méfiant, puis il parut nous reconnaître et, avec un hochement de sa tête cornue, il reprit son petit déjeuner.

Cissy bondit joyeusement sur la route, comme si se voir projetée au sol dans une automobile en mouvement faisait partie de son quotidien.

—J'espère que cela ne te dérange pas que nous nous arrêtions aussi loin, lui dis-je, mais j'ai pensé que cela nous donnerait l'avantage d'un infime effet de surprise si Mme Uzzle ne nous entend pas nous garer juste devant.

—J'suis trop contente d'avoir profité de l'auto, répondit-elle. Merci.

—Avant que nous n'entrions, dit lady Hardcastle pendant que nous traversions la place, ne pensez-vous pas que nous devrions faire un petit tour des environs ? Qu'y a-t-il dans ces bâtisses, par exemple ? (Elle désignait deux dépendances de pierre à côté du pub.) Et puis, est-il possible d'ouvrir la porte de la cave de l'extérieur, ou doit-on le faire de l'intérieur ?

—Tant que Mme Uzzle pense pas que j'ai quelque chose à voir avec ça, vous pouvez bien regarder ousque vous voulez, répondit Cissy. Moi, je vais rentrer normalement, par contre, si ça vous gêne pas. J'ai pas besoin de me faire encore rouspéter. Elle peut être sacrément mauvaise, parfois.

—Oui, j'ai comme l'impression qu'elle est mégère, acquiesça lady Hardcastle.

—Non, je pense pas, répondit Cissy, l'air perplexe. Pas après tout ce temps. Ça fait quand même des années qu'y sont mariés.

Lady Hardcastle s'esclaffa.

—Et les bâtisses ? répéta-t-elle.

—C'est que des hangars. Dans l'un y avait les écuries, mais après le cheval est mort et ils ont pas eu les moyens d'en prendre un autre, alors maintenant y sert à entreposer du bazar. Et la porte de la cave, elle ouvre que de l'intérieur, désolée.

—Peu importe. Merci, mon petit. Retournez donc au travail et nous vous rejoindrons sous peu, comme si nous nous étions attardées en chemin tandis que vous reveniez au pas de course, pressée de vous remettre à vos tâches.

Cissy détala et nous partîmes de notre côté vers les dépendances qui flanquaient le pub, avec une discrétion certaine mais pas trop ostensible. Quand on s'efforce de passer inaperçu, l'expérience m'a montré qu'il valait toujours mieux de ne pas trop s'y efforcer, justement.

Les dépendances étaient fermées avec les habituels cadenas massifs et métalliques, et il ne me fallut pas plus de quelques secondes pour nous débarrasser du premier.

Nous trouvâmes des toiles d'araignées, des crottes de rats, des outils rouillés et les poignées de bois cassées de deux pelles et d'une pioche. Il y avait aussi des lanternes cabossées aux vitres brisées et une pile de vieilles caisses à bières portant le nom d'une brasserie qui avait déjà fermé boutique du vivant de la reine Victoria, je le savais. La seule chose de valeur là-dedans, c'était une bicyclette pour femme de la marque Rudge-Whitworth, rutilante et en parfait état.

—Une fois encore, je n'aurais su dire à quoi je m'attendais, dit lady Hardcastle, mais je suis assez certaine en revanche que nous ne l'avons pas encore trouvé.

—Pour ma part, j'en étais presque à redouter de tomber sur le cadavre de Griffith Uzzle, admis-je. Assommé à mort avec une quille.

—J'avais peu ou prou la même chose en tête, je dois bien vous le confesser. Pas avec une quille, cependant. Je n'arrive pas à me figurer comment l'on devrait la tenir pour en faire une arme, tant la forme est handicapante.

—Je suis sûre que je trouverais le moyen.

—Je n'en doute pas, ma chère. En voilà une belle bicyclette, néanmoins, ne trouvez-vous pas ?

—Très jolie, oui. Nous devrions nous acheter des bicyclettes.

—Absolument, oui, nous devrions.

—Hélas, je pense que tout est là. Si nous nous hâtons, nous pouvons jeter un coup d'œil à l'autre dépendance avant d'entrer parler à Mme Uzzle.

—Oh, nul besoin de nous hâter, nuança ma patronne, nous dirons que nous sommes allées visiter l'église. Les gens n'osent pas douter de vous, si vous dites que vous êtes entrée dans une église.

—Vous ?

—Oui, pardon. Parfois, le « vous » de politesse se confond avec le « vous » du pluriel.

Nous laissâmes la bicyclette et les rats et je refermai le cadenas.

L'autre bâtisse avait jadis été l'écurie et n'était pas plus ordonnée. Quelques morceaux de ceci ou de cela, cassés et abandonnés, accrochés à des clous au mur, une roue de char dont deux barreaux manquaient, adossée au milieu de tout ça.

Lady Hardcastle tâta un sac en toile de jute dans le coin. Je m'attendais presque à ce qu'en émergent quelques rats en colère, qui allaient l'admonester pour les avoir dérangés. Au lieu de quoi, un son métallique retentit de sous le sac, en même temps qu'un « aïe » de la part de lady Hardcastle.

—Il y a quelque chose là-dessous, dis-je.

—Mon orteil blessé a tendance à être du même avis, commenta-t-elle en s'accroupissant pour soulever la toile. Coucou. Qui croyez-vous que nous ayons là ?

Je ne voyais rien, derrière elle.

—Les Joyaux de la couronne ? proposai-je. Une malle contenant la carte de la cité perdue de l'Atlantide ?

—Oh, bien mieux que cela.

Elle s'écarta pour révéler un marteau de tonnelier, manche en ébène et tête en acier poli brillant, ainsi qu'un ébranchoir tout aussi rutilant et au manche en ébène, terminé par un pieu de quatre pouces aux dangereuses aspérités. Elle lâcha le sac et se redressa.

Un bruit se fit entendre derrière nous, près de la porte.

—Nom de Dieu, qu'est-ce que vous fichez dans mon étable ? aboya une voix de femme.

C'était Mme Uzzle. Armée d'un fusil.

—Posez ce fusil, madame Uzzle, lui enjoignit lady Hardcastle. Vous n'en avez nullement besoin.

—J'en ai parfaitement besoin, quand je trouve des cambrioleurs chez moi.

—Venus voler votre… harnais pourri ? suggéra ma patronne après un coup d'œil autour d'elle. Vos roues cassées ?

—Jouez pas les plus malignes avec moi, *my lady*. J'ai le droit de défendre ma propriété.

—Vous ne cessez de mettre en avant mon titre sur un petit ton impertinent, ma chère. J'aimerais assez que vous cessiez. Vous savez, c'est vraiment fort impoli de votre part.

—Oh, je suis désolée, *my lady*. Il ne faudrait surtout pas que je sois impolie avec une voleuse, pas vrai ?

—Ne voyez-vous pas combien cette attitude est puérile ? Enfin, voyons. Qu'espérez-vous y gagner ?

Comme je l'avais expliqué à Mlle Caudle lorsque nous étions assises dans le jardin le samedi précédent, nos méthodes de travail étaient très simples. La plupart de nos adversaires étaient des voyous agressifs et gonflés à l'adrénaline d'une sorte ou d'une autre, prêts à la bagarre et s'attendant à ce que leurs ennemis prennent la chose avec le même sérieux qu'eux. Ce à quoi ils ne s'attendaient jamais, en revanche, c'était à une joyeuse ineptie et à des moqueries puériles. En conséquence de quoi, quand nous nous retrouvions en position difficile, lady Hardcastle usait de son talent unique pour faire enrager les gens, tandis que, pour ma part, je l'éperonnais. La technique permettait de distraire l'adversaire pendant que je me plaçais discrètement dans une position favorable à l'exercice de mes propres talents, afin de les empêcher de lui faire du mal. Il pouvait toujours se faire, bien sûr, qu'elle les irrite à tel point qu'ils la tuent dans le seul but de la faire taire, cependant la nature humaine est une chose curieuse. La plupart des gens étaient si confondus par le renversement de l'ordre attendu des choses – selon lequel la personne en possession de l'arme à feu est celle qui détient les cartes, après tout – qu'ils se retrouvaient à argumenter avec elle plutôt qu'à simplement tirer.

Un arrangement plutôt simpliste, mais qui fonctionnait en général.

En général.

—Pas plus près, *mademoiselle Armstrong*, lança Mme Uzzle en faisant pivoter le canon du fusil dans ma direction.

—Ça n'a pas tout à fait le même effet quand vous le faites avec moi, lui fis-je remarquer. Car je suis bel et bien Mlle Armstrong. Ça n'a rien d'affecté ou quoi que ce soit, c'est simplement mon nom.

Mme Uzzle fronça les sourcils, puis secoua la tête, comme pour se dépêtrer de nos sornettes.

—Essayez pas de faire votre maligne avec moi, lâcha-t-elle, quelque peu hésitante cependant.

—Oh, elle n'a pas besoin d'essayer, ma chère, intervint lady Hardcastle. Cela lui vient tout à fait naturellement. Elle est bel et bien maligne comme un singe, voyez-vous. Affûtée comme une lame. Rusée comme un renard. Savez-vous qu'une fois, elle…

Le fusil pivota de nouveau dans sa direction.

—Si je dois vous répéter de la fermer, je vous fais taire pour toujours.

—Si nous devons être précises, ma chère, et je pense vraiment que dans ces situations, l'exactitude est très importante afin d'éliminer le doute, vous ne m'avez en fait jamais dit de la fermer. Vous nous avez déblatéré tout un tas de sornettes sur le fait de défendre votre propriété des bons à rien de cambrioleurs en robe d'été, mais mon silence n'a jamais été requis.

—Eh ben, je vous le dis maintenant. Fermez…

Ma main droite attrapa le canon du fusil et le leva en l'air pendant que j'abattais la paume ouverte de ma main gauche contre sa tempe. Elle parvint à appuyer sur la gâchette en tombant, mais l'explosion assourdissante ne provoqua, en tout et pour tout, que le bris d'une poignée de tuiles du toit et une pluie de poussière.

J'arrachai l'arme de ses doigts devenus mous et cassai le fusil, pour en extraire les deux cartouches, l'usée et l'intacte, et les fourrer dans la poche de ma veste.

—Tout va bien, Madame ? demandai-je.

—Très bien, merci. La toiture risque d'être un peu moins imperméable que tantôt, mais je suis intacte pour ma part.

Mme Uzzle émit un grognement étourdi.

—Ne menacez pas les gens d'une arme, *madame Uzzle*, lui dis-je. On finit toujours par blesser quelqu'un.

—Elle a raison, ma chère, renchérit ma patronne. Cela ne se finit jamais bien.

Mme Uzzle se tâta maladroitement le visage.

—Vous m'avez cassé la joue, sale vache, marmonna-t-elle.

—Oh, ne faites pas l'enfant, répliquai-je. Je vous ai à peine touchée. Vous aurez un œil au beurre noir demain, mais rien de durable. Au moins, accordez-moi de reconnaître mon travail.

—J'vais vous buter, gronda-t-elle en essayant de se remettre debout.

Je la repoussai à terre du bout du pied.

—Pas encore. Restez un peu allongée, le temps de vous rétablir.

—Oui, et pas seulement, ajouta ma maîtresse. Le rétablissement, c'est important bien sûr, mais pendant que vous retrouvez vos esprits, vous pourriez prendre quelques minutes pour tâcher de nous expliquer ce qui se passe ici, exactement.

—Et pourquoi je ferais ça ?

—Eh bien, laissez-moi réfléchir. Votre époux a disparu. Et jusqu'à il y a peu, tout le monde croyait Grace coupable des meurtres des trois Weryers. Nous pensions tous que votre mari était le prochain sur la liste. Mais c'était avant que nous ne trouvions ce que je soupçonne fort d'être les deux armes des crimes cachées sous un sac dans votre hangar. Auquel stade j'ai commencé à changer d'avis. Juste comme nous nous apprêtions à sortir convoquer la police, vous débarquez en agitant votre fusil ridicule… Quel besoin avez-vous d'une arme pareille, d'ailleurs ? Je sais que nous sommes à la campagne et que tout le monde a l'air de penser que c'est nécessaire, mais vous êtes tenanciers de pub, pas fermiers.

—On a des problèmes avec les rats, lança Mme Uzzle. Et avec les fouineuses.

—Au moins, c'est un peu plus crédible que votre allégation comme quoi vous nous preniez pour des cambrioleurs. Comment expliquez-vous la présence des armes des crimes ?

—J'vois aucune arme d'aucun crime. Juste des affaires d'apparat des Weryers qu'on range ici pour les garder en sécurité, mais pas des armes de crime.

—Le médecin de la police pourra les tester afin d'y trouver des traces de sang…

—À l'aide de phénolphtaléine, précisai-je.

—Oh, bravo, ma chère. Belle mémoire. Bref, le médecin de la police effectuera ses tests et nous saurons bientôt si les outils portent de minuscules traces de sang. Et alors, que serons-nous bien obligés de conclure ?

—C'est vous la détective, *my lady*, à vous de me dire.

—Quand j'ai découvert les armes, j'ai tout de suite pensé que nous nous étions trompées au sujet de Grace et que votre époux était le tueur. Ensuite, vous êtes arrivée avec votre vieux tromblon et là, je me suis demandé si cela pouvait être vous.

—Eh, non mais…

—Nous savons que ce n'est pas Grace Chamberlain.

—C'est comme ça qu'elle se fait appeler, cette petite sorcière ?

—En effet.

—Et vous la croyez ?

—Nous avons appris qu'elle était anciennement connue sous le nom de Grace Hardiman, bien entendu. Nous ne sommes pas restées entièrement désœuvrées. Nous savons aussi que son père a fini pendu pour le meurtre de Samuel Puddy en 1891. Mais pour ce qui est de la façon dont elle se fait appeler maintenant… eh bien, c'est son affaire, je trouve.

—De toute évidence, elle essaie de cacher sa véritable identité.

—Eh bien, oui, c'est ce que nous avons pensé une fois que nous avons appris son lien avec le premier meurtre. Nous en étions venues à croire qu'elle cherchait à se venger des témoins dont la déposition avait convaincu de la culpabilité de son père.

—Alors qu'est-ce que vous restez là à discuter avec moi au lieu de partir sauver mon mari ?

—Comme je le disais, madame Uzzle, les armes des crimes ainsi que votre tentative d'agression avec une arme mortelle ont largement contribué à altérer mon opinion.

—On gardait simplement le marteau et l'ébranchoir. Griff les a retrouvés au verger. Ils avaient disparu. Les Weryers les cherchaient partout.

—Et plutôt que de les garder chez vous jusqu'à pouvoir annoncer à ses camarades Weryers qu'elles étaient retrouvées, il aurait choisi de les cacher sous un vieux sac dans une dépendance ?

—Il avait peur des cambrioleurs.

—On dirait que vous avez bien peur des cambrioleurs, tous les deux. Vous vous faites donc souvent cambrioler ?

Mme Uzzle recommença à batailler pour se remettre debout.

—On peut l'expliquer, dit-elle en s'asseyant, l'air toutefois encore groggy. Tout ça, c'est qu'un malentendu. Je suis désolée d'avoir pointé le fusil sur vous… j'ai eu peur.

Son abrupt changement d'humeur était pour le moins dissonant.

—Où l'a-t-il emmenée ? demandai-je tout à trac.

—Où il a emmené qui ? fit-elle, d'une voix redevenue calme et raisonnable.

—Vous tentez de nous retenir ici. Votre époux a emmené Grace Chamberlain quelque part et il a l'intention de la tuer, donc, délibérément, vous essayez de nous retarder afin qu'il puisse aller au bout de son idée. Où est-elle ?

—Alors là, j'ai pas la moindre idée de ce que vous racontez.

Je m'avançai et lui saisis le bras, que je tordis dans une prise douloureuse. Elle essaya de me repousser de sa main libre, mais je tins bon.

—Si je tords comme ceci, expliquai-je gentiment tout en lui faisant ma démonstration, je peux vous disloquer le coude.

Elle beugla et relâcha ma main.

—En revanche, si je tords comme cela, repris-je, toujours avec une petite démonstration à l'appui, je peux vous disloquer l'épaule. L'un ou l'autre, pris séparément, serait déjà douloureux. Les deux ensemble seraient insupportables. De plus, cela fait si longtemps que je n'ai pas été dans l'obligation de le faire que je ne suis plus du tout sûre de me rappeler comment remboîter l'affaire. Vous seriez au comble de la douleur jusqu'à ce que nous parvenions à vous trouver un docteur.

Je tordis un peu plus fort.

—Allez vous faire voir, lâcha-t-elle.

Je tordis dans l'autre sens.

—Au pressoir, haleta-t-elle. Il est au pressoir.

—Merci, dit ma patronne, qui ramassa le fusil. Venez, Armstrong, nous devons nous hâter.

Nous laissâmes Mme Uzzle avec son bras endolori et sortîmes en trombe, tombant aussitôt sur Cissy Slocomb.

—Oups ! lâcha lady Hardcastle. Pardon, mon petit. Nous sommes un peu pressées. Mme Uzzle connaît quelques douleurs…

—J'ai entendu, la coupa Cissy.

—Elle ne devrait pas vous causer trop de problèmes, mais restez prudente. Y a-t-il quelqu'un dans les parages qui ait le téléphone ?

—Ils viennent de l'installer au pub, y a quelques mois. Il est dans leur appartement à l'étage, mais je sais pas l'utiliser.

—C’est vraiment très simple, vous savez. Il suffit de lever l’écouteur, d’agiter le machin quelques fois et puis l’opératrice vous répond… (Voyant l’expression perplexe de Cissy, lady Hardcastle opta pour une approche différente.) Ne vous tracassez pas, nous trouverons un autre moyen. Vous êtes agile à bicyclette, n’est-ce pas, mon petit ?

—Vous le savez bien. Vous m’avez vue. Mais j’ai pas la mienne avec moi.

—Peu importe. Prenez celle de Mme Uzzle et filez à Littleton Cotterell aussi vite que vous pourrez. Dites au sergent Dobson que nous pensons qu’Uzzle est au pressoir avec Grace Chamberlain. Que nous nous y rendons maintenant.

—La bicyclette est enfermée dans le hangar, M’dame. Y zont peur des voleurs.

—C’est bel et bien vrai, alors ? Flo va s’en occuper, mon petit, ne vous inquiétez pas. Mais pour l’amour du ciel, faites vite. Je crains que Mlle Chamberlain ne soit en danger.

Rouvrir la porte du hangar fut l’affaire d’un instant, et nous aidâmes Cissy à démarrer d’une bonne poussée dans le dos.

Au pas de course, sous l’œil placide des moutons, nous retournâmes à la Rolls et prîmes la route de la cidrerie, avec lady Hardcastle au volant.

Les sentes étaient étroites et notre vitesse excessive, pourtant je ne m’en plaignis pas. Je comprenais la nécessité de cette hâte et, même si je passais mon temps à la taquiner, j’avais en réalité assez confiance dans la capacité de ma patronne à nous conduire sur place rapidement et saines et sauves. Ce qui ne m’empêchait pas d'être nerveuse. Je tâchai donc de me distraire en ôtant ma veste pour la plier soigneusement au sol à côté du fusil. Il n'était pas impossible qu'il y ait du grabuge dans un avenir proche, alors autant être aussi peu encombrée que possible.

Nous arrivâmes en un seul morceau dans ce qui aurait très probablement constitué un temps record, si les temps de trajet entre Woodworthy et la cidrerie de Mattick avaient fait l'objet de chronométrage.

La cour était déserte quand nous nous arrêtâmes dans un crissement de freins. Lady Hardcastle coupa le moteur de la Rolls sur un côté des immenses portes principales, afin que nous puissions nous approcher de biais. Les portes étaient entrouvertes, ce qui signifiait avec une quasi-certitude que quelqu'un se trouvait à l'intérieur. Qui était probablement arrivé sur la vieille bicyclette cabossée appuyée contre le mur.

Quand le ronronnement de la Silver Ghost cessa, le bruit rassurant de l'ingénierie des usines Rolls-Royce fut remplacé par celui, incessant, de la campagne. Les citadins s'imaginent la campagne comme un endroit de calme et de paix, mais il n'en est rien. Les arbres bruissent dans le vent, les insectes bourdonnent et les oiseaux, tellement nombreux, eh bien, ils ne se taisent jamais. Mes connaissances ornithologiques restaient limitées, toutefois je savais que les moineaux étaient de loin les pires, et gazouillaient leur colère dans les haies. Le sifflement d'un merle qui prend son envol ou le roucoulement incessant de pigeons ramiers amoureux pouvaient aussi vous en donner pour votre argent. Tout comme le cri d'un martinet ou le croassement des choucas et des pies. Parfois, tout cela me rendait nostalgique du claquement des roues des charrettes sur les rues pavées, et des vociférations des vendeurs de rues.

Nous descendîmes d'auto et nous plaçâmes discrètement de part et d'autre des portes ouvertes. Je jetai un coup d'œil à l'intérieur, mais ne vis rien d'inhabituel. Lady Hardcastle, en revanche, avait repéré quelque chose. Sans un bruit, elle me fit signe qu'elle allait entrer et que je devais la suivre.

Elle s'exécuta avec son agilité légendaire, et je la vis porter un doigt à ses lèvres sitôt qu'elle s'écarta du seuil. Mon travail, dans ces situations, était de veiller sur ses arrières, de garder l'œil ouvert pour le cas où un danger arriverait dans notre dos. Lady Hardcastle entrait dans les lieux dangereux, souvent armée, et je n'avais qu'à la couvrir. En général, cela fonctionnait formidablement bien.

En général.

Je me tournai pour vérifier qu'aucune menace n'arrivait de l'arrière. Seulement, excepté une explosion de douleur aveuglante dans la nuque, je ne me rappelai rien d'autre.

19

Je revins à moi fort raisonnablement ligotée et allongée sur un bloc de bois. Voulant tester mes liens en agitant les doigts, j'entrai en contact avec une autre main. Nous étions peut-être dans le pétrin, lady Hardcastle et moi, mais au moins nous étions ensemble. J'ouvris les yeux…

… et découvris une énorme vis en fer. Malgré la douleur irradiant ma tête lorsque j'effectuai le mouvement, je la tournai pour regarder au-dessus et vis, hélas, ce à quoi je m'attendais : un autre bloc de bois, taché par des décennies de jus de pomme. Nous étions dans le pressoir à vapeur.

Je tapotai un message sur la main de ma patronne grâce à notre code personnel.

—Tout va bien, ma chère, Uzzle est dehors, répondit-elle. À l'arrière, qui essaie de faire démarrer le moteur à vapeur. Apparemment, il a une idée en tête.

—Nom d'une pipe, que s'est-il passé ? croassai-je.

—Il était caché derrière le bâtiment lorsque nous sommes arrivées. Il y a un téléphone, ici, vous rappelez-vous ? Mattick s'en est servi pour appeler le poste de police. Alors notre chère et douce Betty a appelé pour lui annoncer que nous étions en chemin. Il a entendu la Rolls et attendu que nous soyons à l'intérieur, puis il nous a rejointes en douce par-derrière, armé du fusil que nous avions pris à son épouse. Je n'aurais jamais dû le laisser dans l'auto. Vous en avez pris le canon dans votre toute petite nuque, puis il a braqué le côté explosif dans ma direction, et nous voici.

—Il n'est pas chargé, remarquai-je.

—Il a pris la cartouche dans la poche de votre veste. Une seule, mais un seul coup de ces horribles engins suffit.

—Oh, pour l'amour du ciel. Je suis vraiment désolée. Je m'attendais à du grabuge à l'intérieur, je n'avais pas imaginé qu'il puisse surgir de dehors.

—Ne vous inquiétez pas. Nous nous sommes trouvées dans des situations plus délicates. Et la pauvre Grace est encore plus mal lotie. Elle est suspendue sur un tonneau avec un nœud coulant autour du cou.

—Pourquoi ne l'a-t-il pas tuée ?

—Il y était tout à fait prêt, quand son épouse l'a appelé. Maintenant, toutefois, il semblerait que le plan ait changé. Nous devons finir écrasées dans le pressoir, à la suite de quoi Grace, ravagée par la culpabilité de tous les horribles méfaits qu'elle a commis, se pendra.

—Comment savez-vous tout cela ?

—Le type est du genre volubile, et assez content de lui aussi. Il m'a suffi de lui poser quelques questions simples et tout est sorti.

—Et pourquoi a-t-il fait ça ?

—Nous ne sommes pas allés aussi loin, j'en ai peur. Le téléphone a de nouveau sonné et, après quelques « oui, M'dame », il a filé dehors pour essayer d'allumer le moteur à vapeur.

—Quel dommage !

—En effet, mais je ne doute pas que nous finissions par aller au fond des choses. En parlant de fondement, voulez-vous bien garder le vôtre immobile un moment, je vous prie ? Je pense pouvoir réussir à progresser sur ce nœud.

—C'est à cause de moi, lança une voix de femme derrière moi.

—Nous pensions que cela avait peut-être quelque chose à voir avec vous, ma chère, répondit ma maîtresse, sans cesser de tripatouiller les cordes à mes poignets. Raison pour laquelle nous avons mis un tel empressement à vous parler.

—Not' papa n'a pas tué Sam Puddy, continua Grace Chamberlain sur un ton de défi. Not' m'man le savait. Et ils le savaient tous, ces Weryers. Ils savaient qu'il était innocent, pourtant ils ont tous menti au tribunal. Not' m'man a passé toute sa vie à tenter de laver son nom. Elle est morte le mois dernier, sans jamais cesser de proclamer qu'il n'avait rien fait, alors j'ai décidé de venir jusqu'ici pour découvrir la vérité.

—Et qu'avez-vous découvert ?

—Rien. Chaque fois que je m'apprêtais à parler à l'un des « témoins », il était mort. Et puis vous vous êtes mises à fouiner autour de moi, vous autres, vous vous êtes mises dans mes jupes.

—Nous aurions peut-être pu vous aider si vous nous aviez laissées faire.

—Oui, ben, je le savais pas, ça.

—Non, ma chère, non en effet. Enfin, l'heure n'est guère aux récriminations. Nous devons toutes nous tirer de la situation pénible où nous nous trouvons. Oh, par ma foi !

—Quoi encore ? demandai-je.

—Nous aurions dû savoir d'emblée que cette chère Grace était familière de Littleton Cotterell. Vous rappelez-vous, le premier jour où nous l'avons vue, elle nous a demandé : « Louent-ils encore des chambres à l'auberge ? » « *Encore* des chambres », voyez-vous ? Elle devait savoir qu'ils avaient des chambres par le passé. Oh, quelle sotte je fais !

—Et vous en avez l'air aussi, lança Uzzle d'une voix pleine d'une joie mauvaise. (Il était revenu et j'entendais le sifflement du moteur à vapeur dehors, dans le hangar, qui montait en pression. Une pression bientôt mortelle.) Mais ne vous tracassez pas, personne ne verra votre honte. Ils ne vous reconnaîtront même pas, une fois que Mlle Chamberlain vous aura pressées comme des pommes à cidre.

—Au moins c'est un réconfort, répondit ma patronne. Personne n'aime avoir l'air sot.

—Ben dites donc, vous êtes bien calme, vous, commenta-t-il. Betty ne peut pas vous souffrir, mais moi, je dois avouer que j'ai toujours eu un petit faible pour vous.

Je l'entendis contourner le pressoir et venir se placer dans ma ligne de mire, une main sur le levier de contrôle. Il m'adressa un large sourire et une œillade.

—Puisque nous ne sommes plus pour très longtemps de ce monde, reprit lady Hardcastle, feriez-vous le plaisir aux condamnées d'une explication quant à ce qui, par tous les diables des enfers, se passe ici ?

—Oui, je ne vois pas ce qui m'en empêche, répondit-il avec le même sourire satisfait aux lèvres. Tout a commencé au printemps 1891, quand ma belle et jeune épouse s'est entichée de Sam Puddy, le marchand de bois de chauffage du coin. Il était bel homme et assez à l'aise financièrement, et elle est tombée sous son charme. Bien sûr, elle m'a avoué qu'elle fricotait…

—Et vous n'y avez pas vu d'objection ?

—Pourquoi j'aurais objecté ? L'idée me plaisait bien. Elle porte la culotte, comme on dit, et ce qu'elle veut, elle l'obtient. Elle m'aime, je l'aime, et je sais qu'elle sera toujours à mes côtés. Si elle veut badiner avec d'autres hommes, qui je suis, moi, pour le lui interdire ?

—Eh bien, disons…

—Vous voulez que je vous raconte ou pas ? Si vous passez votre temps à m'interrompre, je m'attelle à des activités plus pressantes.

—Non, je vous en prie, continuez. Je suis tout ouïe.

—Elle aimait bien les aventures, elle en avait eu de nombreuses au fil des années…

—C'est une très belle femme.

—Absolument, oui. Mais tout se faisait toujours selon ses propres termes. Quand elle se lassait de ses conquêtes, elle les envoyait balader et puis basta. Sauf que le pauvre Sam Puddy, il était épris. Complètement fou d'elle. Et il refusait de lâcher l'affaire sans scandale. Il s'est mis à la harceler, à la supplier de me quitter et de s'enfuir avec lui. Bref, elle pouvait pas accepter ça, vous comprenez ?

—Oui, admettons. Alors elle l'a tué ?

—Grands dieux, non. Pourquoi allait-elle se salir les mains avec une affaire comme ça quand il lui suffisait de me commander de le faire ? Alors je suis convenu d'une rencontre avec lui, histoire de régler ça entre hommes. Il a accepté aussitôt. Il pensait me persuader de la laisser partir. On s'était mis d'accord pour se retrouver à l'écart des yeux indiscrets, dans le champ derrière chez lui à minuit. Je suis arrivé en avance, bien entendu, et je lui ai sauté dessus dès qu'il a franchi sa porte de derrière. Il est mort sans grand bruit, et moi j'étais rentré à la maison et couché avec ma Betty avant que son cadavre ne soit froid.

—Et ensuite, vous avez convaincu les autres de mentir au procès, de jurer qu'il s'agissait d'une querelle d'argent et que William Hardiman était le coupable.

—C'est Betty qui m'y a poussé. Elle peut se montrer très persuasive.

—Je n'en doute pas. Et puis, Grace est arrivée au village et…

—On l'a reconnue tout de suite, évidemment. Elle était déjà très jolie petite fille, on n'aurait pas eu de mal à reconnaître la belle jeune femme qu'elle est devenue, même sans sa tache de naissance à la tempe. Bref, on a su. Et avec l'anniversaire qui approchait, les autres n'ont pas tardé à se ramollir. Une « crise de conscience », Claud Cridland a appelé ça. Ils menaçaient d'aller à la police, d'avouer qu'ils avaient menti.

—Vous ne pouviez pas laisser faire cela.

—Betty, surtout. Comme je l'ai dit, elle m'aime. Elle ne voulait pas me voir pendu, alors elle m'a dit que je devais me débarrasser de Cridland, que ça servirait de mise en garde pour les autres. Je savais qu'il serait au verger juste après l'aube, à passer en revue ses précieuses pommes, alors j'ai pris le Surin de la Pommeraie et le Martel du Rondelet dans la vitrine du Club des Weryers et… je l'ai tué. Il s'est un peu débattu, mais à la fin, il a succombé. Et j'ai traîné le corps…

—Jusqu'au troisième arbre de la neuvième rangée afin de signifier le troisième jour du neuvième mois : la date du meurtre originel.

—C'était une idée de Betty. Il fallait qu'on leur fasse passer un message, vous voyez. Histoire qu'ils comprennent bien les conséquences qu'il y aurait à l'ouvrir. Hélas, ils ont été moins malins que vous et ils n'ont rien compris du tout. On a tenté d'être un petit peu moins subtils avec Peppard et la salière et la poivrière, mais Mattick a toujours rien pigé. Du moins, il en a pas eu l'air. On lui a donné moult occasions de nous rassurer, qu'il n'allait pas aller à la police, mais lui il a continué à faire la sourde oreille alors il a fallu l'éliminer, lui aussi. Il me manque, cet ensemble sel-poivre, c'était un cadeau de mariage.

—Mais une fois tous vos coconspirateurs morts, pourquoi avoir laissé l'indice auprès du corps de Mattick ?

—Betty a deviné qu'on ferait porter le chapeau à Grace. Alors si on rendait ça encore plus évident, que c'était lié au meurtre de Puddy, on pourrait suggérer qu'elle était venue se venger de la pendaison de son père. Elle a rédigé une lettre éplorée à souhait pour tout expliquer. Enfin, c'est Betty qui l'a fait. Mais personne va vérifier les écritures.

—Tout cela est très ingénieux, commenta lady Hardcastle. Ce qui cloche, c'est : pourquoi nous tuerait-elle, nous, alors qu'elle vous laisserait filer ? Elle voudrait assurément abattre tous les témoins de l'accusation.

—Parce que vous avez contrecarré ses plans. Elle devait vous tuer pour… pour…

—Non, mon cher, le coupa ma patronne, cela ne colle tout simplement pas. Les policiers ne sont pas aussi stupides que vous l'imaginez. Ils ne seront pas convaincus qu'elle ait eu la moindre raison de nous tuer si elle prévoyait déjà de se donner la mort. Surtout pas en vous laissant, vous, indemne.

—Ah, mais vous partez du principe qu'au moment où on la découvrira, je serai toujours indemne. Betty va s'occuper de ça. Elle fera en sorte que ce soit convaincant.

—Je n'en doute pas.

—Ça y est, votre curiosité est satisfaite ?

—Très satisfaite, merci, mon cher. Vous pouvez procéder.

Il éclata de rire.

—Arrogante jusqu'au bout. Je vois bien ce qui déplaît à Betty chez vous, mais je dois dire que, d'une certaine façon, je vous admire.

Il actionna le levier des commandes et les deux vis géantes se mirent à tourner, abaissant lentement la plaque de la presse vers nous.

La plaque descendait certes lentement, mais cette lenteur n'avait rien pour me rassurer. Lady Hardcastle m'en avait suffisamment appris sur la mécanique pour que je sache que l'on faisait généralement un choix entre la puissance et la vitesse des machines. Si la plaque ne progressait pas rapidement, cela signifiait donc que la puissance du moteur à vapeur était utilisée pour produire une force d'écrasement maximale. Quand elle finirait par nous atteindre, elle nous transformerait lentement mais très efficacement en une pulpe méconnaissable. Et il n'y aurait aucun moyen pour nous de l'empêcher, car elle était trop puissante pour être repoussée par de simples humains.

Par chance, la machine n'était pas la seule chose que nous devions combattre. Nous y avions été placées par un humain, or les humains peuvent toujours être mis en échec.

J'étais grandement soulagée qu'Uzzle se soit avéré pareil moulin à paroles. Pendant qu'il nous racontait tout en longueur, les doigts agiles de ma patronne avaient distendu assez mes liens pour que je libère mes mains.

Je devais choisir mon moment. Même la personne la plus lente à la comprenette peut repousser une femme dans un pressoir si elle a le temps d'agir. Je devais donc me montrer patiente. Évidemment, avec la plaque du pressoir planant déjà à quelques pouces seulement de nous, la patience n'était pas chose aisée. N'empêche, je devais attendre.

Encore un peu.

À ce stade, la plaque était assez proche pour que lady Hardcastle doive se pencher pour y échapper, mais je savais que je devais tout de même tenter ma chance.

Enfin, Uzzle nous tourna le dos afin de s'acquitter du meurtre de Grace Chamberlain. Je tendis la main pour agripper le rebord du bloc de bois et, d'une puissante poussée, je me libérai. Avec mes chevilles encore liées, mon atterrissage fut malaisé, mais je parvins à me tortiller de manière à voir la plaque désormais en contact avec l'avant-bras de ma maîtresse.

J'attrapai les épaules de sa robe et tentai de la tirer hors de la presse aussi. Je sentis céder quelques points de la couture et, ne me demandez pas pourquoi, mon esprit décida qu'il avait le temps d'envisager le travail de ravaudage qui m'attendait, une fois ma patronne et sa robe rentrées à la maison.

Lorsqu'elle atterrit au sol dans un bruit sourd, Uzzle comprit enfin ce qui se passait.

Il se détourna de Grace et se rua vers nous.

Je laissai lady Hardcastle se dépêtrer de ses liens sur le sol dallé pour pivoter sur le dos. L'espace d'un bref instant, j'envisageai nos diverses options de défense, mais l'inexpérience d'Uzzle facilita ma décision. Il n'avait pas l'habitude de se battre et, comme tous les gens qui ne savaient pas se battre, il considérait sa taille comme son avantage principal. Il s'imaginait pouvoir me contenir, du simple fait de sa vitesse et de sa masse, puis retourner à sa tâche.

De mon côté, cependant, je ne voyais pas la chose ainsi.

Quand il fut suffisamment proche, je repliai les genoux contre ma poitrine et attendis encore une fraction de seconde que sa jambe d'appui soit tendue. Là, je projetai mes chevilles ligotées vers son genou. Je sentis sous la plante de mes pieds le craquement écœurant des os qui se brisent et des ligaments qui se déchirent, mais le son fut noyé par son hurlement.

Son élan l'entraîna en avant. Et comme je parvins heureusement à rouler sur le côté, il plongea la tête la première vers un tonneau, où il s'assomma. Je me redressai en position assise, libérai mes jambes et laissai lady Hardcastle se tortiller encore un instant, le temps de sauter sur le fût pour libérer Grace de sa corde. Ayant délié ses poignets, je l'aidai à descendre avant d'aller libérer ma patronne.

Pendant que nous nous passions toutes trois en revue, à l'affût de quelque blessure, nous entendîmes le moteur d'une auto dehors. L'inspecteur Sunderland était arrivé juste à temps.

S'étant assuré que Grace, lady Hardcastle et moi allions bien, l'inspecteur Sunderland utilisa le téléphone de la cidrerie pour appeler le docteur Fitzsimmons. La jambe droite d'Uzzle était si salement endommagée qu'il devrait passer les premières semaines de son incarcération à l'hôpital. Je m'efforçai, vraiment, vraiment, d'en éprouver du remords, mais ne parvins pas à convoquer l'émotion idoine. Il avait tué quatre personnes au cours des vingt dernières années et s'apprêtait à en assassiner trois de plus. S'il fallait un genou démoli pour l'arrêter, eh bien soit.

L'agent Hancock montait la garde auprès d'Uzzle tandis que nous attendions le médecin, non qu'il risque d'aller bien loin. Et pendant que l'inspecteur prenait la déposition de Grace, ma patronne et moi nous tenions discrètement à l'écart dans un coin. Lorsqu'il en eut terminé, ma maîtresse lui fit signe de nous rejoindre.

—Comment va-t-elle ? lui demanda-t-elle.

—Elle est assez secouée, comme vous pouvez l'imaginer.

—Que trop bien. Je sais que vous devez voir Uzzle. En revanche, vous n'avez pas besoin de nous ici, n'est-ce pas ? Je me disais que l'un de nous pourrait la raccompagner dans notre doux foyer, ou au pub, si elle préfère. Elle aurait bien besoin d'une bonne tasse de thé et de s'asseoir. De quelqu'un pour s'occuper d'elle tandis qu'elle pleure un bon coup.

—C'est une pensée très attentionnée, Madame. Vous pourriez peut-être vous en charger ?

—Oh, bien sûr. J'allais suggérer Flo, qui est plus proche d'elle par l'âge, mais si vous pensez…

—Oui. Elle s'est prise d'une sorte d'amitié pour vous. Elle n'a pas cessé de chanter vos louanges pendant ma conversation avec elle.

—Pourtant, c'est cette chère Flo qui a fait le plus dur.

—Comme toujours, dit-il avec un sourire. Quoi qu'il en soit, elle semble beaucoup vous admirer. Je pense qu'il lui manque une figure maternelle…

—Plutôt une figure grand-maternelle, intervins-je.

—Je ne cesse de vous le répéter : je suis la figure de la tante peu recommandable, corrigea ma maîtresse. Je n'ai que quarante-trois ans. J'ai quarante-trois ans, inspecteur, ajouta-t-elle en se tournant vers le policier, c'est tout.

Il pouffa.

—Vous ne paraissez pas plus de quarante-deux, Madame. Mais nonobstant l'âge, je pense qu'elle a besoin de quelqu'un pour veiller sur elle.

—Je suis d'accord. Je vais l'inviter à venir à la maison.

—Bonne idée, convins-je. Et je rentrerai plus tard. Si vous ne voyez pas d'inconvénient à me déposer ensuite, inspecteur ?

—Point du tout. En fait, j'accueillerais avec plaisir votre aide sur un petit quelque chose, si vous voulez bien.

—Je suis toujours heureuse d'aider les gendarmes locaux, lui assurai-je. Cela ne fait jamais de mal d'avoir des amis parmi les poulets.

—Vous aurez toujours des amis chez les poulets, mademoiselle Armstrong, ne vous en faites pas.

Lady Hardcastle emmena Grace à la Rolls. Si je l'avais trouvée distante et sûre d'elle la première fois que nous l'avions rencontrée moins de deux semaines plus tôt, elle semblait maintenant fragile et menue. La jeune femme confiante était toujours là, mais aussi la petite fille qui avait perdu son père à cause d'un couard et avait vécu vingt ans dans l'ombre de la honte que ce même couard avait jetée sur sa famille.

Le sinistre individu était justement soigné par un docteur Fitzsimmons professionnel mais absolument glacial, avant d'être emporté sur sa charrette au poste de police, sous l'œil attentif de l'agent Hancock.

J'assistai l'inspecteur Sunderland pour ramasser les cordes qui avaient été utilisées pour nous ligoter et celle qui avait été passée, en nœud coulant, autour du cou de Grace. Nous les déposâmes dans le coffre de son automobile.

—Était-ce pour cela que vous aviez besoin de moi ? lui demandai-je, tout sourire. Je sais que je n'ai pas ma pareille pour le ménage, mais…

Il s'esclaffa.

—Je dois arrêter Mme Betty Uzzle, répondit-il. D'après ce que vous m'avez raconté, elle est au minimum complice.

—Et une sale bonne femme.

—Sur ce point, je vais devoir vous croire sur parole. Quand je l'ai rencontrée pour l'interroger sur son mari il y a quelques jours, je l'ai trouvée absolument charmante.

—Méfiez-vous avec elle, l'avertis-je. Vous êtes exactement le genre d'homme qui lui plaît.

Il pouffa de nouveau.

—Oh, ça, j'en doute. Je ne suis le genre d'homme de personne, et surtout pas d'une belle femme comme elle.

Je lui adressai une expression perplexe mais ne commentai pas.

—Bref, reprit-il, après avoir entendu votre récit de l'histoire d'Uzzle, j'ai l'impression qu'elle n'irait jamais se soucier des ordres donnés par un bonhomme, même s'il est en possession d'un mandat et d'une carte de la police judiciaire de Bristol.

—Elle ne m'obéira pas à moi non plus, objectai-je. Elle n'est pas du style à se laisser dicter sa conduite par quiconque.

—Peut-être pas. Cependant, il m'est interdit, d'un point de vue à la fois éthique et professionnel, d'asséner à l'arrogante quelques coups dans les dents si elle se met en tête de causer des problèmes…

—Je vous comprends complètement, Inspecteur. Ne craignez rien. Je ne m'encombre pas de ce genre de scrupules. En fait, après tout ce qu'elle m'a fait subir aujourd'hui, elle aura de la chance si je ne lui assène pas un petit quelque chose, rien que pour le plaisir.

—Je regarderais ailleurs si jamais cela arrivait, merci.

—Aimeriez-vous que je vous redonne un coup de main pour faire démarrer votre auto ?

—Si vous voulez bien, ce serait très apprécié. Personne ne m'aide jamais pour ça à part vous.

—Pas même le docteur Gosling ?

Il grimpa sur le siège conducteur et puis leva les mains.

—Les mains d'un chirurgien, mon vieux, dit-il dans une imitation passable de son ami. Je ne peux pas risquer d'abîmer mes outils de travail.

Je ris et tournai la manivelle, avant de sauter à côté de lui, une fois le moteur démarré.

À notre arrivée à Woodworthy, nous trouvâmes le Mock of Pommey fermé, sans personne en vue. Il ne semblait jamais y avoir personne dehors, dans ce village, les seules traces de vie restant les moutons de Jacob sur la pelouse de la place, toutefois le pub était généralement ouvert et les sons des conversations et des rires, à l'intérieur, rassuraient le visiteur sur le fait que cet endroit n'était pas un village fantôme.

L'inspecteur Sunderland cogna à la porte du pub avec le poing.

Au bout de quelques secondes, nous entendîmes une clé que l'on actionnait dans la serrure et le son de plusieurs verrous tirés. Enfin, la porte s'entrouvrit, à peine, mais de l'endroit où je me tenais, je ne voyais pas sur qui. La voix me donna l'information que j'attendais, cependant.

—Oh, Inspecteur ! s'exclama Betty Uzzle. Dieu merci vous voilà. Je ne savais pas quoi faire. La fille, cette Grace Chamberlain, elle détient Griff. Je pense qu'elle veut le tuer. Regardez ce qu'elle m'a fait quand elle est venue le chercher ici.

Elle ouvrit la porte un peu plus grand et sortit au soleil pour désigner l'hématome qui fleurissait sur son visage. Elle avait l'ait presque aussi minuscule que Grace plus tôt : la demoiselle en détresse dans toute sa splendeur. Enfin, jusqu'à ce qu'elle m'aperçoive. Là, l'expression timide fut remplacée par celle du choc, puis elle parut grandir et reprendre sa stature normale.

—Vous ! gronda-t-elle.

—Oui, répondis-je gentiment. Moi. Toujours en vie. Toujours en forme. Je comprends votre surprise, après ce que vous avez ordonné à Griff de m'infliger. (Je me tournai vers l'inspecteur.) Ce n'est pas Grace la coupable de l'hématome, en fait, c'est moi.

—Vous l'entendez ? reprit-elle. Elle avoue m'avoir agressée. Je veux qu'elle soit arrêtée.

—Je suis vraiment navré, madame Uzzle, répondit l'inspecteur. J'avais une abeille qui me bourdonnait dans l'oreille. Je n'ai rien entendu du tout. En revanche, vous serez soulagée d'apprendre que votre époux est vivant et en bonne santé, tout comme les trois femmes que vous lui aviez ordonné de tuer. Il a subi quelques blessures, mais il est entre les mains de la police et en route pour l'Hôpital royal de Bristol.

—C'est lui le coupable. Je n'ai rien à voir avec tout ça.

—Nous laisserons la cour en décider. Elizabeth Uzzle, je vous arrête pour complicité dans les meurtres de Samuel Puddy, Claud Cridland, Moses Peppard et Abel Mattick, et pour complicité dans les tentatives de meurtre sur Grace Chamberlain, lady Emily Hardcastle et Florence Armstrong. Vous avez le droit de garder le silence. Vous n'avez pas besoin de dire quoi que ce soit, mais tout ce que vous direz sera dûment consigné et pourra servir de preuve.

S'ensuivit un flou de mouvements alors qu'elle reculait dans le pub et claquait la porte. Nous entendîmes les verrous être tirés et la clé tourner dans la serrure.

—Cela sera retenu contre vous, madame Uzzle, lui cria l'inspecteur Sunderland. Ouvrez la porte.

Pas de réaction.

L'inspecteur poussa un soupir.

—Voulez-vous bien me rendre service et attendre ici, s'il vous plaît, mademoiselle Armstrong ? Je vais faire le tour par l'arrière. Si elle me voit et décide de décamper par ici… Eh bien, je laisse la marche à suivre à votre entière discrétion, toutefois ne l'endommagez pas trop, je vous prie. Si je regarde trop longtemps ailleurs, je risque de me faire un torticolis.

—Ne vous tracassez de rien, inspecteur. Je sais me montrer subtile.

Il partit vers les hangars et l'arrière du pub, tandis que je me positionnais contre le mur, histoire de ne pas être visible depuis l'intérieur. Au bout d'un instant de réflexion, je passai de l'autre côté de la porte, comme tantôt, afin d'être en partie camouflée si elle entrouvrait le battant pour jeter un coup d'œil dehors.

Je me détendis alors en contemplant les moutons. Ce sont de curieuses créatures, les moutons. Ils sont doux et laineux, et aussi timides qu'une jeune femme de chambre, pourtant ils ont de petits visages malveillants. Et avec les terrifiantes cornes recourbées des Jacob, les moutons de Woodworthy auraient sûrement hanté mes cauchemars s'ils n'étaient pas déjà occupés par les vaches.

J'interrompis ma contemplation de l'inamical bétail pour me préparer à l'arrivée imminente de l'inamicale épouse d'un tavernier meurtrier, car le claquement des lourds verrous venait d'interrompre les trilles estivaux des oiseaux. Betty Uzzle n'était pas habituée à la fuite, je la devinais plutôt du genre à rester campée sur ses deux pieds et à faire baisser ses yeux à l'ennemi, comme femme. Elle ne jeta qu'un coup d'œil très superficiel autour d'elle et ne me remarqua pas avant que je lui aie sauté sur le râble.

Le temps que l'inspecteur revienne, elle était étendue par terre, les poignets soigneusement ligotés à l'aide d'un ruban que j'avais ôté de ses cheveux. Histoire de faire joli, j'avais même terminé par un petit nœud.

—Un cadeau pour vous, Inspecteur, annonçai-je lorsqu'il approcha.

—Merci, mademoiselle Armstrong. C'est exactement ce que je voulais. Comment avez-vous deviné ?

Il remplaça le ruban par une paire de menottes fournies par la police et, ensemble, nous la hissâmes à l'arrière de son auto.

Le trajet de retour à Littleton Cotterell fut rapide et heureusement silencieux. Betty Uzzle ayant fini par perdre de sa superbe, elle resta assise à l'arrière, sans un mot, le regard morne et braqué à travers la vitre.

Alors que nous approchions de la place du village, je demandai à l'inspecteur s'il ne verrait pas d'inconvénient à me déposer au pub.

—Je vois la Rolls, expliquai-je, mais Grace a peut-être insisté pour rester là. J'aimerais lui rendre visite, si tel est le cas. Et dans le cas contraire, je n'aurai qu'un très court chemin à faire pour rentrer à la maison.

—Vos désirs sont des ordres, Mademoiselle, répondit-il en se garant. Merci pour votre aide aujourd'hui. Et au cours des deux semaines écoulées, d'ailleurs. Je passerai vous voir demain, afin de prendre vos dépositions.

—C'est un honneur d'être autorisée à vous prêter main-forte, Inspecteur. Je regrette juste que nous n'ayons pas tout deviné plus tôt, nous aurions peut-être pu sauver ces hommes.

Un « ah ! » moqueur retentit sur la banquette arrière.

—Êtes-vous bien sûr que je ne peux pas la frapper ? demandai-je en descendant.

—Peu de choses me procureraient plus de satisfaction, admit-il. Toutefois nous allons plutôt laisser la cour lui régler son compte à présent. Elle ne manquera pas de recevoir son dû.

Le rire sarcastique de la bonne femme me suivit tandis que je me dirigeais vers le Dog and Duck.

Daisy balayait la sciure sale lorsque j'entrai dans le pub.

—Salut, Flo, dit-elle. Comment que ça va ? On a attrapé des méchants, dernièrement ?

—Un ou deux, répondis-je. Je suppose que tu as vu Madame ?

—Pas cet après-midi. Le sergent Dobson est passé. Tout rengorgé, qu'il était. On aurait cru qu'il avait attrapé Uzzle lui-même, à la façon dont il se comportait. J'suis bien contente que t'ailles bien, tu sais.

—Il faut plus que quelques meurtriers cinglés pour m'abattre, Dais, tu le sais.

—Il en faut au moins trois.

—Au moins. Peux-tu me conduire à la chambre de Grace Chamberlain ?

—Sûr. Pourquoi ?

—Si elles ne se sont pas arrêtées ici, c'est que lady Hardcastle a dû la convaincre de séjourner un temps chez nous. Je vais régler sa note et puis j'aimerais lui apporter ses petites affaires, qu'elle se sente plus à l'aise.

Daisy interrompit son balayage pour me regarder.

—J'oublie comme tu es gentille, des fois, dit-elle avec adoration.

—Je suis quoi ?

—Laisse tomber. Allez, viens donc, on va remplir le sac en tapisserie de Mlle Chamberlain.

20

Nous passâmes un après-midi et une soirée tranquilles avec Grace. Elle mangea très peu au dîner, mais au moins elle grignota. Elle ne dit quasiment rien et nous ne la pressâmes pas.

En revanche, elle chanta. Après le dîner, nous nous installâmes au salon, pour lire à la lumière de la lampe. Au bout d'un moment, lady Hardcastle reposa son livre et s'assit au piano où elle se mit à jouer. Comme toujours, elle n'avait pas de morceau précis en tête, elle se contenta de passer paresseusement d'un morceau à l'autre selon son humeur. Quand elle entama le *Nacht und Träume* de Schubert, Grace se joignit à elle, d'une belle voix de contralto. Je posai alors mon livre et fermai les yeux pour les écouter. C'était l'un de ces moments magiques et spontanés que l'on ne peut ni anticiper ni préparer, et je m'en trouvai profondément émue. Je ne crois pas en la magie, cependant il y a assurément quelque chose de magique dans l'air, quand des musiciens s'allient.

À la fin du morceau, tandis que les dernières notes s'éteignaient peu à peu, nous restâmes toutes silencieuses un instant. Seul le tic-tac de l'horloge du vestibule nous rappelait que le temps ne s'était pas complètement arrêté.

Lady Hardcastle joua encore de nombreux morceaux, mais Grace avait repris son livre et ne dit plus rien jusqu'à ce que nous nous souhaitions bonne nuit et qu'elle se retire dans la chambre d'amis.

Quand je me levai le samedi matin, Grace était déjà assise au salon, à lire un livre.

—Bonjour, Grace. Avez-vous réussi à dormir ?

—Pas très bien, admit-elle, mais je vous suis très reconnaissante de m'avoir hébergée. Merci. Ce lit est merveilleux. Le Vieux Joe est tout à fait aimable, cependant le Dog and Duck n'est pas ce que je qualifierais de chaleureux. C'est propre et bien rangé, sans que l'on aille jusqu'à prétendre que c'est confortable.

—Non. J'y ai couché une nuit moi-même.

—En habitant aussi près ?

—C'était pour une enquête. J'ai été attaquée par un fantôme pendant la nuit.

—Pas possible ! fit-elle sur le ton de la réprimande.

—Eh bien… je devrais écrire certaines de ces histoires, vraiment. Nous avons vécu des aventures intéressantes, depuis que nous habitons ici.

—« Intéressantes » n'est pas un mot que j'utiliserais pour décrire ce qui nous est arrivé hier. Je ne pourrai jamais suffisamment vous remercier de m'avoir sauvée.

—C'était le moins que nous puissions faire, lui assurai-je. Nous n'aurions jamais dû laisser la situation aller aussi loin de toute façon.

—Je ne vous ai guère aidées. Je… Je ne pensais pas pouvoir faire confiance à quiconque ici, voilà. Not' m'man disait toujours que les deux villages étaient à mettre dans le même sac. Les gens savaient ce que fabriquaient les Weryers, disait-elle, et ils s'étaient tous ligués pour faire déclarer notre p'pa coupable. Alors quand vous avez commencé à mettre votre nez partout, et puis ces filles au pub…

—Cissy et Daisy sont de braves filles, lui dis-je avec un sourire.

—Je le sais maintenant, mais le père de cette Cissy est un Weryer. Je pensais que si quiconque savait qui j'étais ou ce que je cherchais, les gens allaient au mieux se la boucler définitivement. Et au pire… eh bien… vous avez vu ce qui s'est passé, au pire.

—Et c'est précisément pourquoi je dis que nous aurions dû deviner tout cela plus tôt.

—Ce qui est fait est fait. Et puis, j'aurai ma revanche au tribunal. Je compte adresser une requête… à qui de droit, afin d'obtenir le pardon de notre p'pa à titre posthume.

—Je vous souhaite de réussir.

—Ils ne peuvent pas le ressusciter, évidemment, mais au moins ils doivent reconnaître qu'il n'était pas coupable. Ils n'ont même pas besoin de reconnaître qu'ils ont eu tort, ils peuvent se contenter de dire qu'ils avaient raison au vu des éléments qui étaient alors à leur disposition, mais qu'on leur a menti. Je m'en fiche, du moment que le rapport public mentionne bien qu'il n'a pas tué Sam Puddy.

—C'est une sacrée bataille dans laquelle vous allez vous engager, la prévins-je. Nul n'aime admettre qu'il a eu tort et encore moins la Justice, toutefois s'il y a quoi que ce soit que nous puissions faire pour vous aider, il vous suffit de nous le dire. Lady Hardcastle connaît du monde. Et même du monde assez puissant, en l'occurrence. Et si ces puissants-là ne servent à rien, elle connaît des gens qui ont l'oreille d'autres gens puissants. Car enfin, ce n'est pas comme si vous demandiez une faveur : vous demandez juste qu'on modifie le rendu de justice afin de corriger une terrible erreur.

—Merci. Je ne vois pas pourquoi diable vous proposez de m'aider, mais je vous en suis reconnaissante.

—Ce n'est rien. Nous sommes comme cela. Vous sentez-vous le courage de parler de ce qui s'est passé ?

—De ce qui s'est passé jeudi ?

—Oui. L'inspecteur Sunderland est allé au Dog and Duck : il vous cherchait pour vous accuser des meurtres. Mais vous n'y étiez pas. Nous nous sommes rendues au Mock of Pommey afin de mettre Uzzle en garde, et il n'y était pas non plus. Nous avons vu Betty Uzzle, que nous avons voulu convaincre de transmettre le message, mais elle nous a envoyées balader et nous sommes rentrées chez nous.

—M'accuser ? Moi ?

—Bien sûr. Nous avions découvert votre véritable nom, par Mlle Caudle dont un ami à la *Dawlish Gazette* avait reconnu votre portrait verbal.

Elle porta les doigts sur la tache de naissance à sa tempe.

—Oui, elle me trahit forcément. Comme si mes cheveux roux ne suffisaient pas.

—Bref, nous connaissions l'histoire du meurtre du premier Weryer et nous savions qui vous étiez : tout cela réuni, nous avons déduit que vous étiez venue ici vous venger des hommes qui avaient fait pendre votre père.

—Je cherchais juste des réponses. Et c'est dans ce but que j'ai envoyé un petit gars du village apporter le message au Mock of Pommey, jeudi. Uzzle était le dernier d'entre eux et j'avais besoin de savoir ce qu'il avait à dire. J'ai reçu une réponse vers midi, me demandant de le retrouver à la cidrerie à 17 heures. J'y suis arrivée à l'heure convenue, mais il n'y avait personne dans les parages. J'ai attendu à peu près un quart d'heure, et comme il n'avait pas l'air de venir, je m'apprêtais à partir. Mais voilà que je me retrouve avec un vieux sac sur la tête, ligotée et traînée à l'intérieur. Il m'a laissée là toute la nuit.

—Vous avez eu de la chance qu'il ne vous achève pas sur-le-champ, remarquai-je.

—L'idée me terrifiait, je peux vous le dire. Mais maintenant que j'en sais un peu plus sur les Uzzle, je ne crois pas qu'il avait de la marge pour agir de son plein gré. Il a dû retourner chercher ses instructions. Et puis, au matin… eh bien, vous avez vu par vous-mêmes ce qu'il a fait au matin.

—Oui. Vous allez devoir répéter tout cela à la police, et encore une fois au procès, c'est donc une bonne chose que vous vous rappeliez bien les événements. Mais ne vous focalisez pas non plus dessus. Rien de tout cela n'est votre faute et il n'est rien que vous auriez pu faire pour l'empêcher.

—C'est facile à dire…

—Je sais. Raccrochez-vous à cette idée, néanmoins. Elle vous épargnera les doutes destructeurs et les reproches.

—Je m'y efforcerai.

—Bien, conclus-je avec un sourire rassurant. Alors, à peu près à cette heure-ci, le matin, je prépare généralement un café et une fournée de toasts pour Madame, que je lui monte en chambre. Aimeriez-vous manger quelque chose maintenant ou préférez-vous attendre le petit déjeuner ?

—Parce que ça n'est pas le petit déjeuner ?

—Non, c'est ce que nous avons coutume d'appeler le « petit déjeuner de démarrage ». Le vrai vient plus tard, une fois qu'elle a eu le temps d'émerger.

—Je ne suis pas sûre de pouvoir manger deux petits déjeuners. Seriez-vous offensée si j'attendais ?

—Point du tout. Prendrez-vous au moins un café ?

—Je préfère du thé, au réveil. Ce café que nous avons bu hier au soir était fameux, cela dit.

—Nous nous fournissons chez Crane, à Bristol. Crane lui-même est un affreux petit bonhomme, nous avons eu une prise de bec avec lui l'an dernier, mais son café est de première qualité. Vous devriez en emporter une livre ou deux lorsque vous repartirez.

—Merci. Je pense avoir lu quelque chose sur ce Crane dans le journal : je garde les anciens numéros dans les archives de la bibliothèque, même si personne d'autre ne les consulte jamais, car je me dis qu'ils pourraient s'avérer utiles un jour.

—Il faudra que nous vous présentions la bibliothécaire de Chipping Bevington avant que vous ne partiez avec votre café. Elle et vous êtes du même avis, pour ce qui est de la conservation des vieux journaux.

—Il est toujours utile de rencontrer des gens de mon domaine d'activité. Avez-vous besoin d'un coup de main ?

—Non, je vais me débrouiller pour faire un peu de thé et de café, c'est tout à fait dans mon domaine d'activité, à moi. Restez donc tranquille. Miss Jones ne tardera pas à arriver pour prendre en charge le vrai petit déjeuner.

Je la laissai revenir à son livre et allai me mettre au travail en cuisine.

L'inspecteur Sunderland passa prendre nos dépositions peu après le déjeuner, puis nous passâmes un samedi après-midi oisif au jardin, où lady Hardcastle et la chère et douce Grace s'allièrent pour se moquer de mon ignorance botanique.

Après dîner, nous nous retirâmes de nouveau au salon, où l'humeur fut cette fois beaucoup plus guillerette. Je me laissai convaincre de jouer du banjo et nous passâmes en revue une série de chansons populaires, non sans glousser tout du long. La voix de Grace s'avéra tout aussi accordée à la musique populaire qu'au romantisme autrichien et elle connaissait même quelques nouveautés, d'une salacité hilarante, des couplets que nous pûmes ajouter à nos préférés.

Dimanche fut le jour de la Fête des récoltes.

N'ayant jamais pu assister à l'événement auparavant, nous n'étions guère au fait du programme ou du protocole, mais lady Farley-Stroud ayant annoncé que la procession avait lieu à midi, nous nous rendîmes tranquillement au village peu après 11 heures, habillées pour la fête.

La construction – toit de toile et armature de bois – avait été décorée de rubans et de banderoles ainsi que d'épis de maïs suspendus au-dessus de l'immense ouverture. Les villageois en costume se rassemblaient derrière un gros chariot de ferme, prêts à la procession. Les deux énormes chevaux de trait qui tiraient le chariot portaient eux aussi des décorations, faites d'épis de maïs tressés, et le lit du chariot était chargé de toutes sortes de fruits et de légumes.

Les costumes des villageois allaient des sarraus à l'ancienne et foulards rouges aux déguisements d'animaux – j'aimai bien le cerf, beaucoup moins les vaches – et même à une représentation particulièrement surréaliste de l'Homme vert. Les enfants étaient dans leurs beaux habits du dimanche pour la plupart, nombre de petites filles portaient des guirlandes de fleurs dans les cheveux, mais il y en avait aussi une en pomme et une autre incarnant une sorte de légume racine assez indéfinissable.

—En quoi est donc déguisée cette enfant ? demandai-je alors que nous traversions la place pour rejoindre Cissy et Daisy.

—En *mangel-wurzel*, me répondit Grace.

—Vous me faites marcher. Ça n'existe pas.

—C'est une variété de betterave dont on nourrit le bétail et les cochons, m'expliqua lady Hardcastle. Cela vient de l'allemand *Mangoldwurzel.*

—Ben, ça alors, c'est vrai ?

—Tout à fait vrai. C'est sidérant, les choses que l'on mémorise.

—Considérez-moi en effet sidérée et plus qu'impressionnée.

Nous approchions de mes vieilles amies.

—Comment va, Dais ? Cissy.

—Bonjour à toutes les trois, répondit Daisy. On vient enfin assister à la Fête des récoltes, comme ça ?

—Enfin, confirma lady Hardcastle. Et si c'est toujours aussi merveilleux, je vais m'assurer d'y venir tous les ans.

—Oh, si vous trouvez la manifestation déjà merveilleuse, attendez un peu de voir ce qui se prépare. Les danses et tout le toutim.

Cissy posa une main sur le bras de notre protégée.

—Vous allez bien, Grace ? s'enquit-elle. Je me sens un peu coupable, avec tout ce qui se passait au pub juste sous mon nez, comme qui dirait.

—Ne soyez pas bête, répondit la jeune femme. Vous ne pouviez pas savoir.

Cissy retira sa main et esquissa un sourire penaud.

—N'empêche. Dites, je peux vous offrir un verre ? Je connais la serveuse, elle nous fera peut-être une ristourne.

—Ce serait avec plaisir, merci.

Les trois jeunes femmes s'éloignèrent vers le pub, nous laissant seules pour contempler la procession.

—Je pense que des moments difficiles l'attendent, commenta ma patronne en les suivant des yeux. Mais elle m'a l'air d'une jeune femme pleine de ressources. Je pense qu'elle s'en sortira.

—Je le pense aussi.

Au moment où l'église sonna midi, un tambourin retentit devant la salle communale endommagée par le feu et les villageois assemblés formèrent une ligne ordonnée derrière le chariot. Sur un autre roulement de tambourin, la procession se mit en branle autour de la place, accompagnée de Fred Spratt au violon et du sergent Dobson au flûtiau – en civil et portant, au lieu de son uniforme, l'omniprésent sarrau et le foulard. Ils firent deux fois le tour de la place, applaudis et acclamés sur leur passage par le reste des villageois, dont beaucoup jetaient aussi des fleurs sur le chariot, puis disparurent sur la route qui longeait l'église.

—Voilà qui était aussi bref que divertissant, fit ma patronne alors que la dernière fillette courait pour rattraper le reste de la procession, brandissant fièrement une fleur qu'elle avait ramassée sur la route.

—Ce n'est pas fini, lui appris-je. Daisy a parlé de danses, n'oubliez pas.

—Comment le pourrais-je ? J'adore les danses folkloriques. Je me rappelle une gouvernante écossaise assez sévère que j'ai eue et qui s'est efforcée de m'apprendre *Strip the Willow*[1] et le *Dashing White Sergeant*[2]. Je suis sûre que les danses folkloriques anglaises sont tout aussi amusantes.

—Vous pourriez être déçue, l'avertis-je. Regardez.

Les sept Weryers restants – Noel Gregory avait été envoyé en prison pour six mois par le magistrat – se dirigeaient vers le milieu de la place, derrière Cornelius Starks. Ils étaient vêtus de culottes noires qui leur descendaient aux genoux, avec des bas blancs et des chaussures à boucle. Leurs chemises étaient blanches et leurs gilets, du même rouge que les robes de cérémonie que nous leur avions vues dans le verger. Chacun portait une écharpe, passée à l'épaule et en travers du buste, dont la couleur signifiait le rang – or pour Starks, rouge pour les six Commissaires. Chacun portait aussi une couronne sur la tête, tressée, présumai-je, à partir des branches les plus fines des pommiers. Et ils avaient leur gourdin de bois dans la main droite.

Ils s'alignèrent sur deux rangées, face à face, et un homme que je crus reconnaître pour l'avoir vu au Mock of Pommey s'avança, porteur d'un accordéon.

La danse consistait en une série complexe de croisements et de tapés de bâtons. Sans doute aurait-ce été beaucoup plus impressionnant avec douze participants, mais trois d'entre eux étant morts et deux autres en prison, ils devaient se débrouiller à sept.

---

1 « Dépouiller le saule », traduit littéralement, est une danse de campagne ou de grange. Il en existe des variations, selon qu'elle est exécutée comme un mouvement compris dans une danse plus vaste ou comme une danse à part entière.

2 « Le Beau sergent blanc », traduit littéralement, est une danse folklorique écossaise, exécutée sur un morceau de musique portant le même nom.

Quelque chose dans cette danse évoquait des siècles de tradition et je me pris à espérer qu'ils survivent à la tempête actuelle et reconstruisent leur communauté. L'inspecteur Sunderland avait parlé avec admiration de leurs bonnes œuvres et il serait bien dommage que les événements de la dernière quinzaine – et le souvenir d'un meurtre vieux de vingt ans – mettent un terme à tout cela. Certaines traditions valaient d'être préservées.

Le temps que nous nous retrouvions tous convoqués sous le… ce n'était pas un chapiteau, exactement, mais je l'appellerai ainsi par commodité… Le temps que nous soyons, donc, tous assemblés sous le chapiteau pour le souper, il était 20 heures et j'étais absolument affamée. L'endroit était éclairé de dizaines de lanternes, et je ne pus m'empêcher de m'inquiéter brièvement que tout parte en flammes, mais en tout cas c'était bien joli.

J'avais imaginé la soirée comme une affaire très égalitaire, avec de longues tables communes et tout le village festoyant ensemble, cependant c'était compter sans lady Farley-Stroud. Les longues tables étaient bien là, mais accompagnées d'une « table d'en haut » où elle trônait avec sir Hector, le vicaire et Mme Bland, Cornelius Starks et une dame que je supposai être son épouse. Il restait deux chaises vides. J'avais espéré m'asseoir avec Daisy, Cissy et Grace, qui étaient au milieu de l'une des deux longues tablées, à rire à gorge déployée de quelque blague de l'une d'elles. Je m'apprêtais à les y rejoindre, mais mes espoirs, comme je l'avais craint, furent détruits quand lady Farley-Stroud nous aperçut et nous fit signe de nous approcher.

Nous fûmes donc installées, en grande pompe, entre les Farley-Stroud et les Bland.

—Vous avez encore fait notre fierté, jeune Florence, dit lady Farley-Stroud.

—Honnêtement, je n'ai rien fait du tout, Madame, lui répondis-je.

—Sornettes. Tout cela était votre idée.

—Mais j'ai simplement dit…

—Inutile d'insister, ma chère, intervint ma maîtresse tout bas. Acceptez les louanges et vautrez-vous dans la gloire de votre réussite.

—Mais…

—Chut, ma chère. Vous êtes une merveille. Acceptez-le tout simplement.

Alors je l'acceptai.

Nous reçûmes un repas copieux : un ragoût de porc au cidre, servi avec des beignets. Peut-être pas tout à fait adapté à la chaleur ambiante, mais bien plus facile à cuisiner et à servir pour les véritables héroïnes de la soirée – les dames du village et les femmes des fermiers que lady Farley-Stroud avait persuadées (ou plutôt obligées, sans doute) de s'occuper du repas. Et comme boisson, bien entendu, nous eûmes du cidre. Des fûts et des fûts de cidre.

Nous discutâmes avec M. et Mme Bland, félicitâmes le révérend pour le merveilleux service à l'église et Jagruti pour les superbes décorations. Ils faisaient une compagnie charmante et je ne tardai pas à oublier ma petite déception d'avoir été traînée loin des filles.

Une fois la tarte aux pommes et crème anglaise servie et attaquée goulûment, sir Hector se pencha devant l'ample poitrine de son épouse et agita sa cuillère à notre attention.

—Quel dommage, cette histoire des Weryers, dit-il. Ça ne serait jamais arrivé de mon temps.

—Que va-t-il advenir de l'ordre ? s'enquit lady Hardcastle.

—Je ne suis pas sûr, ma chère, pas sûr du tout. Vous voyez…

Lady Farley-Stroud attrapa le poignet de son époux.

—Hector, mon cher, allez-vous rester penché devant moi tout le reste de la soirée, à agiter votre cuillère sous mon nez ?

—Je discute juste avec Emily et Florence, ma petite prunelle.

—Je vois et j'entends très bien ce que vous faites, Hector, cependant je crains pour la sécurité de ma robe, si vous perdez le contrôle de cette cuillère couverte de crème anglaise. Pourquoi n'échangerions-nous pas nos places ?

—Bonne idée, mon précieux amour. Par ma foi, j'ai une idée. Pourquoi ne vous assiériez-vous pas ici ? Emily pourra s'asseoir là. Et moi, là où Emily était assise…

Un bref jeu de chaises musicales s'ensuivit, accompagné par le déplacement de bols, cuillères et verres de cidre. Quand la musique cessa, sir Hector était assis entre lady Hardcastle et moi, laissant lady Farley-Stroud parler avec les Starks de ce qu'ils prévoyaient pour la retraite de M. Starks.

—Où en étais-je ? fit sir Hector en reprenant une cuillérée de sa tarte. Cette tarte est exquise, vous ne trouvez pas ? N'en soufflez pas un mot à Mme Brown, mais je pense que cette pâte est peut-être meilleure que la sienne.

—Vous nous parliez des Weryers, mon cher, lui rappela ma patronne.

—Tout à fait, ma chère, tout à fait. Car voyez-vous, il se trouve que… Ce n'est pas simplement qu'ils existent depuis des siècles, il y a aussi une lignée ininterrompue d'adhésions et de succession depuis que l'ordre a acquis sa forme actuelle.

—En 1721, précisai-je.

—Ça alors, belle mémoire. Oui, cent quatre-vingt-dix ans de Commissaires promus Conservateurs et de Conservateurs promus Grands Protecteurs. Des retraites et plus d'un mort en service, ça signifiait de nouvelles recrues, mais toujours un à la fois. Toujours lentement mais sûrement, voyez ? Et voilà qu'on se retrouve avec trois Conservateurs assassinés et le quatrième certain de finir pendu pour ce crime. Ils ont un Commissaire en prison pour avoir magouillé avec les comptes et le Grand Protecteur prêt à prendre sa retraite au bord de la mer avec sa bonne dame. Six Weryers en moins et pas de Conservateur à promouvoir. Je ne doute pas qu'ils puissent trouver quatre Conservateurs corrects dans la ribambelle actuelle de Commissaires : Lehane, Holman et Weakley feraient de bons candidats. Bob Slocomb aussi, c'est un gars solide et fiable. Mais qui promouvoir à leur tête ? Et où vont-ils trouver six nouveaux bons-hommes ?

—M. Starks a déclaré qu'il avait quelques noms en tête, lui dis-je.

—Mais pas six, j'en suis sûr. Et puis, leur chef ? Qui parmi les gars actuels pourrait prendre le contrôle ?

—Pourquoi pas vous, mon cher ? intervint lady Hardcastle. Histoire de redresser le bateau, disons.

—Je ne sais pas, répondit-il, hésitant. C'est beaucoup de travail.

—Mais un travail que vous connaissez. Et vous n'aurez à le faire qu'une année ou deux, jusqu'à ce que tout se soit normalisé.

—Peut-être, peut-être. Il n'empêche qu'ils auraient quand même des soucis de recrutement. Il ne reste pas beaucoup d'hommes de bien sur pied.

—Il reste plein de femmes de bien sur pied, lui fis-je remarquer. Pourquoi ne pas adouber des femmes Weryer ?

Hector réfléchit un instant.

—Des femmes chez les Weryers ? répéta-t-il. Oh, je ne sais pas trop, mon petit, je ne sais pas.

—C'est un point qui vaut la peine d'être étudié, cependant, insistai-je.

Il gloussa.

—Certainement, oui, certainement, convint-il enfin. Vous savez, je ne suis même pas entièrement certain que ce soit interdit par la charte…

—Et voilà. Il existe des tas de femmes compétentes et de très bon caractère dans la région, et nombre d'entre elles sont aussi d'excellentes buveuses. Vos problèmes de recrutement seraient résolus sur-le-champ.

—Hormis vous, je ne vois pas qui va juger cette idée comme judicieuse, toutefois je pourrais le mentionner, si je décide de mettre mon grain de sel à un moment ou à un autre. Par ma foi, envisageriez-vous…

—Oh que non, pour rien au monde ! le coupai-je aussitôt. Sans parler de toutes les autres raisons, le rouge ne me sied pas du tout.

Il partit d'un nouveau rire.

À la fin du souper, les tables furent poussées de côté et le sol, débarrassé pour la danse. Avec Fred Sprat de nouveau au violon, le sergent Dobson au flûtiau et l'inconnu de Woodworthy – dont j'appris plus tard qu'il s'appelait Bill Miller – à l'accordéon, nous passâmes le reste de la soirée à danser. Bien que ne connaissant aucune des vieilles danses folkloriques, je parvins finalement à suivre assez bien pour m'amuser.

Minuit était depuis longtemps passé lorsque nous récupérâmes Grace Chamberlain pour rentrer chez nous en titubant.

Nous nous levâmes toutes tardivement le lundi, dans un état assez dégradé. Néanmoins, comme si souvent, je fus la première debout.

Pressentant leur fragilité aussi, j'avais donné à Edna et à Miss Jones leur congé pour la journée et je vous avoue que j'aimais assez les préparatifs du petit déjeuner. Grace arriva à la porte de la cuisine la deuxième et se versa bien volontiers une tasse de thé au pot que j'avais fait infuser sitôt que je l'avais entendue bouger à l'étage. Le temps que lady Hardcastle débarque, bâillant et l'œil chassieux, nous apportions déjà tout le nécessaire au salon d'été.

—Quels sont vos projets pour la journée, ma chère ? demanda-t-elle à notre invitée alors que nous étions toutes les trois assises.

—Je comptais rentrer chez moi, répondit Grace. J'ai fait ce pour quoi j'étais venue, il faut vraiment que je retourne au travail.

—Je comprends tout à fait, mais vous savez que vous êtes la bienvenue ici, aussi longtemps que vous le souhaitez, n'est-ce pas ?

—Je le sais, merci. Mon chez-moi me manque, cependant, et ma bibliothèque aussi. La police a mon adresse, je suis donc joignable si besoin.

—Avez-vous une idée du train à prendre pour partir ?

—Il y a un direct pour Dawlish de Chipping Bevington à 13 h 12. Existe-t-il un endroit au village où l'on peut louer une charrette ?

—Le gars de la charrette de Chipping Bevington soupe parfois au Dog and Duck, mais ne vous tracassez pas : je vous conduirai à la gare avec la Rolls.

—Oh, c'est adorable, mais ce n'est vraiment pas la peine.

—Cela ne me dérange pas du tout. Si nous partons avec suffisamment d'avance, je pourrai vous présenter à la bibliothécaire, et puis une fois que je vous aurai déposée, j'en profiterai pour m'acheter quelques bricoles en ville sans Flo pour me faire des remontrances.

—Je ne fais pas de remontrances, protestai-je. À l'occasion, je fais juste remarquer l'inutile extravagance de certains de vos achats, mais jamais je ne vous « fais de remontrances ».

—Elle me fait des remontrances à propos de ma conduite aussi.

—Et si vous tenez à la vie, je vous recommande de faire de même, Grace.

Cette dernière pouffa.

—Cela ne peut pas être aussi terrible.

—Rappelez-vous votre insouciance lorsque vous prendrez un virage sur deux roues et que toute votre vie défilera devant vos yeux.

—Vous voyez ce que je suis forcée d'endurer ? lança lady Hardcastle. Les autres n'ont pas à souffrir cela de la part de leurs domestiques.

—Vous ne me convainquez ni l'une ni l'autre, trancha Grace. Jamais je n'ai rencontré meilleures amies. Vous avez de la chance de vous avoir.

Ma patronne et moi commentâmes d'un « pfff » simultané, qui ne fit rien pour persuader Grace qu'elle pouvait se fourvoyer. Elle se servit une autre saucisse et décida de changer de sujet.

—Pensez-vous… commença-t-elle. Pensez-vous que tout est ma faute ?

—Tout quoi, ma chère ?

—Les meurtres. Si je n'étais pas venue ici, Uzzle n'aurait jamais tué ces hommes.

—Il ne faut pas penser ainsi, ma chère. L'on m'a interdit d'exprimer des sentiments de culpabilité similaires quand nous ne parvenions pas à comprendre ce qui se passait. Ce n'est pas vous qui avez tué ces hommes, c'est Griffith Uzzle.

—Certes, mais si je n'étais pas venue ici…

—Et si Uzzle n'avait pas tué Sam Puddy, Betty Uzzle n'aurait jamais paniqué en apprenant que vous étiez de retour. Et s'il n'était pas aussi faible, il n'aurait jamais obéi à ses ordres et assassiné ses camarades. Vous pouvez accuser Griffith Uzzle. Vous pouvez accuser Betty Uzzle. En revanche, vous ne pouvez absolument pas vous accuser, vous. Je doute que nous puissions trouver un docteur pour attester de leur folie, mais au moins sont-ils dangereusement instables et totalement dénués de morale et de conscience. N'importe quel déclencheur aurait pu provoquer chez eux cette suite d'actes à la fois tragiques et destructeurs.

—Oui, mais…

—Pourquoi ne pas simplement suivre mon conseil ? insista ma patronne. Vraiment, c'est tout à fait irritant. Vous savez pourtant que j'ai raison.

—Certes, mais…

—Il n'y a pas de mais qui tienne. Je ne veux plus rien entendre sur le sujet.

Avec un soupir mais souriante, Grace retourna à son petit déjeuner.

Lady Hardcastle revint de Chipping Bevington chargée d'une brassée de livres – dont plusieurs pour moi –, un chapeau neuf, une paire de chaussures de tennis, trois carnets à croquis, un assortiment de quincaillerie et divers objets pour son dernier projet de film animé en date, une écharpe de soie, quelque chose d'impossible à identifier et de très technique de chez le photographe qui venait d'ouvrir à côté du Grey Goose et un sac de biscuits à thé de chez Gloucester Lardy.

—Je vois que vous avez profité au maximum de l'absence de remontrances, commentai-je tandis qu'elle revenait de son deuxième voyage pour récupérer ses achats dans la Rolls.

—Un répit seulement temporaire, hélas, je remarque, répliqua-t-elle en lâchant les livres sur la table à côté de moi.

—Je ne fais aucune remontrance, je commente simplement, nuançai-je.

—Sur un ton désapprobateur. Je vous ai acheté des livres dans l'espoir de vous amadouer.

—Et je vous en suis très reconnaissante, merci beaucoup.

—Des gâteaux aussi.

—Je vois cela.

—Avez-vous prévu quelque chose pour le dîner ?

—Pas encore, j'attendais de voir ce qui vous ferait envie.

—Formidable. Je nous ai réservé une table au Grey Goose pour 19 heures.

La cloche retentit à la porte.

—C'est fort aimable à vous répondis-je. Je vais voir qui sonne.

Le docteur Gosling et Dinah Caudle.

—Bonjour, Flo, lança notre amie journaliste. Pardonnez-nous de débarquer ainsi à l'improviste, mais nous…

—Nous avions hâte de prendre de vos nouvelles après votre épreuve, la coupa le docteur Gosling.

Interruption qui lui valut un regard glacial.

—Nous avons survécu à pire, les rassurai-je avec un sourire. Vous voulez bien entrer ? Nous sommes au salon.

Ils connaissaient le chemin, je m'attardai donc, le temps de refermer la porte. Alors qu'ils s'engageaient dans le couloir, j'entendis Mlle Caudle marmonner :

—Je suis capable de m'exprimer, Simeon. Tu fais cela tout le temps…

—Pardon, ma belle. Je voulais juste me rendre utile.

—C'est condescendant et je te demande de cesser immédiatement.

—Très bien, chérie.

Il la précéda dans le salon.

—Bonjour, vieille branche, lança-t-il. Visite à domicile, vous savez comment sont les médecins.

—Tant que vous ne me faites pas payer ce privilège, vous êtes le bienvenu à tout moment, mon cher, répondit lady Hardcastle. Avez-vous le temps de vous arrêter ? Nous pourrions peut-être prendre un cidre au jardin ?

—Ce serait formidable, accepta Dinah.

Sans m'arrêter au salon, je passai directement à la cuisine où je remplis un pichet de cidre. Quand je les rejoignis au jardin, ils étaient tous confortablement assis autour de la table sous le pommier.

—Et voici l'héroïne du jour ! déclara le docteur Gosling. J'apprends que vous avez encore sauvé la partie, Flo.

—La routine.

—Vous êtes par trop modeste. Sunderland ne tarit pas d'éloges à votre sujet.

—Il est bien aimable, dis-je. Vous aussi. Y a-t-il des nouvelles ?

—Les Uzzle ont tous deux été inculpés pour meurtre aux Assises de printemps. Et envoyés à la prison de Horfield en attendant le procès. Du moins, elle. Lui sera transféré dès qu'il sortira de l'hôpital. Sa jambe droite a subi quelques dégâts, apparemment.

—Nécessité fait loi, commentai-je.

—Oui, tout à fait. Ce n'est pas de moi qu'il recevra la moindre compassion.

—Ni de moi, renchérit Mlle Caudle. Je vous admire, toutes les deux. Vous avez encore résolu un meurtre.

—Nous nous sommes simplement trouvées au mauvais endroit au bon moment, éluda ma maîtresse. L'inspecteur n'aurait pas tardé à tomber sur le râble d'Uzzle.

—Mais pas avant qu'il n'ait tué Grace Chamberlain, nuança Mlle Caudle. Vous êtes des merveilles, aussi bien l'une que l'autre.

—N'oubliez pas que vous nous avez bien aidées. C'est votre travail assidu qui nous a permis de découvrir qui était vraiment Grace. Vos contacts s'avéreraient utiles, si vous décidiez de rejoindre nos rangs.

—Eh bien, je…

—Qu'est-ce que cela ? la coupa le docteur Gosling. Rejoindre leurs rangs ?

—Je te raconterai plus tard, très cher.

—Très bien. Bon, j'ai malheureusement une affaire importante à régler, si je ne veux pas m'attirer des ennuis. (Il se racla la gorge.) En ma modeste qualité de médecin légiste, j'ai été commissionné pour vous transmettre les remerciements reconnaissants de la police de Bristol pour votre assistance dans la capture du meurtrier Griffith Uzzle et de sa complice.

—Sa meneuse, je dirais plutôt, remarquai-je.

—Oui, aussi. On parle d'éloges du directeur de la police.

—Oh, je ne pense pas que nous puissions accepter pareilles louanges, l'avertit ma patronne. Nous ne travaillons pas pour les médailles, mon cher. Du moins, pas moi. Je ne veux pas parler à la place de Flo.

—Moi non plus, confirmai-je. Pour ma part, je ne fais cela que pour les gâteaux au lard.

—Les gâteaux au lard ? répéta Mlle Caudle. Je n'en ai pas mangé depuis des années.

—J'en ai justement acheté un cet après-midi, annonça lady Hardcastle. Peut-être pourrions-nous l'accompagner de thé ?

—Je vais mettre l'eau à bouillir.

—Merci, dit Mlle Caudle. Et quand vous reviendrez, vous me devez quelque chose.

—Moi ? m'étonnai-je.

—Vous. Quand je rendais mes tripes dans les hortensias, à la tonnellerie de Peppard, vous m'avez promis l'histoire, toute l'histoire et en exclusivité. J'ai ma plume remplie d'encre et la tête bourdonnante de questions. Donc dites-moi tout, minuscule amie.

—Ah, cela. Bien sûr. Je suis à vous dans un instant.

Alors que je m'éloignais, j'entendis lady Hardcastle proposer :

—Si le gâteau au lard ne vous rassasie pas trop, peut-être accepteriez-vous de vous joindre à nous pour dîner aussi ? À moins que vous n'ayez d'autres projets, bien entendu. Nous avons une table réservée au Grey Goose, à Chipping Bevington. Je suis sûre qu'ils ne verraient pas de problème à faire de la place pour deux convives supplémentaires.

—Ce serait un plaisir, répondit Mlle Caudle. Maintenant, parlons de cette enquête pour meurtre…

La vie était revenue à la normale. Pour le moment.

Note de l'auteur

1911 a connu un été caniculaire, dans le monde de lady Hardcastle comme dans la réalité. La vague de chaleur a rendu la vie insupportable dans de nombreuses régions d'Angleterre, bien que ses effets aient été moins désagréables à Littleton Cotterell (tout est moins désagréable à Littleton Cotterell, à l'exception du nombre de meurtres, qui est horriblement élevé) et elle a affecté les récoltes. La date de la Fête des récoltes est mobile, les agriculteurs apportant les leurs quand elles sont prêtes. En Grande-Bretagne, les récoltes commencent généralement vers la fin du mois de septembre, mais cela peut varier d'une année à l'autre, et elles ont été exceptionnellement précoces en 1911. À la fin du mois de juillet, par exemple, un agriculteur de Monmouth, dans le sud du Pays de Galles, a déclaré avoir fait sa récolte la plus précoce depuis 1865. J'ai repoussé celles de Littleton Cotterell à la fin du mois d'août.

Le mot « *Weryer* » existe bel et bien, même si l'*Oxford English Dictionary* n'en cite qu'une seule occurrence dans un texte en moyen-anglais. Il signifie « gardien » et vient, comme le suppose lady Hardcastle, du verbe « *to were* » (« garder » ou « protéger »), aujourd'hui obsolète en anglais mais toujours utilisé en écossais, qui vient lui-même du vieil anglais « *werian* ».

Si j'ai la possibilité de feuilleter l'*Oxford English Dictionary* à la recherche de mots abscons, ce luxe n'aurait pas été offert à lady Hardcastle. En 1857, la Société philologique de Londres a décidé que les dictionnaires anglais existants étaient insuffisants et proposé un nouveau projet visant à réexaminer complètement la langue anglaise depuis l'époque anglo-saxonne. Elle a conclu un accord avec l'Oxford University Press en 1879 pour commencer à travailler sur ce nouveau dictionnaire, une entreprise dont ils estimaient qu'elle leur prendrait dix ans. Cinq ans plus tard, ils parvenaient au mot « *ant* » (« fourmi ») et prenaient conscience que cela allait demander beaucoup plus de temps qu'ils ne l'avaient envisagé au départ.

L'*OED* a été publié sous forme de volumes (ou « fascicules ») entre 1888 et 1928, sous le titre *The New English Dictionary*. Le volume 7 (O et P) a été publié en 1909, tandis que le volume 8 (Q à S) n'est paru qu'en 1914. En 1911, lady Hardcastle aurait donc pu chercher « *pomary* » (« pommeraie »), mais pas « *weryer* » ou « *sax* » (« surin »). J'ai donc inventé un dictionnaire ésotérique exprès pour elle.

En Grande-Bretagne (et, en fait, dans la plupart des pays en dehors des États-Unis), le mot « cidre » désigne exclusivement la boisson alcoolisée à base de jus de pomme fermenté connue des Américains sous le nom de « *hard cider* ». Nous utilisons le terme « cidre doux », mais ce n'est pas non plus le même qu'aux États-Unis, puisqu'il s'agit simplement d'un cidre alcoolisé qui s'avère sucré, et non du jus de pomme non filtré auquel vous pourriez vous attendre.

Aberdare possède bien une chorale masculine, la Cwmbach Male Choir, mais elle a été fondée en 1921. Il y a une fanfare basée dans le village de Llwydcoed, à un ou deux kilomètres au nord d'Aberdare, mais elle a été fondée en 1912. Dans notre monde fictif, cependant, les deux coexistaient dans la même ville dans les années 1880, lorsque Flo est retournée chez sa mère. Flo a déjà mentionné dans le passé que sa mère était en fait originaire de Cwmdare, à un peu plus d'un kilomètre sur les hauteurs à l'ouest d'Aberdare, et j'ai choisi ce village parce que c'est de là que venait ma propre grand-mère. Comme Flo, elle travaillait comme domestique : elle était cuisinière, pas femme de chambre, et son père était mineur, pas artiste de cirque.

Lorsque j'ai besoin de noms appropriés à une région particulière du pays, j'utilise les listes des patronymes les plus populaires par comté, compilés par britishsurnames.co.uk à partir du recensement de 1881. Dans la liste du Gloucestershire, par exemple, le nom de famille le plus courant était Smith, comme on pouvait s'y attendre, mais vous auriez eu quarante-quatre fois plus de chances de trouver un Brazington dans le Gloucestershire que n'importe où ailleurs. C'est bien utile de le savoir.

Nempnett Thrubwell est un lieu réel situé au sud de Bristol, juste au nord du lac Blagdon (connu à l'époque de l'histoire sous le nom de Yeo Reservoir), à la lisière des collines de Mendip. North Nibley, Nupdown et Chew Magna sont également réels, mais la plupart des autres endroits et leurs noms sont inventés.

Flo ne se souvient pas de la raison pour laquelle elle a pu penser à « Avocats, Commissaires à l'assermentation et petits paris placés », et il n'y a effectivement aucune raison pour qu'elle le fasse. Il s'agit d'une phrase tirée d'un épisode du *Goon Show* (« The Treasure in the Lake », plus tard publié sur disque par la BBC et rebaptisé « The Treasure of Loch Lomond ») qui n'a pas été diffusé sur les ondes de la BBC avant 1956. Je ne sais pas pourquoi cela me reste à l'esprit moi-même, mais si l'occasion de faire une référence aux *Goons* se présente quelque part, je ne vais pas m'en priver. D'ailleurs, il n'y avait pas de « note de l'auteur » dans le troisième tome de la série, *La Mort au tournant*, mais le commentaire de Flo sur le fait qu'elle a été nommée d'après « la dame à la bosse » est également tiré d'un *Goon Show*, « The Phantom Headshaver (of Brighton) », 1954.

La disposition et l'histoire de Chipping Bevington s'inspirent vaguement du vrai bourg de Thornbury, dans le sud du Gloucestershire, qui a eu tant de pubs le long et à côté de sa rue principale au fil des ans qu'il est difficile de s'y retrouver. Cinq de ces pubs subsistent à l'heure où nous écrivons ces lignes (ou six, si l'on inclut un pub qui était à l'origine une boucherie), et trois restaurants ou cafés dans des bâtiments qui ont été des pubs au cours des dix dernières années. C'est un nombre qui a constamment changé au fil des siècles, mais huit n'est en aucun cas un nombre déraisonnable pour le village fictif de Chipping Bevington.

Les quilles sont toujours un jeu populaire dans les pubs en Grande-Bretagne. La variante du Sud-Ouest, jouée au Dog and Duck, comprend neuf quilles placées sur une allée en bois d'au moins trente pieds de long. Les quilles bristoliennes font environ dix pouces de haut, sont plates aux deux extrémités et font trois pouces de diamètre avec un renflement de cinq pouces de large au milieu. Elles sont disposées en forme de losange et de manière que la boule – « de la taille d'un boulet de canon » – puisse passer entre deux sans rien heurter. Il existe de nombreuses variantes dans le pays pour ce qui est des règles et de l'équipement, mais les villageois de Littleton Cotterell ne peuvent connaître que celles de Gloucester ou de Bristol

Il me vient à l'esprit que je n'ai peut-être jamais précisé que le *Bristol News* est fictif : le principal journal local à l'époque de lady Hardcastle était le *Western Daily Press*. Je le mentionne maintenant, parce que j'ai pensé que je devais également souligner que le *Stroud Herald*, le *Gloucester Chronicle*, l'*Exeter Advertiser* et la *Dawlish Gazette* sont également inventés.

L'histoire que Flo a trouvée sur les dommages causés aux instruments de l'Armée du Salut à Eastbourne, en revanche, est bien réelle et provient du *Western Daily Press* du 8 septembre 1891. Les nouvelles concernant la représentation de la toute nouvelle mise en musique de *De Profundis* par Hubert Parry (de *Jérusalem*) à Hereford sont tirées de la même édition. Ajustés à l'inflation, les 10 livres de dégâts causés aux instruments de l'Armée du Salut s'élèveraient à 1 300 livres en 2021. Si les vieux journaux vous intéressent, un abonnement au *British Newspaper Archive* peut s'avérer divertissant.

La danse des Weryers est liée à ce que nous appelons aujourd'hui la danse Morris. Elle remonte au moins au XVe siècle, mais sa popularité a décliné après la Révolution industrielle, si bien qu'à la fin du XIXe siècle, elle était pratiquement oubliée. Les folkloristes ont commencé à faire revivre les danses anglaises traditionnelles à peu près au tournant du XXe siècle, mais à l'époque de notre histoire, ce renouveau n'avait pas encore atteint le niveau de popularité qu'il obtiendrait plus tard, et j'ai décidé que, bien que la danse des Weryers soit ancienne, personne ne la qualifierait de « danse Morris ».

Achevé d'imprimer en octobre 2024
sur les presses de la Nouvelle Imprimerie Laballery
58500 Clamecy
Numéro d'impression : 409626

Imprimé en France

La Nouvelle Imprimerie Laballery est titulaire de la marque Imprim'Vert®